THE VALLEY 2 : 설산에서의 조난

Krystyna Kuhn

THE VALLEY 2

설산에서의 조난

크리스티나 쿤 지음 · 강혜경 옮김

차 례

카티 베스트

어디선가 돌멩이가 암벽을 타고 굴러 떨어지는 소리가 들렸다. 떨어지면서 암벽에 부딪히며 나는 둔탁한 소리는 돌멩이가 미러 호의 매끈한 수면 위로 떨어져 순식간에 바닥으로 가라앉아버린 후에도 메아리가 되어 자꾸만 되돌아오곤 했다.

카티는 그 소리에 신경 쓰지 않고 평소처럼 자신 있게 전진해갔다. 어떤 사람들은 그런 그녀를 고양이 같다고 말할지도 모른다. 만약 진짜 환생이란 게 있다면, 혹은 그녀 스스로 다음 생에 무엇으로 태어날지 선택할 수 있다면 아마도 고양이가 그녀가 원하는 종 중 상위에 있을 것이다. 물론 그냥 평범한 고양이가 아니라 고양잇과의 표범일 테지만 말이다.

그녀가 매달려 있는 곳에서 25미터쯤 아래 있는 빙하호인 미러 호는 거의 골짜기 전체를 차지하고 있다고 해도 과언이 아니었다. 호수 동쪽에 위치한 밝은색의 대학 건물 뒤로 막 떠오르기 시작한 아침 해가 수면 위로 던진 그림자는 마치 건물을 살아 있는 존재처럼 보이게 했다.

바람 한 점 없는 날이었다. 카티는 오늘도 화창한 가을날이 되리라 예감했다. 벌써 일주일째 이런 날이 계속되고 있었다. 그레이스 대학교의 학생들은 전부 하루가 멀다 하고 비가 쏟아졌던 지난여름, 이 해발 2천 미터 위 골짜기에 다시는 해가 비추지 않으리라 생각했었다. 하지만 지난 며칠간 계곡은 연일 더운 날이 계속되고 있었다. 카티는 그런 날이 좀 더 오래 지속됐으면 싶었다.

오전 7시가 되어가고 있었다.

밤새 잠을 설쳤던 카티는 자명종이 울리기도 전에 깼다. 밤새도록 누가 구간 반복 버튼이라도 누른 것처럼 계속해서 같은 악몽을 꿨다. 그래서 첫 여명이 눈 덮인 고스트 산의 봉우리를 동화 속 같은 정경으로 바꿔놓자마자 눈을 떴다.

카티는 30미터 높이의 암벽을 양쪽으로 나눠놓은 듯 툭 불거져 나온 바위 아래쪽 모서리를 손가락 끝으로 꽉 붙들었다. 그곳은 암벽 등반에서 가장 까다로운 부분인 데다가 밤새 열이 식어서 몹시 차고 미끄러웠다. 그래도 최소한 튀어나온 바위의 제일 아랫부분에 발을 딛고 서 있을 순 있어서 다행이었다.

어차피 되돌아갈 수도 없었다. 이미 귀환 불가 지점을 넘어

섰기 때문이었다. 카티는 그사이 초크 백(암벽을 탈 때 미끄러지지 않도록 손에 바르는 탄산마그네슘 가루를 담는 가방—옮긴이주)과 필즈에서 산 최고급 암벽 등반화만 신고 프리솔로(장비를 사용하지 않고 순수하게 자신의 손과 발만 의지해 등반하는 것—옮긴이주)로 오를 수 있을 정도로 그곳에 익숙해져 있었다. 프리솔로는 믿을 수 없을 만큼 짜릿하고 긴장감 넘쳤다. 믿을 거라고는 바위와 자기 자신뿐이었다. 그래서 잠시도 한눈을 팔 수 없고 오직 앞만 보고 나아가야 했다. 단 한 번의 실수란 바로 추락을 의미하기 때문이었다.

카티의 행동 하나하나가 전부 다 세바스티앵을 위한 거였다. 그녀는 자신의 몸과 정신을 단련시켰고 담력을 키웠다. 만약 다시 한 번 그런 상황에 맞닥뜨린다면 그땐 제대로 행동할 수 있기 위해서였다.

그녀는 오른손으로 시선을 가로막고 있는 불룩한 암벽에서 제일 가까이 있는 틈을 더듬어 찾았다. 기껏해야 두어 번, 심지어 한 번에 찾아내기도 했다. 그러지 않으면 체력이 소진될 것이고 팔과 손가락에 힘이 빠지면 끝장이었다. 다행히 왼쪽 지지대가 안정적이었다. 하필 오늘따라 머리가 복잡했다. 학사 일정이 총독의 방문 때문에 온통 뒤죽박죽이었다. 총독은 캐나다 정부의 인턴 제도 장려의 일환으로 모든 엘리트 학교들을 둘러보고 있었다.

특히 총독의 방문일에 맞춰 신입생들 대부분이 부모님이

올 거라 기대하고 있었다. 그런 판국에 카티라고 부모 생각을 하지 않을 수 없었다. 설사 그들이 부모로서 자격이 없다 해도 하루아침에 머릿속에서 부모라는 단어를 지워버리기란 불가능했다.

카티는 오른손을 집어넣을 만한 틈을 찾아냈다. 그런데 그 틈 속에서 아주 작은 돌맹이가 만져지자 카티는 당황해서 잠시 휘청거렸다. 그래도 다행히 얼른 왼쪽 발을 옆으로 뻗어 뾰족한 모서리에 딛고선 반동을 이용해 위로 올라가는 데 성공했다.

정신 차려, 카티!

전기 충격처럼 순간 온몸이 찌릿했다. 그녀는 오른손으로 위쪽에 뾰족하게 튀어나와 있는 돌을 잡았다. 하지만 곧 그것이 잘못된 선택이라는 걸 직감적으로 알았다.

다시 다리를 모으고 오른손을 원래 자리로 가져왔다. 이마에 땀이 송골송골 맺혔다. 차가운 암벽에 몸을 기댄 채 잠시 호흡을 진정시켰다.

젠장……! 오늘따라 내가 왜 이러지?

이번에도 실패하면 날 샌 거야.

그 생각을 하니 벌써 손가락이 바들바들 떨렸다.

한 시간 전쯤 건물에서 빠져나올 때 데비와 로즈 그리고 율리아와 함께 지내고 있는 기숙사 건물은 쥐 죽은 듯 조용했었다. 카티가 빠져나온 건 아무도 몰랐다. 율리아라면 몰라도 다른 학생들은 대부분 제 앞가림하기 바빠 다른 사람 일에 신경쓰지 않았다. 학생들끼리의 대화 주제는 수업이나 학점 그리고 교수진에 대한 게 전부였다.

그녀가 그 이른 시각에 폐쇄 구역에 가 있을 거라곤 어느 누구도 생각하지 못할 터였다. 더군다나 석 달 전, 데비의 표현을 빌리자면 '공포의 밤' 사건이 있은 후론 특히 더 그랬다. 하지만 출입 금지를 알리는 철판 따위로 카티를 이 암벽에 오르지 못하도록 막을 순 없었다. 그랬다. 카티 베스트는 다른 사람들이 가하는 제약을 순순히 받아들이는 타입이 아니었다. 발덴 학장이나 교수들 그리고 심지어 아버지조차도.

카티는 미러 호 위로 우뚝 솟아 있는 고스트 산이 있는 오른쪽으로 고개를 돌렸다. 그사이 밝은 해가 산봉우리를 환하게 비춰주고 있었다.

다음 목표 지점은 저기야!

설렘과 기대감으로 심장이 더 빨리 뛰었다.

그래, 좋은 생각이야!

다시 한 번 머리 위에 있는 좁은 틈을 찾아 새벽이슬로 축축해진 차가운 바위를 더듬다가 마침내 견고한 자리를 찾아 꽉 움켜쥐자 카티는 왼쪽 다리를 뻗었다.

집중. 집중해야 해, 카티!

1미터. 딱 1미터만 더.

정말 힘들었다.

고양이들은 목숨이 일곱 개다. 아슬아슬한 모험 그리고 결정적인 단 한 번의 모험에 모든 걸 건다.

일단 암벽 끝까지 오르기만 하면 자유로움을 만끽할 수 있으리라. 그리고 지금까지 이 계곡에서 백여 일을 버텨온 것처럼 앞으로도 살아남을 수 있을 것이다.

카티에게 포기란 선택 사항이 아니었다. 세바스티앵에게 빚진 것만으로 이미 충분했다.

더 위로 올라가면 지지대의 간격이 훨씬 더 넓어질 것이다. 그녀는 쥐가 나기 시작한 손을 한쪽씩 차례로 풀곤 허리춤에 있는 초크 백을 만졌다.

그런 다음 바위에 단단히 박혀 있는 것만 같던 왼발로 힘껏 바위를 밀어 찼다.

조심. 카티, 조심해! 이제 다음 시도를 할 차례야.

그녀는 머릿속으로 동선을 계산했다. 그녀가 가야 할 길. 그녀는 그 길을 잘 알고 있었고 심지어 '블랙 드림'이라는 이름까지 지어놓았다.

누군가 자신보다 더 먼저 그 길을 간 듯한 흔적은 없었다. 못을 박은 자국도, 바위 위에 그려놓은 선도, 그 어떤 발자취도 없었다.

안전장치 하나 없이 이 바위를 오르는 데 성공한다면, 오직 내 힘만으로 정상에 오른다면 기분이 무척 좋을 거야. 미치도록 좋겠지!

정적 속에서 그녀는 거꾸로 열을 셌다. 셋…… 둘…… 하나…… 영. 그런 다음 크게 심호흡을 하고 몸을 길게 뻗어 조금 전까지 서 있었던 바위 위에 대롱대롱 매달렸다.

그래! 바로 이거야!

이 바위는 카티의 바위였다. 오늘 아침은 카티의 아침이었다. 그리고 오늘은 카티의 날이었다. 어느 누구도 그 사실을 부정할 순 없었다. 그녀의 아버지조차도. 특히 그녀의 아버지는 아니었다. 누가 뭐래도 절대.

카티의 아버지 조지 베스트는 어느 날 편지 한 통을 들고 딸 앞에 섰다.

"네가 이 학교에 응시한 줄은 몰랐구나."

카티는 그냥 어깨를 으쓱해 보이곤 태연하게 대답했다.

"그야 제 마음이죠."

"그러니까 캐나다로 가겠다는 거냐?"

캐나다라고? 예전 같으면 그런 생각은 꿈에서조차 하지 않았을 것이다. 세바스티앵의 사고가 일어난 게 불과 이삼 주 전이었다. 세바스티앵은 카티의 첫 애인이었다. 처음이자 유일한 애인이었고, 카티는 그를 다시 살릴 수만 있다면 어떤 대가라도 치를 각오가 되어 있었다.

"캐나다가 어때서요? 거기 가면 안 될 이유라도 있나요? 아니면 차라리 제가 조지타운 대학에 갈 바라세요?"

"천만에. 신문들마다 네 사진으로 도배되는 일은 이제 충분하다."

"그러니까요. 절 꼭 실물로 볼 필요는 없으시잖아요?"

그럼 그녀의 어머니는? 어머니는 외가인 정씨 가족 특유의 무표정한 얼굴을 하고 있었다. 그건 정씨 일가가 수 세대를 거치면서 유전자에 아예 각인시켜버린 표정이었다. 그러나 카티가 떠나기 하루 전날 어머니는 평소와 다르게 불안해 보였다. 대궐만 한 집 안을 서성거렸고 끝없이 의자를 밀었다가 당기거나 서랍을 열었다 닫았다 하며 잠시도 손을 쉬지 않았다. 마치 딸과의 이별 때문에 패닉에 빠지기라도 한 것처럼. 하지만 막상 작별의 순간이 오자 손조차 흔들어주지 않았다. 2천 킬로미터 밖으로 새 인생을 찾아 떠나는 만 열여덟 살 딸에게 대부분의 어머니들이 하는 그 흔한 말 한마디를 해주지 않은 건 말할 것도 없었다.

"전화하렴."

그 말을 듣자마자 카티는 번개를 맞은 것처럼 심장이 찌릿했다. 물론 생물학적으로 봤을 때 좀 다르지만 어쨌거나 느낌은 그랬다. 짧은, 아주 짧은 순간 인간의 생명을 유지시키는 가장 중요한 기관이 잠시 리듬을 잃었다. 모든 게 그 비참한 단 하나의 기억 때문이었다.

카티의 부모에게 딸은 죽은 거나 다름없었다.

아니야, 카티. 반대로 생각해야지.

그들이 네게 죽은 거나 다름없는 거야.

한동안 카티는 자신이 너무 비참하게 느껴졌다. 그녀는 여전히 암벽에 붙어 있었다. 땀으로 축축하게 젖은 손가락은 미끄러졌고 이는 악물려 있었으며 무릎은 덜덜 떨렸다.

부모님에 대한 생각, 그 충격 때문에 집중력을 잃었던 걸까?

젠장, 알잖아! 딴생각을 하다 목숨을 잃을 수도 있어.

그런데 바로 그 순간 카티는 자신을 놀라게 한 건 따로 있었다는 걸 알았다. 그걸 깨닫자마자 소리가 들렸다, 돌이 부서지는 소리가.

그것도 머리 바로 위쪽에서.

카티는 온 힘을 손가락 끝에 집중해서 틈을 꽉 거머쥐었다. 발은 바위에 바싹 붙이고 있었고 손은 아예 뗄 엄두조차 내지 못했다. 돌멩이 하나가 아슬아슬하게 몸을 스치고 떨어졌다. 그녀는 본능적으로 고개를 앞으로 숙였다.

헬멧!

헬멧을 방에다 두고 왔다. 잊어버렸다, 아무 생각도 없이.

잠시 머리 위쪽을 올려다보았다. 밝은 아침 해가 바위 위로 그림자를 드리웠다. 아침 해. 찰나의 순간 카티는 눈앞이 번쩍했다.

그녀는 바위 모서리에 머리를 찧고 말았다.

그레이스의 학칙

이런! 늦잠을 잤잖아!

크리스가 휴대전화 알람을 새벽 4시에 맞춰놓기로 했는데 깜빡했다. 그가 잠꼬대를 하면서 돌아눕지 않았더라면 그녀는 여전히 그 옆에서 쿨쿨 자고 있었을 터였다.

율리아는 113호 기숙사 문을 조용히 닫고 숨을 깊게 들이신 뒤 까치발로 살금살금 계단을 올라갔다. 크리스의 방에서 잤다는 사실을 누군가에게 들키는 날에는 문제가 심각했다.

그것도 상당히!

율리아는 속으로 웃음이 나왔다.

생각만 해도 머리가 아찔했다! '문제'라는 단어는 그녀의 어휘 사전에 없었다. 그녀의 삶에서 문제란 겨우 티셔츠에 묻은 얼룩이나 부러진 구두 굽 정도가 다였었다. 다시 말해 일상 속에 그어진 가벼운 흠집에 불과했던 것이었다.

우와! 오늘은 아침부터 컨디션이 최고인걸! 이런 상태를 '무소불위'라 하던가? 이 표현은 기억해뒀다가 힐 교수님의 수업 시간에 꼭 써먹어야지!

힐 교수는 영문학 수업뿐 아니라 창작 수업도 맡고 있었다.

3층에 도착하자 율리아는 신입 여학생들의 기숙사 방이 있는 긴 복도와 층계를 분리해놓은 유리문을 조용히 열었다. 나무로 된 어두운 복도에는 언제나처럼 특이한 냄새가 풍겼다. 땀에 전 오래된 양말에서 나는 냄새, 틀림없이 오래전부터 환경 유해 성분표에 이름을 올렸을 법한 독한 산성 세제가 뒤섞인 희한한 냄새였다.

새벽 5시 30분이었다. 반나체나 다름없는 티셔츠 바람으로 복도를 어슬렁거리기엔 너무 이른 시각이었지만 그렇다고 아무도 깨어 있지 않으리라고 확신하기에는 너무 늦은 시각이었다. 상급생이자 3층을 담당하고 있는 튜터 이사벨은 아침에 일찍 일어나는 유였고 특히 이 시각이면 조깅을 하러 나가곤 했다. 이사벨이 석 달 전에 벌어진 끔찍했던 사건, 즉 안젤라 파인더 사건의 단초 격인 호숫가에서의 금지된 파티를 계획했음에도 불구하고, 학교에서는 왜 그녀를 여전히 튜터로 두는지 율리아는 이해가 안 갔다.

어쨌거나 발덴 학장에겐 그 사실이 별로 문제될 게 없는 모양이었다. 어쩌면 이사벨의 부모가 그레이스에 재직 중인 교수들이기 때문이었는지도 몰랐다.

율리아는 재빨리 엘리베이터 앞을 지나 복도 제일 끝 쪽에 있는 자기 방으로 갔다. 그녀가 학칙 중 가장 엄격한 금기 사항 중 하나를 깨고 크리스와 동침한 건 오늘이 처음은 아니었다. 하지만 그녀가 걱정하는 건 신성한 학칙 위반이 아니었다.

그랬다. 그녀를 진정 불안하게 만드는 건 갈수록 크리스의 곁에 있고 싶어지는 자신의 마음이었다. 혼자라는 사실 자체를 견디기 버겁다는 생각이 항상 머릿속에 자리하고 있었다. 계곡에서 보낸 밤들은 정말 끔찍했다. 어둠과 정적이 합세해 끔찍한 과거의 기억들과 미래에 대한 공포감을 한꺼번에 몰고 오는 밤들.

자정이 지나 남학생들이 있는 아래층으로 몰래 숨어들어간 사람은 율리아였을까, 아니면 그녀의 예전 자아인 라우라 드 빈센츠였을까? 부모님이 그토록 잔인하게 죽임을 당하기 전의 그녀. 틈만 나면 경계선을 뛰어넘으려고 기회를 엿보던 과거의 그녀. 그건 결코 끝나지 않을 것 같았던, 오래된 담벼락 사이를 어슬렁거리는 과거로부터의 유령과도 같았다.

이곳에는 율리아와 그녀의 동생 로버트가 독일 경찰의 증인 보호 프로그램의 일환으로 새로운 삶을 살고 있다는 사실을 아는 이는 아무도 없었다. 크리스조차도.

아니, 크리스는 절대 알아선 안 돼.

율리아는 크리스에 대해 카티와 얘기해봐야겠다는 생각이 들었다. 특별히 카티와 말이 잘 통하기 때문은 아니었다. 무뚝뚝한 한국계 미국인 2세 여학생은 항상 율리아의 말을 경청해주었다. 그리고 드물게 반응을 보인다 해도 이해하고 공감하는 게 아니라 냉정히 수용하는 게 전부였다.

카티는 율리아에게 왜 자꾸 크리스에 대해 투덜거리냐고 몇 번씩이나 묻곤 했다.

"크리스가 먼저 말하지 않으면 네가 먼저 물어보면 되잖아. 어쩌면 크리스는 문답식의 대화밖에 할 줄 모르는 사람일 수도 있어."

"내가 뭘 어떻게 해주길 바라는지 잘 모르겠어."

"섹스는 어때? 그건 말이 필요 없잖아. 남자들이 말이 많아지는 건 여자를 꼬실 때뿐이야. 내 생각에 남자들이 인간의 언어를 배우는 이유는 그것 말곤 없어."

하지만 카티의 말처럼 상황이 그렇게 간단하지만은 않았다. 카티가 크리스에 대해 험담을 늘어놓을수록 율리아는 더 열렬히 크리스를 옹호했다.

"그래도 크리스는 날 사랑한다고 했어, 매번! 볼 때마다!"

"그것 참 잘됐네. 그런데 왜 내 눈엔 그 말을 하는 네 표정이 절망적으로 보일까?"

대개 그 시점에서 율리아는 화제를 돌리곤 했다. 사실 따지고 보면 율리아도 자신이 왜 번번이 그런 의구심에 빠지는지 알 수 없었다. 크리스티안은 크리스와 전혀 달랐기 때문일까?

아니야, 달라진 건 바로 너야, 율리아. 넌 그때 지금과 전혀 달랐어.

율리아는 213호의 문고리를 아래로 내렸다.

조용히 문을 닫고 전실을 지나가는데 주방에서 부스럭대는 소리가 들렸다.

아, 이런! 아마 데비가 또 왕성한 식욕을 못 이기고 배를 채우는 중인가보네. 한 시간만 있으면 구내식당에서 아침을 먹을 수 있는데.

율리아는 걸음을 멈추고 가만히 귀를 기울였다. 냉장고 문을 열었다 다시 닫는 소리가 들렸다. 데비는 결코 채워지지 않는 중독에 허덕이고 있었다. 식탐과 만족을 모르는 호기심이라는 중독. 그 호기심은 다른 사람의 인생 속에 파고들어 진액을 빨아먹으며 기생했고 새롭게 알아낸 사실들을 이 사람에서 저 사람에게로 옮기고 다녔다. 무서운 속도로. 바이러스보다 더 빠른 속도로.

드럼통 같은 데비의 육중한 몸이 유리문 가까이 다가오고 있었다. 율리아는 하는 수 없이 제일 가까이 있는 방으로 피신했다. 데비가 문고리를 잡는 소리가 들렸다.

카티의 방은 거의 암흑에 가까웠다. 하지만 아무것도 알아볼 수 없을 정도는 아니었다. 새벽의 여명이 벌레 먹은 목재 벽들의 미세한 균열 사이로 새어 들어오고 있었기 때문이었다.

왼쪽 벽은 옷장과 좁은 책장으로 빽빽이 채워져 있었고 반대편에는 침대가 있었으며 오른쪽에는 책상이 있었다. 율리아는 카티가 너무 놀라지 않기를 바라며 천천히 손으로 허공을 더듬어 갔다.

그런데 카티를 놀라게 할 만한 일이라는 게 과연 있긴 할까?

문득 그런 생각이 스쳤다. 어쨌거나 카티는 죽은 듯이 자고 있는 게 틀림없었다. 이불 부스럭거리는 소리도, 숨소리도 전혀 들리지 않았기 때문이었다. 마치 생명의 코드를 뽑아버린 것처럼.

바깥 전실에서는 데비의 질질 끄는 듯한 발소리와 리놀륨 바닥에 부딪히는 실내화 소리가 들렸다. 그리고 드디어 방문 닫히는 소리가 났다.

율리아는 어둠 속에서 뭔가에 부딪쳤는데 그 뭔가가 갑자기 움직이기 시작했다. 오래된 흔들의자의 그림자가 앞뒤로 어른거렸다. 카티는 이베이에서 그 흉측한 물건을 주문해선 거기에 앉아 침대에서보다 더 많은 시간을 보내곤 했다. 가끔 율리아가 카티의 방 앞을 지나갈 때면 삐걱거리는 의자 소리가 쉴 새 없이 들리곤 했다. 흔들의자는 카티가 벽 전체를 도배하다시피 해놓은 그림, 사진 들과 마찬가지로 폐쇄적인 성격의 그녀에게 전혀 어울리지 않는 듯 보이는 물건들 중 하나에 불과했다. 카티는 나무 천장과 문양 없는 단순한 가구들 그리고 회색 벽으로 이루어진 삭막한 기숙사 방을 바꿔놓은 유일한 사람이었다.

율리아는 여전히 움직이고 있는 흔들의자를 피해 침대가 있는 쪽으로 더듬으며 갔다. 여전히 인기척은 들리지 않았다.

율리아는 잠시 카티를 그냥 자게 내버려둘까 고민했다. 하지만 이미 잠이 달아나버려서 다시 침대로 돌아가 아침이 될 때까지 기다릴 순 없었다.

크리스는 지난밤에 세 마디 말을 했다. "난 널 사랑해."

그런데 율리아는 그 말에 기뻐해야 하는 건지 말아야 하는지 알 수 없었다. 누군가와 그 일에 대해 의논하고 싶었다.

율리아는 작게 속삭였다.

"카티, 일어나봐."

아무 반응이 없었다.

율리아는 헛기침을 한 뒤 좀 더 크게 불렀다.

"카티!"

역시 대답이 없었다.

놀라서 벌떡 일어날 정도의 충격요법을 사용하는 수밖에 없겠어.

율리아는 야간등을 찾아 스위치를 눌렀다. 곧 방 안이 환한 빛에 휩싸였고 율리아도 눈이 부셔 잠시 눈을 감았다.

그렇게 했는데도 비명 소리는 들리지 않았다. 율리아는 곧 그 이유를 알았다.

카티의 침대가 텅 비어 있었다. 이불보는 매끈하게 펴져 있었고 베개 역시 자국 하나 남아 있지 않았다.

율리아는 이불 밑으로 손을 넣어보았다. 시트가 얼음처럼
차가웠다.

*카티는 간밤에 전혀 자지 않은 모양이네. 적어도 자기 방에
서는.*

율리아의 이성은 자신의 침대 역시 카티의 침대처럼 밤새
사용하지 않았다는 점을 감안했을 때 이 상황에 대한 타당한
이유가 있을 게 분명하다고 말하고 있었다. 그러나 이성과는
상관없이 또다시 석 달 전 끔찍했던 밤의 영상들이 떠올랐다.

그레이스의 상급생 중 한 명이었던 안젤라 파인더가 흔적도
없이 자기 방에서 사라졌던 그날 밤. 율리아와 다른 친구들은
안젤라 파인더를 호수 속에서 발견했다. 율리아는 시체와 가
는 실처럼 물속에서 살랑대던 긴 머리카락을 결코 잊을 수 없
었다.

도망

정신을 잃지 마!

정신을 잃으면 안 돼!

절대로 정신을 잃어선 안 돼!

카티는 속수무책으로 암벽에 매달린 채 이 말을 주문처럼 몇 번이고 되뇌었다.

20여 미터 아래에는 밑으로 낭떠러지가 아가리를 벌리고 있었다. 추락하면 끝장이었다. 바위에 부딪쳤던 이마 부위에서 축축한 액체가 흘러내렸다.

괜찮아, 상관없어! 피 따윈 신경 쓰지 마!

무조건 꽉 붙들고 있어야 해! 암벽에 더 바싹 붙어!

그러면 안전할 거야. 기운 내, 일주일 내내 훈련했었잖아!

위쪽에서 무슨 소리가 들렸다.

스걱스걱— 부스럭—

카티는 그 소리에 마침내 정신이 번쩍 들었다.

"거기 누구 있어요?"

잠시 후 그녀는 아침 공기를 가르며 너무나 가냘프고 자신 감 없이 울리는 소리가 자기 목소리라는 걸 알았다. 그녀는 다시 한 번 말했다. 이번에는 좀 더 당당하게.

"여기 사람 있어요. 저 좀 도와주세요!"

아무 대답이 없었다. 오직 조용한 바람만이 암벽을 스치고 지나갔다. 그리고 얼마 후 자신의 목소리만 귓가를 울렸다.

거기엔 아무도 없었다.

당연하지. 이런 폐쇄 구역에 누가 오겠어. 더군다나 이런 시 각에. 동물이 지나간 게 틀림없어.

그런데 동물이라고? 이 계곡에서 한 번이라도 동물을 본 적 이 있었나?

몰라. 중요한 건 돌이 다시 굴러떨어지지 않길 바라는 거야.

카티가 그토록 여러 번 머릿속에 새겼던 암벽 등반 요령, 암 벽에서 생사 여부를 판가름한다 해도 과언이 아닌 공식이 의 식 깊은 곳에서 올라와 다시 통제권을 잡았다. 카티는 손으로 암벽의 틈을 꽉 거머쥐곤 깊이 심호흡을 했다. 날카로운 모서 리에 손을 베였다.

발가락이 죽은 것처럼 무감각해지지만 않았더라면!

발가락은 꼭 생명 없는 플라스틱 같았다. 카티는 발가락이 모두 떨어져 나간 게 아닐까 터무니없는 걱정을 하면서 움직이다가 그만 주르륵 미끄러지고 말았다.

젠장! 꼭 잡아! 균형을 잃으면 안 돼! 넌 초보가 아니잖아!

심장이 격렬하게 뛰고 있었고 온몸이 바들바들 떨렸다. 카티는 등반을 계속하기 전에 다시 마음을 진정하고 집중해야겠다고 생각했다.

숨을 들이쉬고 내쉬고. 원래의 심장박동을 되찾아야 해. 시계처럼 규칙적이 될 때까지.

그건 세바스티앵이 가르쳐준 방법이었다.

안 돼, 세바스티앵은 생각하지 말자!

적어도 지금은! 여기서는!

카티는 머리를 1밀리미터가량 움직여보았다. 머리 위에는 오직 칙칙한 바위들뿐이었다.

돌이 또다시 굴러떨어질 것 같았다.

안 돼, 다시 떨어지면 안 돼!

카티의 아버지가 중독, 집착, 광기라고 불렀던 그것.

뭐라고 부르건 무슨 상관이야!

어쨌거나 다른 방법이 없었다. 높은 곳에서는 전체를 내려다볼 수 있었다. 그리고 또 카티에겐 늘 유일한 탈출구이기도 했다.

그녀의 아버지가 딸의 치료를 부탁한 대머리 심리 치료사가 말했었다.

"그건 네 목숨으로 장난하는 거야, 카티!"

"정말요? 전 죽음을 갖고 노는 거라고 생각했었는데요. 선생님도 아시잖아요! 숨바꼭질 같은 거요! 죽음한테 도전장을 내미는 거죠. 네가 날 이길 수 있는지 어디 보자, 하고."

"사는 게 두렵니?"

"아뇨! 제가 두려운 건 지루함이에요."

"그러니까 넌 네 자신이 살아 있다는 걸 느끼기 위해 충격이 필요한 거로구나."

"선생님이 자신의 문제를 숨기기 위해 제 문제를 이용하는 것과 마찬가지예요."

"그래. 네 문제는 바로 그거야, 카티! 넌 도망치고 있는 거야!"

집어치워! 심리 상담 따위 다 헛소리일 뿐이야!

카티가 왜 그런 행동을 하는지 다른 사람이 어찌 알겠는가? 그녀는 그냥 높은 곳이 좋았고 낮은 곳이 싫었다. 그뿐이었다.

카티는 여전히 1센티미터도 움직이지 못하고 있었다. 이젠 손가락의 감각도 무뎌지기 시작했다.

계속해, 카티. 제발, 포기하면 안 돼! 그들이 옳았다고 생각하게 해선 안 돼!

입술에서 쇠 맛이 느껴졌다. 그녀는 다시 한 번 숨을 깊이

들이마신 다음 눈을 감았다 떴다. 산소가 폐를 통해 몸 안으로 솟구쳐 들어왔다. 다음 순간 그녀는 오른손을 바위에서 뗐다. 팔을 위로 들면서 동시에 손가락으로 머리 위에 있는 바위를 더듬었다. 모든 바위마다 손가락을 넣어 붙들 수 있는 틈이나 구멍이 있는 건 아니다. 하지만 여긴 틀림없이 그런 구멍이 있다는 걸 그녀는 알고 있었다. 그 구멍을 찾아야만 했다.

여기야! 구멍이라기보단 실금에 가깝지만 상관없어.

좋아! 그대로 있어. 이제 왼발.

카티의 시선 끝에 보일락 말락 하게 앞으로 튀어나온 바위가 걸쳐졌다. 그녀는 암벽에 몸을 바싹 붙인 채 무릎을 구부려 몸을 위로 밀어 올렸다.

한 발짝만 더. 이젠 된 건가?

그래!

마침내 다리를 지탱할 곳이 나타났다. 카티는 위로 한 발짝 더 올라갔다.

이제 마지막 한 발만 남았다. 그럼 성공이었다.

아니, 그냥 성공이 아니라 그녀가 해낸 것이다!

카티 베스트가 이 바위를 이겨낸 것이다. 비록 돌에 쩔고 이마가 찢어지는 아픔을 겪었을지라도!

그 무엇도 어느 누구도 카티를 막을 수 없었다!

카티는 아드레날린이 마구 샘솟는 걸 느꼈다. 아드레날린이 온몸으로 퍼지자 그녀는 천국에 온 것처럼 기분이 황홀했다.

그리고 자신이 이 일을 한 이유, 살아가는 이유가 다시금 분명해졌다. 이제 5미터만 더 가면 되었다. 그쯤은 식은 죽 먹기였다. 그리고 잠시 후 그녀는 또다시 해냈다. 하산에도 성공한 것이다. 축축한 암벽에서 내려와 거울처럼 매끈한 호수를 내려다보는 순간 카티는 승리감에 도취되어 하마터면 소리를 지를 뻔했다.

마치 마약이라도 한 듯 황홀했다.

쉽게 중독되고 마는 권력과 자유를 얻은 기분.

그랬다, 세바스티앵은 카티가 포기하길 바라지 않았을 것이다.

***

두 시간쯤 지난 후 카티는 중앙 홀의 커다란 통유리 너머로 임시 무대를 설치하기 위해 막 깎은 잔디 위에 접이식 의자를 배열하는 일꾼들의 모습을 지켜보고 있었다. 무대는 호수 쪽을 바라보고 있었다.

총독의 방문으로 캠퍼스 전체가 잔뜩 들떠 있었다. 마치 영국 여왕이 온다고 예고되기라도 한 것처럼. 총독은 미국과 캐나다에 있는 엘리트 대학 다섯 곳을 방문했다. 이번 방문은 반년 전에 통과된 새로운 교육정책과 관련이 있었다. 하지만 카티는 정확히 어떤 정책이었는지 벌써 까먹었다.

캐나다가 아직도 왕이 있는 군주 국가라니 정말 말도 안 돼.

게다가 학생들을 위한 대학 신문은 고작 미셸 장 총독과 그 남편의 방문이 그레이스 역사에 길이 남을 영광이라는 따위의 기사나 쓰다니 정말 한심하기 짝이 없었다.

다른 학생들 눈엔 이게 얼마나 웃기는 일인지 안 보이는 걸까?

카티는 여전히 이해할 수가 없었다.

몇몇 교수들이 환영사를 읊을 테고 그러면 총독은 다 알아듣는다는 듯 고개를 끄덕이고 손을 흔들 것이다. 그런 다음 매체와의 인터뷰, 사진 촬영이 이뤄지고 이 행사도 끝날 것이다. 카티는 그런 허울뿐인 행사들에 대해 잘 알고 있었다. 어린 시절 이미 수없이 겪어봤기에 세상에서 그보다 더 혐오하는 것도 없었다.

정치가들! 그들은 이 대학의 정면, 중앙 홀, 식당, 스포츠센터, 세미나실처럼 화려하고 흠잡을 데 없이 멋져 보인다. 하지만 그 이면, 진정한 삶이 펼쳐지는 그곳, 어두운 일상이 있는 곳의 모습은 전혀 달랐다.

대학은 역사를 자랑하는 중앙 건물과 다른 낮고 긴 부속 건물들 그리고 그 뒤편의 방갈로들로 이루어져 있었다. 방갈로와 부속 건물들은 지하 통로로 연결되어 있었다. 세 부분으로 이루어진 흰색 건물들은 겉보기엔 멋있었다. 하지만 캠퍼스는 몇 년 전 대학이 다시 문을 연 후 리모델링을 했음에도 불구

하고 돈이 부족했던지 특히 세월의 흔적이 남은 것들의 보수
는 몽땅 생략해버렸다. 예를 들어 학생들의 기숙사가 위치한
부속 건물의 복도 벽들은 여전히 10년 전의 균열이 남아 있었
고 층계참 벽들은 거의 학교 설립 당시에 칠했던 회칠이 그대
로 남아 있었다.

*총독이 거길 한번이라도 봤더라면 이 학교에 대해 전혀 다
른 인상을 받게 될 텐데.*

하지만 그레이스 대학교의 학장은 틀림없이 총독의 발길이
그곳으로 향하지 않도록 적절한 조치를 취해놓았을 것이다.

카티가 기숙사로 돌아왔을 때 다행히 기숙사 친구들과 마
주치진 않았다. 만약 그녀가 밤새 나갔다가 온 걸 누군가 알게
된다면 걱정스러운 눈빛이나 집요한 질문들을 던지게 될 게
틀림없었다.

특히 데비는 카티의 무시에도 여전히 카티를 성가시게 굴었
다. 반면 로즈는 조심스럽게 카티의 신뢰를 얻으려고 노력했
지만 정작 카티는 로즈의 존재 역시 외면하고 싶었다. 카티가
일종의 신뢰감 같은 걸 갖고 있는 사람은 율리아뿐이었다. 그
건 아마도 둘이 함께 지난 5월 안젤라 파인더의 비밀 정보를
미러 호 바닥 깊이 묻어버렸기 때문일 것이었다. 서로 그 일을
비밀로 하자고 말한 적은 없었다. 다른 사람을 잘 믿지 않는
카티였지만 율리아라면 그 일을 발설하지 않으리라는 확신이
들었다.

"카티, 오늘은 좀 늦었네."

누군가의 목소리가 생각에 잠겨 있던 카티를 현실로 불러왔다.

그녀 앞에 함께 다니는 무리들 중 한 명인 데이비드 프리먼이 서 있었다. 카티는 지금까지 한 번도 소속감 같은 걸 가져본 적이 없었다. 하지만 데이비드는 그런대로 참을 만한 존재였다. 끈질긴 인내와 천진한 낙관주의(달리 표현할 말이 없다)야말로 그의 인생 전략이었기 때문이다. 그래서인지 그를 좋아하지 않는 사람은 없었다. 반면 카티와는 아무도 친구가 되고 싶어 하지 않았다. 하지만 그건 카티도 마찬가지였다.

평소와 다름없이 검은색 옷을 입은 데이비드는 책 몇 권을 겨드랑이에 끼고 있었다.

카티가 열에 맞춰 의자를 놓고 있는 일꾼들을 가리켰다.

"내가 저들이 뭘 하는지 미리 알았다면 아예 여기 내려오지도 않았을 거야. 너도 저거 봤어?"

"총독과 학부모들에게 우리 대학의 가장 멋진 부분만 보여주려고 저러는 거지, 뭐."

"안젤라 사건 때문에라도 그럴 필요가 있지. 여기서 여학생이 죽었다는 게 평가에 유리하게 작용할 리는 없으니까."

카티는 자신을 유심히 살펴보는 데이비드의 시선을 느꼈다.

"이마는 왜 그랬어?"

그녀는 태연하게 어깨를 으쓱해 보이곤 식당 쪽으로 방향을 틀었다.

"나무에 부딪쳤어."

데이비드가 안됐다는 듯 고개를 저었다.

"누가 좀 살펴봐줬어?"

"아무도 안 봐줘도 돼."

카티는 데이비드를 세워둔 채 곧장 2층에 있는 구내식당으로 올라갔다. 많은 학생들이 이미 식사를 끝내고 나가는 중이었다. 카티는 이마에 붙인 반창고를 만져보았다. 아까 거울로 봤을 때 상처가 꽤 깊어 보였다.

그녀는 반창고가 눈에 띄지 않았으면 하는 마음에 자신도 모르게 머리카락을 이마 쪽으로 쓸어내렸다. 하지만 한편으론 남들이 뭐라 생각하든 상관없다는 생각도 들었다. 그 무엇도 어느 누구도 그녀가 오늘 아침에 느꼈던 쾌감을 망칠 순 없을 것이었다.

배식대를 통과했을 때 카티의 식판은 2인분의 에그스크럼블과 오트밀, 잡곡빵, 치즈, 토마토 그리고 과일로 그득했다.

그때 등 뒤에서 누군가 비꼬는 투로 말했다.

"오호, 이런 모습 처음인걸?"

뒤를 돌아보자 크리스가 서 있었다.

"그렇게 많이 먹어야 할 정도로 어젯밤 힘든 일이라도 했나 보지? 넌 평소에 과일과 채소밖에 안 먹잖아."

"가끔씩은 꿈꾸는 것도 힘들더라고."

카티는 최대한 명랑하게 대답하곤 다시 돌아섰다.

"아니면 위험한 일이라도 한 거야? 이마는 왜 그래?"

카티는 빙긋 웃어 보였다. 모처럼 느낀 좋은 기분을 망치고 싶지 않아서 어설픈 농담을 건넸다.

"면도하다가 베였다, 왜?"

농담을 들은 크리스가 웃음을 터뜨렸다.

"참, 너도 면도 좀 하는 게 어때? 사흘씩이나 기른 수염을 율리아도 진짜 좋아할지는 모르겠다."

크리스는 율리아 얘기만 나오면 태도가 돌변했다. 마치 율리아가 자기 것이라도 되는 양 굴곤 했다.

"율리아가 뭘 좋아하는지는 내가 더 잘 알아!"

크리스의 목소리에는 나르시시즘적인 어조가 배어 있었다. 카티는 어젯밤 율리아가 또 그의 방에서 잔 게 틀림없다고 확신했다.

카티는 크리스에 대한 율리아의 진심을 알 수 없었다. 하지만 한편으론 율리아가 그를 진심으로 사랑하든 말든 카티가 상관할 문제는 아니었다.

마침 늦게 일어난 학생들 한 무리가 식당 안으로 쏟아져 들어오고 있었다. 카티는 그들 사이를 비집고 지나갔다.

테라스로 이어지는 커다란 유리문을 통해 햇빛이 환하게 들어왔다. 테라스에는 이미 많은 학생들이 앉아 있었다.

그 공간은 2000년대 초에 신설되었는데 카티는 특히 본관 건물을 볼 때마다 감성적인 고전 역사물에 나오는 영주들의 대저택이 떠올랐다. 중심 건물 외 마치 날개처럼 양쪽으로 펼쳐져 있는 굴뚝과 기와 그리고 테라스가 딸린 부속 건물들. 중앙 건물의 이른바 '심장부'는 로비가 차지하고 있었고 식당은 바로 그 위 2층에 있었다.

2층 테라스로 나올 때마다 늘 그랬듯 카티의 시선이 넓은 미러 호에서 거대한 고스트 산으로, 그다음엔 옆에 있는 낮은 산봉우리들과 설원 지대로 천천히 옮겨갔다. 상당히 멀리 있음에도 불구하고 그 자연들은 마치 인간이 전지전능한 신을 기리기 위해 만들어놓은 기념비처럼 웅장했다. 물론 카티는 신을 믿진 않았다. 하지만 그 장대한 산봉우리들이 내뿜는 매력에는 저항할 수가 없었다.

또 굳이 그럴 필요도 없었다.

카티는 또다시 자신의 계획에 대해 생각했다. 다음 목표는 고스트 산이었다. 올해 안으로 고스트 산을 정복하고자 한다면 지체해선 안 되었다. 아직은 꼭대기를 제외하고 능선까지는 눈이 없었다. 고스트 산의 지난 10년간 기후를 분석해두었고 관련 기관을 통해 필요한 정보를 수집해놓은 상태였다. 폭풍 전에는 거의 예외 없이 기상이 온화한 기간이 있었다. 그리고 앞으로 당분간은 화창한 날씨가 계속될 확률이 58퍼센트였다.

하지만 물론 그곳처럼 높은 산의 기상은 절대 장담할 수가 없었다. 갑자기 날씨가 변덕을 부리기라도 하면…….

"카티, 반창고 밑에 배어난 그거, 혹시 피 아냐?"

데비의 찢어지는 듯한 목소리에 카티는 정신을 차리고 고개를 돌렸다. 카티가 서 있었던 곳 바로 옆자리에 같은 기숙사를 쓰고 있는 친구들이 앉아 있었다. 데보라 빌더, 즉 데비와 로즈 가드너 그리고 율리아. 그 외에 율리아의 쌍둥이 동생 로버트도 있었다. 카티가 테이블에 식판을 내려놓았을 때 로버트는 언제나처럼 책에 얼굴을 파묻고 있었다.

학생들 대부분이 로버트를 사이코라 여겼지만 카티는 왠지 그가 좋았다. 로버트는 다른 사람들이 모르는 일들을 꿰뚫어 보는 능력이 있었다. 심지어 안젤라의 죽음도 예견했었다. 카티의 눈에 그는 다른 학생들과는 전혀 다른 차원의 의문들을 갖고 살아가는 듯 보였다.

카티가 지난 몇 달간 계곡에서 배운 게 있다면 이 고독한 산꼭대기, 오직 바위들로 둘러싸여 있는 이곳에서 답이라는 건 세상 다른 곳들에서처럼 늘 명확하거나 명백하지 않다는 사실이었다. 그 점은 그녀를 매료시키면서도 한편으론 진저리치게도 했다. 만약 부모님이 이 사실을 알게 된다면 당장 딸을 데려가서 정신병원에 집어넣었을 것이다.

그런데 더욱 재미있는 사실은 누구든 그 답이라는 걸 혼자 찾아낼 수밖에 없다는 것이었다. 그리고 그들 중에서 로버트만이 그 사실을 알고 있는 듯했다. 심지어 그의 누나인 율리아조차도 그 점에선 달랐다. 카티가 율리아와 함께 USB 메모리를 호수에 던져버렸던 5월의 그날 밤 카티는 율리아도 그 사실을 알고 있으리라 확신했었다. 하지만 그 후로 율리아의 행동을 봤을 때 카티는 의구심이 들었다. 그 의구심은 다시 말해 안젤라 파인더가 모은 정보들을 율리아가 왜 파기해야만 했는지에 대한 게 아니었다. 율리아가 계곡과의 싸움을 받아들일 수 있을 만큼 강한지에 대한 의구심이었다.

계곡과의 싸움이라…… 오, 신이시여!

카티, 미쳐버리지 않게 정신 바짝 차려!

카티가 자기를 걱정스럽게 바라보는 율리아 옆으로 가서 앉자 율리아가 작은 목소리로 물었다.

"오늘 아침에 어디 갔었어? 네 방에 가봤는데 간밤에 잔 흔적조차 없더라. 그래서 아침 식사가 끝나자마자 수색대를 부르려고 했어."

카티가 데비의 시선을 의식하곤 말했다.

"나중에 얘기해줄게."

데비가 호기심 어린 눈빛으로 둘을 지켜보고 있었다. 그러다가 데비가 카티의 상처에 대해 물어보려고 하려는 찰나 카티가 먼저 손을 들어 보이며 명령조로 말했다.

"아무 말도, 아무 질문도 하지 마, 특히 반창고에 대해선 어떤 식의 평가도 사양할게. 평화롭게 식사할 수 있도록 모두 조용히 입 다물라고! 너희들과 달리 난 아직 그 빌어먹을 포르스터 교수의 밑도 끝도 없는 문장들에 시달릴 때까지 시간이 남았어. 오케이?"

그러자 로즈가 물었다.

"프랑스어를 그렇게 싫어하면서 왜 핵심 과목으로 선택한 거야?"

빼어난 미인인 로즈는 온화한 성품을 지녔으면서도 다른 사람들의 허점들을 일깨워주는 데는 선수였다. 최소한 카티가 보기엔 그랬다.

"그러는 넌 왜 머리를 빡빡 밀었어?"

카티의 눈에서 불꽃이 튀었다.

"내가 아까 말했지, 아무것도 묻지 말라고!"

잠시 얼음 같은 냉랭한 기운이 감돌았다. 심지어 로버트도 질량 물리에 관한 책에서 눈을 떼고 고개를 들었다.

카티는 옆자리에 있는 율리아의 따가운 시선을 느꼈다. 그랬다. 카티는 아무리 화기애애한 분위기라도 자기가 끼어들면 금세 얼음처럼 냉랭해져버린다는 걸 잘 알았다. 그녀가 나타나면 뜨거웠던 열기가 갑자기 얼어붙곤 했다. 심지어 오늘처럼 그녀가 기분이 좋은 날에도 말이다.

로즈는 자리에서 일어나더니 잠시 망설이다가 마침내 율리아에게 물었다.

"율리아, 나랑 같이 안 갈래? 이사벨이 우리 학교에서 진행되고 있는 다양한 프로젝트 그룹에 대해 안내해줄 자원봉사자들을 찾고 있대."

율리아는 선뜻 결정을 내리지 못한 채 카티와 로즈 사이에서 갈등했다.

그 순간 카티는 율리아가 함께 있어주길 진심으로 바라고 있는 자신을 발견했다.

카티는 눈부신 햇살을 받아 반짝이는 세 개의 봉우리와 그 밑의 번잡하고 혼란스러운 캠퍼스를 번갈아보면서 결심을 더욱 확고하게 굳혔다. 머릿속에서 고스트 산 등반에 대한 생각이 떠나지 않았고 그 일에 대해 당장 율리아와 의논하고 싶었다.

그런데 아직 율리아의 마음을 잘 알 수가 없었다. 가끔은 그녀 안에 두 사람이 있는 듯한 느낌을 받을 때도 있었다. 대체로 그녀는 까다롭게 굴지 않고 사람들에게 맞춰주려고 노력하는 것 같았다. 가능한 한 사람들과 부딪히지 않고 문제를 일으키지 않기 위해 쉬운 길을 택했었던 것이다. 그런가 하면 가끔은 아주 쿨한 척할 때가 있었다.

만약 지금 이 상황에서 율리아가 로즈와 함께 가기로 결정한다면 카티는 절대로 율리아에게 자신의 계획을 털어놓지 않으리라 결심했다. 그런데 그렇게 될 확률이 백 퍼센트인 것 같았다. 하지만 카티는 율리아에게 함께 있어달라고 애원하는 눈빛을 보내거나 내색하긴 죽어도 싫었다.

율리아가 로즈와 함께 이 나라의 새 엘리트들을 대표해서 총독과 다른 모든 손님들 앞에 나가든 학부모들에게 그레이스가 지상낙원인 양 위선을 떨든 어쩌든 카티가 상관할 바는 아니었다.

그런데 희한하게도 카티에게 유리한 상황을 만들어준 건 데비였다. 데비는 자리에서 일어나더니 로즈가 미처 상황을 파악하기도 전에 버럭 소리를 질렀다.

"로즈, 넌 왜 나한테는 한 번도 뭐 같이하자고 안 물어보는 거야? 율리아, 율리아! 왜 항상 율리아냐고! 안 그래도 남자애들이 전부 율리아 주위만 맴돌아서 속상해 죽겠는데."

데비는 흥분해서 말할 때면 항상 사방에 침이 튀었다. 다행히 카티는 침 세례를 맞지 않았는데 로버트가 역겨운 표정을 지으며 둥근 안경을 벗어 수건으로 닦았다. 하지만 데비는 아랑곳하지 않고 계속 침을 튀기며 말했다.

"율리아, 네가 밤마다 뭘 하고 돌아다니는지 내가 모를 줄 알아? 네가 네 침대에서 한 층 아래에 있는 다른 사람 침대로……."

"당장 입 닥쳐, 데비. 안 그러면……."

갑자기 데이비드가 일어나더니 벌게진 얼굴로 언성을 높였다. 카티는 그 표정을 볼 때마다 데이비드와는 절대로 적이 되어선 안 되겠다고 다짐하곤 했었다. 웬만해선 악의적인 감정을 드러내지 않는 그였지만 제대로 화가 나면 아무도 못 말릴 정도로 무섭게 변할 거라고 카티는 확신했다. 그런 순간이 닥치면 평소 살아 있는 성인聖人으로 여겨지던 그의 명성도 끝날 게 틀림없었다.

"안 그러면 뭐?"

데비의 살찐 볼이 실룩거렸다.

"안 그러면 뭐 어쩔 건데? 오호라, 새벽에 돌아다니는 어린 양을 감싸주고 싶은가보지? 아니면 혹시 율리아가 오늘 새벽에 네 침대에서……."

"그만해, 데비."

로즈가 데비의 팔을 잡았다.

"이제 그만하고 너도 같이 가고 싶으면 가자. 하지만 서둘러야 해. 난 정치학 파트는 맡기 싫으니까."

로즈가 데비를 질질 끌다시피 해서 데리고 가자 율리아가 안도의 한숨을 내쉬었다.

"아, 큰일 날 뻔했네. 하마터면 데비랑 머리채 뜯으면서 싸울 뻔했잖아."

데이비드가 진지하게 말했다.

"입조심해, 율리아! 안젤라 사건 벌써 잊은 건 아니겠지?"

"제발 그럴 수만 있다면 좋겠어. 하지만 잊을 만하면 꼭 누군가 이렇게 상기시키니 어떻게 잊겠어?"

그때 카티가 물었다.

"혹시 우리 학교 브로슈어 특별 소식란에 그 사건도 올렸대? 살인 사건 말이야. 내 생각엔 어쩌면 1970년대 이곳 골짜기에서 사라졌던 다른 학생들에 관한 구체적인 내용이 실린 정보지가 어딘가…….”

그 순간 로버트가 큰 소리가 나게 책장을 덮더니 일어나서 카티에게 말했다.

“그 일에 율리아는 개입시키지 마.”

그리고 그 자리를 떠나버렸다.

율리아는 황당한 표정으로 동생의 뒷모습을 바라보다가 잠시 후 카티에게 물었다.

“그 일이라니, 무슨 일? 혹시 나 모르게 둘이 뭐 있었어?”

그러더니 목소리를 낮춰 다시 물었다.

“오늘 새벽에 어디 갔었니? 혹시 아무도 모르게 애인이라도 생긴 거야?”

카티는 아무 대답도 하지 않았다.

율리아가 누구 편인지 알아내야 해.

잃어버린 시간을 찾아서

카티는 멍한 표정으로 마르셀 프루스트에 대한 강의를 듣고 있었다. 프루스트가 '잃어버린 시간을 찾아서'라고 이름 붙인 단 하나의 이야기를 하기 위해 두꺼운 책을 일곱 권씩이나 써야 했다는 게 그저 놀랍기만 했다.

작가 프루스트는 포르스터 교수의 전공 분야였고 그중에서도 소설은 그가 제일 좋아하는 분야였다. 특히 이 장편소설은 워낙 양이 방대해서 교수가 퇴직할 때까지 끌고 나가기에 전혀 문제없어 보였다. 교수는 작가의 느긋함에 물들었는지 거의 매 단어마다 침을 삼키는 끔찍한 버릇이 있었고 그래서 강의는 더욱 지루해졌다.

포르스터 교수는 그레이스의 학생들에게서는 극히 상반된

평가를 받고 있었지만 국제적으로는 프루스트 연구에 관한 그의 업적을 부인하는 사람이 거의 없을 만큼 인정받고 있었다.

하지만 카티는 그 교수의 국제적 명성 따위엔 전혀 관심 없었다. 그녀는 하품을 하면서 노트에 끼적여놓은 지도를 들여다보고 있었다. 그녀는 지난 몇 주간 거의 반수면 상태로 수업을 들었을 정도로 학업에는 전혀 뜻이 없었다. 그래도 점수가 지금처럼만 환상적이라면 그다지 걱정할 건 없었다. 포르스터 교수가 강의를 하는 동안 카티는 벌써 머릿속으론 수백 번도 넘게 오르내린 고스트 산 등반에 필요한 준비물들을 알파벳 순서대로 적고 있었다.

사실 고스트 산 정상까지 올라가는 길 중에서 그녀에게 적당한 코스는 하나뿐일 것 같았다. 호수로 곧장 떨어지는 가장 가파른 암벽은 마음 같아선 한 가지 가능성으로 남겨두고 싶었지만 현실적인 면을 고려했을 때 배제하기로 했다. 지도 상으로만 봐도 그 코스로 가려면 프로들만으로 구성된 팀이 필요했다. 이미 수차례에 걸쳐 알아보고 또 문의해봤지만 그쪽 길은 머릿속에서 지울 수밖에 없었다. 우선은!

두 번째 방법은 낮은 봉우리 쪽에서 올라가는 것이었다. 하지만 거기로 가면 시간이 너무 오래 걸릴 거고 또 암벽이 딛기에 안전한지 확신할 수가 없었다. 게다가 등반의 난이도를 전체 10으로 봤을 때 등반하는 사람은 최소한 7 이상은 견딜 수 있어야 했다. 그것이 그녀가 찍은 수많은 사진들을 분석해서 내린 결론이었다.

몇 개월 전 로버트로부터 이 계곡을 구글 어스로 확대해보면 '접근 금지'라는 경고가 뜬다는 얘기를 들은 적이 있었다. 게다가 필즈에서도 다른 지역의 지도들은 어렵지 않게 구할 수 있지만 이 계곡을 자세히 그려놓은 지도는 찾을 수가 없었다.

몇 번씩이나 이 산을 봐왔지만 그때마다 결론은 늘 한 가지였다.

먼저 급경사 지역을 돌아서 뒤편을 넘어 남쪽 능선을 따라 정상까지 가는 게 그나마 현실적이었다. 다만 이 코스의 유일한 난관이라면 넓은 설원을 지나가야 한다는 점이었다. 그런데 과연 함께 등반을 하게 될 일행들이 그 코스를 감당할 만한 체력과 기술이 있을지가 의문이었다. 물론 이 모든 건 카티가 그들에게 이번 계획을 설명하고 또 그들이 함께 가겠다고 동의했을 경우 걱정해야 할 문제였다.

제대로 된 지도조차 없이 등반하는 건 미친 짓이나 다름없다는 걸 잘 알면서도 카티는 포기할 수가 없었다.

한동안 그녀는 1970년대에 발생한 비극적인 사건에 대해 자세히 알아보려고 오래된 신문들을 뒤져봤지만 소용이 없었다. 그 당시에 발행된 신문들 중 그 사건을 다룬 신문은 발견하지 못했다.

그럴 리 없어. 카티, 네 눈으로 똑똑히 그 이름을 봤잖아. 그 이름이 아니었더라면 넌 처음부터 이 계획을 세우지도 않았

을 거야.

카티는 콘크리트 벽으로 둘러싸인 창문 없는 세미나실에 앉아 있는 게 너무 싫었다. 마치 자신이 벙커에 갇혀 있는 것만 같았다. 졸고 있는 학생들에게 끔찍한 프랑스어 단어들을 퍼붓고 있는 포르스터 교수를 보면서 카티는 저런 사람이 어떻게 전 세계적인 대가가 될 수 있었는지 진심으로 의문이 들었다. 다행히도 카티가 세미나실의 나쁜 공기 때문에 정신을 잃고 의자에서 쓰러지기 전에 괴롭기만 한 외국어 고문은 끝났다.

수업이 끝나자마자 카티는 안도하며 물건들을 챙기기 시작했다. 그러면서 속으로 자신이 왜 이 귀한 시간에 여기 앉아 있는지, 아니 그보다 왜 프랑스어를 핵심 과목으로 선택했었는지 수백 번도 더 자문해보았다.

하지만 이유는 뻔했다. 프랑스어를 듣고 발음하는 동안 세바스티앵이 가까이 있는 것처럼 느낄 수 있었기 때문이었다.

어쨌거나 카티는 포르스터 교수와 그의 검은 양복과 답답한 넥타이 그리고 가슴에 꽂은 행커치프가 다른 어느 때보다 더 싫었다. 게다가 하필 오늘따라 포르스터 교수는 교단 앞으로 지나가는 그녀를 불러 세웠다.

"베스트 양, 학생은 이번 행사와 관련해 불문과 안내를 하는 자원봉사자로 신청하지 않았더군. 그 이유가 뭔지 물어봐도 될까?"

카티는 마음 같아선 프랑스어로 '아뇨, 물어보시면 안 됩니다'라고 대답하고 싶었다. 하지만 대신 이렇게 말했다.

"'자원'이 '의무'와 같은 뜻인 줄은 몰랐습니다. 제가 아직 영어 단어 하나도 제대로 이해하지 못하나봅니다."

포르스터 교수는 카티의 아버지에 대해 알고 있었다. 그가 언젠가 그녀에게 정치가이자 외교관인 베스트 씨의 능력을 매우 높이 평가한다고 말한 적이 있었던 것이다. 교수는 총독에게 카티를 내세워 그레이스에는 최고의 엘리트들만 다니고 있다는 걸 증명해 보이고 싶은 속셈인 듯했다.

"무례한 발언은 삼가길 바라네. 베스트 양을 이 학교에 추천한 사람이 나인 거 모르나?"

두꺼운 안경알 너머로 교수의 눈빛이 날카롭게 변했다.

"아, 그러셨습니까? 그런데 유감스럽게도 저에겐 교수님을 추천할 건지 그 누구도 물어보지 않던데요."

포르스터 교수는 그 말에 전혀 동요하지 않고 계속 말을 이었다.

"아무래도 내가 사람을 잘못 본 것 같군. 베스트 양이 지금까지 보여준 성적이 뛰어나다는 건 인정하지만, 책임감이나 팀워크 능력이 부족하다는 건 나 말고도 느끼는 사람들이 많아."

카티는 어깨를 으쓱해 보이곤 발길을 돌리려고 했다. 하지만 포르스터 교수는 아직 할 말이 남아 있는 듯했다. 카티는 그의 얼굴에서 주체할 수 없는 분노와, 또 (카티가 잘못 본 게 아니라면) 위협을 보았다.

"그 당시 베스트 양이 관련되어 있었던 사건은 어쨌거나 정치적으로도 소용돌이를 일으켰으니까."

"지금 무슨 말씀을 하시는 거죠?"

"그 청년 말이네, 그 사람의 아들⋯⋯."

안 돼, 세바스티앵에 대한 얘기는 꺼내지 마.

특히 당신은 안 돼! 어느 누구도!

"그럼 교수님이 연루되어 있었던 그 사건은 어떻습니까?"

카티는 교수를 날카롭게 쏘아보았다.

그랬다. 교수는 당황한 것 같았다. 그 질문이 그를 휘청거리게 만든 게 분명했다. 카티는 그의 왼쪽 눈꺼풀이 파르르 떨리는 걸 알아챘다. 그래서 하마터면 웃음을 터뜨릴 뻔했다.

복장만 번지르르하게 갖추면 자신의 약점을 다 감출 수 있다고 착각하는 인간들이란.

하지만 그건 말 그대로 착각일 뿐이다. 언젠가는 자신도 모르는 무의식적인 습관으로 인해 약점이 탄로 나기 마련이다. 지금의 포르스터 교수처럼. 그는 강박적으로 연신 침을 삼키고 있었다.

"그 당시 사건 말이에요, 이 학교에 다녔던 여덟 명의 학생들⋯⋯ 그렇게 하루아침에 연기처럼 사라질 순 없는 거 아닌가요?"

교수는 여전히 아무 말도 하지 않았다.

학생들이 호기심 어린 시선으로 쳐다보며 그들 앞으로 지나갔다. 카티는 유리문을 통해 복도 끝에서 율리아가 세미나실로 걸어오는 걸 보았다. 율리아는 카티를 발견하곤 손을 흔들어 보였다. 하지만 카티는 교수가 뻔뻔스럽게 그녀 앞을 가로막고 서는 바람에 율리아를 시야에서 잃어버리고 말았다. 코를 찌르는 듯한 독한 화장수 냄새가 났다. 아마 면도를 마친 후에도 여전히 남아 있는 수염 자국을 지우기 위해 사용했던 것 같았다.

"베스트 양, 앞으로 지켜보겠네. 학생은 학교에 해가 될지도 모르는 위험인물이니까."

카티는 어깨를 으쓱했다.

"저도 교수님을 지켜보겠습니다."

그러곤 돌아서서 강의실을 나왔다.

등 뒤에 여전히 교수의 따가운 시선이 꽂혔다. 카티는 심장이 터질 것만 같았다. 하지만 교수의 협박이 두려워서는 아니었다. 그녀를 당황하게 만든 건 다른 이유 때문이었다. 검은 양복. 반듯한 가르마. 말끔하게 면도된 얼굴, 종이처럼 얇은 피부. 값비싼 안경. 거기에 가죽 신발까지. 아마도 주문 제작한 상품일 것이었다.

그런데 하필 그 신발이 거의 완벽에 가까운 그의 복장에 오점을 남겼다. 왜냐하면 신발이 더러웠기 때문이었다. 단순한 흙먼지가 아니라 밑창과 옆면에 진흙이 잔뜩 묻어 있었다. 마치 오늘 아침 멀리 산행을 다녀오기라도 한 것처럼. 산책로가 아닌 길, 인적이 없는 곳, 가령 카티가 등반을 했던 폐쇄 구역 같은 곳을.

"포르스터 교수가 뭐래?"

옆에서 율리아가 불쑥 나타났다.

"아, 아무것도 아니야."

"심각해 보이던데?"

"미안, 나 다음 수업 들어가야 해."

율리아가 의심스러운 눈초리로 물었다.

"그런데 오늘 새벽엔 어디 갔었어? 네 방에서 기다리고 있었는데."

카티가 당황스러운 눈빛으로 율리아를 쳐다보았다.

다른 사람도 아닌 율리아가 내 뒤를 캐고 다닐 줄이야.

카티는 데비처럼 방문을 잠그지 않은 게 후회됐다.

"혹시 내 방 뒤졌니?"

"무슨 소리야! 데비 때문에 숨을 곳을 찾다가 우연히 네 방에 들어간 것뿐이야. 데비가 주방에 있었거든. 그래서 안 들키려고. 어젯밤에 크리스랑 잤는데 늦잠을 자버렸어."

난처한 표정으로 웃는 율리아를 보자 카티는 그제야 마음이 놓였다. 율리아와 신경전을 벌이고 싶진 않았다.

카티는 유리문 위에 걸려 있는 시계를 쳐다보곤 다급하게 말했다.

"나중에 얘기해줄게. 우리 지금 수학 수업 있잖아, 잊었어?"

하지만 율리아는 그녀를 순순히 보내주지 않았다.

"왜 자꾸 네가 나한테 뭘 숨기고 있다는 느낌이 들지?"

카티는 주위를 두리번거렸다.

율리아한테 그 계획에 대해 말하는 게 좋을까? 지금 벌써?

카티에게는 율리아를 설득할 수 있는 묘안이 있었다. 다만 그게 먹힐지는 두고 봐야 했다.

그때 마침 신입생들 사이에서 광대이자 자칭 비디오아티스트로 통하는 굼벵이 벤저민이 느릿느릿 지나가면서 카메라 렌즈 뚜껑을 열었다.

"너희들, 수학 수업에 지각하겠다. 왜 그러고 서 있어?"

카메라가 스르륵 돌아가기 시작했다.

"내가 알아야 할 중요한 일이라도 있는 거야?"

"다른 사람도 아니고 지각 대장인 네가 그런 말을 할 자격이 있는지 모르겠네."

율리아는 그렇게 말하고 카메라를 옆으로 밀쳐버렸다.

"그게 바로 나만의 비법이란 말이지. 무슨 일이든 규칙적으로 하다보면 교수들도 거기에 익숙해진다고."

"저리 가, 벤저민!"

"가만 좀 있어봐, 카티. 난 감독이잖아. 네 얼굴을 보니 뭔가 있는 것 같은데. 제발 새로운 소재 좀 던져줘라!"

카티는 율리아의 팔을 끌어당기며 벤저민에게서 돌아섰다.

벤저민이 멀어져가는 두 사람의 등 뒤에서 소리쳤다.

"제발 날 좀 가엾게 여겨줘! 안젤라 파인더 사건 이후론 여기 꼭대기에 이렇다 할 만한 일이 하나도 없었다고!"

율리아와 카티는 그를 깔끔히 무시해버렸다. 세미나실 앞에 거의 다다랐을 때 율리아가 갑자기 카티를 화장실 옆 구석으로 끌고 가서는 주위를 둘러보더니 말문을 열었다.

"좋아. 여긴 아무도 없어. 지금 말할 거야, 말 거야?"

카티는 한참 동안 율리아를 쳐다보다가 마침내 말하기로 결심했다.

"너도 사라진 학생들과 호수 위 숲속에 있던 추모비에 대해서 알고 있지?"

그 말을 들은 율리아는 카티를 빤히 쳐다보았다.

"갑자기 그 얘기는 왜?"

"곧 설명해줄게."

카티가 율리아 쪽으로 몸을 기울였다.

"하지만 그 전에 우선, 네가 그곳에 매번 꽃을 갖다놓는 이유부터 알아야겠어."

"나도 모르겠어. 그냥 그 사건이 너무 끔찍해서 그런 것 같기도 하고. 카티, 도대체 뭔데 그래? 무슨 말을 하려는 건데?"

카티는 고개를 돌려 복도 쪽을 살펴보았다. 벤저민이 카메라를 들고 가까이 다가오고 있었다.

"난 사라진 학생들에 대한 해답이 고스트 산 꼭대기에 있을 거라고 확신해. 그 당시 틀림없이 무슨 일이 있었던 거야. 그래서 직접 올라가서 알아내기로 했어."

"고스트 산에 올라간다고? 사라진 학생들 때문에?"

"넌 궁금하지 않아? 그 일이 단순한 사고였다면 학교가 굳이 그 일을 비밀로 덮어둘 이유가 없잖아."

"혹시 학교의 명성에 먹칠을 할까봐 두려워서가 아닐까?"

카티는 고개를 저었다.

"아니, 그건 아닐 거야. 하지만 뭐건 상관없어. 어쨌거나 난 거기 갈 거야."

"너 미쳤구나!"

"새삼스러운 일도 아니잖아. 어때, 나랑 같이 안 갈래?"

"난 제대로 된 등산화조차 없어."

율리아는 고개를 저었다.

"야트막한 동산도 아니고 자그마치 3천 미터야! 그리고 너, 등반에 필요한 비용은 계산해봤어? 한두 푼이 아닐 텐데."

"그건 걱정하지 마. 내가 다 알아서 할 테니까."

"거기 아가씨들. 여기서 만나다니 다행이야."

이사벨이 복도를 따라 걸어오고 있었다. 신입생들을 맡고 있는 튜터 이사벨은 최근 며칠간 손에 무슨 명단 같은 걸 항상 들고 다녔다.

"너희들 2차 프로그램에 신청했니? 총독과 함께하는 행사를 도와줄 봉사자가 한 명 더 필요한데. 율리아, 넌 어때?"

피크닉

날씨는 하루 종일 그야말로 환상적이었다. 뜨거운 한여름의 열기가 계곡을 덮고 있었고 오후가 돼서도 식을 줄 몰랐다.

카티는 건물 밖으로 몰려 나가는 무리들을 뒤따라갔다.

"같이 호수 쪽에 가지 않을래?"

누군가의 손이 팔꿈치를 잡아챘다. 로즈였다.

"어쩌면 오늘이 호수에 들어갈 수 있는 마지막 날이 될지도 모르잖아. 보안 요원들이 쳐놓은 그물 때문에 수영은 못 하겠지만. 그래도 거품이 부글거리는 체육관 수영장보단 호수가 더 좋잖아. 몸에서 소독약 냄새를 완전히 빼려면 한 시간씩 샤워를 해야 한다니깐."

엄청 비싼 보디로션과 향수의 향기를 선전하는 걸어다니는 테스터, 로즈. 그녀는 하루 종일 이 수업에서 저 수업으로, 숨 막히는 강의실을 옮겨 다녔는데도 여전히 좋은 향기를 풍기고 있었다. 백 미터나 떨어진 먼 곳에서도 그녀가 보수적이고 소시민적이며 부유한 동부 집안 출신의 딸이라는 건 누구나 알 수 있었다.

카티는 선글라스를 이마 위로 올렸다. 손이 왼쪽 이마에 있는 반창고를 스쳤다.

"글쎄."

"남자애들이 마실 걸 준비해 온대. 난 율리아랑 슈퍼마켓에 가서 피크닉에서 먹을 간식거리를 사기로 했어."

"난 그런 단체 행사 싫어."

"단체 행사라고? 우린 겨우 여덟 명이야, 늘 함께 다니는 절친들이잖아."

카티는 이미 함께 가기로 결정했으면서도 한숨을 쉬며 말했다.

"난 절친이라는 말도 너무 싫어!"

카티는 이번이 그들과 자기 계획에 대해 조용히 의논할 수 있는 절호의 기회라고 생각했다.

"어쨌든 좋아, 같이 갈게. 단 슈퍼마켓에 쇼핑하러 가는 데 나를 끌고 가지 않는다는 조건에서."

"넌 특별히 원하는 거 있어?"

"응, 프랑스산 고급 와인."

로즈가 방긋 웃었다.

"농담 좀 정도껏 해. 그럼 이따 봐!"

로즈가 중앙 건물 쪽으로 사라지자 카티는 로즈의 반대 방향으로 몸을 틀었다. 특히 학생들 한 무리가 손님들을 위한 천막을 치는 모습을 구경하고 있는 중앙 건물 앞 잔디로부터 가능한 한 빨리 멀어지고 싶었다.

아, 이것저것 마음에 드는 게 하나도 없어. 늘 북적거리는 사람들 속에 있어야 하는 것도 싫고, 뭐든 다 중요한 척하는 것도, 위선도.

이곳을 하루 빨리 벗어나지 않으면 미칠 것 같았다. 카티의 시선이 자동적으로 고스트 산 봉우리로 향했다. 그랬다. 카티는 그 순간 산과 자신, 즉 워싱턴에서 온 카티 베스트가 마주서서 동맹을 맺고 있는 듯한 느낌이 들었다.

아래 설원 지대로부터 시꺼먼 먹구름이 봉우리 위로 이동하고 있었다. 그녀는 시선을 거두고 바지 주머니에서 리스트를 꺼냈다. 등반에 필요한 물품들이 그녀 말고는 아무도 알아볼 수 없을 만큼 작게 휘갈겨 적혀 있었다. 암벽용 등산화, 로프, 아이젠…….

갑자기 미러 호에서 건져 올렸던 오래된 녹슨 아이젠이 떠올랐다. 카티는 오래전부터 인터넷으로 그 아이젠의 모델명을 찾고 있었다. 그 물건은 작지만 전통 있는 스위스의 회사에서 아직도 생산되고 있었다. 하지만 그 아이젠이 호수 바닥에 얼마나 오랫동안 있었는지는 알아내지 못했다.

그런데 문제는 '얼마나 오랫동안 있었나'만이 아니라 '왜 거기 있었나'였다.

아이젠이 왜 물에 빠져 있었을까?

누가 왜 그 아이젠을 물속에 던져버렸을까?

또다시 불길한 산행을 떠났다가 돌아오지 못한 여덟 명의 학생들이 떠올랐다. 그들이 존재했던 흔적이라곤 오직 숲속에 있던 추모비뿐이었다. 비석엔 그들의 이름만 남아 있었을 뿐 '행방불명'이라는 부언조차 없었다. 어떤 사연도 설명도 없고 오직 학생들 사이에서 회자되는 소문들뿐이었다. 학교 측은 어떤 공식적인 입장 발표도 거부했다.

카티는 주머니에서 세바스티앵의 사진을 꺼내 보았다. 그가 막 열여섯 살이 되던 날 그의 어머니가 찍게 했던 증명사진이었다. 카티는 처음이자 마지막으로 조지타운에 있는 세바스티앵의 대궐 같은 빌라에 간 날, 응접실 탁자 위에 있던 사진을 그냥 들고 와버렸다.

사진 속 세바스티앵과 언제부터 이야기를 하기 시작했는진 기억나질 않았다. 그건 그냥 사진일 뿐이었다. 하지만 사진을 보고 있으면 적어도 혼자라는, 모든 걸 혼자 결정해야 한다는 끔찍한 생각은 들지 않았다.

카티는 주위를 살펴본 후 휴대전화를 꺼냈다. 신호음이 세 번 가고 나서야 목소리가 들렸다. 그러자 카티가 말했다.

"그쪽 말이 맞아. 이번 주 주말이 제일 좋을 것 같네."

***

약 30분 후 카티가 호수 연안에서 유일하게 수영이 허락되어 있는 지점에 도착했을 때 그곳엔 크리스밖에 없었다. 그는 선글라스를 낀 채 큰 비치 타월을 깔고 누워 있었다. 귀에는 이어폰을 꽂고 있었고 벗은 가슴 위에는 최신 MP3가 놓여 있었다.

크리스는 미남이었다. 카티의 기준에서 보면 과하게 잘생겼다 싶은 정도였다. 사실 크리스도 그 사실을 알고 있었다. 그는 그래픽디자인으로 만든 듯한 찢어진 청바지를 입고 다녔다. 무지 비싼 인터넷 쇼핑몰의 유명 디자이너 작품이 틀림없었다. 하지만 카티는 그가 진짜 그런 곳에서 뭔가를 살 만한 능력이 있는지 의심스러웠다. 왜 그런 의심이 드는지 설명할 수 없었지만 어쨌거나 그랬다.

"안녕, 크리스."

카티는 가볍게 고개를 끄덕이곤 주위를 둘러보았다.

그곳은 넓진 않았지만 축구장의 두 배 정도로 꽤 길었고 모래밭 옆으로 호수를 따라 아스팔트 길이 나 있어 많은 학생들의 산책로로 이용되었다. 카티의 예상대로 그곳에서 피크닉을 하면 좋겠다는 생각을 한 건 그들뿐만이 아니었다. 곳곳에서 무리를 지어 그릴을 준비하거나 먹을 걸 준비하는 학생들이 보였다. 카티는 아찔한 비키니 차림으로 비치 발리볼을 즐기고 있는 여학생들 중 동급생이 몇몇 있다는 걸 알아차렸다.

카티가 물었다.

"다른 애들은 다 어디 갔어?"

"데이비드와 로버트는 음료수가 든 아이스박스를 호수에 담가두러 갔고, 벤저민은 카메라를 들고 주변을 어슬렁거리고 있을 거야. 그리고 여자애들은 슈퍼마켓에서 아직 안 왔어."

크리스는 선글라스를 이마 위로 올리고 카티를 쳐다보았다.

"율리아가 그러던데 너 포스터 교수랑 한판 붙었다며?"

"걔도 참, 별걸 다 떠들고 다니네."

"율리아는 나한테 숨기는 게 없어."

카티는 모래 위에 앉았다.

"진짜? 자신 있어?"

크리스의 졸린 듯한 회색 눈이 그녀와 마주쳤다.

"괜히 이간질하지 마."

애써 농담처럼 들리게 하려는 것 같았지만 사실 화를 참고 있다는 걸 카티는 단번에 알아차렸다.

"걱정 마, 아직은 율리아가 널 엄청 믿고 있으니까."

카티는 로버트와 데이비드가 다가오는 걸 보았다. 그 뒤로 벤저민이 카메라에 얼굴이 가려진 채 따라오고 있었다. 데이비드는 카티 옆에 앉더니 탄산음료를 내밀었다.

"이 안에 든 거 진짜 탄산음료 맞아?"

카티가 미심쩍다는 듯 묻자 데이비드는 배시시 웃었다.

"글쎄, 3학년의 오코너를 못 믿는다면 진짜 탄산음료겠지만…… 그 안에 든 건 1등급 피노 와인 그리고 나파 밸리 와인이야."

카티는 신음 소리를 냈다.

"아, 이름만 들어도 머리가 지끈거리네. 어쨌든 차갑긴 한 거지?"

"응, 오늘 우리 냉장고 성능만큼."

데이비드가 말하곤 로버트가 있는 쪽을 돌아보았다.

"로버트, 네 생각엔 오늘 호수가 몇 도나 될 것 같아?"

이곳에 온 후로 카티는 미러 호의 수온이 기온과 무관하다는 걸 알게 되었다. 아무래도 빙하호는 제 나름의 규칙이 있는 것 같았다. 어떨 땐 플로리다에 있는 여느 호수처럼 따뜻했다.

"15도쯤? 그 이상은 절대 아니야."

"당연하지. 지난 주말부터 그렇게 더웠는데."

크리스가 중얼거리자 마치 '믿거나 말거나'라고 말하려는 것처럼 로버트가 어깨를 으쓱해 보이고는 배낭에서 과학 학술 잡지를 꺼내 읽기 시작했다.

"이거 한 병 더 있어. 그 외엔 콜라랑 물뿐이고."

데이비드가 말하더니 갑자기 인상을 썼다.

"맥주가 없어! 오코너가 갖고 있던 재고가 다 떨어졌대."

"학생부는 슈퍼마켓에 술이 없으면 정말 우리가 술을 못 마실 거라고 믿는대? 결국엔 학생들이 웃돈을 주고 불법 거래를 하도록 조장하는 꼴이 됐잖아. 아, 우린 모두 만으로 열여덟 아니면 열아홉인데. 성인이란 말이지."

중얼거리는 듯한 크리스의 말을 듣자 카티는 눈을 감을 수밖에 없었다. 너무도 자주 듣던 논쟁이었다. 솔직히 카티는 그 주제에 대해 언급하는 것 자체가 괴로웠다. 기분을 갑자기 좋게 하려고 알코올을 섭취하는 게 불필요하다고 생각했기 때문이었다.

"얘들아!"

멀리서 날카로운 목소리가 들렸다.

"데이비드! 크리스!"

데비가 시뻘게진 얼굴로 땀을 뻘뻘 흘리며 걸어와 크리스 옆에 앉았다. 그러더니 곧장 카티를 사납게 쏘아보았다.

"오호라, 미스 언터처블도 오셨어? 게다가 오늘도 평소처럼 가만히 앉아서 접대를 받고 계시네."

카티는 아무 대꾸도 하지 않았다. 무슨 일에든 트집을 잡는 데비에게 이미 익숙해져 있었기 때문이다.

잠시 후 율리아가 와서 봉지를 내려놓았다.

"우리도 없이 벌써 시작하면 어떡해?"

율리아가 옆구리를 짚고 화를 내자 크리스가 옆에 깔아놓은 깔개를 톡톡 쳤다.

"여기 내 옆에 누워봐."

하지만 율리아는 고개를 저었다.

"우선 일부터 하고 그다음에……."

그러자 크리스가 의미심장하게 웃으며 물었다.

"그다음엔?"

"밥 먹어야지. 정말 맛있는 거 많이 사 왔어. 파인애플, 파파야, 연어, 새우 등등. 오늘만은 진짜 지상낙원에 있는 것 같은 기분을 느끼고 싶어."

"맞아, 여긴 천국이야. 게다가 오늘 저기 뒤쪽에선 해가 지자마자 완전 나체로 수영을 할 수 있어."

데비는 탄성을 지르며 두 팔을 활짝 펼쳤다. 그러자 겨드랑이 주변으로 오렌지색 티셔츠에 밴 커다란 땀자국이 보였고 역한 냄새가 풍겼다.

제발 누가 데비한테 저 티셔츠와 부스스한 달걀노른자색 머리카락 때문에 네 피부색이 마치 금방 구역질한 것처럼 역겨워 보인다고 말해줬으면 좋겠네.

카티가 이런 생각을 하고 있는데 크리스가 중얼거렸다.

"컴컴해지고 나면 다 벗어봐야 무슨 소용이야?"

그러자 모두가 웃음을 터뜨렸고 심지어 로버트도 피식 웃었다. 그러자 데비가 꽥꽥거렸다.

"그래도 나체로 있는 것 자체가 멋지고 아주 자연스럽잖아."

그러더니 화가 난 걸 숨기려고 일부러 명랑한 척 큰 소리로 덧붙였다.

"어쨌거나 좋아. 그런데 탄산음료는 준비했어?"

데이비드가 자기 앞에 놓인 깔개를 가리키자 율리아와 로즈가 종이봉투에 담긴 음식들을 풀어놓기 시작했다.

"드디어 만찬을 시작할 수 있겠군."

크리스는 한숨을 내쉬더니 캐나다산 슬라이스 연어 한 조각을 집었다.

"그동안 구내식당 음식만 먹었더니 이게 당기네."

만찬?

카티는 생각했다.

쳇, 저런 한심한 얘기들 말곤 할 말이 없나? 겨우 인생에서 원하는 게 저런 거였어? 제대로 사회생활 하는 어른이 되는 거, 완벽한 인생이란 게 하루 종일 일하고 저녁이 되면 음식과 샴페인이 있는 파티에 가서 즐기는 것에 불과하다니.

율리아는 크리스의 옆자리에 앉아 그의 벗은 상체에 머리를 기대곤 새우를 집어 먹었다.

"아, 난 평생 이대로 있으면 소원이 없겠다."

평화로운 정적이 10초나 흘렀을까? 갑자기 빨간색 비키니를 입은 여학생이 호수 쪽으로 달려가더니 물속으로 뛰어들었고 한참이 지나도 나오질 않았다. 그 광경을 지켜보던 사람들은 한동안 술렁거리다가 마침내 조용해졌다. 모두 겁에 질려 있었다. 그러다가 벤저민의 웃음소리에 모두 현실로 돌아왔다.

"다들 석 달 전에 우리 모두가 얼마나 겁을 먹었었는지 기억하지? 그리고 이 골짜기가 이상하다는, 이곳에 관한 온갖 괴소문들도?"

그제야 한두 사람씩 벤저민을 따라 웃기 시작했다.

"사실 따지고 보면 로버트 네가 원인이야. '이곳은 불길해'라고 했던 네 그 한마디가 우릴 모두 전염시킨 거였다고. 하지만 지난 3개월 동안은 네 머릿속도 잠잠했었나 봐. 불길한 예감 같은 거 전혀 없었어? 미래에 대한 섬뜩한 예견 같은 거 없었냐고?"

로버트가 잡지를 보다가 고개를 들자 벤저민이 그쪽으로 카메라를 돌리며 말했다.

"이것은 로버트 프로스트의 머리에서 나오는 라이브 보도입니다. 아 참, 시인인 프로스트와 혼동하지 마시기 바랍니다. 시인 프로스트는 이런 시를 썼죠.

'나는 조용히 발걸음을 멈췄네. / 저 멀리 거리와 집들 너머로 / 바람을 타고 끊길 듯 말 듯 울음소리가 들려오네.'(로버트 프로스트의 「밤에 익숙해지며」 중에서—옮긴이주)"

"우와! 네가 그런 시를 다 외우고 있었다니 대단하네."

로즈가 웃으며 감탄했지만 로버트는 아무런 동요 없이 앉아선 물병을 집더니 한 모금 마시곤 조용히 말했다.

"난 내가 뭘 아는지 잘 알아. 모든 걸 잊고 싶어 하는 건 너희들뿐이야."

크리스도 로버트와 마찬가지로 한숨을 내쉬었다.

"로버트 말이 옳을지도 모르지. 석 달간의 평화가 특별할 건 전혀 없어."

벤저민이 히죽거리며 물었다.

"그래? 그럼 다음에 일어날 일은 뭔데? 네스 호의 괴물? 아니면 히말라야 산의 예티 같은 설인이라도 나올까? 난 뭐든 괜찮아. 어쨌거나 유튜브에 올려놓으면 조회 수가 장난 아닐 거야."

그 말에 모두들 한바탕 다시 웃자 율리아가 덧붙였다.

"학생 여덟 명이 흔적도 없이 사라졌었던 사건은 어때? 그리고 우리가 건너편 보트하우스 근처에서 발견했던 그 추모지는?"

데비가 키득거리며 말했다.

"어쩌면 외계인이 납치해 갔는지도 모르잖아."

로버트는 물병을 세워놓곤 둥근 안경알 너머로 카티를 응시했다.

"카티한테 물어봐."

모두들 카티 쪽을 쳐다보자 카티는 어깨를 으쓱했다.

젠장. 로버트가 내 계획에 대해 어떻게 안 거지?

그냥 추측일 뿐일까? 아님 우연일까?

카티는 정신을 바짝 차렸다. 어쩌면 율리아한테서 벌써 들은 걸지도 몰랐다.

그런데 왜 저런 암시를 하는 거지? 목적이 뭘까?

카티는 로버트가 자신의 계획을 반길 리 없다고 생각했다. 하지만 다른 한편으로 그는 다른 이들에게 카티의 계획을 알릴 수 있는 완벽한 계기를 제공해준 셈이었다.

해가 검푸른 수면 위로 긴 그림자를 그렸지만 하늘은 아직 파랬고 멀리 고스트 산 뒤편의 산들까지 시야에 선명하게 들어왔다. 끝없이 이어질 것만 같은 산맥은 이따금씩 설원에 의해 끊기곤 했다. 정말 아무것도 숨기지 않은 그런 날이었다.

잠시 후 카티가 마음의 준비를 하고 말하기 시작했다. 모두들 무슨 영문인지 모른다는 얼굴로 카티를 바라보았다. 카티는 그들이 무슨 생각을 하고 있는지 짐작할 수 있었다.

다들 '미스 언터처블이 웬일이지? 평소엔 늘 벙어리처럼 입을 꾹 다물고 있더니'라고 생각하겠지. 하지만 이제 곧 모두 알게 될 거야.

카티가 친구들을 한 명씩 돌아보며 말했다.

"우리, 이 계곡을 한번 시험해보는 거 어때? 사라진 학생들에 대한 수수께끼를 풀어보는 거야. 누구 이번 주말에 나와 함께 고스트 산에 올라갈 사람?"

고스트 산으로

"멋진 생각이야!"

"그래, 가자!"

"우리가 계곡에 도전장을 내미는 거야!"

"고스트 산아, 우리가 간다!"

율리아는 자기 귀를 의심하지 않을 수 없었다. 왜 다들 그렇게 좋아하는지 이해할 수 없었다. 로버트만 빼고 모두들 카티의 생각에 전염되어버렸다. 참 희한한 일이었다. 심지어 데비까지도 자신이 3천 미터가 넘는 높은 산을 올라갈 수 있을 거라고 믿는 것 같았다. 하지만 율리아에게 고스트는 그냥 높은 산이 아니었다. 훨씬 더 깊은 의미가 있었다.

맑기만 하던 하늘에 불현듯 나타난 구름이 해를 가렸고 동시에 율리아의 의지와 상관없이 기억 깊은 곳으로부터 잊었던 이름이 떠올랐다.

마크 드 빈센츠.

추모비 제일 끝에 새겨져 있던 이름.

율리아는 왜 하필 아빠의 이름이 그 비석에 적혀 있었는지 아직 밝혀내지 못했다. 그랬다. 그녀는 그 일이 단순한 우연인지, 그냥 이름일 뿐인지조차 알아내지 못했다. 그럼에도 불구하고 그녀는 그곳에 매번 꽃을 갖다놓았고 그곳을 아빠의 묘지로, 추모비를 비석으로 여기고 싶었다. 아빠는 영원히 돌아올 수 없는 강을 건너가버렸다. 범죄의 희생양이 된 것이다. 부인할 수 없는 사실이었다! 사실! 사실!

아니면 혹시?

율리아는 눈을 감았다.

카티는 왜 고스트에 올라가겠다는 생각을 해서 모든 걸 표면 위로 끌어올려야만 했을까? 왜 또다시 오래된 상처를 들쑤시려는 걸까?

율리아는 당장이라도 일어나서 그 자리를 도망쳐 나오고 싶었다.

"언제 갈 거야?"

크리스의 목소리였다. 율리아는 속으로 외쳤다.

묻지 말아줘, 제발!

카티가 대답했다.

"다가오는 주말에. 일기예보를 봤는데 날씨가 괜찮을 것 같아. 게다가 완벽한 타이밍이야. 총독의 방문으로 모두들 정신이 없어서 우리가 사라져도 모를 테니까."

구름의 그림자가 수면 위로 길게 드리워졌다. 호숫가로 들이치는 파도가 선명한 윤곽을 지우곤 했다.

이번엔 데이비드가 물었다.

"네가 원하는 게 정확히 뭐야?"

"난 그 학생들이 진짜 고스트 산 정상에 올라갔었는지 증거를 찾고 싶어."

거짓말.

카티가 진짜로 원하는 건 다른 거야. 사라진 학생들에 대해선 별 관심도 없으면서.

율리아는 살아 있는 사람들한테도 관심이 없는 카티가 죽은 자들에게 집착한다는 건 말이 안 된다고 생각했다.

율리아는 아빠의 시체를 보지 못했다. 그래서 아빠가 진짜 죽었다는 말을 믿어야 할 근거가 어디 있는지 늘 자문하곤 했었다. 경찰이 그들 남매에게 그렇게 말했을 뿐이었다.

하지만 만약 아빠가 죽지 않았다면? 우리처럼 어디론가 숨어버린 거라면?

그녀는 어디에선가, 어쩌면 플로리다 같은 곳에서 새 가족과 함께 살고 있는 아빠의 모습을 상상해보았다.

그런데 왜 하필 플로리다지?

율리아 자신도 알 수 없었다. 그녀가 율리아 프로스트가 아닌 것처럼 그녀의 아빠 역시 마크 드 빈센츠가 아니었을 수도 있었다. 그리고 유일한 진짜 마크 드 빈센츠는 저 위 고스트 정상에 누워 있을지도 몰랐다.

로즈가 뭔가를 물어봤지만 율리아는 귀를 막은 채 주변의 소리를 모두 차단해버렸다. 기울어가는 석양 때문에 눈을 감고 있어도 눈이 부셨다. 마치 해가 흰 눈에 반사될 때처럼 너무 밝았다. 그녀는 끝없이 먼 곳으로 터덜터덜 걸어가고 있는 자신을 보았다, 오직 혼자서. 매서운 바람이 사지에 얼음처럼 차가운 냉기를 불어넣었다.

가만히 서 있으면 안 돼.

돌아보지 마.

계속 가지 않으면, 내면의 소리를 따르지 않으면 걸어가던 채로 얼어버릴지 몰라.

그녀는 저기 앞에서 자신을 기다리고 있는 먹구름에 도달해야만 했다. 하지만 구름은 가까이 다가가면 갈수록 더욱 멀어졌다.

마크 드 빈센츠?

어떻게 그가 아빠라고 확신할 수 있어?

모른다. 알 수가 없었다.

그가 다른 사람인지 아니면 자기 아빠가 그 먹구름인지 알아내는 방법은 오직 한 가지뿐이었다. 그를 따라가는 수밖에 없었다. 그가 돌아서서 얼굴을 보이도록 그의 어깨를 붙들어야 했다. 그 생각을 하자 율리아는 머리가 어지럽고 속이 메스꺼워졌다. 놀라운 일도 아니었다. 그녀 안의 모든 게 저항하는데도 불구하고 그녀는 계속 가고 있었으니까. 그녀의 눈엔 심지어 먹구름이 오라고 손짓하는 것처럼 보였다.

아주 잠시 이성이 끼어들어 그녀에게 이건 모두 꿈일 뿐이라고 일깨워주었다. 하지만 율리아는 꿈에서 깨고 싶지 않았다. 지금까지처럼 계속 걸어가고 싶었다.

그녀는 안간힘을 쓰며 흰 바닥 위로 한 발 한 발 옮겨갔다. 저 앞에 서 있는 이에게 점점 더 가까이 가고 있다고, 이제 곧 도달할 거라는 느낌이 없었다면 아마 일찌감치 포기했을지도 모를 일이었다.

조금만 더 참아.

여러 목소리들이 귓속으로 파고들었다.

그때 율리아를 현실로 돌려놓은 건 로버트의 목소리였다.

"율리아?"

그 기이한 꿈에서 깨어날 수 있는 절호의 기회였지만 율리아는 그럴 수가 없었다. 심장이 미친 듯이 뛰고 있었다.

'아직 안 돼'라고 대답하고 싶었지만 소리가 입 밖으로 나오질 않았다. 대신 그녀는 공포에 떨며 생각했다.

곧! 이제 곧 알 수 있어!

그녀는 달려갔다. 흰 바닥을 향해, 그 끝에서 그림자가 그녀

를 기다리고 있었다. 이제 몇 미터만 더 가면. 속이 너무 메스
꺼워서 걸을 수조차 없었다. 그녀는 결국 무릎을 꿇고 주저앉
고 말았다.

바람이 먹구름을 하늘 위로 날려버렸다. 그림자는 흩어졌
다. 흰 바닥은 미러 호 위의 검푸른 하늘로 변했고 그 옆에서
율리아는 무릎을 꿇은 채 속을 게워내고 있었다.

옆에서 누군가 말했다.

"야, 지금 뭐 하는 거야!"

또 누군가는 율리아에게 크리넥스를 내밀었다.

그때 날카로운 목소리가 외쳤다.

"어머, 우리가 산 음식들 중에 뭔가가 상했었나봐. 뭘 먹은
거야? 세상에! 크리스, 율리아가 뭘 먹었는지 알아?"

율리아가 중얼거렸다.

"새우. 새우밖에 안 먹었어."

연신 꽥꽥거리는 소리 비슷한 게 들렸다.

"어머, 난 몰라! 몰라! 몰라! 나도 새우 먹었단 말이야! 그것
도 최소한 열 마리는 더 먹은 거 같은데! 아, 나도 속이 이상한
것 같아."

"빌어먹을…… 데비, 제발 그 입 좀 다물어!"

크리스인 것 같았다. 아니면 데이비드였었나?

초대하지 않은 손님

"좀 괜찮아?"

로즈가 호숫가로 달려가선 생수병 하나를 갖고 돌아오는 모습을 보고 있던 카티는 조바심이 났다.

하필이면 이럴 때 왜 올리아는 구토를 하고 난리야.

하지만 그렇다고 쉽게 포기할 카티가 아니었다. 그녀가 가진 장점들 중에서도 가장 내세울 만한 게 바로 고집 아니던가.

카티는 가능한 한 느긋한 목소리로 다시 물었다.

"그러니까, 너희들 생각은 어때? 고스트에 올라갈 거야?"

다른 이들이 카티를 빤히 쳐다보았다. 그중 가장 먼저 입을 연 건 데비였다.

"너 그거 진심이었어?"

"내 입에서 나오는 말은 모두 진심이야. 그 점에서 너와는 다르지."

데이비드가 조용한 목소리로 물었다.

"굳이 그런 위험한 짓을 왜 하려는 거야?"

"심심한가보지."

크리스가 중얼거리듯 내뱉자 카티가 그에게 물었다.

"넌 안 심심해?"

크리스는 어깨를 으쓱했다.

"생각 좀 해봐. 이번 주말에 여긴 지옥이나 다름없을 거야. 우린 서커스 원숭이처럼 여기저기로 끌려 다닐 거라고. 그 것만으로도 학교를 벗어날 이유가 충분하지 않니? 그리고 또…… 저기 저 산을 봐. 저 꼭대기 위에 서 있는 자신을 한번 상상해보라고. 그러면……."

갑자기 데이비드가 카티의 말을 끊었다.

"혹시라도 꼭대기에 도달할 경우에 말이지."

카티는 데이비드의 말에 신경 쓰지 않았다.

"전망이 기가 막힐걸. 온 세상이 우리 발아래 있는 기분, 느껴보고 싶지 않아? 심지어 이 학교도 손톱만 하게 보여서 다시는 대단해 보이지 않을 거야."

"난 지금도 그다지 대단해 보이지 않는데."

벤저민이 웃었다. 그는 줄곧 카메라로 카티를 찍고 있었다.

"상상력을 좀 발휘해봐! 정말 엄청나게 긴장감 넘치는 모험이 될 거야. 여기 이 멋진 대자연이 한낱 배경으로 남아서야 되겠어? 호수에선 수영을 하면 안 되고 숲에는 들어가면 안 되고 산에는 올라가면 안 된다? 세상에 이런 게 어디 있냐고. 난 받아들일 수 없어. 뭔가가 날 자꾸 이 규칙들에 저항하도록 자극하고 있다고."

긴 연설이 끝나가고 있었다. 이제 카티도 뭐라 더 말해야 할지 알 수가 없었다. 다른 이들은 모두 침묵했다. 그런데 그 침묵을 제일 먼저 깬 건 다름 아닌 율리아였다.

"난 함께 가겠어!"

모두가 율리아를 빤히 쳐다보았다. 여전히 안색이 창백한 율리아를 보며 카티는 갑자기 그녀가 꼭대기까지 올라갈 수 없을지도 모른다는 생각이 들어 두려워졌다. 하지만 곧 율리아가 육상으로 꽤 단련되어 있다는 사실이 떠올랐다. 그녀는 매일 아침 한 시간 넘게 조깅을 했고 육상부의 선발 선수이기도 했다.

"넌 가만히 있어."

크리스가 중얼거리자 율리아의 목소리는 단호해졌다.

"나한테 이래라저래라 하지 마."

그러더니 카티에게 말했다.

"하지만 분명히 해둬야 할 게 한 가지 있어. 내가 이 일을 하는 이유는 멋진 전망을 보기 위해서가 아니야. 난 그 학생들에게 무슨 일이 일어났었는지 알고 싶어. 그들은 지금 우리 또래였고 지금 남은 건 막연한 소문들뿐이야. 그들에 대해 물어보면 돌아오는 건 오직 침묵뿐이지. 그 당시의 연감도 사라져버렸어. 내가 찾아봤거든. 학교가 폐쇄됐을 때 그 자료들을 보관하지 않기로 결정했다더라고."

율리아는 고개를 저었다.

"남은 건 오래된 추모비에 새겨진 이름들뿐이라니, 뭔가 잘못됐어."

로즈가 고개를 젓더니 율리아를 바라보았다.

"너 그 일에 대해 알아보려고 상당히 몰두했었구나? 하지만 난 그 때문에라도 네가 왜 저 꼭대기까지 가보려는 건지 이해가 안 돼. 학생들이 사라졌다는 건 저 위까지 가는 게 무지 위험하다는 뜻이잖아."

로즈는 다시 한 번 고개를 가로저었다.

"혹시 내 의견을 묻는다면, 너희들 모두 다리가 부러지건 말건 내 알 바 아니지만 난 안 갈래. 게다가 벌써 주말에 자원봉사하기로 신청해두었어."

카티는 어깨를 으쓱했다.

"네 마음대로 해. 아무튼 난…… 총독 뒤치다꺼리나 하고 있을 생각은 전혀 없어."

카티는 로버트가 율리아를 빤히 바라보고 있으며 또 율리아 역시 그의 눈길에 응하고 있다는 걸 알아챘다. 결국 로버트는 자리에서 일어나더니 자기 물건들을 주섬주섬 챙겼다. 로버트가 카티 앞으로 가서 서자 벤저민이 카메라 앵글을 급히 그쪽으로 돌렸다.

로버트가 입을 열었다.

"네가 하려고 하는 일은 미친 짓이야. 그리고 저 꼭대기에서 뭘 찾는지 모르겠지만 넌 찾을 수 없을 거야. 네가 찾는 답은 고스트 위가 아니라 바로 네 마음속에 있으니까."

"우와!"

벤저민이 탄성을 지르며 앵글을 다시 카티 쪽으로 돌렸다. 로버트의 말에 카티는 뜨끔했지만 아닌 척 시치미를 떼버렸다.

"난 그냥 저 봉우리에 올라가보고 싶은 것뿐이야. 그러니까 괜히 프로이트의 심리 분석 같은 거 하려고 들지 마. 율리아가 뭘 할지 말지는 스스로 결정할 일이야."

또다시 율리아와 로버트가 눈빛을 주고받았다. 로버트가 나직한 목소리로 말했다.

"하지 마."

하지만 율리아는 대답 대신 어깨를 으쓱할 뿐이었다. 그때 크리스가 선글라스를 벗더니 끼어들었다.

"율리아가 가겠다면 나도 가. 그리고 카티 말도 맞아. 우리에게 지어진 한계를 쉽게 받아들여선 안 되지. 한계란 항상 넘으라고 있는 거니까."

놀랍게도 그동안 침묵을 지키고 있던 데비가 그제야 흥분하며 말했다.

"너희들 설마 진심은 아니겠지? 정말 진심으로 하는 소리야?"

데이비드는 고스트를 올려다보았다.

"그냥 아무 준비도 없이 그렇게 갈 순 없어. 저긴 단순한 산책로가 아니야."

석양이 건너편 호수 위로 펼쳐진 거대한 산을 오렌지색으로 물들였다.

"제대로 된 장비와 지도가 필요해. 그리고 가장 중요한 건 정상까지 하루 이상이 걸린다는 사실이야. 즉 어딘가에서 밤을 보내야 한다는 거지."

"고스트 뒤편 어딘가에 산장이 있다고 들었어. 그리고 장비는 걱정 안 해도 돼. 내가 다 알아서 구할 테니까. 로프랑 헬멧, 아이젠……."

카티의 말을 듣고 있던 데이비드는 화난 표정이 되었다. 그의 파란 눈이 갈색 머리와 대조를 이루어 더욱 강렬해 보였다.

"아이젠이라고? 설마 빙벽을 타려고?"

카티는 입술을 깨물었다.

젠장!

데이비드가 카티의 계획을 간파해버렸다. 더군다나 그는 이번 등반에 빠져서는 안 될 사람이었다. 여덟 명 중에 평정심을 잃지 않는 유일한 사람이자 가장 믿을 만한 존재였다.

"팀을 이끌 리더는 누구야, 카티? 결정을 내리는 사람은 누구냐고, 너야? 우리가 모두 널 그만큼 믿고 있다고 생각해?"

크리스가 묻자 잠시 침묵이 흘렀다. 하지만 카티는 이미 그런 질문이 나올 거라고 예상하고 있었다.

"아니, 우릴 거기까지 안내해줄 사람이 있어."

모두들 당황한 표정으로 쳐다보았다. 그것까지는 미처 예상하지 못했던 것이다.

"이름은 아나 크리. 겨울엔 스키 강사로 일하고 여름엔 대부분 필즈에 있는 스포츠용품 가게에서 일하거나 등반 가이드를 하지. 그녀의 할아버지인 나누크 크리라는 분이 수년간 필즈에서 묵었던 등반가들의 안내인으로 지내왔대. 그때마다 그녀도 동행했고. 이제 됐지?"

그런 다음 카티는 데이비드 쪽으로 고개를 돌렸다.

"내가 이미 철저히 준비해두었어. 가이드 없이 빙산을 넘는 건 정말 무책임한 짓이니까."

그녀의 입에서 말이 술술 나왔다. 사실 전부 아나 크리가 한 말이었다. 그리고 카티가 단둘이서 고스트까지 올라가자고 제안했을 때 최소한 인원이 여섯 명 이상은 돼야 한다고 주장했던 사람도 그녀였다.

"그녀를 언제부터 알았어?"

"꽤 오래됐어."

데이비드와의 문답이 끝나자 허리춤에 손을 올린 크리스가 물었다.

"크리라고? 혹시 인디언계?"

카티는 고개를 끄덕였다.

"그 사람이 여기 위쪽을 잘 알아?"

"그녀의 할아버지는 그 당시 실종된 학생들을 찾는 수색대의 일원이었어. 자, 어때? 율리아와 크리스 말고 또 함께 갈 사람 없어?"

아무도 대답이 없었다. 카티는 자리에서 일어났다.

"그래, 좋을 대로 해. 어쨌든 난 갈 거니까."

그러면서 학교 쪽으로 발걸음을 옮겼다.

"함께 가려고 결정한 사람들은 잘 들어. 이따 체육관 도구실에서 9시에 만나. 거기에 우리에게 필요한 장비들이 다 있어. 그리고 다른 사람들도 생각이 바뀌면 거기로 와."

***

카티는 테라스의 긴 의자 위에 누워 있었다. 난간에 발을 올려놓고 발아래 있는 검은 호수를 응시했다. 해가 진 지 오래됐는데도 여전히 따뜻했다. 캠퍼스와 호수 쪽 잔디밭은 학생들로 장사진을 이루었다. 웃음소리와 누군가를 부르는 소리가 2층 테라스까지 올라왔다.

카티는 한 시간 전부터 그곳에서 자신의 계획에 대해 생각하고 또 생각했다.

아나, 크리스, 율리아 그리고 카티.

계획을 실행하는 데 이 인원만으로 충분할까?

아나는 최소한 여섯 명은 돼야 한다고 했다. 많으면 많을수록 좋다고도 했고 카티 역시 사실 그편이 더 이성적이라는 걸 잘 알고 있었다.

위급한 상황이라도 발생하면 어쩌지? 또 봉우리까지 가는 다양한 코스들을 다 시험해보기 위해 팀을 나눠야 한다면? 두 명씩 두 그룹으로 나누면 괜찮지 않을까?

카티는 세바스티앵이 어디선가 지켜보고 있는 듯한 느낌이 들었다. 다리 사이에 그의 사진이 있었다.

젠장, 세바스티앵이라면 혼자서라도 갔을 텐데.

그런 점에서 그는 카티와 달랐다. 그는 늘 극단적인 한계선까지 도전하곤 했다. 반면 그녀는 그런 순간이 오면 망설인 게 한두 번이 아니었다.

시계를 보았다. 9시 15분 전이었다. 카티는 일어나 후드 점퍼를 툭툭 털곤 신발을 신고 방문을 열었다. 기숙사는 쥐 죽은 듯 조용했고 3층 복도 역시 마찬가지였다. 학생들 모두 흔치 않게 포근한 저녁 시간을 퀴퀴한 냄새나는 기숙사 방이 아니라 밖에서 보내기로 작정한 것 같았다.

카티는 엘리베이터 앞에 서서 버튼을 눌렀다. 지하 2층으로 가면 뒤편 건물과 체육관으로 이어지는 통로가 있었다. 건물 밖으로 나가서 체육관까지 갈 수도 있었지만 도중에 데비나 다른 사람들을 만날까봐 싫었다. 갖가지 질문들로 그녀를 괴롭힐 게 분명했기 때문이었다.

덜컹거리는 소리와 함께 엘리베이터가 도착했다. 닳아빠진 카펫이 깔린 복도와 마룻바닥처럼 엘리베이터 역시 꽤 구식이었다. 오래된 영화에서처럼 바깥쪽 유리문 안에 구식의 접이식 문이 하나 더 있었는데 그다지 안전해 보이진 않았다.

카티는 엘리베이터 안으로 들어섰다. 그런데 엘리베이터가 천천히 움직이기 시작하자 갑자기 가슴이 죄어오는 것 같았다. 그녀는 좁은 공간 안에 있을 때마다 항상 그런 느낌이 들곤 했다.

이런 공포감은 어릴 때부터 있었던 건 아니고 언젠가부터 서서히 생겨났다. 처음엔 그다지 심하지 않았고 그저 좀 불편한 기분이 드는 정도였다. 그때는 사실 거의 의식조차 하지 못했었다. 본격적인 공황장애가 시작된 건 세바스티앵의 일이 벌어지고 난 후부터였다.

벨몽드 가의 정신과 의사에게 가던 길이었는데 엘리베이터를 타고 9층까지 올라가는 동안 갑자기 몸에 시커먼 거미 수천 마리가 기어 다니는 듯한 기분이 들었다. 온몸이 근질거려 바닥에 데굴데굴 구르고 싶었다.

그런데 지금 또다시 그것과 비슷한 기분이 들었다. 그녀의 부모님은 정신과 의사에게 많은 돈을 갖다 바쳤지만 아무 소용이 없었다.

엘리베이터가 움직이는 동안 카티는 눈을 질끈 감고 있었다.

생각하지 말자.

당장이라도 벽과 천장, 그리고 바닥이 그녀를 짓이기기 위해 움직일 것만 같은 두려움을 한편으로 밀쳐냈다. 그런 다음 고스트 봉우리 위에 서서 저 아래 세상에 있는 모든 걸 애처로운 한 편의 연극처럼 내려다보는 자신을 상상을 하자 조금 효과가 있는 듯했다.

약속 장소엔 누가 나올까?

율리아는 틀림없이 올 것이다. 너무도 자신 있게 대답했으니까. 아니, '자신 있게'라는 단어는 적당하지 않은 것 같다. 오히려 그녀의 목소리는 어쩔 수 없이 내린 결정처럼 들렸다. 이유야 어찌됐건 상관없다. 율리아가 간다면 크리스도 따라올 테니까. 하지만 율리아 때문이라고 하긴 했으나 어쩐지 크리스에겐 다른 이유가 있는 것 같은 느낌이 들었다.

그게 뭘까? 모험? 재미? 극단적인 자극? 아니다. 그는 그런 유가 아니었다. 그는 유희를 즐겼고 다른 사람의 인내심을 시험해보길 좋아했다. 게다가 이곳 지리에 대해 상당한 지식까지 갖추고 있었다. 정확히 말하자면 어마어마한 지식이었다.

엘리베이터가 덜컹거리는 바람에 카티는 옆 벽에 부딪쳤다. 잠시 후 끼익— 하는 마찰음과 함께 또다시 심하게 덜컹거렸다. 카티는 마치 다가오는 벽을 막으려는 것처럼 자신도 모르게 팔을 뻗어 벽을 짚었다.

결국 엘리베이터는 멈추고 말았다. 지하 1층과 2층 사이인 듯했다. 게다가 전등까지 깜빡거리더니 꺼졌다가 다시 켜졌다가 결국 깜깜해져버렸다.

악몽 중에서도 최악의 악몽! 카티가 가장 두려워했던 상상이 현실이 되어버린 것이었다.

몇 분만 기다려보자, 그럼 엘리베이터가 다시 움직일 거야.

카티는 마음을 진정시키려고 애썼다.

오래 걸리지 않을 거야.

그녀는 자기도 모르게 숫자를 세기 시작했다.

180까지 셌을 때 그녀는 숫자 세기를 그만두고 배낭을 집었다. 배낭 안에 오늘 아침 챙겼다가 꺼내지 않은 손전등이 있을 터였다. 지퍼를 여는 손가락이 덜덜 떨리고 있었다.

아냐, 여긴! 옆 주머니!

이제 정확히 기억이 났다. 손전등을 옆 주머니에 넣어뒀던 것이다.

여기야!

배낭을 더듬자 손전등이 만져졌다. 이윽고 희미한 불빛이 엘리베이터 안을 밝혔다.

실수야! 대실수!

그녀가 있는 곳은 엘리베이터 안이 아니라 감옥이었다. 더럽고 닳아빠진 갈색의 플라스틱 타일로 덮인 벽, 두 사람 이상은 들어갈 수도 없는 좁은 공간.

그때 엘리베이터가 매달려 있는 줄에서 의심스러운 소리가 났다.

줄이 끊어지려고 하는지도 몰라. 이러다간 엘리베이터가 추락하는 건 시간문제야. 아님 혹시 누가 일부러 줄을 자르고 있는 건 아닐까?

공포가 카티에게 오만 가지 가능성을 속삭이고 있었다. 그녀는 상상 속에서 수천 번도 더 죽었다 다시 살아났다. 30미터나 되는 암벽을 전혀 두려워하지 않고 홀로 올라갔던 그녀인데! 그녀의 다음 목표는 해발 3,500미터의 고스트 산 정상에 오르는 거였는데. 그런데 겨우 플라스틱 벽으로 둘러싸인 이곳을 두려워해? 대학에서 빈번히 일어나는 정전을? 몇십 년 전부터 이곳을 오르내렸던 엘리베이터를?

이마에 식은땀이 주르륵 흘렀다.

침착해.

그녀는 스스로 주문을 걸었다.

카티, 마음을 가라앉히고 무슨 방법이 없는지 생각해봐.

그러다가 갑자기 안도의 한숨이 터져 나왔다.

내가 왜 그 생각을 못 했지? 정말 바보 같아.

어딘가 비상벨이 있을 텐데. 그리고 인터폰도.

보안 요원들은 하루 종일 사무실에 앉아 감시 카메라로 지켜보고 있었다. 어쩌면 그들은 벌써 어두컴컴한 엘리베이터 안에서 비상벨을 누르곤 '지금 당장 엘리베이터를 작동시키지 않고 뭐해요?'라 소리치지 않고 대신 잔뜩 겁먹은 동물처럼 웅크리고 앉아 덜덜 떨고만 있는 그녀를 보고서 배꼽을 잡고 웃고 있을지도 몰랐다.

손전등의 불빛이 엘리베이터 왼쪽 문에 있는 버튼들을 비췄다. 빨간 버튼을 누르자 잠시 후 지지직, 하는 잡음이 들렸다.

"여보세요? 내 목소리 들려요? 엘리베이터 안에 사람이 갇혀 있어요."

또다시 잡음만 들렸다.

"여보세요?"

아무 대답이 없었다.

그러더니 속삭이는 소리가 들렸다.

아니, 속삭이는 게 아니라 일정한 톤으로 말하는 저음의 목소리였다.

"잊어버려……."

내가 잘못 들었나?

"뭐라고요? 잘 안 들려요. 저 지금 엘리베이터 안에 갇혀 있다고요. 도와주세요."

"네가 하려고 하는 계획 말이야. 잊어버리라고."

그랬다! 카티가 엘리베이터 타는 걸 죽는 것보다 두려워한다는 건 사실이었다. 산소가 점점 부족해지는 듯한 느낌이 드는 것 또한 그랬다. 그녀는 이미 기절해서 바닥에 누워 있는 자신의 모습이 보이는 것 같았다. 하지만 지금까지 한 번도 환청을 들은 적은 없었다. 그러니 환청은 아니고, 무선 원거리 통신 혹은 인터폰인 듯했다. 뭐라고 부르건 간에 어쨌든 기계가 고장 난 게 틀림없었다.

"내 목소리 들리나요? 지금 말하는 게 누구죠? 보안 요원인가요?"

"저 위에서 누군가 죽을 거야. 내 말 알아들어, 카티? 카티? 그건 네 탓이야. 네 탓, 네 탓……."

카티는 땀으로 흠뻑 젖은 온몸을 덜덜 떨면서 바닥에 주저앉고 말았다. 심장이 미친 듯이 뛰었다. 그리고 심장이 뛸 때마다 그 마지막 단어가 귓속으로 파고들었다.

'네 탓, 네 탓, 네 탓…….'

불이 켜지고 힘차고 또렷하게 외치는 저음의 목소리를 듣자 그녀는 비로소 제정신을 차렸다.

"비상벨 누르셨죠? 잠시만 기다리세요. 곧 조치하겠습니다."

마지막 말이 끝나기도 전에 엘리베이터가 덜컥거리더니 다시 움직이기 시작했다. 그리고 1초도 채 되지 않아 엘리베이터는 지하 2층에서 멈췄고 문이 열렸다. 카티는 휘청거리면서 밖으로 나오다가 엘리베이터 앞에서 기다리고 있던 누군가와 부딪쳤다.

포르스터 교수가 그녀 앞에 서 있었는데 입가에 묘한 웃음이 배어 있었다.

"무슨 문제라도 있나?"

***

카티는 달려갔다. 땅 밑으로 나 있는 터널 속을 정신없이 뛰었다. 발소리가 콘크리트 바닥에 쿵쿵 울렸고 숨소리는 헉헉거렸다. 유리문 앞에 다다라서야 수영장을 환히 밝힌 형광등을 보며 발걸음을 늦춘 그녀는 마음을 진정시키려고 애썼다.

"누군가에게 네 계획을 설득시키려면 네가 갖고 있는 것을 보여줘야 해, 바로 강한 의지를. 넌 사람들을 설득하는 방법을 잘 알잖아. 네 아버지의 모습을 수천 번도 넘게 지켜봤으니까."

카티는 어머니로부터 무표정하게 감정을 드러내지 않는 방법을 배운 덕분에 자신은 더 우월한 척 다른 사람들과 거리를 둘 줄 알았다.

다시 말해 체육관으로 들어선 카티를 보고 그 누구도 그녀가 방금 끔찍한 악몽을 겪었다는 걸 알아차리지 못했다. 그녀는 일부러 더 느긋해 보이려고 왼쪽 어깨에 배낭을 걸친 채 도구실 안으로 들어갔다.

그곳에는 이미 다른 사람들이 먼저 와서 카티를 기다리고 있었다. 갑자기 카티는 안도하는 척할 필요가 없게 되었다. 왜냐하면 그 자리엔 그녀가 오리라 예상했던 사람들만 있었던 게 아니었기 때문이다. 율리아와 크리스는 운동기구에 몸을 기대고 서 있었다. 벤저민과 데이비드도 와 있었다. 벤저민은 카티를 보자 쾌활하게 인사를 건넸다.

"자, 우리의 용감무쌍한 모험을 이끌 리더를 소개합니다, 카티 베스트 양."

그리고 또 한 사람이 더 있었다. 그녀가 지금까지 단 한 번도 보지 못했던 남학생이었다. 그래, 카티는 확신했다. 그런 얼굴은 한 번 보면 결코 잊을 수 없을 테니까. 뒤로 바싹 빗어 넘긴 적금빛 머리카락과 짧은 턱수염, 이마의 깊은 주름과 특히 왼쪽 뺨에 있는 흉터를 어찌 잊을 수 있겠는가.

그가 먼저 카티 앞으로 다가왔다.

"안녕, 나는 폴이라고 해. 폴 포르스터. 나도 너희 팀에 끼고 싶어."

집행

폴 포르스터라고?

의아함과 호기심이 섞인 다른 친구들의 눈빛을 보면서 카티의 머릿속엔 여러 가지 생각들이 교차했다.

내 계획에 대해 어떻게 알았지? 저 애한테 누가 말한 걸까? 대체 누가 눈치 없이 떠벌리고 다닌 거야? 카메라 뒤에 숨어 있는 벤저민일까? 아니면 율리아의 어깨에 손을 올린 채 운동기구에 기대 있는 크리스? 데이비드?

아냐.

그들은 모두 죄책감을 갖고 있다기보단 오히려 어리둥절하고 긴장되고 초조해 보였다.

카티는 다시 남학생에게 물었다.

"네가 무슨 말을 하는지 모르겠는데?"

"그래? 그럼 여기 이건 뭐지?"

폴은 카티 옆을 지나쳐 기구실 뒤쪽 구석에 있는 낮은 수납장 쪽으로 걸어갔다. 그의 팔이 카티의 어깨를 스쳤다. 반짝반짝하는 최신식 운동기구들과 달리 수납장은 오래됐고 여기저기 흠집이 나 있어서 마치 수년 전부터 아무도 사용하지 않은 것처럼 보였다. 게다가 구식이었다.

갑자기 카티는 가슴이 뛰기 시작했다.

저 폴이라는 애가 수납장에 대해 어떻게 알았지?

혹시 이틀 전 내가 여기서 저 수납장의 자물쇠를 부수는 걸 훔쳐본 건가?

사실이었다! 카티가 만일의 경우에 대비해, 망가뜨린 걸 들키지 않으려고 고리에 슬쩍 끼워놓은 자물쇠를 폴은 가볍게 잡아당겨서 수납장 문을 열었다.

그러자 수납장 안에서 카티가 발견해두었던 장비들이 모습을 드러냈다. 로프, 벨트, 고리, 아이젠, 카라비너, 아이스피켈 등등. 폴 포르스터는 그중 하나를 꺼내 다른 손으로 옮겨 쥐곤 잠시 망설이다가 묘한 웃음을 지으며 말했다.

"너희들한테 필요한 사람은 나야!"

카티는 코웃음을 쳤다.

"왜? 뭣 때문에?"

그러면서 머릿속으로는 어떻게 하면 이 일이 밖으로 새어나가지 않게 하면서 그를 떼어낼 수 있을까 궁리했다.

그는 손을 뒤로 가져가더니 청바지 뒷주머니에서 뭔가를 꺼냈다. 그리고 웃으며 말했다.

"나한테 지도가 있으니까."

카티는 깜짝 놀랐다. 다른 친구들 역시 어리둥절한 표정으로 폴을 쳐다보고 있었다. 폴은 일부러 지도를 천천히 펼치면서 그 상황을 즐기고 있었다. 종이는 닳아서 너덜너덜했고 접힌 부분은 금방이라도 찢어질 것만 같았다. 그는 기구실의 더러운 바닥에 지도를 조심스럽게 펼쳐놓았다. 카티는 지도 위에 쓰인 글씨가 제일 먼저 눈에 들어왔다.

'솔로몬 국립공원.'

카티는 뜨거운 열기가 온몸으로 퍼지는 걸 느꼈다.

쟤가 지도를 갖고 있어! 내가 그토록 찾아 헤맸던 지도를!

카티가 놀란 눈으로 폴을 바라보자 그는 재미있다는 듯한 눈빛으로 응수했다. 그런데 폴의 눈동자 색은 카티를 더욱 혼란스럽게 했다. 너무나 밝아서 거의 노란색처럼 보이는 갈색 눈동자. 그녀는 그의 눈에서 시선을 뗄 수가 없었다. 카티는 폴이 진짜 원하는 게 뭔지 전혀 알 수가 없었지만 왠지 동맹군을 얻은 듯한 느낌이 들었다.

"그건 어디서 났어?"

"중요한 건 이 지도 없인 너희들의 계획은 실현될 수 없다는 거야. 내가 이 지도를 어디서 구했는지는 전혀 중요치 않아."

천만에.

카티는 생각했다.

그걸 어디서 났느냐 하는 게 바로 핵심이야!

하지만 그녀는 마음속에서 요란하게 울려대는 경고음을 깡 그리 무시한 채 호기심을 좇았다. 잠시 후 카티는 그 옆에 무릎을 꿇고 앉아 지도를 들여다보고 있었다.

카티는 미러 호 위로 솟아 있는 거대한 고스트 산과 설원 지대를 단번에 알아보았다. 그리고 처음으로 그 설원 지대의 이름이 '네버 썸머 필즈'라는 사실도 알았다.

그리고 그 거대한 산맥은 '고스트'라는 이름 외에 봉우리에 '화이트 소울'과 '블루 마인드' 그리고 '블랙 스피릿'이라는 각각의 이름을 갖고 있었다.

지금까지 모든 상황을 지켜보고만 있던 크리스가 폴의 곁으로 다가왔다.

"우리 계획에 대해선 어떻게 알았어?"

"그냥 오다가다 주워듣게 되는 소문들 있잖아. 게다가 특히 난 늘 두 귀를 열어두거든."

카티는 자기도 모르게 폴의 신발을 힐끔 보았다. 그는 낡은 나이키 운동화를 신고 있었는데 아주 오래된 모델이었다.

문득 카티는 무언가가 떠올랐다. 그날 아침 돌이 떨어지기 직전에 머리 위로 그늘이 드리우는 걸 그녀는 알아차렸었다. 그리고 왠지 그곳에 자기 말고 다른 누가 있는 것 같다는 느낌을 받았었다.

혹시 그곳에 서 있던 사람이 폴은 아니었을까?

하지만 그렇다고 해도 어떻게 내 계획에 대해 안 거지?

카티는 고개를 젓곤 다시 지도 위로 머리를 숙였다. 그런 다음 손가락으로 자신이 찾던 길을 더듬어갔다.

그래, 이럴 줄 알았어!

카티의 예상이 정확히 적중했다. 그녀는 고개를 들고 태연한 척했다.

"이 지도에는 내가 몰랐던 새로운 사실은 하나도 없어."

그러자 폴이 카티 앞에 무릎을 꿇고 앉았다. 그런 다음 집게손가락으로 산등성이를 향해 그어져 있는 빨간 점선을 가리켰다.

"처음엔 호수 연안을 따라 이 지점까지 가. 그다음엔 오른쪽으로 여기를 넘어 수직 절벽 아래까지 가는 거지. 내 생각엔 여기서 동쪽으로 걸어가서 절벽 뒤편에서 설원 지대까지 올라갈 수 있을 것 같아. 그런 다음 설원 지대를 지나 남쪽 능선을 타면 정상까지 그리 어렵지 않게 갈 수 있을 것 같은데."

가늘고 왠지 모르게 섬세해 보이는 손가락은 외모와 전혀 어울리지 않았다.

카티는 벌떡 일어나서 한 발짝 뒤로 물러났다. 대신 크리스가 카티가 있던 자리로 가서 폴 옆에 무릎을 꿇고 앉아 지도를 연구하기 시작했다.

"내 생각이 맞는다면…… 카티, 설원 지대까지 가는 데만도 하루는 걸릴 것 같은데."

"그러니까 산장에서 하룻밤을 묵어야지."

크리스가 고개를 젓더니 카티를 올려다보았다.

"이 지도에는 산장 표시가 없어."

"아나가 있다고 했어. 거기서 설원 지대로 진입할 수 있대."

"그 아나라는 사람은 어디 있어? 난 우릴 안내할 사람이 누군지부터 알아야겠어."

"곧 소개시켜줄게. 걱정 마. 그녀의 가족은 산 아래 벽돌집에 살아. 여기쯤에서 그녀가 합류할 거야."

카티가 손으로 지도 위 한 지점을 가리켰다.

"여기에 그녀가 우릴 기다리고 있을 거야. 미러 호와 고스트 산으로 가는 길이 갈라지는 이곳에서."

"그럼 산장은 어디 있는데?"

카티의 집게손가락이 고스트 앞에 있는 좀 더 낮은 산을 가리켰다.

"이 위. 여기서 협곡을 따라 내려간 다음……."

폴이 그녀의 말을 가로챘다. 카티만큼이나 흥분한 기색이 목소리에서 느껴졌다.

"……바로 거기서부터 설원 지대야. 즉 우리가 원래 하려던 본격적인 모험이 시작되는 지점이지."

기구실 안은 정적이 감돌았다. 율리아와 벤저민 그리고 데이비드는 여전히 이 상황을 어떻게 받아들여야 할지 갈피를 못 잡는 것 같았다. 긴장감이 느껴졌다. 카티는 자신이 지금부터 하게 될 얘기가 결정적이 되리라 예감했다. 그래서 깊이 숨을 들이마신 다음 바닥에 있던 배낭을 집어 들며 말했다.

"필요한 장비들을 알파벳 순서대로 적어놓은 리스트가 있어. 이것 말고 더 필요한 게 있으면 말해줘. 내가 구해볼게. 제일 중요한 건 신발이야. 그리고 또 보온성이 좋은 옷과 방수 재킷, 튼튼한 배낭 그리고 침낭도 필요해. 아이젠과 로프, 안전 벨트 같은 건 이 수납장 안에 있어. 비상식량도 충분히 챙겨. 물은 플라스틱 병에 담긴 걸로 준비해, 다 먹으면 바로 버릴 수 있게. 짐은 적으면 적을수록 좋아. 꼭 필요한 것만……."

그때 삐거덕거리는 소리와 함께 문이 열렸다. 카티는 소스라치게 놀라며 뒤를 돌아보았다. 그리고 곧 큰 소리로 안도의 한숨을 내쉬었다.

***

데비였다!

쟤가 여긴 왜 온 거지?

설마 우리랑 고스트에 같이 올라가려는 건 아니겠지?

데비는 카티가 이번 등반 팀에 절대로 합류시키고 싶지 않은 사람이었다. 하긴 폴도 원래 명단에 없는 건 마찬가지였지만.

"무슨 일이야?"

카티가 날카롭게 묻자 데비의 등 뒤로 로즈가 모습을 보이더니 난감한 표정을 지으며 말했다.

"내가 아무리 말려도 듣질 않잖아. 글쎄 자기도 같이 가겠대. 카티, 네가 직접 말 좀 해줘, 얘는 못한다고."

하지만 카티보다 데비가 한발 빨랐다.

"할 수 있어."

데비는 사람들을 한 명씩 둘러보며 다시 한 번 힘주어 강조했다.

"나도 할 수 있다고."

"넌 엘리베이터를 타고 좀 높이 올라가기만 해도 숨 가빠하잖아."

벤저민이 숨을 심하게 헐떡이는 시늉을 해 보였다.

"그리고 계단을 오를 때마다 꼭 폐암 말기 환자처럼 쌕쌕거리고."

그러더니 히죽거리며 카티에게 물었다.

"혹시 저 수납장 안에 산소마스크 같은 것도 있어?"

데비가 거칠게 쏘아붙였다.

"너도 나처럼 운동 안 하는 건 마찬가지잖아!"

"난 운동 같은 거 안 해도 돼. 신들이 나한테는 보이지 않는 힘을 선사해주셨거든. 하지만 네 다리는 푸딩보다 더 약한걸. 게다가 15킬로그램짜리 배낭까지 짊어지고 산꼭대기까지 올라갈 수 있겠어?"

데비가 팔짱을 끼더니 으름장을 놓았다.

"날 끼워주지 않으면 너희들 모두 퇴학당하게 만들 거야."

표정이 순식간에 심술궂게 변했다.

"학장님한테 다 불어버릴 테니까. 날 끼워주지 않으면 아무
도 못 가."

가장 먼저 반응을 보인 건 크리스였다.

"그러지 않는 게 좋을걸, 널 위해서라도."

데비가 팔을 들어 올리며 말했다.

"정 그렇다면 학장님께 가야겠어. 다른 수가 없네. 너희들한
테 무슨 일이라도 일어나면 어떡해? 그러니까 말씀드리는 수
밖에."

율리아는 데이비드를 흘낏 쳐다보았다. 그는 마음대로 하
라는 듯이 어깨를 으쓱해 보였다. 율리아가 한 걸음 앞으로 나
가 말했다.

"아, 그러셔? 그럼 내가 한마디 할게, 데비! 정 그러고 싶다
면 학장한테 가봐. 얼마든지."

크리스도 합세했다.

"하지만 학장실에서 나오는 그 순간부터 네 학교생활도 끝
장인 줄 알아. 아무도 널 상대해주지 않을 테니까. 그냥 하는
말 아니야. 남을 고자질한 학생의 최후가 뭔지 똑똑히 알게 해
줄 거야."

그러자 데비가 훌쩍거리며 울기 시작했다. 일이 자기 마음대로 되지 않을 때마다 데비는 늘 울음을 터뜨렸다.

카티는 신음이 터져 나오려는 걸 간신히 참았다. 일이 잘못되어가고 있었다. 그것도 아주 많이. 여러 가지 변수가 있을 거라 예상하고 있었지만 설마 이 머저리 같은 데비가 고스트에 함께 올라가겠다고 억지를 부릴 거라고는 꿈에도 생각하지 못했었다.

그런데 예상치 않게 그 상황을 정리해준 건 폴이었다. 그는 데비 곁으로 다가가 어깨에 손을 올리곤 다정하게 말했다.

"이봐, 진정해. 네 이름이 데보라 맞지?"

데비는 눈물이 그렁거리는 상태로 고개를 끄덕였다.

"그러는 넌?"

"폴 포르스터."

데비가 무슨 말을 하려 했지만 폴은 틈을 주지 않았다. 정말 대단한 능력이었다.

"데보라, 우리가 널 무시해서 이러는 게 아니야. 네가 학교에 남아 있었으면 하는 이유가 뭔지 혹시 알아?"

그 말을 듣자 데비는 눈물을 닦곤 그를 의심스러운 눈초리로 쳐다보았다. 그러자 폴이 이번에는 나머지 사람들에게 말했다.

"거봐. 데보라가 오해하지 않도록 진작 말했어야지."

"뭔데? 나한테 무슨 말을 했어야 한다는 거야?"

'그런 거 없어'라고 카티는 대답하고 싶었다. 하지만 입을 다문 채 폴이 이 상황을 어떻게 해결할지 긴장된 마음으로 지켜보았다.

폴은 아주 진지한 표정을 지었다.

"너도 당연히 우리 팀의 일원이야. 아니 우린 처음부터 네가 함께할 거라고 믿고 있었어. 그런데 말이야, 혹시라도 학교에서 우리가 사라진 걸 알아차리면 우리의 알리바이를 만들어줄 사람이 필요하거든. 게다가 또 우리한테 무슨 일이 생기면 급히 조치도 취해줘야 하고. 가령 우리가 산 위에서 뿔뿔이 흩어지기라도 할 경우 한 사람은 이 아래서 우리의 위치를 서로 확인시켜 연결해줘야 한단 말이지."

데비는 뭐라 대답해야 좋을지 몰라 머뭇거렸다. 카티는 숨을 죽인 채 기다렸다. 폴이 연기를 하고 있다는 걸 모를 만큼 데비는 멍청하지 않았다. 하지만 함께 가겠다고 억지를 쓴 것 역시 쇼가 틀림없었다. 데비의 운동 능력에 대한 벤저민의 평가는 정확했기 때문이었다. 데비는 특별한 이유 없이 절대로 손가락 하나 까딱할 사람이 아니었다. 그런 사람이 3천 미터나 되는 산봉우리를 오른다는 건 있을 수 없는 일이었다. 데비가 이러는 이유는 딱 하나, 친구들로부터 무시당하고 싶지 않아서였다. 따라서 폴의 제안은 데비가 체면을 지키면서 난처한 상황에서 빠져나올 수 있는 절호의 기회였다.

데비는 씩씩대며 몇 차례 숨을 몰아쉬더니 눈을 가늘게 뜨곤 폴을 자세히 살펴보았다.

"폴 포르스터라고? 혹시 포르스터 교수님이 네 아버지야? 얼마 전에 집행……."

"맞아."

폴이 대답하곤 카티를 뚫어지게 쳐다보았다.

"내가 바로 이번 일을 집행하는 데 제일 핵심적인 인물이지."

잊히지 않는 목소리

카티는 밤새 잠을 이루지 못했다. 그녀는 새벽 4시쯤 자리에서 일어나 창밖의 고스트 산을 가만히 응시했다. 짙게 깔린 검은 장막 속에서 산은 윤곽만 겨우 알아볼 수 있었다. 좌우로 솟은 작은 봉우리들의 뾰족한 선, 마치 진짜 얼굴을 숨기려는 것처럼 항상 구름에 가려져 있는 고스트의 부드러운 능선.

어느덧 5시가 되었다. 여전히 동쪽 지평선이 칠흑같이 어두운데도 불구하고 새날이 시작되고 있음을 느낄 수 있었다. 공기가 밤과는 확연히 달라졌으며 화창한 날을 예고했던 총총한 별들도 하나둘씩 사라졌다.

카티는 제일 먼저 기숙사를 빠져나왔다. 율리아의 방에선 아직 일어난 기척이 느껴지지 않았다. 카티는 율리아를 기다리지 않는 자신을 이해할 수가 없었다. 아마도 제일 먼저 약속 장소에 가고 싶어서였을 것이다. 산에 오르기 전에 30분만이라도 그 자리에 혼자 있고 싶어서.

세바스티앵이 그랬던 것처럼.

카티는 주위를 두리번거렸다. 방어적인 느낌이 나는 중앙 건물이 등 뒤에 있었다. 테라스 너머로 보이는 창문 많은 건물의 정면은 어둠 속에서 항상 위협적으로 보였다. 그 창문들 뒤에 숨어서 누군가는 그녀의 행동을 지켜보고 있을 것 같았다.

뭘 위해서?

그건 그녀도 알 수 없었다.

카티는 단호히 돌아서서 필즈로 가는 도로를 둘러싸고 있는 숲의 왼쪽 길로 재빨리 들어섰다. 거긴 미러 호 맞은편 숲에 비해 나무가 빽빽하지 않았고 키 큰 가문비나무보단 활엽수들이 더 많았다. 마디가 많은 늙은 떡갈나무와 크고 호리호리한 너도밤나무들 덕분에 지나가기가 한결 수월했다. 나무에서 떨어진 잔가지나 낙엽들이 길가 쪽으로 깔끔하게 치워져 있는 걸로 보아 매주 청소부들이 꼼꼼하게 가지치기를 하는 것 같았다. 또 간간이 나무 벤치들도 놓여 있었는데 카티는 그곳이 캠퍼스 커플들이 선호하는 데이트 장소라는 걸 익히 알고 있었다.

그녀가 갑자기 걸음을 멈췄다. 20미터쯤 떨어진 벤치에 누군가 앉아 있었다. 어둠 속에서 밝은색 점퍼가 눈에 확 띄었다. 카티는 그가 누구인지 단번에 알아차렸다. 무작정 그들 무리에 비집고 들어온 폴 포르스터였다. 따지고 보면 그가 하나뿐인 지도를 갖고 있다고 말한 그 순간부터 이미 카티는 손을 들고 말았다. 그 지도가 어디서 난 것이건 간에.

단지 그를 볼 때마다 혼란스러워지는 마음이 문제였다. 폴 앞에선 왠지 한없이 무기력해지는 듯한 느낌이 들어 참을 수가 없었다.

맙소사, 카티! 조심해! 그에게 조종당해선 안 돼!

폴 포르스터는 데비를 자기편으로 만들고 등반에 동참하려던 뜻을 포기시킴으로써 완벽하게 타인을 설득하는 기술을 익혔다는 걸 증명해 보였다.

카티는 숨을 깊이 들이마시고 폴의 앞쪽으로 빠르게 걸어갔다. 불안해하는 모습을 들키고 싶지 않아서였다. 그는 등받이에 팔을 얹고 눈을 감은 채 아주 편안하게 앉아 있었다. 그 옆에는 빵빵하게 채운 배낭이 놓여 있었는데 배낭 옆 주머니에 아이스피켈 손잡이가 불쑥 나와 있었다. 카티는 폴과 거리를 1미터쯤 남겨두고 멈춰 서서 배낭을 벗곤 인사도 건네지 않고 불쑥 물었다.

"이번 주말에 너희 아버지가 널 찾진 않을까? 총독 앞에 아들을 소개할 수 있는 기회가 날이면 날마다 오진 않을 텐데."

카티가 온 걸 눈치챘거나 예감했던 걸까? 어쨌거나 폴은 놀란 기색 하나 없이 그대로 눈을 감은 채 대답했다.

"아무도 찾지 않을 거야. 난 우리 집에서 미운 오리 새끼 같은 존재니까."

그러더니 갑자기 눈을 뜨고 그녀를 똑바로 쳐다보았다. 황갈색의 홍채는 어둠 속에서도 번득이며 빛났고 시선은 너무 날카로워서 심장이 찌릿할 정도였다.

폴은 뭔가 알고 있어.

카티는 그게 정확히 뭔지 궁금해졌지만 부러 쏘아붙이듯이 말했다.

"고스트를 오르는 데 머저리나 약골은 필요 없어. 그러니까 이번이 네 인생에서 첫 번째 등반이 아니길 바라. 이건 목숨이 달린 위험한 일이니까."

그녀는 최대한 거만해 보이려고 애썼다. 그러면서 속으론 그런 척 연기하는 자신이 우습고 가소롭게 느껴졌다.

폴 역시 잘난 체하며 대답했다.

"사실 모든 등반은 처음이나 마찬가지야. 그리고 나도 이번 등반이 얼마나 위험한지 잘 아니까 걱정 마. 빅토리아 빙산과 스노우 돔에 대해선 아주 잘 알아. 그래서 이번 일이 더 매력적으로 느껴져."

그렇게 말하자마자 곧바로 이 말도 덧붙였다.

"그리고 너도."

그러더니 느긋하게 일어나서 카티에게로 다가왔다. 카티는 미처 뒤로 물러설 겨를도 없이 그와 마주 보게 됐다.

폴이 속삭이듯 말했다.

"혹시 이번 등반에 다른 사람들은 전혀 필요 없다는 생각, 해본 적 없어?"

어둠 속에서도 카티는 폴의 눈을 알아볼 수 있었다. 그의 눈은 마치 스스로 빛을 내는 발광체처럼 번뜩였다.

"우리 둘만 가는 건 어때? 다른 사람들은 필요 없잖아. 괜히 방해만 되고."

그 순간 카티가 느낀 감정은 공포심이 아니라 놀라움이었다. 내심 '네 말이 맞아. 우리끼리 가자'라고 대답하고 싶어지는 자신에 대한 놀라움 말이다.

하지만 당연히 말도 안 되는 생각이었다. 그녀는 결코 그런 말을 하지 않을 터였고 더군다나 그러기엔 이미 늦었다. 웅성이는 소리가 들려오고 있었고 잠시 후 길 쪽에서 다른 사람들의 모습이 보였다. 율리아, 크리스, 데이비드. 벤저민은 비디오카메라를 들고 카티 앞으로 뛰어왔다.

"첫 번째 컷, 출발 전 팀의 모습. 모두들 잘 잤어? 기분은 어때? 대모험을 시작할 준비는 다 됐어?"

벤저민은 천천히 카메라를 움직이면서 일행들의 모습을 담았다.

"우린 지금 전설적인 고스트 산 등반을 위한 출발점에 서 있다. 저 산은 그냥 보기엔 로키 산맥에 있는 수많은 산들과 비슷해 보인다. 하지만 고스트 산은 엄청난 비밀을 은폐하고 있다. 왜냐하면 30여 년 전 학생 여덟 명이 저 봉우리로 올라 가던 길에 실종되었다고 전해지기 때문이다. 그건 전설일까, 아니면 사실일까? 이제 우리가 그 비밀을 밝히기 위해 떠난 다. 과연 3천 미터가 넘는 저 꼭대기에서 우리는 무엇을 발견 하게 될까?"

벤저민은 카메라 전원을 끈 후 만족스럽게 웃었다.

"오케이, 첫 번째 장면은 다 찍었어."

아직은 희미한 새벽빛이라 서로의 표정을 정확히 알아볼 수 없었지만 벤저민의 목소리에서 느껴지는 흥분과 기대가 모 두에게 전해졌다. 카티 역시 기대했던 대로 아드레날린이 솟 고 에너지가 넘치는 기분을 만끽했다.

계획은 꼭 성공할 거야. 의지만 확실하다면. 무슨 일이건 성 공할 수 있어. 다만 그걸 얻기 위해선 투쟁해야 해.

카티가 제일 먼저 배낭을 들고 활기차게 외쳤다.

"어서 출발하자."

그때 어둠 속에서 율리아의 목소리가 들렸다.

"온다던 그 여자는 어떻게 됐어? 이름이 뭐였더라? 아나라 고 했나? 그 사람과는 언제 만나는데? 오긴 오는 거야?"

"전에 말했잖아. 그녀는 위쪽 갈림길에서 기다리기로 했다 고. 아나라면 믿을 수 있어. 이 지역을 아나 크리보다 더 잘 아 는 사람은 없대, 내가 필즈에서 다 알아봤거든. 그녀의 할아버 지는 아프기 직전까지 숲속에 있는 산장에서 혼자 사셨대. 그리고 아나도 설원 지대 투어 가이드를 할 때마다 산장을 이용 한댔어."

"그럼 고스트 산 정상에도 가봤대?"

데이비드가 묻자 카티는 잠시 망설이다가 말문을 열었다.

"들어봐, 이번 일은 실험이야. 우리는 각자 이번 등반에 참여하려는 이유나 동기가 달라. 솔직히 말하면 이건 혼자만의 싸움이야. 하지만 우리 중 어느 누구도 혼자 봉우리 끝까지 올라갈 순 없어. 그러니까 원하든 원치 않든 우린 서로를 믿어야만 해, 알았어? 아나가 우린 만나게 될 거라고 했어. 그리고 난 그녀가 꼭 올 거라고 믿어. 어떻게 확신하느냐고? 왜냐하면 난 그녀를 믿으니까!"

그 후로 이어진 침묵이 동조를 뜻하는지 의심을 뜻하는지 알 수 없었지만 카티는 어느 쪽이건 상관없었다. 긴장된 분위기를 깬 건 폴이었다.

"이봐, 다들 진정해. 우린 모두 자발적으로 이 자리에 온 거잖아. 그러니까 혹시라도 생각이 바뀌었으면 말해. 그리고 지금 당장 따뜻한 침대로 돌아가서 앞으로 여섯 시간 후면 도착할 총독을 맞을 준비나 해."

그렇게 말하고는 사람들을 둘러보았다.

"그게 아니라 계획에 동참할 거면 이제 그만 출발하자. 여기서 쓸데없이 말싸움하느라 시간 낭비하지 말고."

카티가 배낭을 멨다. 꽤 묵직했지만 그래도 견딜 만했다. 그녀는 다른 사람들을 보지 않고 돌아서서 빠른 걸음으로 걸어가기 시작했다.

각자 알아서 결정하겠지.

그런데 채 몇 걸음 가지도 못하고 멈춰 서야 했다. 어둠 속에서 누가 불쑥 튀어나왔기 때문이다.

로버트였다. 그는 이른 새벽이라 꽤 쌀쌀한데도 너무 급히 나오느라 그랬는지 청바지에 흰 티셔츠 한 장만 달랑 걸치고 있었다. 안색은 창백했고 둥근 안경알 너머로 보이는 눈빛에는 난감한 기색이 역력했지만 목소리만은 언제나처럼 확신에 차 있었다.

"다시 한 번 경고하는데 이번 일 그만둬."

벤저민은 얼른 렌즈 뚜껑을 열고 로버트 앞에 카메라를 들이대며 성가시게 물었다.

"왜 하지 말라는 거야, 롭? 어서 말해! 왜 하지 말라는 거냐고? 뭔가 느껴져? 미래가 보이는 거야?"

로버트는 그의 말을 깡그리 무시하고 크리스 옆에 서 있던 율리아 앞으로 곧장 다가갔다.

"그는 저기 위에 없어. 이제 더는."

벤저민이 흥분해서 소리쳤다.

"그라니, 그게 누군데? 율리아, 로버트가 지금 누구 얘길 하는 거야? 말해줘, 대체 위에 누가 없다는 거야?"

"날 그냥 내버려둬, 로버트."

율리아는 등을 돌리곤 앞서가버렸다. 크리스가 허둥지둥 율리아의 뒤를 따라가자 로버트는 속수무책으로 그들의 뒷모습을 바라볼 수밖에 없었다.

"끔찍한 일이 일어날 거야. 난 알 수 있어! 느낄 수 있다고."

카티가 뭐라고 대꾸하기 전에 폴이 먼저 말했다.

"그럴 수도 있고 아닐 수도 있어. 그게 운명이라는 거야, 로버트. 어차피 일어날 일은 일어나게 돼 있어. 우리 힘으로 저항해봐야 소용없다고. 그리고 어쩌면 네가 불행한 일이 닥칠 걸 예감할 수 있을지는 모르지만 어차피 막을 순 없잖아. 미리 볼 수 있다 해도 네 능력은 그게 다야. 운명을 거스를 순 없어, 네가 아무리 발버둥 쳐도."

로버트는 침묵했다. 그러더니 다시 한 번 율리아의 뒷모습을 바라보곤 아무 말 없이 돌아서서 나무 사이로 사라져버렸다.

카티는 율리아를 따라갔다. 하지만 그 목소리를 머리에서 지울 수가 없었다. 엘리베이터 안에서 들었던 그 목소리.

"저 위에서 누군가 죽을 거야."

죽은 늪

미러 호 연안을 따라 난 산책로는 어느새 인적 없는 험한 산길로 바뀌어 있었다. 길 오른쪽에 활엽수들로 빽빽한 산림이 계속되다가 곧 절벽으로 바뀌었다. 옳은 길을 찾는 것조차 점점 힘들어졌고 시간도 많이 걸렸지만 카티는 그럴수록 더 자극을 받았다.

왼편으로는 호수가 펼쳐져 있었다. 바람 한 점 없는 날씨라 수면이 고요해서 꼭 실제가 아닌 그림 같았다.

카티는 어서 힘겨운 산행이 시작되길 간절히 바라고 있었다. 오랫동안 머릿속으로 계획했던 모험에 뛰어들 수 있기를. 하지만 그녀가 실제로 극복해야 할 방해물은 겨우 돌멩이나 절벽에서 떨어진 돌 부스러기 아니면 쓰러진 나무들뿐이었다.

호수 반대편에 있는 보트하우스를 지나친 뒤로, 몇 달 전 그토록 많은 사람들을 흥분시켰던 솔로몬 바위가 점점 더 선명하게 보였다. 하지만 카티는 그런 것에 전혀 관심이 없었다. 그녀의 눈은 자꾸만 그들 오른편으로 높이 솟아 있는 거대한 고스트의 가파른 산등성이를 좇고 있었다. 그 뒤편에 있는 봉우리들이 호수에 반사되어 보였다. 엄청난 절경이었다. 하지만 카티는 고스트의 둥근 봉우리가 가까워지기는커녕 점점 더 멀어져가는 듯한 기이한 느낌을 지울 수가 없었다.

벌써 초조해하면 안 돼.

한숨이 절로 나왔고, 갈수록 폴이 리더를 맡은 게 신경 쓰였다.

폴은 마치 이 모든 게 자기가 계획한 일인 양 행동하고 있어.

카티는 폴이 자꾸만 가던 길을 멈추고 지도를 꺼내 크리스와 데이비드와 함께 코스를 확인하는 게 짜증 났다. 마치 자기 없인 이 일을 해낼 수 없다고 카티에게 과시하기라도 하는 것처럼 느껴졌기 때문이었다.

카티는 율리아와 나란히 걷고 있었다. 하지만 둘은 아무 말도 나누지 않았다. 율리아 역시 카티처럼 혼자만의 생각에 빠져 있었다. 만족스럽고 즐거워 보이는 사람은 오직 벤저민뿐이었다. 그는 일정한 속도를 유지하기엔 너무 흥분했는지 수시로 방향을 바꿔 걸었다. 모두를 앞질러가 정면에서 일행의 모습을 촬영하면서 으스스한 비밀 이야기나 전설 또는 위험한 사건 같은 터무니없는 소리를 지껄이다가도 또 금세 어디론가 사라져선 갑자기 숲속에서 불쑥 튀어나와 일행들을 놀라게 하기도 했다.

폴의 행동만큼이나 율리아의 침묵도 카티의 신경을 날카롭게 했다. 카티는 세바스티앵과 오랜 시간 동안 말 한 마디 하지 않고 걷던 시절을 떠올렸다. 그땐 뭔가 달랐다. 두 사람은 굳이 말을 하지 않아도 서로를 이해할 수 있었다. 둘 사이는 처음부터 그랬었다.

카티가 세바스티앵을 처음 본 건 부모님이 자주 데려가곤 했던 자선 행사장에서였다. 자선 행사는 정치가와 유명 인사들이 아프리카의 기아 문제나 자연재해 또는 어린이 암 환자를 위해 그들이 가진 재산 중 극히 일부를 기부하는 취지로 마련됐다.

어쨌거나 그날 저녁에도 카티는 행사장에 있는 사람들 모두가 암에 걸려서 더는 부모님 앞에서 딸이 똑똑하고 미인이라는 등의 아부를 늘어놓을 수 없게 됐으면 좋겠다는 생각을 하고 있었다. 카티는 그 행사장에 온 사람들이 위선적인 수다에 적극 참여하기 위해 언어를 담당하는 뇌에 특별한 칩을 심은 게 아닌지 하는 의구심이 들곤 했다.

그런 사람들 틈바구니에서 죽도록 지겨워하고 있을 무렵 문득 낯선 시선이 자기를 지켜보고 있는 듯한 느낌이 들었다. 그리고 실제로 카티 또래의 한 남학생이 그녀 쪽을 뚫어지게 쳐다보고 있었다. 카티는 곧 그의 정체를 알아차렸다. 바로 카티의 부모님과 마침 이야기를 나누고 있던 부부의 아들이었다. 카티는 그의 시선에 응수했고 그건 계시와도 같았다.

만약 그 사건이 있기 전에 누군가 카티에게 텔레파시라는 것에 대해 얘기했더라면 아마도 카티는 비웃었거나 심지어 경멸했을지도 모른다. 텔레파시란 낭만이란 것과 마찬가지로 그녀의 관심 밖에 있는 현상이었으니까. 그런데 그날 저녁 지극히 짧은 순간 동안 그와 그녀 사이에서 일어난 건 텔레파시와 낭만 두 가지 영역 모두와 관계가 있었다. 그들은 마치 눈빛으로 서로에게 SOS를 보내고 있는 것 같았다.

세바스티앵은 외모가 출중했고 그랬기에 더더욱 평소의 카티라면 보자마자 무시해버렸을 유였다. 카티는 외모를 내세우는 남자들은 동성연애자거나 아니면 멍청한 허풍쟁이라고 믿고 있었기 때문이었다. 반면 말이 통하고 다른 사람을 이해할 줄 아는 괜찮은 남자들은 대개 잘생긴 외모와는 거리가 멀 거라고 생각했다.

그런데 세바스티앵은 예외였다. 어두운 금발은 금방 미용실에 다녀왔다고 보기엔 좀 길었다. 피부는 흠잡을 데 없이 매끈했지만 흰 테두리를 두른 듯한 이마 위쪽의 흰 살결이 평소에 늘 야구 모자를 눌러쓰고 다닌다는 걸 말해주고 있었다. 게다가 하얀 셔츠에 까만 넥타이를 맨 다른 남자들과 달리, 그는 까만 셔츠에 하얀 넥타이를 매고 있었다. 웃을 때는 비웃는 것처럼 고개를 살짝 옆으로 기울이곤 했는데 그 모습에서 반항적인 기질이 물씬 풍겼다.

그들의 부모들은 끝없이 대화를 이어갔다. 그들이 뭐에 대해 이야기하고 있었는지는 더 이상 기억나지 않았다. 아마도 세계경제 위기와 기후변화, 아프가니스탄의 군사 지원에 관한 거였거나 아니면 추천할 만한 호텔과 식당에 관한 이야기였을 것이었다.

세바스티앵이 갑자기 그녀 옆으로 오더니 시계를 들여다보고서 불쑥 말을 걸었다.

"11시, 내가 있기로 약속했던 시간이야. 같이 안 나갈래?"

그가 턱으로 출구 쪽을 가리켰고 둘은 함께 행사장에서 나왔다. 하지만 그는 카티의 추측대로 클럽에 가지 않고 시어도어 루스벨트 다리로 갔다. 그렇게 두 사람의 관계는 시작됐다.

"우리 얼마나 걸었어?"

갑자기 율리아의 목소리가 끼어들어 카티를 아득한 회상에서 깨웠다.

카티는 휴대전화를 꺼냈다.

"넌 왜 전화가 없어? 정말 이상해."

율리아는 어깨를 으쓱했다.

"겨우 시간이나 보려고 장만할 필요는 없잖아."

"그럼 손목시계는 어때?"

율리아는 대답 대신 미소로 응수했다.

카티는 액정을 들여다보았다. 벌써 출발한 지 세 시간 반이 지나 있었고 호숫가의 절반은 걸어온 듯했다. 하지만 아나 크리와 만나기로 한 갈림길은 나오지 않았고 당연히 아나 역시 보이지 않았다.

율리아가 물었다.

"폴이라는 애, 어떻게 생각해?"

"저 혼자 똑똑한 척하는 허풍쟁이 같아. 전혀 믿음이 안 가."

"그럼 왜 같이 오게 놔뒀어?"

"우릴 일러바칠지도 모르잖아."

한동안 두 사람은 아무 말도 하지 않다가 마침내 율리아가 침묵을 깼다.

"걔는 어떻게 지도를 구한 걸까?"

카티는 돌멩이 하나를 발로 툭 찼다.

"걱정 마, 그건 내가 반드시 알아낼 테니까."

율리아는 발걸음이 느려지더니 조금 불안한 듯 말했다.

"데비가 한 말 기억나? 폴이 집행 어쩌고 한 거. 대체 무슨 말을 하려던 거였을까?"

"나도 몰라."

율리아의 목소리가 가라앉았다.

"왠지 찜찜해."

카티가 율리아를 힐끗 쳐다보았다.

"왜, 갑자기 겁나? 그럼 그냥 기숙사에 있지 그랬어!"

율리아는 고집스럽게 고개를 저었다. 그러더니 무슨 말을 하려고 입을 떼는 찰나 한참 앞서가던 남자들이 멈춰서 뒤를 돌아보았다.

"왜 그래?"

카티가 묻자 흥분한 벤저민이 마구 손짓을 했다.

"이리 와! 와서 이것 좀 봐!"

카티와 율리아는 발걸음을 재촉해 그들이 가리키는 쪽으로 걸어갔다. 오른쪽으로 펼쳐져 있는 혼합림을 가로질러 넓은 길이 나 있었다. 강력한 토네이도가 그 일대를 휩쓸고 갔거나 아니면 누군가 의도적으로 나무를 대담하게 쳐내기라도 한 것처럼 빼곡한 나무들 대신 2킬로미터 정도의 벌판이 눈앞에 넓게 펼쳐져 있었다.

주변의 정경과는 확연히 다른 그 벌판에는 갈색 잡초들과 갈대 같은 식물들이 자라고 있었다. 카티는 늪으로부터 삐죽 솟아 있는 죽은 나뭇가지들과 무자비하게 잘려 나간 그루터기들 때문에 속이 울렁거렸지만 그래도 자신의 오른쪽으로 아직 멀더라도 또렷이 보이는 고스트 산에서 여전히 눈을 뗄 수가 없었다. 그런데 그 순간 이상하게도 거대한 고스트 산 봉우리가 금방이라도 손에 닿을 듯 가까이 있는 듯한 착각이 들었다.

"이게 뭐지?"

율리아가 묻자 크리스가 퍼런 진흙 구덩이 쪽으로 돌멩이를 던지며 말했다.

"늪이야."

거품이 일며 돌멩이가 순식간에 아래로 가라앉아버리자 데이비드가 진저리를 쳤다.

"으으, 썩은 냄새. 너무 역겨워!"

카티는 고개를 끄덕였다. 그랬다. 심하게 고약한 악취가 코를 찔렀다.

카티는 주위를 두리번거리며 물었다.

"우리 어디쯤 온 거지?"

그러자 폴이 다시 지도를 꺼내 편평한 돌 위에 펼쳐놓았다. 지도가 바람에 가볍게 흔들렸다. 지도를 보기 위해 모두들 돌 주위로 모여들자 폴이 지도 위 한 지점을 가리켰다.

"여기 어디쯤에 고스트 산으로 가는 갈림길이 있을 거야."

그는 고개를 들어 산 쪽을 바라보았다.

"이대로 호수 연안을 따라 계속 가면 산에서 다시 멀어지게 돼."

크리스가 고개를 저었다.

"하지만 이 지도 어디에도 늪지는 없잖아."

데이비드가 말했다.

"어쩌면 우리가 갈림길을 못 보고 지나쳐온 걸지도 몰라. 여기까지 오는 동안 길도 숲도 거의 변화가 없었어. 젠장, 여긴 참고할 만한 특징적인 게 하나도 없어."

크리스가 말했다.

"갈림길이라고? 지금까진 길이 하나밖에 없었어."

그때 벤저민이 늪 왼편에서 불쑥 나오더니 흥분된 목소리로 외쳤다.

"야, 여기 와서 좀 봐! 진짜 역겨워!"

제일 처음 반응을 보인 건 율리아였다. 카티도 그 뒤를 따라 1미터 남짓한 높이로 자란 갈대숲을 지나갔다. 가는 동안 끝이 뾰족한 갈댓잎들이 얼굴을 할퀴었다. 신발이 자꾸만 질퍽질퍽한 진흙 속으로 빠졌고 악취도 갈수록 심해졌다. 몇 분 만에 겨우 벤저민이 말한 곳에 다다랐을 때 카티는 일그러진 율리아의 얼굴을 보았다.

"왜 그래?"

그녀는 아무 말 없이 손가락으로 자기 뒤편을 가리켰다.

카티는 가까이 다가가 율리아가 가리킨 곳을 보았다. 죽은 물고기 한 마리가 배를 드러낸 채 더러운 물 위에 둥둥 떠 있었다. 그걸 보자 카티 역시 구역질이 날 것만 같았다. 게다가 죽은 물고기는 한 마리가 아니었다. 키 큰 갈색 수초들 사이에 죽은 물고기 수백 마리가 널브러져 있었다. 마치 수초들이 물고기를 가둬놓기라도 한 것처럼. 안전한 미러 호 밑바닥에 숨어 있던 물고기들의 은색 비늘을 움켜쥐곤 수면 위로 끌어올려 처참한 최후를 맞이하게 한 것처럼.

카티는 속이 울렁거리면서 동시에 알 수 없는 공포심에 휩싸였다.

맙소사, 이건 그냥 죽은 물고기일 뿐이야.

그제야 심한 악취가 어디에서 나는지 불현듯 깨달았다.

층층이 쌓여 있는 물고기들의 사체.

부패와 죽음.

눈앞에서 썩어가고 있는 물고기들은 전혀 자연스러운 현상이 아니었다. 무언가가 그들이 호수로 다가가는 걸 막고 있었던 게 분명했다.

그리고 또 한 가지 이상한 점은 그곳 어디에도 극성스러운 날벌레들이 없다는 점이었다. 썩고 있는 사체들 주변에는 항상 파리 떼가 들끓기 마련인데 탁한 물속에서 죽은 물고기들은 파리조차 멀리 쫓아버렸다.

율리아가 진저리를 치며 물었다.

"대체 여기서 무슨 일이 일어났던 거야?"

"나도 정말 알고 싶어!"

폴이 카티 옆에서 불쑥 튀어나오더니 주머니에서 칼을 꺼내 긴 갈대를 단번에 베어내곤 늪 속의 물고기 사체를 건져 올렸다.

"하루 아니면 이틀쯤 된 것 같아. 그보다 오래되진 않았어. 하지만 저 아래엔 이보다 훨씬 더 오래전에 죽은 물고기들이 많을 거야. 정말 역겨워 죽겠네!"

"그런데 말이야."

율리아가 떨리는 목소리로 운을 뗐다.

"왜 이런 일이 벌어진 걸까?"

데이비드가 조심스럽게 말했다.

"어쩌면 여기 물이 이상한지도 몰라. 돌아가는 길에 표본을 좀 떠 가는 게 좋겠어."

벤저민이 소리쳤다.

"아냐, 아냐, 문제는 그게 아니라고! 대체 이 많은 물고기들이 어디서 온 거지? 로버트가 호수에서 몇 번이나 낚시를 하려고 했었는데 물고기가 잡힌 적은 한 번도 없었어. 로버트는 이 호수가 죽었다고 했었어. 그리고 크리스, 너도 언젠가 비슷한 말을 한 적 있었잖아!"

그러자 크리스가 아무런 동요 없이 건조하게 대답했다.

"내 생각이 틀렸었나보지. 여기 물고기가 있었던 걸 보면."

카티는 갈색 수초들과 빽빽한 덤불들이 있는 왼편의 늪을 응시했다. 그런 다음 다시 더럽고 흡사 진흙탕 같은 물속에서 높이 자라난 갈대들이 있는 오른편으로 고개를 돌렸다.

"어쨌거나 지금 우리에게 닥친 문제는 죽은 물고기가 아니라 늪이야. 걸어서 건너가기엔 너무 넓어."

폴은 그렇게 말하고는 지도를 접어 다시 주머니에 넣고 시험 삼아 앞으로 한 발 걸어 나가보았다. 역시나 신발이 순식간에 빠져버렸다.

그 순간 카티는 하늘에서 들려오는 날카로운 비명 소리에 놀라 위를 올려다보았다. 새까만 점 같은 게 그녀 쪽으로 곧장 돌진해오고 있었다. 목을 길게 빼고 무겁게 날갯짓을 하며 머리 위까지 날아왔다가 다시 오른쪽으로 날아오르는 산까마귀를 카티는 불안한 마음으로 지켜보았다.

늪, 이건 그냥 늪일 뿐이야. 별거 아니라고.

폴이 물었다.

"넌 어떻게 했으면 좋겠어?"

"다른 곳을 찾아봐야겠어. 그리고……."

카티가 갑자기 말을 멈췄다. 날아가던 새가 갑자기 날갯짓을 멈추고 공중에 잠시 떠 있는가 싶더니 거꾸로 처박히듯 곤두박질쳤다. 카티는 처음엔 까마귀가 물고기를 사냥하러 내려오는 거라고 생각했다. 하지만 새는 화살처럼 빠르게 늪으로 내리꽂히더니 순식간에 밑으로 가라앉아버렸다. 모두 돌처럼 굳은 채로 멍하니 새가 사라진 곳을 바라보았다. 그리고 새가 곧 다시 떠오르기를 바랐던 희망이 부질없다는 걸 깨달았다.

벤저민이 중얼거렸다.

"세상에. 마치 아래서 강력한 힘이 새를 잡아당기기라도 한 것 같잖아."

카티 뒤에 서 있던 누군가가 말했다.

"급류 때문이야. 가끔 그런 일이 일어날 때가 있어."

카티는 뒤돌아보곤 그제야 안도의 한숨을 내쉬었다.

그들 앞에는 마르고 키 큰 여자가 서 있었다. 그녀는 까만 바지와 판초를 입고 있었고 머리에는 해를 가릴 수 있을 정도로 챙이 넓은 모자를 쓰고 있었다. 모자를 벗자 짙은 갈색의 눈동자가 반짝거리며 일행들을 조롱하듯 바라보고 있었다.

그녀는 메고 있던 배낭을 내려놓으며 말했다.

"안녕, 난 아나라고 해. 근데 속도가 너무 느린 것 같네. 난 한 시간 전부터 기다리고 있었는데."

데이비드가 인사도 하지 않고 다짜고짜 물었다.

"급류라니?"

"이 땅 밑으로 강이 흐르고 있거든. 우리 선조들은 그걸 블랙 리버라고 불렀어. 즉 검은 물이라는 뜻이지. '블랙 리버' 때문에 이 계곡은 오래전부터 거주가 불가능했어. 이 강이 죽음을 부른다지, 아마."

한 장의 폴라로이드

율리아는 가만히 귀를 기울여보았다. 하지만 발아래엔 질퍽거리는 진흙 외에 어떤 소리도 들리지 않았다. 저마다 혼자만의 생각에 잠겨 있었다. 정적 속에서 카티에게 들리는 건 오직 자신의 숨소리뿐이었다.

그러니까 길이라고 부를 수도 없는 그 길은 이미 오래전에 사람들로부터 버림받은 듯 보였다. 숲과 늪 사이로 난 좁은 길에는 수초와 덤불들이 1미터가 넘게 웃자라 있었다. 지난여름에 내린 심한 폭우가 남긴 흔적인 것 같았다. 여러 날 계속되면서 계곡을 휩쓸었던 강한 폭우와 폭풍이 덤불 사이로 길을 내놓아 그들은 술에 취한 사람들처럼 비틀거리면서도 앞으로 나아갈 수 있었다. 그러다가 간혹 길이 없어지면 떨어져 있는 나뭇가지를 주워 가시 돋친 가지들을 후려쳐서 지나갈 만한 길을 만들었는데 그 자체로 생각보다 체력 소모가 컸다. 내일의 등반을 위해선 체력을 아껴둬야 했지만 어쩔 수 없었다.

반면 폴은 주머니칼로 드센 가지들을 잘라내는 일이 힘들기는커녕 몹시 재미있는 모양이었다. 그는 마치 열대 정글을 누비고 다니는 타잔 같았다.

정글.

율리아는 실제로 정글에 온 듯한 느낌이 들기도 했다.

악취는 차츰 사라졌지만 호수에서 멀어질수록 점점 더 덥고 습해졌고, 거기에 더해 데이비드와 함께 앞서가던 아나가 그들을 숲으로부터 점점 더 멀리 데려가서 그늘조차 사라져버렸다. 덤불과 1미터 높이의 갈대가 번갈아가며 나타났고 바닥엔 진흙탕이나 심지어 작은 못이 튀어나오기도 했다. 그중에서도 최악이었던 건 늪에서 올라오는 썩은 악취가 아니라 키 큰 수초들 사이로 퐁퐁 튀어 오르는 더러운 물의 색깔이었다. 질척한 녹색이나 고름 같은 누런색 물은 쳐다보기만 해도 심하게 역겨워졌다.

율리아는 계속해서 새에 대해 생각하고 있었다. 늪은 새를 순식간에 삼켜버렸다. 마치 저 늪 아래 수초로 변장한 긴 손가락으로 모든 살아 있는 생물체를 잡아채는 괴물이 있는 것처럼. 그 생각을 하자 율리아는 더운 날씨에도 불구하고 등골이 오싹했다. 머릿속에서 검푸른 늪 속에 사는 괴물의 얼굴이 나타나는 장면이 떠올랐다. 진흙을 마스크처럼 뒤집어쓴 인간의 얼굴이.

멀리서 일행들의 목소리가 들려왔다. 누군가 그녀의 이름을 부르고 있었다.

늪은 신비한 힘으로 벤저민을 끌어당기고 있는 듯했다. 그는 쉴 새 없이 어디론가 사라졌다 다시 나타나곤 했다. 마치 큰 갈대가 삼켜버리기라도 한 듯이. 그러면 진흙 위로 철벅철벅 걸어가는 발자국 소리만 들렸는데 그가 물구덩이를 밟을 때마다 들리는 철벅거리는 소리가 율리아의 신경을 몹시 자극했다. 그러다가도 그는 또 어느새 나타나 긴 막대기로 부드러운 진흙을 찌르며 앞서 걸어갔다.

말없이 율리아 앞에서 걸어가고 있던 크리스는 꽤 긴 시간 동안 뒤를 돌아보지 않았다. 그는 어제저녁 내내 율리아에게 고스트 산에 올라가려는 이유를 묻고 또 물었었다. 하지만 그녀는 그 이유를 알려주고 싶지 않았다. 아니 설사 알려주고 싶었다 해도 도저히 말로는 설명할 수가 없었다. 그 때문인지 크리스는 그녀에게 전혀 관심을 주지 않았다. 대신 그는 뜬금없이 나타난 폴 옆에 줄곧 붙어 있었다.

율리아는 고스트의 옆 능선을 올려다보았다. 그쯤이면 잘 보이리라 생각했지만 키 큰 수초들이 번번이 시야를 가렸다.

지금 우리가 하려는 계획은 잘못됐어.

율리아의 머릿속에 번뜩 이런 생각이 스치고 지나갔다.

왠지 이번 일이 옳지 않은 방향으로 흘러가고 있다는 느낌이 자꾸만 들었다. 심지어 어떤 수를 써서라도 말려야만 할 것 같았다. 뭐라 정의할 수 없는 그 어떤 것. 그것을 향해 자신들은 지금 달려가고 있는 듯했다. 한 걸음 한 걸음 옮길 때마다 마음이 점점 더 무거워졌다. 그날따라 유난히 더 파란 하늘과 더 눈부시게 빛나는 태양은 어리석은 일을 하려는 그들을 비웃는 것처럼 느껴졌다.

율리아는 멈춰 서서 이마에 흐르는 땀을 닦았다. 길은 갈수록 힘들고 걷기 어려워졌다. 아나와 데이비드는 키 큰 수초를 발로 밟으며 걸어갔다. 율리아는 한숨을 쉬며 다시 발걸음을 재촉해서 앞서가던 다른 이들을 따라잡았다. 아나가 남학생들에게 땅속에 있는 강에 대해 이야기하는 소리가 들렸다.

아나는 죽음을 부르는 강이 마치 진짜 존재하기라도 하는 것처럼 말하고 있어.

로버트가 함께 왔었더라면, 그래서 저 말도 안 되는 공상을 저지해줬더라면 좋았을 텐데, 하고 율리아는 생각했다.

뒤에서 카티가 다가와선 어느새 율리아를 따라잡았다. 한동안 그녀 옆에서 나란히 걸었던 카티는 그사이 율리아가 보폭을 맞추기 힘들 정도로 발걸음이 빨라져버렸다. 주저하듯 한 번씩 늦추다가도 또 갑자기 빨라지는 발걸음 때문에 율리아는 호흡을 맞추기가 힘들었다. 그런데 선두에 있던 남학생들까지 거의 따라잡은 카티가 갑자기 발걸음을 늦추곤 율리아에게 다가와 물었다.

"너 혹시 저 폴이라는 애 학교에서 본 적 있어?"

"아니, 난 한 번도 못 봤어. 그리고 포르스터 교수님께 아들이 있다는 사실도 몰랐고. 게다가 집행 어쩌고 하는 건 또 무슨 말인지."

"데비가 그런 거잖아!"

카티가 경멸조로 데비의 이름을 내뱉었다.

"데비의 말을 어떻게 믿어?"

"하지만 폴도 반박하지 않았잖아. 그러니까 전혀 뜬금없는 소리는 아니란 거지."

율리아는 목소리를 낮추며 폴의 어깨를 유심히 쳐다보았다. 마치 그의 어깨가 그가 어떤 유의 사람인지를 말해줄 수 있기라도 한 듯이. 그녀가 느끼기에 그는 아주 독단적인 사람 같았다.

그러는 크리스는 또 어떻고.

하지만 두 사람은 달랐다. 율리아는 크리스의 들쑥날쑥한 변덕 때문에 늘 눈치를 보곤 했었다. 반면 폴은 자신이 원하는 게 뭔지 분명히 아는 것 같았다.

율리아가 말했다.

"너도 폴을 믿진 않잖아."

카티는 대답하지 않았다. 그래서 율리아는 카티가 자기 말을 못 들은 게 아닐까 싶었다. 그런데 잠시 후 카티가 말했다.

"그는 지도를 갖고 있어."

"하지만 아나가 길을 알잖아, 안 그래?"

율리아는 한숨을 내쉬었다.

"그래, 아나가 우릴 빨리 이 갈대밭에서 구해줬으면 더 바랄 게 없겠다. 이렇게 걷다간 땅속으로 가라앉을 것만 같아. 이 아래서 뭐가 썩어가고 있는지 생각하기도 싫어. 정말 이 늪을 빨리 벗어나고 싶어."

율리아는 잠시 말을 멈췄다.

"데비가 같이 왔다고 생각해봐. 이런 상황에서 걔가 징징거리는 소리까지 들었다면 정말 끔찍했을 거야."

카티가 짧게 웃었다.

"그러게, 같이 등반을 하겠다는 생각 자체가 웃겨. 난 가끔 걔 머리에 어떤 바이러스가 들어간 게 아닌가 싶을 때가 있다니까. 데비처럼 자기 자신에 대해 모르는 사람은 정말 처음 봐. 걔는 거울도 안 본다니?"

갑자기 그들 뒤에서 벤저민이 나타났다.

"잠깐, 잠깐만 멈춰봐!"

율리아가 고개를 돌렸다. 벤저민의 얼굴이 성취감과 긴장감으로 들떠 있었다. 그가 내민 손에는 다 떨어진 걸레 조각처럼 시든 잎사귀가 달린 나뭇가지가 쥐여 있었다.

그리고 또 하나.

갈색의 사각 물체.

"어이, 다들 이것 좀 봐! 늪에서 보물을 발견했어."

앞서가던 네 사람이 걸음을 멈추었다. 데이비드가 크리스에게 뭐라고 말하더니 함께 걸어갔던 길을 되돌아왔지만 폴과 아나는 망설이는 듯 그 자리에 서 있었다.

벤저민이 갈색 물체를 가지에서 떼어내 그들 앞에 내밀자 크리스가 소리쳤다.

"지금 〈인디아나 존스〉 놀이라도 하는 거야?"

벤저민은 그 물체를 문질러 닦은 다음 이리저리 돌려보더니 뚜껑을 열고 소리쳤다.

"우와! 이건 지갑 같은데?"

그는 잇새로 휘파람을 불었다. 그런 다음 상자 안에서 뭔가를 끄집어냈다. 몇 초 동안 긴장된 침묵이 흘렀다. 벤저민은 자신이 발견한 걸 트로피처럼 공중에 높이 쳐들었다.

율리아는 그 정체를 단숨에 알아챘다. 그리고 잠시 고스트 산자락까지 넓게 뻗어 있는 늪을 힐끗 쳐다보았다. 질척거리는 늪은 그 자체로도 위험했지만 더 조심해야 할 것은 숨겨진 깊은 물웅덩이였다. 자칫 잘못해서 물웅덩이에 발이 빠지기라도 하면 언제든지 땅속으로 빨려 들어갈 수 있었다.

벤저민이 발견한 건 얼핏 봤을 땐 별것 아닌 듯했다.

그 안에 든 건 그저 한 장의 폴라로이드 사진이었다.

소견서

벤저민이 흙이 잔뜩 묻은 사진 한 장을 끄집어냈고 모두가 긴장감에 들떠 있는 동안 카티는 초조해졌다.

젠장! 쟤가 웬일로 조용하다 했어!

그들은 꽤 오랜 시간을 걸어왔지만 사실 따지고 보면 그다지 멀리 가진 못했다. 다른 일행들은 그 사실이 아무렇지도 않은지 그저 호기심에 가득 차서 벤저민 주위에 모여 있었다. 하지만 카티는 초조해서 미칠 지경이었다.

벤저민이 물구덩이에서 건져 올린 건 나일론 재질의 동전 주머니였다. 벤저민이 지퍼를 열자 본래 색인 오렌지색이 나왔다. 소재 특성상 물이 스며들진 않아서 사진은 비록 구겨지고 얼룩이 묻긴 했어도 젖진 않았다.

벤저민이 소리쳤다.

"돈도 꽤 많이 들어 있어."

캐나다 달러로 백 달러면 횡재 정도의 액수는 아니어도 나쁘진 않았다.

그다음으로 끄집어낸 건 종이쪽지였는데 벤저민은 그걸 카티에게 건넸다.

"네 거랑 비슷해."

"내 거랑?"

카티가 벤저민의 말을 단번에 알아듣지 못해 어리둥절해하는 동안 데이비드가 그녀의 어깨 너머로 쪽지를 보았다.

"진짜 그러네, 등산에 필요한 장비들이 알파벳 순서대로 적혀 있어."

벤저민이 목록을 읽는 동안 카티는 그저 건성으로 듣고 있었다. 대신 그녀는 사진을 보고 있는 폴을 관찰했다.

"배터리, 구급상자, 약……."

카티는 폴에게로 다가가 색이 바랜 사진을 보았다. 긴 금발의 소녀가 정면을 보고 웃고 있었다. 그녀 뒤편으로 물이 보였다. 그게 다였다.

그건 몇 세대 전에 찍은 사진 같았다. 여자들이 나팔바지와 알록달록한 블라우스를 입고 카메라를 향해 평화의 표시를 하던 시대. 하지만 그게 다는 아니었다. 율리아를 가장 혼란스럽게 만든 건 누군가가 사진의 나머지 절반을 잘라버린 사실이었다. 사진에는 원래 소녀 혼자만 있던 게 아니라는 말이었다.

벤저민이 말했다.

"이 여자는 아주 다소곳해 보이는걸. 하지만 이 사진에는 원래 그녀의 마음을 빼앗았던 누군가가 함께 있었던 것 같아. 너희들 생각은 어때?"

그는 사진을 돌리며 휘파람을 불었다.

"날짜는 정확히 보이지 않지만 연도는 1974년이 확실해. 그런데 1974년이면 학생들이 사라졌던 그해 아니야?"

얼마 후 데이비드가 말했다.

"학교에 이 사실을 알려야 해. 학장님께 이 사진을 보여드려야 한다고."

그러자 카티가 깜짝 놀라며 반문했다.

"설마 이대로 돌아가자는 건 아니지? 겨우 그깟 사진 한 장 발견한 걸로? 얘들아, 아무래도 여긴 이상한 것 같아! 악취와 이 부패한 것들이 우릴 예민하게 만들었어. 그러니까 어서 빨리 여길 벗어나는 게 좋겠어."

폴이 끼어들었다.

"카티 말이 맞아. 그건 쓸데없는 휴지 조각에 불과해."

그는 배낭을 내리더니 옆 주머니에서 비닐 봉투를 꺼냈다.

율리아가 날카롭게 물었다.

"뭐 하려고?"

"아무것도. 그냥 사진을 여기 넣으려고. 경찰들이 좋아하는 방식으로 다뤄줘야지."

폴은 밝게 웃었다.

"내가 증거물 다루는 법에 대해선 좀 알거든."

"폴?"

처음으로 아나가 말했다. 그때까지 아나는 앞서 일어난 사건을 그저 무관심하게 지켜보고만 있었다.

"네 이름이 폴이니?"

"그러고 보니 우리 서로 인사도 제대로 안 했네. 난 폴이야, 폴 포르스터."

폴이 손을 들어 보였다.

"그레이스에도 같은 이름의 교수가 있지 않나? 우리 할아버지랑 아는 사이인데!"

그러자 폴의 얼굴이 살짝 굳었다. 하지만 카티를 제외하곤 아무도 그 사실을 알아차리지 못한 것 같았다. 그는 다시 배낭을 어깨에 메고 돌아섰다.

"다들 어떻게 할 거야?"

목소리가 갑자기 날카로워졌다.

"계속 갈 거야, 말 거야? 여기서 시간을 너무 많이 허비해버렸어."

일행이 모두 망설이는 동안 율리아가 먼저 말했다.

"아나, 이제 어디로 가야 해? 내가 보기에 여기는 도통 길이라곤 없는 것 같아서. 여긴 정말이지 끔찍한 악몽 속 같아."

벤저민이 웃으며 말했다.

"이곳이 폴의 지도에 안 나와 있는 건 다 그럴 만한 이유가 있었던 거야."

아나는 모자를 뒤로 젖혔다.

"그 지도는 화장실 갈 때나 써. 그 이상의 가치는 없으니까. 이 계곡은 완전 예측 불가능해. 여기서 믿을 수 있는 건 오직 두 가지뿐이야."

크리스가 비웃듯이 물었다.

"그게 뭔데?"

"본능과 자기 자신. 그리고 우린 계속 이 늪을 따라가야 해."

그 말을 끝으로 그녀는 방향을 돌려 앞으로 걸어갔다. 폴이 어두운 표정으로 그녀를 뒤따라갔다.

카티는 무의미한 줄 알면서도 폴이 지도와 함께 모욕을 당한 게 은근히 통쾌했다. 하지만 다른 한편으론 지금에야말로 진짜 그 지도가 필요할지도 모른다는 생각이 들었다. 고스트의 둥근 봉우리가 아무리 눈앞에 다가와 있다 해도 그 늪이 그들을 산 아래까지 인도해줄 것 같진 않았다. 모든 게 카티의 예상과는 너무나 달랐다. 하지만 어쨌거나 무슨 일이 일어나건 상관없이 그녀는 맞설 작정이었다.

등 뒤에서 율리아가 말했다.

"쟤 갑자기 날카로워진 것 같지 않니?"

카티는 율리아가 누굴 말하는지 뻔히 알면서도 시치미를 떼고 물었다.

"누구?"

"폴 말이야."

"글쎄."

"아나가 포르스터 교수에 대해 언급한 것 때문일까?"

"네가 직접 물어봐."

젠장!

또 물구덩이를 밟았다. 바지가 벌써 무릎까지 다 젖어 있었다. 이래서야 산장에서 내일 아침까지 바지를 말릴 수 있을지 의문이었다.

율리아가 웃으며 말했다.

"그건 사양할래. 그러다가 칼 들고 나한테 덤벼들기라도 하면 어쩌려고!"

"크리스가 막아주겠지. 근데 크리스와는 요즘 어때?"

"모르겠어. 그럭저럭."

"불타는 러브 스토리처럼 들리진 않네."

"맞아."

카티가 놀리듯이 말했다.

"나 같은 친구한테도 터놓고 말할 수 없는 거야? 너희 둘 사이의 연애에 대해 고해성사를 할 마음은 없어? 뜨겁고 비밀스러운 세부 사항들 같은 거?"

그런데 카티는 대답 대신 비명을 들었다. 율리아가 걸음을 멈춘 채 자기 손을 쳐다보고 있었다.

"앗, 빌어먹을! 여기 수초들은 칼보다 더 날카로워. 피가 나."

잠시 후 데이비드가 율리아 곁으로 달려왔다.

"소독부터 해야 해."

그는 목에 걸고 있던 빨간색 나일론 주머니를 꺼내 지퍼를 열고 작은 병과 솜을 꺼냈다. 병을 솜에 대고 톡톡 두들기자 오렌지색 액체가 나왔다. 그는 조심스럽게 율리아의 손을 잡고 천천히 세심하게 소독약을 발랐다.

"반창고를 붙여줄게. 파상풍 주사나 다른 예방주사는 다 맞았지?"

카티는 율리아의 얼굴이 창백해지는 걸 알아차렸다.

"모르겠어. 기억이 안 나."

데이비드가 걱정스럽게 말했다.

"기억해내야만 해. 예방주사를 안 맞았다면 이런 곳에 함부로 다니면 안 돼. 만약 뇌염모기 같은 거에라도 물리면……."

그러자 카티가 코웃음을 쳤다.

"뇌염모기라고? 너 지금까지 여기서 파리 한 마리라도 날아다니는 거 봤니?"

하지만 데이비드는 카티의 말을 무시한 채 계속 말했다.

"뱀한테라도 물리면? 맙소사, 여기 오기 전에 미리 물어봤어야 하는 건데……."

잠시 후 뒤에서 크리스의 목소리가 들렸다.

"야, 그만해. 네가 의사도 아니잖아."

크리스는 데이비드를 옆으로 밀쳐냈다.

"율리아는 내가 돌볼 테니까 저리 비켜."

"네가 율리아를 진짜 걱정했다면 처음부터 여기 못 오게 했어야지."

데이비드의 목소리가 떨리고 있었다.

이런, 일 났군!

전혀 예상하지 못했던 상황인데! 하필 이럴 때 여기서!

"호들갑 좀 그만 떨어. 율리아가 어린애야? 자기 행동에 책임질 수 있는 나이라고. 그리고 여긴 뱀 같은 거 없어."

카티의 말에 아나가 반박했다.

"글쎄. 그건 장담 못 하겠네. 하지만 걱정 마. 할아버지께 뱀독을 빼내는 방법은 충분히 배워뒀으니까."

그러더니 큰 소리로 웃었다.

"오래된 민간요법이지. 나도 늘 직접 해보고 싶었어."

"너희들 전부 미쳤구나!"

방향을 돌려 잰걸음으로 앞서가는 데이비드를 보며 카티는 생각했다.

데이비드 말이 옳아, 우린 미쳤어.

하지만 지금은 그편이 차라리 나아.

***

멀리 가면 갈수록 갈대는 더 높아졌다. 카티에게는 바로 눈앞에 있는 것과 머리 위에 있는 하늘밖에 보이질 않았다. 정말 정글 안에 있는 듯한 착각마저 들었다. 산은 아예 보이지도 않았다.

하지만 아나는 조금도 동요하지 않았다. 그녀는 마치 몸속에 나침반을 갖고 있기라도 한 듯이 자신 있게 앞서갔다. 뒤를 돌아보지도 않았고 말을 하지도 않았으며 망설이지도 않았다. 큰 보폭으로 보이지 않는 길을 빠르게 걸어가는 아나를 따라잡기 위해 카티는 더 빨리 걸어야 했다. 숨이 점점 더 가빠졌다.

그래도 카티는 행복했다.

이건 일요일 오후의 가벼운 산책이 아니잖아.

기다리고 기다리던 바로 그 도전이야.

반면 율리아는 지쳐 보였다. 하지만 아나는 산장에 도착하기 전까지 따로 휴식 시간을 주지 않을 것 같았다.

차츰 카티는 억센 갈대를 헤치고 보잘것없는 노간주와 쓰러져 있는 나무들을 지나가는 데 익숙해졌다. 그리고 시간이 지나면서 불쑥불쑥 튀어나와 무릎까지 적시곤 하는 물웅덩이의 위치를 대략 수초들의 색깔 변화로 짐작할 수 있게 되었다. 그래서 늪에 너무 가까워지거나 물웅덩이를 발견하면 자동적으로 거리를 두었다.

그곳에는 아까 본 새 외의 다른 동물은 전혀 보이지 않았다. 이 끔찍한 오지를 지나가는 살아 있는 생명체는 오직 그들뿐인 것 같았다.

카티는 이제 물고기가 물속을 헤엄치듯 늪을 요리조리 잘도 피해갔다.

어렸을 적에 카티는 자신이 평생 적막하고 정지된 삶을 살아야 되는 줄로만 믿었었다. 그녀를 둘러싸고 있던 환경은 바로 지금 이곳처럼 절망적이었다.

그래서인지 카티는 움직임이 없고 정지되어 있는 걸 죽도록 싫어했다. 반면 그녀의 어머니는 주름이 생길까봐 얼굴 근육조차 움직이길 두려워했다. 어머니는 자신과 똑같은 딸을 갖기를 바랐다. 그런데 카티가 태어난 것이다. 장신인 데다가 우아함이라곤 찾아볼 수 없는 카티는 모든 면에서 어머니와 정반대였다. 그뿐만 아니라 그녀는 이미 세 살 때부터 끊임없이 앞으로 나가려고 하는 본능 탓에 부모의 골칫거리로 전락했다. 카티는 통제 불능의 아이였고 그 점은 커서도 달라지지 않았다. 그녀가 어디에서 살건, 아버지가 정치적으로 점점 더 성장해감에 따라 자연스럽게 환경도 바뀌었지만 카티는 한시도 안정을 찾지 못했다.

그런 이유 때문에 카티는 예전이나 지금이나 항상 움직여야만 했다.

그녀는 앞을 바라보았다. 데이비드와 크리스, 아나 그리고 그 뒤에 율리아와 벤저민이 걸어가고 있었다. 벤저민은 틈틈이 촬영을 하고 있었다.

그런데 폴은 어디 갔지?

카티는 자신도 모르게 발걸음이 빨라져서 다른 이들을 추월해버렸다. 그리고 아나가 있는 곳까지 갔다.

"걔 어디 갔어?"

"폴 말이야? 모르겠어. 오줌 누러 간 거 아닐까? 근데 걔 때문에 골치 좀 썩을 것 같아."

"그걸 어떻게 알아?"

"그냥 냄새가 나……"

아나는 무슨 말을 더 하려다가 그만두었다.

"필즈에서 너와 만났을 때 네가 내 말만 믿고 이렇게 많은 사람들을 모아올 거라곤 생각도 못 했어."

"모두 내 친구들이야."

"난 네가 외톨이일 거라고 생각했는데."

그녀는 물웅덩이를 민첩하게 피했다.

"뭐, 난 상관없어. 다만 이번 등반에 적합한 친구들을 선택했길 바랄 뿐이야. 난 이미 수많은 사람들을 산 위로 안내해봤어. 모두들 그저 스릴 넘치는 모험을 하고 싶어 했지. 그런데 그들 중 몇몇은 정말 마음 같아선 산에 내버려두고 오고 싶을 만큼 재수 없었어……"

아나가 갑자기 말을 멈췄지만 카티는 더 캐묻지 않았다.

대신 폴을 찾아 주위를 두리번거렸다. 하지만 그는 어디에도 보이지 않았다. 그녀는 다시 걸음을 늦춰 제일 끝으로 갔다.

친구들이라고? 내가 왜 그런 말을 했지?

그녀에겐 지금까지 단 한 명의 친구밖에 없었다.

그때 다리로 가자고 제안한 건 세바스티앵이었다. 두 사람은 다리 위에서 넋을 잃고 포토맥 강 위를 떠다니는 플라스틱 병을 바라보았다. 그날 저녁엔 바람이 많이 불었다. 윙윙 소리가 날 정도여서 두 사람은 날아가지 않으려고 서로를 꽉 붙들어야 했다. 카티는 그 순간 '연기처럼 분해되어버렸으면 좋겠어'라고 생각했었다. 연기가 되어 저 병 속으로 들어가 대서양까지 떠내려갈 수 있다면. 아니면 그냥 바람을 따라 이리저리 떠돌든가.

세바스티앵이 그녀를 꿈에서 깨웠다.

"우리 다이빙하자."

"다이빙?"

"그래, 이 다리에서 뛰어내리는 거야."

카티는 갑자기 높은 곳에 올라선 느낌이 들었다. 다리 난간에 올라가 서 있었던 그 느낌이 떠올랐다. 지금까지 그녀가 느껴본 것 중 가장 황홀했다.

깊은 바닥. 심연. 위험을 가늠한 뒤. 낙하.

시어도어 루스벨트 다리에는 여러 가지 안전장치가 설치되어 있었다. 크리스마스나 연말 저녁, 추수감사절 또는 다른 어떤 우울한 축제 날 자신의 삶을 끝내기로 작정한 미친 사람들을 저지하기 위해 2미터나 되는 폭의 그물이 처져 있었다.

"자살하자는 거나 다름없네."

그때 세바스티앵이 대답했었다.

"그건 스스로 목숨을 끊으려고 할 때지."

"그러고 싶어?"

그가 웃으며 말했다.

"오늘은 아니야."

"그렇지만 다리에서 뛰어내리는 건 금지되어 있잖아."

사실 카티에게 금지란 넘어서기 위해 쳐놓은 한계에 불과했다. 바로 외교관인 그녀의 슈퍼맨 아버지가 그어둔 한계였기에 더더욱.

현재로 돌아온 그녀는 생각했다.

금지 좋아하네.

그런데 그 순간 그녀는 계곡 곳곳에 꽂혀 있는 '위험' 팻말이 몇 시간째 보이지 않는다는 걸 깨달았다.

'계속해서 무책임한 행동을 일삼으며 사회적 규범과 규율, 의무를 의도적으로 무시함.'

카티에 비해 난쟁이나 다름없던 심리학자 렙코브스키. 턱수염이라고 하기엔 너무 빈약한 염소수염이 나 있던 그는 그녀에 대한 소견을 이렇게 적었다. 물론 그녀가 소견서를 직접 받은 건 아니었다. 본인이 그 사실을 알게 되면 증상이 더 심해질까봐 두려웠던 걸까. 어쨌거나 카티는 소견서가 든 봉투를 아버지의 서재에서 우연히 발견했다. '렙코브스키'라는 이름이 적힌 봉투를 보자 그녀는 그 봉투 안에 든 내용물의 주체가 자기라는 걸 직감했다.

'인간관계를 장기간 지속하는 것이 불가능함.'

그녀는 어느새 환각에 빠진 것처럼 무의식적으로 걷고 있었는데 그래서인지 여지없이 과거의 기억이 되살아났다. 다리 난간 위로 올라가 우뚝 서 있던 세바스티앵. 그리고 바람! 카티는 다리 난간이 바람에 흔들거리고 세바스티앵도 함께 흔들리는 것처럼 느껴졌다.

"내려와! 난 경찰들이 출동해서 경찰차 문에 머리 처박히고 몸수색당하는 거 싫어."

"아, 너희 미국인들은 정말! 너희들은 사형 제도를 옹호하지. 시어도어 루스벨트 다리 위에서 줄타기하는 것도 금지. 흡연도 금지. 공공장소에서 술 마시는 것도 금지. 공공장소에서 키스하는 것도 금지."

다음 순간 세바스티앵은 다리 아래로 내려오더니 카티의 어깨를 잡곤 그녀의 입술에 자기 입술을 포갰다. 상당히 오래. 카티는 그때까지 단 한 번도 입맞춤을 받아본 적이 없었다. 어느 누구에게도. 심지어 부모님에게조차. 입맞춤이 길어질수록 그녀는 더욱 마음에 들었다. 그리고……

"얘들아! 여기가 끝인 것 같아."

카티는 회상으로부터 깨어났다.

빌어먹을!

잠시 땅에서 한눈을 판 사이에 전보다 더 검고 질퍽한 웅덩이를 못 보고 말았다. 오른쪽 다리가 쑥 빠져버렸다.

벤저민은 그녀가 눈치채지 못한 사이 그녀와 아나를 앞질러 간 모양이었다. 그가 두 손을 흔들며 외쳤다.

"여기가 끝인가봐. 길이 없어!"

카티는 위를 올려다보았다. 그들 앞에는 바위, 온통 바위뿐이었다. 바위는 카티가 서 있는 왼편의 늪과 오른쪽의 덤불을 갈라놓고 있었다.

"바로 여기야."

아나는 어깨에 메고 있던 배낭을 내려놓고 그 옆에 털썩 주저앉았다.

사라진 여자

태양이 뜨겁게 내리쬐어 점점 더 걷기가 힘들어졌다. 눈부시게 파란 하늘엔 구름 한 점 없었다. 카티는 이마에 맺힌 땀을 닦은 뒤 배낭을 벗어놓고 주위를 둘러보았다. 그리고 고개를 젖혀 가만히 하늘을 올려다보았다.

거대한 바위산은 마치 푸른 늪지로부터 갑자기 쑤욱 올라온 것처럼 보였다. 카티는 지금까지 이런 산을 본 적이 없었다. 그 산은 가파를 뿐만 아니라 표면을 갈아놓은 것처럼 아주 매끈했다. 적어도 카티가 볼 수 있는 높이까지는 그랬다. 게다가 땅으로부터 50여 미터 위에 불룩하게 튀어나와 있는 바위가 시야를 가리고 있어서 그 위는 아예 산의 형태를 짐작조차 할 수가 없었다.

건너편 솔로몬 바위에서 카티가 본 건 이 산이 틀림없었다. 여기서 고스트 봉우리까지 천 미터 넘게 올라가야 했다. 카티는 일주일간 멀리서 이 산을 연구했었고 그때마다 늘 같은 결론에 도달했다. 즉 이곳에서 올라가는 건 불가능하다는 결론이었다. 그건 미친 짓, 아니 자살행위나 다름없었다.

그런데 막상 그 불가능해 보이던 곳 바로 아래에 이르고 보니 몸이 근질거려 가만있을 수가 없었다.

한번 시도해보면 어떨까?

물론 다른 사람들은 그 산을 타기엔 훈련도 경험도 부족했다. 하지만 아나와 둘이서라면? 그녀와 함께라면 가능할 것도 같았다. 카티의 짐작이 맞는다면 그들이 서 있는 곳은 가운데 봉우리 바로 아래였고 입산 지점은 그들이 서 있는 오른쪽 어디쯤에 있는 게 틀림없었다.

카티는 눈앞이 어른거렸고 강렬한 햇빛 때문에 눈물이 고였다. 그녀는 바지 주머니에서 선글라스를 꺼내 쓴 뒤 아나에게 물었다.

"지금 우리가 있는 곳이 정확히 어디지?"

아나는 모자를 뒤로 젖히고 배낭을 열어 물병을 꺼냈다. 플라스틱도 알루미늄도 아닌, 서부영화에서나 보던 동물의 가죽으로 만든 주머니 모양의 물병이었다. 심지어 주머니 가장자리에는 아직도 덜 잘라낸 가죽이 너덜너덜하게 붙어 있었다.

인디언들의 인습이야, 아님 특별해 보이고 싶어서야?

아나가 암벽을 가리켰다.

"여기가 네가 가고자 했던 바로 그 지점이야. 고스트 봉우리 바로 아래."

"다행이네. 난 영영 이곳에 도착하지 못할 줄 알았어."

율리아가 신음 소리를 내며 바닥에 주저앉았다.

"솔직히 말하면 난 등반이 육상 훈련과 비슷할 줄 알았어. 이렇게 쉽게 지칠 걸 그동안 뭣 하러 열심히 조깅을 하러 다녔나 모르겠어. 이 늪은 완전 마의 코스야."

"진짜 마의 코스는 지금부터야!"

아나는 당장이라도 치약 광고에 나서도 될 만큼 하얀 이를 드러내며 웃었다. 균형 잡힌 이목구비와 구릿빛 피부 때문에 하얀 이가 더욱 빛나 보였다.

카티가 짜증 섞인 목소리로 물었다.

"이제 어디로 올라가면 돼?"

"뭐? 올라간다고? 카티, 일단 좀 쉬자!"

벤저민은 암벽에 손을 짚었다가 비명을 지르며 얼른 뗐다.

"아앗! 뜨거! 하마터면 델 뻔했네."

크리스가 히죽히죽 웃으며 말했다.

"당연하지. 너처럼 약해 빠진 사람만 그래."

"아니, 진짜야. 이건 정상이 아니라니까."

데이비드가 한 발 앞으로 가더니 암벽에 손을 대보곤 다시 뗐다.

"와, 벤저민 말이 맞아. 진짜 이상해."

율리아는 배낭에서 물병을 꺼내곤 배낭끈을 고쳐 맸다.

"이상하긴 뭐가 이상해. 해가 종일 쨍쨍 내리쬐고 있잖아. 모르긴 해도 아마 30도는 될걸."

크리스가 몸을 앞으로 숙였다.

"잠깐, 그대로 가만히 있어봐! 너무 귀여워!"

크리스는 율리아에게 꽤 오랫동안 키스를 했다.

카티는 크리스가 모든 사람 앞에서 그런 행동을 하는 게 율리아가 자기 것임을 과시하기 위해서일 뿐이라고 생각했다.

데이비드는 불안한 듯이 왔다 갔다 하면서 자신들이 왔던 길을 되돌아보았다.

"젠장, 폴이 아직도 안 오고 있잖아. 도대체 어딜 간 거지?"

"난 관심 없어."

크리스는 율리아에게서 입술을 떼고 눈을 감았다.

데이비드가 말했다.

"우린 함께 다녀야 해. 한 사람이라도 낙오되면 안 돼."

"폴이 길을 잃는 일은 없을 거야. 성스러운 지도를 갖고 있잖아. 지도에 나와 있지도 않은 늪으로 우릴 끌고 가긴 했지만."

크리스가 눈을 깜빡이며 말했다.

"진심으로 하는 말인데, 난 걔 없어도 괜찮아. 나라면 폴을 따르느니 차라리 모세를 따라 홍해를 건널 거야."

"내가 길이 어떻게 나 있는지 보고 올게."

벤저민 역시 데이비드와 마찬가지로 불안해 보였다. 그는 카메라를 든 채 오른쪽으로 가더니 산 아래에 자라나 있는 키 큰 수풀들 사이로 금세 사라져버렸다.

카티는 여전히 고개를 들어 암벽을 올려다보고 있었다. 당장이라도 올라가고 싶어서 온몸이 근질거렸다. 높은 곳으로 올라가고자 하는 욕구는 이제 거의 중독 수준이었다. 사람들은 그녀에게 다시는 다리에서 뛰어내리지 말라고 당부했고 그녀도 그러겠노라고 약속했었다. '이번이 마지막'이라고 다짐하고 또 다짐했다. 하지만 그건 마지막이 아니었다. 다만 그때와 다른 점이라면 이젠 아래가 아니라 위로 올라간다는 것뿐이었다.

그녀를 충동질하는 건 항상 좀 더 위험한 모험에 대한 집착이었다. 안전장치도 없이 항상 더 위험한 코스로 가고자 하는 욕구. 단 한 번의 실수로 목숨을 잃을 수도 있다는 걸 알면서도 말이다. 그녀는 암벽 한가운데 매달려 있을 때 느끼는 도취감, 황홀경, 광기에 가까운 느낌에 갈증을 느꼈다. 죽을지도 모르는 아찔함이 필요했다.

미쳤어.

그랬다, 미쳤다, 카티는 미쳤다!

카티는 자신과 달리 여전히 침착하기만 한 다른 일행들을 이해할 수 없었고 또 견딜 수도 없었다. 중력을 초월하는 것보다 더 황홀한 게 과연 있을까?

"저기로 올라간다고?"

카티는 깜짝 놀라 뒤를 돌아보았다. 등 뒤에 폴이 서 있었다. 그가 웃자 숨결이 카티의 오른쪽 뺨을 가볍게 스쳤다.

"말도 안 돼! 넌 못 할걸."

그녀는 몇 걸음 뒤로 가 고개를 젖혔다.

맞아, 여길 살아서 올라간다는 건 거의 불가능해 보여.

하지만 그래도!

"제대로 준비만 되어 있으면 어떤 암벽도 오를 수 있어."

"하지만 넌 저기로 올라갈 준비도 안 되어 있잖아."

폴이 위를 가리켰다.

"그걸 네가 어떻게 알아?"

"난 알아."

"네가 아는 게 정확히 뭔데?"

"네가 불길한 기운을 부른다는 거. 그리고 그게 이번이 처음은 아니라는 것."

카티는 온몸이 얼어붙는 것 같았다.

"네가 무슨 소리를 하는지 모르겠어."

"모른다고?"

그의 눈썹이 위로 치솟았다.

카티는 결코 멀리 달아날 수 없을 것이다. 어딜 가든 세바스티앵의 그림자가 따라다닐 테니까. 그리고 그건 당연했다. 세바스티앵은 카티의 영혼을 흔들었으며 그녀를 있는 그대로 받아들여주고 이해해줬던 유일한 사람이었다. 그리고 그녀를 눈물 흘리게 했던 유일한 사람이었고. 바로 지금처럼.

카티는 고개를 돌렸다. 때마침 그녀 곁으로 와준 벤저민이 감사할 따름이었다. 그가 유치하게 CNN 기자 흉내를 내며 말했다.

"카티 베스트와 폴 포스터는 그레이스 대학의 새로운 드림팀인가요?"

그러면서 카메라를 들어 올렸지만 폴은 이미 덤불 속으로 사라지고 없었다.

최소한 그 덕분에 카티는 본래의 이성을 되찾을 시간을 벌었다. 그녀는 어깨를 추켜세우고 벤저민을 남겨둔 채 나머지 일행들이 있는 쪽으로 갔다. 그들은 바닥에 앉아 준비해 온 간식을 꺼내는 중이었다.

카티는 주위를 두리번거리며 물었다.

"아나는 어디 갔어?"

"글쎄."

율리아가 어깨를 으쓱하곤 카티에게 초콜릿 바를 건넸다.

"이거 먹을래?"

"아니! 여기서 마냥 쉴 생각은 하지 마. 해가 저물기 전에 산장에 도착하려면 얼른 가야 해."

그러자 크리스가 투덜거렸다.

"무슨 타고난 노예 상인도 아니고. 우린 새벽 5시부터 지금까지 쉬지 않고 걸었어. 그러니까 이 정도 쉴 자격은 충분하다고 생각하는데."

"쉴 자격이 충분하다고? 우린 아직 1미터도 못 올라갔어."

카티가 격렬하게 고개를 저었다.

암벽에 등을 대고 앉아 있던 데이비드가 고도 측정계를 꺼내 보이며 말했다.

"그건 아니야. 우린 이미 백 미터 넘게 올라왔어."

"맞아, 하지만 아직 설원 지대 입구까지 천 미터 이상 더 가야……."

그 순간 누군가 큰 소리로 부르는 바람에 카티는 말을 맺지 못했다. 그 소리의 주인공은 벤저민이 분명했다. 잠시 후 벤저민이 덤불 속에서 나와 그들 쪽으로 왔다.

"야, 놀라운 일이 있어!"

그사이 바닥에 앉아 있던 데이비드가 피곤한 얼굴로 벤저민을 올려다보고 물었다.

"또 뭔데 그래?"

하지만 벤저민은 대답 대신 바닥에 주저앉더니 깔깔대며 웃기 시작했다.

"그 아나라는 여자 있잖아, 아무래도 사람이 아닌가봐! 진짜야, 내 눈으로 똑똑히 봤다니깐. 아나가 바위 속으로 스윽 사라져버렸어."

***

그들은 이미 벤저민의 터무니없는 익살에 익숙해져 있었다. 그래서 대수롭지 않은 듯 어깨를 으쓱하며 이번에도 형편없는 농담이나 변덕 또는 신경과민증 정도로 받아들였다. 그들은 그가 끊임없이 카메라를 들고 그들 뒤를 쫓아다니며 〈빅 브라 더스(미국에서 인기를 끌고 있는 몰래카메라 방송 프로그램 이름— 옮긴이주)〉를 흉내 내도 참아주었다. 언젠가 그는 그들에게 사적인 동영상을 유튜브나 또는 유사한 인터넷 방송에 절대 공개하지 않겠다고 굳게 약속했었다. 하지만 카티는 그가 약속을 진짜 지킬지 의문이었다.

어쨌거나 벤저민은 그다지 신뢰할 만한 인물은 아니지만 그렇다고 지금까지 다른 사람에게 크게 해를 끼친 적도 없었다. 속을 알 수 없는 크리스와 달리 벤저민은 수수께끼 같은 인물은 아니었다. 가끔 마약이라도 하는지 유난히 흥분되어 있거나 심하게 변덕을 부릴 때도 있었지만 카티에겐 크게 상관없는 일이었다. 하지만 벤저민이 완전히 미쳐버린 거라면 그건 다른 문제였다. 아나가 투명인간처럼 암벽을 통과할 수 있다고 주장한 것만으로도 황당한데 뒤이은 신경질적이고 날카로운 벤저민의 웃음소리를 들으니 카티는 머리카락이 쭈뼛 서는 것만 같았다.

벤저민이 등반을 위험에 빠뜨릴 만한 인물이라는 걸 진작

알아차렸어야 했어!

크리스가 말했다.

"벤. 제발 황당무계한 이야기로 피곤하게 만들지 좀 마라."

"진짜야, 너희들이 가서 직접 봐! 내가 어디인지 알려줄 테니까. 조금 전까지 내 앞에 서 있었는데 눈 깜짝할 사이에 사라졌다고."

그들은 혼란스러운 표정으로 서로를 쳐다보았다.

데이비드가 불안하게 주위를 두리번거리며 말했다.

"아마도 길을 찾는 중이겠지."

폴은 이마에 흘러내린 적금빛 머리를 쓸어 넘겼다.

"아나는 이미 길을 알고 있어. 너희들과 달라. 자기 앞에 무슨 일이 닥칠지도 모르면서 무작정 모험에 뛰어드는 사람은 아니야."

크리스가 눈썹을 치켜세우곤 암벽을 가리키며 물었다.

"그럼 넌 저 위에 뭐가 우릴 기다리고 있는지 알기라도 한다는 거야?"

"당연하지. 안 그러면 내가 여기 왜 왔겠어?"

크리스가 투덜거렸다.

"아나가 지금 어딜 갔든 난 관심 없어. 우릴 여기 내팽개쳐두지만 않는다면. 그녀를 믿을 수가 없어. 우릴 조금도 신경써주지 않잖아."

카티가 화난 목소리로 따졌다.

"아하, 그랬어? 그러는 넌 우리 모두가 위험에 빠지면 기꺼이 목숨이라도 내놓겠단 거야?"

크리스는 카티에게 이기죽거렸다.

"걱정 마, 그런 일은 없을 테니까. 적어도 널 위해선."

"그래. 네가 원하는 건 오직 하나, 황홀한 주말을 경험하는 걸 테지."

그러자 데이비드가 두 사람을 말렸다.

"제발 그만들 싸워."

"너도 늘 우리를 중재하려고 하거나 성인군자처럼 굴지 좀 마. 사람은 결국 모두 이기주의자일 뿐이야. 너도 마찬가지고! 그러니까 이제 그만 인정하고 진짜 모습을 드러내시지."

카티는 그런 공격성이 어디서 나왔는지 자신도 알 수 없었다. 아마도 태양 때문인 것 같았다. 햇빛 속에 모든 사람을, 그리고 특히 자신을 공격적으로 만드는 뭔가가 들어 있는 것 같았다.

카티는 벌떡 일어났다.

"아나를 찾아봐야겠어. 그동안 좀 진정하고 있어."

율리아가 빙긋 웃으며 부드럽게 말했다.

"진짜 진정해야 할 사람은 따로 있는 것 같은데, 카티?"

카티는 율리아의 말을 못 들은 척하고 오른쪽으로 돌아 덤불 속으로 들어갔다.

여기에도 노간주나무들이 있었다. 그 덕분에 썩은 늪의 악취는 잊을 수 있었다.

왜 다른 사람들에게 함께 가자고 했을까? 진짜 그들의 도움이 필요했나?

카티는 아나의 말에 따르지 말 걸 그랬다고 후회했다.

그 이유는 네가 더 잘 알잖아, 카티. 안 그랬다면 아나는 이번 등반의 가이드를 맡아주지 않았을 거야.

카티는 앞을 가로막고 있는 잔 나뭇가지와 덤불을 옆으로 젖히며 앞으로 나아갔다. 식물이 조금씩 띄엄띄엄해지더니 어느새 다시 암벽 앞에 와 있었다. 그런데 그곳엔 위쪽까지 쭉 직선으로 뻗어 있는 게 아니라 아래쪽에 매끈하고 반짝거리는 바위가 불룩 솟아 있었다.

돌출바위의 높이와 폭을 가늠하고 있을 때 갑자기 산 쪽에서 낯선 소리가 들려와 카티는 소스라치게 놀랐다.

아니야! 내가 잘못 들은 거야!

그런데 그 소리가 또 들렸다.

그 소리는 바위 안쪽에서 들렸는데 마치 속이 텅 비어 있는 것처럼 울렸다.

발자국 소리일까?

그래, 맞아, 카티!

그녀는 애써 고개를 끄덕이며 앞으로 계속 갔다. 하지만 그 소리도 그녀를 따라왔다. 그녀 바로 옆에서 들려오고 있었다.

메아린가?

그녀는 발걸음을 멈추고 뒤를 돌아보았다. 그리고 혼란스러운 표정으로 암벽을 노려보았다. 돌출되어 있다곤 해도 사실 뒤편의 거대한 암벽의 일부나 마찬가지였다. 거기엔 어떤 틈도 구멍도 보이질 않았다. 마치 돌을 일부러 붙여놓기라도 한 것처럼 작은 실금조차 나 있질 않았다.

이 비슷한 것을 카티는 딱 한 번 본 적이 있었다. 프랑스의 브르타뉴 지방에 갔을 때였다. 해안가의 절벽들을 대서양의 무시무시한 힘이 오랜 시간 동안 거울처럼 흠집 하나 없이 매끈하게 깎아놓았다. 하지만 여긴 깊은 산골짜기였다. 비와 바람이 바람과 파도처럼 바위를 저토록 매끈하게 만들어놓을 수도 있단 말인가?

카티는 두 손을 바위 위에 얹었다가 금세 다시 뗐다.

빌어먹을!

벤저민의 경고를 그만 깜빡하고 있었다. 돌은 진짜 손가락을 델 정도로 달궈져 있었다.

카티는 건축학에 대해 잘 알지 못했지만 대학을 둘러싸고 있는 암벽들에 대해선 꽤 잘 알고 있었다. 아직 모든 곳을 다 올라가보진 못했지만 대신 무수히 많은 사진들을 갖고 있었다. 게다가 눈을 감아도 훤히 보일 정도로 보고 또 봤었다. 그런데 이 돌출바위는 생소했다. 왠지 자연적으로 생겨난 게 아닌 듯 보였고 또 실제로 그랬다.

다만 처음 보았을 땐 노간주나무와 시들시들한 노송에 가려 그 사실을 알아차리지 못했을 뿐이었다.

카티는 멀리서 바위의 생김새를 관찰하기 위해 다시 한 번 덤불을 헤치고 나갔다.

돌출바위는 길이가 4미터쯤 되었고 앞으로 솟아나온 부분만 해도 2미터가 넘었다. 물론 그녀의 이성은 그럴 리가 없다고, 그건 불가능하다고 말하고 있었다. 그런데 그 불가능한 현상이 눈앞에 버젓이 존재하고 있었다. 마치 거인이 꽂아놓은 것처럼 허공에 불쑥 솟아나와 있는 반원 모양의 긴 바위.

말도 안 돼, 카티.

이건 그냥 자연의 변덕일 뿐이야. 그뿐이라고.

하지만 사실은 그렇게 간단하게 부정될 수 없었다. 교회나 박물관에 가면 실제로 이런 모양의 기둥들이 있었다.

정말 그게 가능할까? 인간의 힘으로 산 위에서 그 어마어마한 기둥을 던진다는 게 과연 가능한 일일까?

카티는 다시 덤불 속으로 들어가 돌출바위 끝까지 걸어갔다. 이제 다시 주위가 조용해졌다. 바위 안에서 들려오던 소리도 더는 들리지 않았다. 대신 빛과 그림자가 만들어내는 다양한 형체들 사이에서 뭔가가 눈에 띄었다.

다음 순간 그녀는 한 걸음 앞으로 나갔다. 다른 일행들의 목소리가 아주 멀리서 아련하게 들려왔다. 그녀와 아나의 이름을 부르는 목소리가 불안하게 떨리고 있었다. 하지만 그녀는 대답하지 않았다.

빛과 그림자.

넓고 검은 선.

그것들이 의미하는 건 오직 한 가지뿐이다.

카티는 반원 모양의 바위가 산 벽과 닿아 있는 그 사이에서 구멍을 발견했다. 깊은 동굴 같은 구멍을. 카티는 좀 더 가까이 가서 안을 들여다보았다. 틈의 넓이는 50센티미터도 채 안 될 것 같았다.

카티는 주저하지 않고 바위 위로 올라가 틈 사이로 들어갔다. 그리고 그곳에 영원히 끼어 있어야 할지도 모른다고 생각하는 순간 좀 더 넓은 곳으로 미끄러져 들어갔다.

고립

사방이 깜깜한 암흑이었다.

하지만 문제는 어둠이 아니었다. 더 큰 문제는 사방이 온통 돌벽뿐이라는 사실이었다. 카티는 양손을 뻗어 더듬거렸다. 손끝에 밋밋하고 차가운 바위가 느껴졌다. 옷 속으로 습기가 스며들었다. 벽과 바닥은 미끄러웠고 공기는 차갑고 축축하고 곰팡내가 났다.

카티의 몸은 삽시간에 반응하기 시작했다. 심장이 쿵쾅쿵쾅 뛰었다. 바로 어제, 엘리베이터 안에 갇혀 있었을 때처럼. 호흡이 점점 더 가빠졌다. 그녀의 이성이 '넌 갇혔어! 넌 평생 여기서 빠져나가지 못할 거야!'라고 외치고 있었다.

그녀는 한 발 물러서다가 팔꿈치를 벽에 부딪쳤다. 통증 때문에 잠시 잊었던 공포심은 곧 더욱 맹렬하게 엄습해왔다.

소리를 질러!

카티는 소리를 지르려고 했지만 뭔가가 그걸 막고 있었다. 그녀의 목소리는 덮칠 듯이 울려대는 산속의 소음을 결코 이길 수 없을 것 같았다.

쿵— 쿵— 쿵—

천둥과도 같은 소리가 바위에 부딪혀 끝없이 메아리쳤다. 기차가 전속력으로 터널을 통과할 때 나는 그 소리가. 그녀를 둘러싸고 있는 벽들이 덜컹거리며 흔들렸다.

도와달라고 소리쳐봤자 아무 소용 없어. 이 소리에 묻혀 들리지도 않을 거야.

또 다른 소리도 들렸다. 아주 가까운 곳에서.

쌕— 쌕—

그건 자신의 숨소리였다. 두 손으로 앞쪽을 짚어보았다.

출구. 여기 어딘가에 출구가 있을 거야.

젠장! 아까 내가 들어왔던 그 구멍은 어디 있지?

빛이라곤 없었다. 동굴 안으론 한 줄기 햇살조차 비춰 들지 않았다. 그녀는 그 이유를 알아차렸다. 그녀가 들어왔던 그 구멍이 너무나 좁은 데다가 입구까지 2미터도 넘게 떨어져 있었기 때문이다.

카티를 둘러싼 건 완벽한 어둠과 쿵쾅거리는 소리 그리고 자신의 숨소리뿐이었다.

물이야!

그녀는 불현듯 깨달았다. 어디에선가 물방울이 떨어지고 있었다. 폭포처럼 세차게.

그런데 어디에 있는 거지? 여기서 얼마나 떨어진 걸까?

상관없었다. 어쨌거나 한시라도 여길 빠져나가야 했다. 하지만 불 없이는 암흑 속에서 꼼짝할 수가 없었다.

직감.

아나가 그랬다.

"카티, 네 직감을 믿어."

왼쪽 어딘가에 그녀가 들어왔었던 구멍이 나 있을 게 틀림없었다.

그런데 왼쪽이 어디지?

그녀는 손으로 사방 벽들을 더듬어보았다.

틈, 가는 실금, 돌들.

손가락 끝에서 팔꿈치에서와 같은 통증이 느껴졌다.

없었다. 거긴 아무것도 없었다. 그녀는 자신도 모르게 등으로 뒤쪽 벽을 밀다가 미끄러졌다. 틈 안으로 들어온 것처럼 다시 나가야만 했다. 출구가 없을 리 없었다.

출구는 있어. 반드시!

그리고 느꼈다. 등 뒤에 있는 벽이 서서히 변하고 있다는 걸. 갑자기 매끈해진 것을. 누군가 갈아놓은 듯이. 그녀는 고개를 돌려 얼음처럼 차가운 돌에 얼굴을 대고 가만히 있었다. 그러자 차츰 마음이 진정되었다.

사람들, 사람들이 이 바위를 만들었어. 언젠가.

그런데 왜? 뭣하러?

⋯⋯알게 뭐야.

중요한 사실은 그 사람들이 입구를 만들었다는 것, 그리고 더 중요한 사실은 입구가 있다면 출구도 있으리라는 거였다.

그녀는 두 팔을 쫙 펼쳤다. 왼쪽에는 실금들과 울퉁불퉁한 굴곡이 느껴졌다. 그런데 오른쪽은 완전히 매끈했다. 그녀는 천천히 오른쪽으로 걸어갔다. 조심스럽게 약간의 변화도 놓치지 않기 위해 신경을 곤두세웠다.

그리고 마침내 손이 허공으로 뻗어나갔다.

여기가 틀림없어. 내가 들어왔던 산과 바위 사이에 나 있던 좁은 구멍!

카티는 구멍 틈새를 단단히 부여잡고 그 사이로 몸을 밀어 넣었다. 그런 다음 미끄러지듯 들어갔다. 좁은 통로에 낀 것 같은 끔찍했던 순간이 지나자 마침내 손등 위로 바람이 느껴졌다.

그녀는 눈을 꼭 감았다. 동굴 안 암흑 속에서 갑자기 밝은 곳으로 나오자 눈이 부셨기 때문이다. 눈앞에서 번개가 번쩍였다. 그리고 조롱하는 듯한 누군가의 웃음소리가 들렸다.

"찾아냈구나. 진짜 너 혼자서 길을 발견한 거야."

카티는 슬며시 눈을 깜빡였다. 차츰 빛에 익숙해지자 목소리의 주인공이 누군지 알 수 있었다.

아나는 가죽 물주머니를 든 채 돌 위에 앉아 환하게 웃고 있었다.

"무슨 말이야?"

"바로 거기, 고스트로 가는 길 말이야."

카티는 굳은 표정으로 아나를 빤히 쳐다보았다.

"고스트로 가는 길?"

"그래, 네가 방금 발견한 그 터널이 그 길이야."

카티는 숨을 죽였다.

"진심으로 하는 말이야?"

아나가 어깨를 으쓱해 보였다.

"그보다 더 안전하고 확실한 길도 없을걸. 게다가 빠르고. 이 바위 벽 안에 있는 동굴은 산을 통과해 두 봉우리 사이의 협곡까지 이어져 있어. 그러니까 터널을 통해 산 반대편으로 가면 거기서 산장까지 올라갈 수 있어."

절대로, 다신 저 안에 들어가고 싶지 않아!

카티는 큰 소리로 말했다.

"꿈도 꾸지 마! 난 암벽을 타고 넘어갈 거야."

아나가 짧게 웃었다.

"그래, 여기 아래에서 보면 가능해 보일 수도 있어. 하지만 어디 한번 해봐, 장담하건대 오도 가도 못하게 될 거야."

아나는 자리에서 일어나 물주머니를 배낭에 집어넣었다.

"그게 바로 이 산의 가장 큰 특징이지. 너무 미끄러워서 하켄이고 스크루고 아무 소용 없거든. 전동 드릴이라면 또 모를까. 다시 말해 여기서 고스트 정상까지 갈 수 있는 길은 오직 이 터널뿐이야. 넌 꼭 이 계곡에서부터 출발하길 원했잖아. 필즈에서 출발했더라면 훨씬 더 쉽게 갈 수 있었을 텐데."

"터널이라고? 거기로 가면 수월하겠다. 날씨가 변덕을 부려도 최소한 몸은 안 젖을 거 아냐."

크리스와 나머지 일행들이 덤불 속에서 나타났다. 각자 자기 배낭을 짊어지고 있었고 카티의 배낭은 데이비드가 들고 있었는데 카티를 보자 발 앞에 배낭을 던져주었다.

나머지 일행들은 아나를 쳐다보고 있었다. 그녀의 권위에 의문을 갖는 사람은 하나도 없는 듯했다.

카티는 생각했다.

당연히 의심할 이유가 없지. 그녀는 이 산에서 나고 자랐으니까.

폴은 옆으로 약간 떨어져서 모든 상황을 비웃듯이 지켜보고 있었다.

"지도에 이 지름길도 나와 있어?"

카티가 고개를 돌려 폴에게 묻자 아나가 대신 답했다.

"이 터널을 아는 사람은 아무도 없어. 하지만 이게 유일한 방법이야. 내 말 믿어."

그러자 카티가 화를 내며 따졌다.

"나한테 왜 진작 말하지 않았어? 내가 어떤 코스로 가고 싶어 하는지 몇 번이나 설명했었잖아. 그럴 때마다 한 번도 이 터널에 대해 언급한 적 없었으면서."

아나가 어깨를 으쓱하며 말했다.

"그 말을 굳이 할 필요가 있었을까? 따지고 보면 우린 네가 바라던 길로 가는 거나 마찬가지야. 차이점이라면 산을 넘어 가느냐 산을 통과해서 가느냐, 하는 것뿐이라고."

"빌어먹을! 내가 원했던 건 암벽등반이야, 터널 탐사가 아니라."

"걱정 마. 곧 암벽등반도 하게 될 테니까. 그리고 산을 통과해서 가면 시간도 체력도 아낄 수 있어. 내일 설원 지대를 지나 고스트 정상까지 올라가려면 체력을 비축해둬야 해."

카티는 다른 일행들의 눈치를 살폈다. 데이비드와 크리스는 아나 편이 확실했다. 벤저민의 얼굴은 늘 그렇듯이 카메라 뒤에 숨어 있어서 알 수가 없었다. 오직 율리아만이 카티의 불안감을 눈치챈 듯했다. 그녀는 '괜찮아'라고 말하듯 입술을 오므린 채 웃고 있었다. 벤저민처럼 조롱하는 표정이 아니라 진심으로 격려하는 마음이 담겨 있었다.

결국 크리스가 어색한 침묵을 깨고 말했다.

"아나 말이 맞아. 계속 여기 가만히 서 있을 거야? 어서 출발하자."

크리스가 배낭끈을 풀어 바닥에 내려놓고 일행들을 둘러보자 아나가 바위틈을 가리키며 말했다.

"좋아, 크리스, 너 먼저 가. 그런 다음 우리가 배낭을 하나씩 밀어 넣어줄 테니 안에서 받아. 다른 사람들도 같은 방식으로 한 명씩 들어가면 돼."

크리스는 고개를 끄덕이곤 바위 쪽으로 다가갔다. 입구는 너무 좁아서 그 존재를 아는 사람만이 겨우 알아볼 수 있을 정도였다. 그는 깊이 숨을 들이마시곤 고개를 왼쪽으로 돌려 오른쪽 어깨부터 바위틈 안으로 집어넣었다.

한동안 아무 소리도 들리지 않고 고요하더니 마침내 산 안쪽에서 크리스의 목소리가 둔탁하게 들렸다.

"됐어. 너희들도 들어와. 먼저 내 배낭부터 주고. 참, 들어오기 전에 헤드 랜턴부터 켜는 거 잊지 마. 이 안은 자기 손도 알아볼 수 없을 만큼 깜깜해."

카티는 눈을 감고 속수무책으로 쿵쾅거리는 심장 소리를 듣고 있었다.

이건 그녀의 등반, 그녀의 계획이었다. 하지만 아무도 그 점에 대해선 신경 쓰지 않는 것 같았다. 모든 게 걷잡을 수 없이 빠르게 흘러가고 있었고 더 끔찍한 건 그녀가 세상에서 가장 두려워하는 방향으로 가고 있다는 사실이었다. 하지만 다른 사람들은 모두 헤드 랜턴을 찾느라 여념이 없었다. 결국 카티도 옆 주머니에서 헤드 랜턴을 꺼내 썼다.

선택의 여지가 없었다.

"모두 랜턴이 잘 켜지길 바랄게. 참, 내 카메라는 내가 갖고 있을 거야."

벤저민이 큰 소리로 웃었다.

"저 안에서도 촬영이 가능할 거라고 생각해?"

"난 관에 누워서도 생중계를 내보낼 생각이야."

그러더니 그는 조만간 실제로 그런 상황이 일어날까봐 두려운 것처럼 어색하게 웃었다.

"율리아, 네 배낭 나한테 줘."

데이비드가 바위에 붙어 서서 손을 내밀었다. 한 명씩 차례로 그에게 배낭을 줬고 그는 받아 든 배낭을 조심스럽게 구멍 안으로 밀어 넣었다. 카티는 그 일이 영원히 계속되기만을 바랐다. 오만 가지 생각들이 교차했다. 나머지 사람들이 이 계획을 포기하도록 만들 만한 방법이 있을까?

갑자기 카티가 분노를 터뜨렸다.

"그럼 물은 어떻게 할 거야?"

모두들 어이없는 표정으로 카티를 쳐다봤고 그중 율리아가 반문했다.

"물이라니, 무슨 물?"

"저 안 어딘가 폭포 같은 게 쏟아지고 있어. 내가 분명히 들었어."

"그건 땅 밑에서 흐르고 있는 강물 소리야, 저 아래 호수로 들어가는."

아나는 침착하게 대답하고는 자기 배낭을 들어 바위틈으로
밀어 넣었다.

"하지만 강바닥은 터널 벽에서 최소 5백 킬로미터는 떨어져
있어. 소리만 아주 가까이 있는 것처럼 들리는 거야. 아마도
거기 폭포 같은 게 있는 듯해."

다른 사람들은 아나의 설명에 수긍했고 다른 질문은 하지
않았다.

카티는 입술을 깨물었다. 그녀는 율리아와 벤저민, 데이비
드가 차례로 바위틈으로 사라지는 모습을 무기력하게 지켜봐
야만 했다. 드디어 카티와 폴 그리고 아나만 남게 되었다.

"다음은 누가 갈래?"

카티와 폴이 아무런 반응을 보이지 않자 아나가 먼저 바위
틈으로 들어가버렸다.

한동안 정적이 흐르다가 결국 폴이 어깨를 으쓱하며 먼저
말을 걸었다.

"그래서 내가 우리끼리 하자고 말했었잖아. 그런데 넌 꼭 다
른 애들과 함께 가길 원했지."

카티는 다시 한 번 여러 가지 가능성들에 대해 생각해보았
다. 그녀는 자신들이 있는 곳의 위치를 전혀 알지 못했고 그래
서 아나의 도움이 필요했었다. 아나는 터널을 관통하는 길을
알고 있었다. 그건 다시 말해 그녀가 자신의 일에 대해 정확히
파악하고 있다는 증거였다.

결국 카티는 이를 악문 채 말했다.

"아니, 난 다른 애들을 버려두고 갈 수 없어."

폴이 바위 앞으로 다가서며 말했다.

"그런데 혹시 너 그런 생각은 안 해봤어? 다른 애들이 널 버릴 수도 있다는 생각?"

***

이제 카티는 홀로 남았다.

저들을 따라갈까?

돌아갈까?

그건 말도 안 됐다.

그녀는 터널 입구를 무시하고 손으로 바위를 더듬어보았다. 돌은 여전히 뜨거웠다. 그녀는 꽉 붙들 수 있는 틈이 있나 찾고 있었다. 좀 울퉁불퉁한 곳이 있긴 했지만 그다지 믿을 만하지는 않았다. 어쩔 수 없이 카티는 그곳을 의지한 채 몸을 위로 끌어올렸고 한 발도 같이 올렸다. 하지만 금세 미끄러져 제자리로 떨어졌다. 역시 불가능했다. 암벽은 너무 매끈하고 뜨거워서 오래 매달려 있을 수도 없었다.

이곳을 혼자 올라가는 일은 위험한 수준이 아니라 아예 불가능했다.

카티는 깊이 심호흡을 하고 터널 입구를 노려보았다.

힘내, 카티. 넌 할 수 있어.

이건 지금껏 네가 해온 일에 비하면 어린아이 장난에 불과해. 넌 30미터 높이의 다리에서 뛰어내렸어. 그리고 안전장치도 없이 혼자 암벽을 탔었고. 그러니까 이런 동굴쯤은 얼마든지 이겨낼 수 있어, 얼마든지.

그녀는 그냥 되는 대로 몸을 맡기기로 했다. 틈새로 머리와 몸통을 먼저 밀어 넣자 컴컴한 터널이 보였다. 맥박이 빠르게 요동치기 시작했다. 그녀는 손으로 이마를 짚어 헤드 랜턴을 켠 다음 드디어 비좁은 바위틈으로 들어갔다.

속이 심하게 울렁거렸다.

저들한테 말했어야 했어. 그냥 내가 폐소공포증이 있다고 고백했으면 되는데.

하지만 그런들 무슨 소용이 있었을까? 괜히 약점만 보여주는 꼴이 됐을 것이다. 그랬다. 전에도 공포심에 진 적이 한 번 있었다. 그리고 그때 다시는 그러지 않으리라 다짐했었다.

센 물소리가 또다시 귓속을 파고들었다. 하지만 이번에는 그게 진짜 물소리인지 아니면 혈관 속에서 격렬하게 흐르는 피 소리인지 확실치가 않았다.

그 순간 피부에 뭔가가 닿는 느낌이 났다.

그리고 누군가가 큰 소리로 말했다.

"내 손을 잡아!"

폴이었다. 그의 목소리는 쿵쾅거리는 심장 소리에 거의 묻혀버렸다.

"걸을 때 조심해. 바닥과 벽이 모두 아주 미끄러워."

카티는 폴의 손을 꽉 움켜쥐었다. 심장이 미칠 듯이 뛰었다.
등줄기로 흐르는 땀이 느껴졌다.

"왜 이렇게 떨어?"

폴의 목소리가 아주 가까이서 들렸다.

"추워? 아니면 혹시 무서운 거야?"

이번에는 조롱이 아니라 우려 섞인 말투였다. 아니면 그녀
가 착각한 걸까?

카티는 헛기침을 했다.

절대로 눈치채게 해선 안 돼.

"추워서 그래. 그것뿐이야."

"와, 이 강물 소리 정말 대단하다! 그렇게 멀리 떨어져 있다
는데도."

그랬다, 대단했다. 자신이 탁 트인 꼭대기에 매달려 있는 대
신 이 땅속 어두운 터널 안에 갇혀 있다는 사실이 대단했다.
하지만 그녀는 자신이 이 미친 짓에 정면으로 맞서야만 살 수
있다는 사실도 잘 알고 있었다.

그녀는 눈을 뜨고 불빛을 향해 깜빡거렸다. 벤저민만 빼곤
모두 헤드 랜턴을 켜고 있었다. 비록 그 불빛만으론 아주 좁은
공간조차도 환하게 밝히기에 부족했지만 그래도 카티는 안쪽
에 지하 동굴이 있다는 걸 알 수 있었다. 동굴 한쪽 구석으로

길고 낮은 터널이 이어져 있었다. 천장의 입구는 무너지지 않도록 나무판자가 받쳐져 있었다.

카티는 또다시 속이 울렁거리기 시작했다.

눈을 감았다.

다른 걸 떠올려봐, 뭐든!

안 돼, 한국은! 할머니의 정원과 부모님도. 그리고 특히 세바스티앵은 절대로 안 돼!

과거는 떠올리지 마! 미래에 대해 생각해봐! 내일 고스트 정상 위에 서 있게 될 네 모습을. 그리고 그곳에서 바라보게 될 해를 상상해!

벽화

카티는 눈을 다시 뜰 수 있게 되기까지 시간이 얼마나 흘렀는지 알 수 없었다. 몇 시간은 지난 것처럼 느껴졌지만 사실은 이삼 초에 불과했을 터였다.

"와, 여긴 진짜 추워!"

율리아가 투덜거리자 아나가 소리쳤다.

"모두들 준비해온 재킷을 꺼내 입는 게 좋겠어."

헤드 랜턴 불빛에 의지해 모두들 배낭에서 두꺼운 고어텍스 재킷을 찾아 껴입었다.

"두고 가는 물건 없나 잘 살펴."

카티는 깊이 심호흡을 했다.

좋아, 이건 할 수 있어. 적어도 난 여기 혼자가 아니니까.

그녀는 정신을 똑바로 차리고 재킷을 껴입었다. 그런 다음 배낭의 지퍼를 단단히 채웠다.

"이제 다 됐으면 출발하자!"

아나는 전투에 나간 장군 같은 목소리로 말하는 데 매우 익숙한 듯했다.

카티는 불만스럽게 씩씩거렸다. 하지만 동시에 자기 안에서 삶이 되살아나는 걸 느꼈다.

봐, 되잖아.

카티는 안도감으로 가슴을 쓸어내렸다.

그들은 천천히 발걸음을 옮겼다. 오른손으로 터널 벽을 짚고서 앞으로 걸어가는 내내 카티는 뒤돌아서 다시 밖으로 나가고 싶은 충동과 싸워야만 했다.

지하 통로의 바닥은 먼지와 작은 돌멩이들로 가득했다. 그래서 똑바로 걸을 수가 없었고 허리를 숙인 채 걸어야만 했다. 카티 앞에는 폴의 헤드 랜턴이 반짝이고 있었다. 벽이 축축한데도 불구하고 한 발 한 발 옮길 때마다 소용돌이처럼 먼지가 일어 순식간에 불빛을 삼켜버리곤 했다.

2미터 내지 3미터쯤 걸어갔을 때 갑자기 카티 앞에서 걸어가던 일행들이 멈춰 섰다.

"무슨 일이야?"

카티가 묻자 폴이 대답했다.

"나도 모르겠어."

잠시 후 벤저민이 그들의 곁을 지나 들어온 입구 쪽으로 걸어갔다.

"젠장! 빌어먹을!"

카티가 다시 한 번 초조하게 물었다.

"왜 그러는데?"

벤저민이 어깨 너머로 소리쳤다.

"아까 재킷 벗을 때 렌즈 덮개가 떨어졌었나봐."

"잊어버려. 그냥 가."

카티의 말에도 벤저민은 아랑곳하지 않았다.

"덮개가 없으면 안 돼. 이 먼지에 습기까지…… 카메라가 완전 망가질 거야."

카티는 한숨을 내쉬었다.

"벤저민, 카메라 좀 제발 배낭에 집어넣어버려. 이렇게 깜깜한 데선 어차피 아무것도 못 찍잖아."

"아니, 덮개를 못 찾으면 여기서 한 발짝도 안 움직일 거야. 카메라는 내 세 번째 눈이나 마찬가지란 말이야. 내 지팡이라고, 알아들어? 금방 올 테니까 여기서 기다려."

기다리라고? 말도 안 돼!

카티가 살 수 있는 유일한 방법은 앞으로 달아나는 것뿐이었다!

"네 마음대로 해. 난 갈 거니까. 안 그래도 시간이 너무 많이 지체됐어. 오늘 안으로 산장까지 꼭 가야 해."

"카티, 너 그렇게 이기적인 사람인 줄 정말 몰랐다."

카티는 희미한 헤드 랜턴 빛을 통해 데이비드가 뒤돌아보며 고개를 절레절레 흔드는 모습을 보았다.

"이건 이기적인 것과 달라! 난 빨리 여기서 벗어나고 싶을 뿐이야!"

여길 들어오지 말았어야 했어. 아나의 말을 듣지 않는 건데.

다른 사람들과 함께 오지 않았더라면.

폴의 제안을 받아들였어야 했는데.

그랬더라면, 그랬더라면, 그랬더라면.

하지만 이젠 후회해도 소용없었다.

카티는 더 이상 망설이지 않았다. 다른 사람들 옆을 지나 한 발씩 앞으로 나아가자 뒤에서 율리아가 소리쳤다.

"기다려, 카티! 서로 떨어지면 안 돼. 벤은 금방 올 거야."

하지만 카티는 멈춰 서지 않았다. 대신 움직일 때마다 출렁거리는 희미한 불빛에 시선을 고정시킨 채 계속 걸어갔다. 갱벽은 습기 때문에 반질거렸고 머리 위의 나무판자에선 썩은 내가 진동했다. 오래된 것들이었다. 까마득히 오래. 아마도 습기 때문에 썩어버린 것 같았다.

게다가 벽에서 흩날리는 먼지까지 숨통을 죄어왔다. 마치 바위가 저절로 분해되기라도 하는 것처럼 끊임없이 먼지가 사방으로 날렸다. 머리에, 옷에 그리고 피부까지. 정말 역겨웠다.

카티는 홀로 5백 미터쯤 걸어간 후에야 비로소 제정신을 차렸다. 그리고 바로 그 순간 이 터널에 갇혀 있는 것보다 더 끔찍한 사실이 떠올랐다.

바로 '혼자' 있다는 사실이었다.

정말 바보 같아. 공포심을 이기지 못해 앞뒤 분간도 못 하고 그냥 달아나버리다니!

그녀는 발걸음을 멈추고 뒤쪽에서 나는 소리에 귀를 기울였다.

하지만 아무 소리도 들리지 않았다.

헤드 랜턴 불빛으로는 10미터 앞도 보이지 않았다.

그놈의 빌어먹을 렌즈 덮개를 찾는 데 왜 이렇게 시간이 오래 걸려?

"얘들아, 어디 있어?"

대답이 없었다.

그저 사방에서 물소리만 들려왔다.

그녀는 왔던 길로 조금 되돌아가보았다. 그런데 그곳에 물웅덩이가 있었다.

아까도 물이 이렇게 높이 차 있었나?

그때 갑자기 무슨 생각이 떠올랐다. 율리아의 동생 로버트는 어떤 이론으로도 설명할 수 없지만 미러 호의 물이 차올랐다가 다시 빠지곤 한다고 했었다.

지금이 그 경우인가? 이 지하에서 흐르는 강이 미러 호에 물을 공급했었던 걸까?

이봐, 카티, 정신 차려. 여긴 밀물도 썰물도 없어. 강이 터널에서 멀리 떨어져 있다고 했던 아나의 말 기억 안 나?

카티는 헤드 랜턴을 벗어 주변을 비춰 보았다.

그리고 다시 한 번 친구들을 불렀다.

"모두들 어디 있어? 얘들아!"

그녀는 걸음을 옮기다가 그만 젖은 바닥에 미끄러지고 말았다. 물은 5센티미터가량 차올라 있었다. 그녀는 겨우 바닥을 짚은 채 균형을 잡았다. 넘어질 때 돌멩이 하나가 떨어졌다. 심장박동이 빨라지기 시작했다.

이 터널, 안전한 거야? 다른 사람들을 빨리 찾지 않으면 여기서 영원히 못 나가게 될지도 몰라.

그 생각을 하자 미쳐버릴 것만 같았다. 공포심에 사로잡혀 심장박동과 맥박은 이미 측정 가능한 수치를 뛰어넘었다.

어느새 카티는 바닥이 미끄러운데도 불구하고 거의 달리다시피 해서 왔던 곳으로 되돌아가고 있었다. 배낭이 등 뒤에서 출렁거렸고 점점 더 무겁게 느껴졌다.

그냥 그 자리에 서서 다른 이들이 올 때까지 기다리는 게 더 나았지만 카티는 그 생각을 접어버렸다. 머릿속이 온통 두려움으로 가득 차서 어둠 속을 허둥지둥 달리다가 뭔가에 걸려 넘어지면서 바닥에 무릎을 찧었다. 설상가상으로 손에 들고 있던 헤드 랜턴이 바닥에 떨어지면서 꺼지자 주위는 완벽한 어둠 속에 잠겨버렸다.

카티는 공포에 사로잡혀 호흡이 가빠지고 힘들어졌다. 바닥을 더듬으며 램프를 찾는 동안 심장이 갈비뼈를 쾅쾅 두드렸다. 앉은 채로 한 바퀴를 돌았지만 랜턴은 찾을 수가 없었다.

빌어먹을! 대체 어디로 간 거야?

다시 일어섰을 때 그녀는 이젠 방향조차 잃어버렸다는 걸 깨달았다. 도무지 어디가 오른쪽이고 왼쪽인지조차 분간할 수 없었다.

내가 온 방향이 어디였지?

카티는 예전에도 이런 느낌이 든 적이 있었다. 하지만 가끔이었고 그것도 꿈속에서였다. 2년 전. 12월 23일!

소리 지르고 싶은 바람, 충동, 욕구를 느끼면서도 동시에 온몸이 굳어서 소리조차 낼 수 없었던 그때.

그녀는 몸을 기대고 싶어서 손을 뻗어 벽을 찾아보았다. 그리고 마침내 돌벽이 만져지자 바들바들 떨면서 쓰러지듯 몸을 기댔다.

겨우 이삼 분이 지났을 뿐인데도 카티는 그 순간이 영원 같았다. 세바스티앵을 알기 전까진 당연하게 여겼었던 고독감이 다시금 찾아왔다.

다시 예전으로 돌아갔어!

세바스티앵은 죽었으니까! 죽었다고!

이제 암흑 속에서 고독감이 그녀를 제대로 덮쳤다. 이 저주받은 세상에서 가장 외로운 사람은 바로 카티 베스트, 그녀 자신이었다.

카티는 부모가 된다는 게 어떤 의미인지에 대해 세바스티앵의 어머니가 친구와 이야기하는 걸 들은 적이 있었다.

"아이를 갖게 되면 갑자기 세상이 두려워져. 넌 안 그래? 나뭇가지 하나, 돌멩이, 자동차, 동물, 아니 심지어 사람까지도 너무너무 위험하게 느껴지더라고. 넌 어떤지 모르겠지만 난 세바스티앵을 위해서라면 무슨 짓이든 할 수 있어. 도둑질이건 거짓말이건 심지어 살인까지도. 아마 뭐든 다 할 수 있을 거야."

그때 카티는 몸이 얼어붙는 것만 같았다. 세바스티앵의 어머니, 만나자마자 처음부터 편하게 '이브'라는 이름을 불러 달라고 했었던 그녀는 그때 카티가 그곳에 있다는 걸 눈치채지 못했었다. 그때 카티는 마음속 깊은 곳에서 자기의 어머니라면 그렇게 말하지 않으리라는 걸 알았다. 그녀의 어머니였다면 카티를 위해 살인이나 도둑질은커녕 거짓말조차도 하지 않으리라.

무슨 소리가 나자 카티는 소스라치게 놀랐다가 곧 안도의 한숨을 내쉬었다. 발에 뭔가가 걸려 앞으로 데구르르 굴러갔다. 카티는 허리를 굽혀 랜턴을 주워 올렸다. 그리고 차가운 손가락으로 고리를 붙들어 팔목에 끼곤 전원 버튼을 찾았다.

제발 켜져라, 제발, 제발!

다행히 불이 켜졌다!

카티는 그제야 크게 숨을 쉴 수 있었다. 천천히 그리고 조심스럽게 주위를 둘러보았다. 그녀가 서 있는 긴 통로 바로 앞에 동굴로 들어가는 입구가 있었다. 그녀는 랜턴을 위로 들어 주변을 비춰 보았다. 아까는 여기에 동굴이 있는 걸 알지도 못하고 무작정 뛰어왔던 것이었다.

입구로 들어가 주위를 둘러보자 동굴 안은 그녀가 사는 기숙사 방보다 두 배 정도 넓었고 안쪽은 막혀 있는 것 같았다. 머리 위에는 교회 천장처럼 둥글게 나무판자들이 대어져 있었는데 아마도 붕괴를 막기 위한 것 같았다. 또다시 공포심이 몰려왔고 속이 울렁거렸다.

카티는 두 팔을 쫙 벌린 채 한 발씩 뒷걸음질 쳐서 겨우 터널로 이어지는 입구까지 다시 나왔다. 그리고 손가락 끝에 차가운 돌벽이 닿자 비로소 안심하며 벽에 몸을 기댔다.

좋아. 다른 사람들도 결국엔 여기로 올 거야.

그녀는 터널을 벗어나지 않았던 것이었다. 그러니까 그 자리에서 일행이 올 때까지 기다리기만 하면 됐다.

그 자리에 가만히 서 있다보니 차츰 마음이 진정되었고 생각도 다시 맑아졌다. 그러고 보니 거기선 강물 소리가 들리지 않았다. 방음이 되는 것 같았다.

그녀는 손을 들어 올려 헤드 랜턴으로 좌우에 있는 돌벽들을 살펴보았다.

벽화.

사방에 온통 벽화가 그려져 있었다.

말도 안 돼, 이건 정말 말도 안 돼! 역사책에서나 봤던 동굴 벽화라니!

아니, 그것보단 지하철 역사 안의 그래피티에 더 가까워.

아님 둘 다일까?

벽에는 동물들이 그려져 있었다. 물소 떼, 방울뱀. 거대한 새의 넓은 날개. 기이하게 생긴 얼굴의 사람들. 그런가 하면 연인들이 나무에 새겨놓곤 하는 큐피드의 화살 표시도 있다.

이니셜들. 그리고 커다란 해 안에는 '우리가 왔다간다'라고 쓰여 있었다. 그 옆에는 스마일 표시와 '걱정 말아요, 행복하게 살아요'라는 글씨.

그 글씨는 평화를 뜻하는 상징이었다.

한 줄기 차가운 바람이 그녀를 스치고 지나갔다. 카티는 오들오들 떨었다. 마치 검은 구름이 머리 위로 지나간 듯한 느낌이 들었다.

랜턴의 불빛이 깜빡거리다가 다시 밝아졌을 때 카티는 문장 한 줄을 발견했다.

'카티, 여기에 오다.'

그 문장은 실제 크기로 그려놓은 사람 그림자 안에 적혀 있었다. 그건 한 사람이 벽에 서 있고 다른 한 사람이 그 사람의 윤곽을 따라 그린 것처럼 보였다.

랜턴을 오른쪽으로 옮겼다.

또 한 사람의 그림. 키가 더 크고 몸집도 더 큰. 그리고 그 옆에도, 또 그 옆에도. 하나, 둘, 셋, 넷…… 여덟. 실제 크기의 사람 그림은 모두 여덟 개였다.

여덟 명.

실종된 학생도 여덟 명이었지.

단순히 우연일까?

그럴 가능성은 희박해 보였다.

그 학생들도 이 자리를 지나간 걸까? 그들도 같은 길을 갔고 이 자리에 멈춰 서서 동굴 벽화를 발견하곤 실종되기 전 이 벽에 자신들의 모습을 새겨놓은 걸까? 영원해지기 위해서?

그녀는 조금이나마 안정감을 줬던 동굴 입구 쪽으로 조심조심 되돌아갔다.

'카티, 여기에 오다……' 이게 무슨 뜻일까?

카티…… 카티?

***

누군가 그녀의 이름을 부른 걸까? 아니면 또 바위로부터 환청을 들은 걸까?

아니, 실제로 누군가가 그녀의 이름을 부르고 있었다.

"카티?"

"나 여기 있어."

맙소사, 또 목소리가 모깃소리만 했다. 원래의 목소리 같지 않았다.

"여기라고!"

카티는 있는 힘을 다해 소리쳤다.

대답이 없었다. 카티는 더 이상 참을 수가 없었다.

"모두들 어디 있어? 혹시 너네 이 저주받은 동굴에서 밤을 새기로 작정이라도 한 거야?"

그 순간 누군가 그녀 앞으로 오더니 랜턴을 그녀의 얼굴에 정면으로 갖다 댔다. 카티는 눈을 깜빡이며 일어나선 최대한 태연하게 말했다.

"여긴 온통 물뿐이야. 젠장, 모두 익사나 안 하면 다행이지. 그런데 다른 애들은 어디 있어?"

"금방 따라올 거야. 난 네가 이 껌껌한 곳에 혼자 있다 보면 점점 더 외로워질 것 같아서 먼저 서둘러서 왔어."

폴은 헤드 랜턴을 올려 그녀의 얼굴을 비추었다. 카티는 히죽대는 그가 갈수록 짜증스러웠다. 그녀가 세상에서 제일 싫어하는 사람이 바로 그녀를 놀리고 조롱하는 사람이었다.

카티가 쏘아붙이듯 말했다.

"고맙지만 내 걱정은 안 해도 돼. 오직 우리의 목표만 생각해. 오늘 안으로 산장까지 가려면 서둘러야 한다고. 이런 어두운 곳에서 헤매고 다니는 거 딱 질색이야."

하지만 실제로는 자신이 지금까지 계속 그러고 다니지 않았던가.

폴은 배낭을 벗고 기지개를 켰다.

"나머지 애들도 금방 도착할 거야. 그렇지만 내 제안은 아직도 유효해. 우리 둘만 가자던 거. 사람이 많아질수록 위험도 커지니까."

카티는 굳은 표정으로 폴을 응시했다.

"너, 진짜로 원하는 게 뭐야?"

"너랑 같아. 산 위에 올라가는 거. 우린 서로 영혼이 닮았어. 넌 모르겠어?"

"영혼이 닮았다고?"

"그래."

"왜 그렇게 생각해?"

잠시 침묵이 흘렀다. 카티가 대답 듣기를 포기하려는 순간 폴이 그녀에게로 바싹 다가왔다. 카티는 이런 스킨십을 정말 싫어했다. 그걸 허락한 건 오직 세바스티앵뿐이었다. 그랬다, 오히려 그의 곁은 늘 사무치게 그리웠다.

폴이 속삭였다.

"우린 죄를 지었어. 법적인 의미로 보면 유죄라고."

카티는 한순간 심장이 멎는 것만 같았다. 하지만 냉정함의 대가답게 아무렇지도 않은 척 시치미를 떼고 태연하게 말했다.

"네가 집행유예로 나왔다는 데비의 말이 사실이었구나?"

"그래, 일주일 전에 나왔어."

그의 목소리에는 한 치의 망설임도 궁색함도 없었다.

"어떻게?"

"모범수였거든."

폴은 짧게 웃었다.

"혹시 경찰이 왜 나를 체포했었는지 그 이유가 궁금하지 않아?"

궁금했다. 카티는 그 이유가 정말 궁금했지만 물어보지 않기로 했다. 그가 감옥에 있었다는 이유만으로 관심의 대상이 되게 하고 싶진 않아서였다. 더군다나 그런 일로 그녀에게 강한 인상을 남겼다고 오해하게 만드는 건 더 싫었다.

카티는 놀리듯이 말했다.

"너네 아버지가 아들을 무척 자랑스러워하시겠네."

"우리 아버지는 더러운 개자식이야."

그래, 그들은 진짜 영혼이 닮아 있는지도 몰랐다. 카티의 아버지도 더러운 개자식이었으니까. 하지만 폴과는 달리 카티는 한 번도 그 말을 입 밖으로 내본 적이 없었다. 어쩌면 그게 잘못이었는지도 몰랐다.

곧 다른 사람들의 목소리가 들렸다. 카티는 말로 다 할 수 없는 안도감을 느꼈다.

율리아, 데이비드, 벤저민, 아나, 크리스.

어쩌면 그들은 카티의 친구들이 아닐지 모른다. 하지만 지금 이 순간 그들은 카티에게 있는 유일한 사람들이었다. 그녀가 신뢰감과 비슷한 감정을 갖고 있는 유일한 존재들. 그녀는 인정하고 싶지 않겠지만 서로 신뢰하지 않고서는 극복해낼 수 없는 상황에 처해 있었으니까.

율리아가 말했다.

"카티, 난 네가 완전히 가버린 줄만 알았어! 지금부턴 우리 진짜 꼭 붙어 다니자. 처음엔 폴, 그다음엔 아나, 그리고 이번 엔 너까지 차례로 사라져버리니. 정말 못 견디겠어."

그녀의 말을 끊은 건 크리스였다. 그는 랜턴을 들어 올리더니 감격스러운 목소리로 말했다.

"애들아. 여길 좀 봐!"

저주

"벽화야. 세상에! 이게 대체 언제 거야?"

벤저민이 크리스 옆으로 가서 벽에 그려진 그림들을 찬찬히 살펴보았다.

카티는 다음으로 일어날 일을 생각하니 끔찍해서 신음이 절로 나왔다. 역시 그녀의 예상대로 벤저민은 배낭을 바닥에 놓는 둥 마는 둥 내팽개치곤 카메라로 벽화를 찍기 시작했다.

"너희들 생각은 어때? 이 벽화가 의미하는 게 뭘까?"

폴이 랜턴으로 벽을 비추며 묻자 크리스가 대답했다.

"글쎄. 모르겠어."

"혹시 여기가 옛날 사람들이 모여 기도를 올리던 제단 같은 곳은 아닐까?"

폴의 말에 벤저민이 소리내 웃었다.

"옛날 사람들도 이 스마일 표시를 알았다는 건 처음 듣는 사실이네."

"아냐, 그건 누가 옛날 그림 위에 낙서해놓은 걸 거야. 혹시 네가 그랬어, 카티? 여기 네 이름도 있잖아!"

어두운데도 불구하고 카티는 사람들이 자기를 뚫어지게 쳐다보고 있는 걸 알 수 있었다.

"내가 벽에다 낙서나 하는 세 살짜리 어린애로 보여? 보려면 제대로 봐. 우리 전에 누가 여길 다녀갔었는지. 누가 저런 유치한 낙서로 원래 그림을 훼손해놓았는지 모르겠어?"

정적이 흘렀다.

돌아가는 상황을 제일 먼저 알아챈 건 율리아였다. 그녀는 차분히 수를 세기 시작했다.

"하나, 둘, 셋, 넷…… 여덟. 정확히 여덟 명이야."

벤저민이 또다시 웃었다.

"좋아, 이제야 드디어 사라진 학생들에게 무슨 일이 있었는지 알 수 있겠네. 그들도 지금 우리가 선택한 이 길로 갔던 모양이지. 그리고 여기가 인디언들의 아주아주 오래된 제단이었는데도 불구하고 평화의 상징과 낙서 따위를 해서 신들의 노여움을 사버리는 바람에 영원히 저주받은 걸 거야."

그는 고개를 뒤로 젖히곤 늑대 울음소리를 흉내 냈다. 그 소리는 건너편 벽에 부딪쳐 메아리로 되돌아왔다.

카티는 자신도 모르는 사이 등에서 식은땀이 나 있었다.

무슨 말을 하려는 순간 율리아가 돌처럼 굳어 있는 아나의 눈치를 보며 소리쳤다.

"야, 그런 터무니없는 소리 그만둬!"

벤저민이 두 손을 들어 올리며 익살을 떨었다.

"앗, 미안미안. 네가 그렇게 예민하게 반응할 줄은 몰랐어."

크리스가 벽 쪽으로 다가가 잠시 생각하더니 돌아서서 말했다.

"율리아, 이리 와봐! 내 생각에 지금 내 오른쪽에 있는 그림은 여자인 것 같아. 심장 안의 글씨는 이 여자의 이니셜인 것 같은데."

하지만 율리아는 꼼짝도 하지 않았다. 카티는 율리아가 어떤 이유에서인지 몹시 혼란스러워하고 있다는 걸 알아차렸다. 하지만 그녀의 남자 친구는 그 사실을 눈치 못 챈 것 같았다. 아니면 아예 무시했거나.

크리스는 자기 몸과 거의 비슷한 그림자 그림 앞에 가서 똑같은 포즈를 취해보곤 율리아를 자기 쪽으로 끌어당겼다. 그의 손이 그 옆에 있는 그림 선을 스쳤다.

"이들은 서로 손을 잡고 있었던 것 같아. 그러니까 이때까지도 아무 일이 없었다는 거지. 야, 벤. 이 장면 좀 찍어줘."

당연히 벤저민이 그걸 놓칠 리 없었다.

"좋은 생각이야. 율리아, 크리스 옆으로 좀 더 가까이 가봐."

크리스가 율리아를 자기 쪽으로 끌어당기며 말했다.

"맞아, 내 옆에 좀 더 가까이 와. 안 그래도 이런 인디언들의 숭배지에서 너랑 키스하고 싶었어. 신들이 이걸 보면 뭐라고 할지 궁금해."

카티는 크리스가 일부러 뻔뻔하게 구는 건지 아니면 그저 생각이 없는 건지 알 수가 없었다. 하지만 그에 대한 율리아의 반응은 확실히 알 수 있었다. 율리아는 경악과 환멸이 뒤섞인 표정으로 얼굴을 찡그렸다. 데이비드가 그녀 앞으로 한 걸음 다가갔다.

그런데 그 순간 카티를 깜짝 놀라게 만든 일이 일어났다. 조용하고 소극적인 줄로만 알았고 또 조금 전까지도 모두 함께 붙어 있어야 한다고 강조하던 율리아가 달아나버린 것이었다. 한 마디도 하지 않고 어두운 터널로 달려가더니 금세 암흑 속으로 사라져버렸다.

모두 깜짝 놀라 율리아의 뒷모습만 멀뚱멀뚱 쳐다보았다.

데이비드가 겁에 질린 목소리로 율리아를 불렀다.

"율리아, 돌아와!"

하지만 율리아는 돌아오지 않았다.

그 순간 아나가 말했다.

"너희들은 이게 모두 애들 장난이라고 생각하겠지."

모든 상황을 말없이 지켜보고 있던 아나가 서서히 불빛 쪽으로 나왔다.

"하지만 그렇지 않아. 우리 위에 있는 이 산, 이 산을 넘으려고 하는 건 자기 목숨을 걸겠다는 걸 의미해. 그리고 너희들 말이 맞아."

"맞는다니, 그게 무슨 뜻이야?"

데이비드의 목소리에는 극도의 예민함과 걱정이 뒤섞여 있었다.

"유치한 말이나 낙서로 이 벽화를 훼손한 사람들은 저주를 받았어. 하지만 어느 인디언 추장의 귀신이 복수한 게 아니야. 아주 단순한 이유 때문이었지, 바로 이 일을 진지하게 받아들이지 않았다는 거. 그게 진짜 이유였어."

아나는 배낭에 매어두었던 헬멧을 풀어 머리에 쓰더니 등을 돌렸다.

"너희들도 그들과 똑같아."

"그들이 뭘 진지하게 받아들이지 않았는데?"

그 말에 아나가 고개를 돌렸다.

"그들은 단 한 순간도 이 그림자 그림이 자신들이 남기게 될 유일한 것이 될 거라고 생각하지 않았어."

카티는 등골이 오싹해졌다. 땅 아래 강물 소리는 여전히 들리지 않았다. 그리고 정적은 갑자기 거대한 돌덩이처럼 그녀를 짓눌렀다.

아나가 손을 들어 올렸다.

"좋아, 이제 원래의 일정으로 돌아가야지. 우선 율리아를 따라잡아야 해. 모두 헬멧을 써. 지금부터 2백 미터 내지 3백 미터 앞까지는 좀 불편할 거야. 갱이 많이 좁아질 테니까 각오해. 그리고 조심해. 까딱 잘못하면 돌이 무너져내릴 수도 있으니까. 또 가다보면 천정이 아주 낮아져서 160센티미터가 넘는 사람들은 비싼 머리 깨지 않도록 조심하고. 필즈 사람들이 그러는데 그레이스에는 천재들만 다닌다면서? 혹시 너희들 머리도 유명한 축구 선수들처럼 수백만 달러짜리 보험 같은 거 들어뒀어?"

아나의 물음에 아무도 대답하지 않았다. 그 경고에 모두들 할 말을 잃고 만 것이었다.

아나는 카티에게 로프를 주더니 로프의 다른 쪽 끝을 자기 허리에 묶었다.

"이제부터 각자 허리에 이 로프를 묶어. 내가 먼저 갈게. 카티가 제일 끝으로 가. 그리고 헤드 랜턴은 내 것만 켤게. 너희들은 아무도 배터리를 아껴야 한다는 생각을 안 하는 것 같아서 말이야. 저 산 위에는 건전지를 살 수 있는 슈퍼마켓 같은 거 없어."

그러자 데이비드가 물었다.

"그럼 율리아는? 율리아는 헬멧도 안 썼잖아."

"그러니까 한시라도 빨리 따라잡아야지. 너희들의 그 뛰어난 지능을 여기서 허비하지 말고 제대로 쓴다면 너희들이 어떤 일을 시작한 건지 분명하게 깨닫게 될 거야."

"율리아! 율리아, 돌아와!"

데이비드가 걱정과 두려움에 가득 찬 목소리로 소리치자 아나가 초조한 듯 저지했다.

"젠장, 조용히 해! 여기선 소리만 좀 크게 내도 돌이 떨어질 수 있다고. 음파라는 것도 못 들어봤어?"

"하지만 율리아는 이런 상황에 대해 아무것도 모르잖아."

데이비드는 포기하지 않고 곧장 크리스 쪽으로 달려갔다.

"왜 그랬어? 율리아를 지켜주겠다고 했잖아? 걔한테 무슨 일이라도 생기면 내가 가만 안 둘 거야."

반면 크리스는 아주 침착했다.

"아, 그래? 내가 너 따위한테 겁먹을 거라고 생각해? 너처럼 약해 빠진 놈은 처음 본다. 네가 율리아를 짝사랑해온 거 내가 모를 줄 알았어? 하지만 똑똑히 알아둬. 율리아는 너 같은 루저, 거들떠도 안 봐!"

카티가 나섰다.

"둘 다 왜 그래? 여긴 너희들이 사랑싸움하기에 적합한 장소도 시간도 아니야. 제발 율리아가 다음 모퉁이에서 우릴 기다리고 있기만을 빌라고."

그들은 조용히 헬멧을 썼고 차례로 랜턴을 껐다.

카티는 랜턴을 끄기 전에 아나 쪽으로 몸을 기울여 물었다.

"왜 나한테 이 빌어먹을 터널에 대해 미리 알려주지 않았어?"

"물어보지 않았잖아."

***

아나의 말은 과장이 아니었다. 그에 비하면 터널의 시작 부분은 가벼운 산책에 불과했다. 그 이후의 길은 한마디로 지옥 그 자체였다. 적어도 카티는 지옥에서나 겪을 것 같은 끔찍한 고통을 느끼며 오직 몸을 죄어오는 돌벽을 온 힘으로 밀어내야 한다는 일념뿐이었다. 그랬다, 그녀가 느낀 공포감이 너무 끔찍해서 한순간 진짜 돌벽을 밀어낼 수 있을 것만 같은 착각이 들 정도였다. 하지만 손으로 오른쪽 벽을 짚었을 때 부드러운 뭔가가 만져지는 바람에 그녀는 섬뜩해서 손을 도로 오므리고 말았다. 그녀의 손가락에 닿은 건 차가운 돌이 아니었다. 그 느낌은 마치 덩굴식물로 덮여 있기라도 한 것처럼 축축하고 부드러웠는데 물론 그럴 리는 없었다. 이 돌벽 안으로는 빛이 전혀 들어올 수 없기 때문이었다. 하지만 이끼나 수초 같은 건 얼마든지 자랄 수 있었다.

그들은 너무 컴컴하기도 하고 또 천장이 점점 낮아져서 앞으로 나아가는 데 애를 먹었다. 곧 머리를 숙이는 것만으로는 충분하지 않았고 온몸을 숙여 기어가다시피 해야 했기 때문에 몹시 힘들었다. 게다가 배낭이 천장에 부딪치면서 머리 위로 돌 부스러기가 떨어지지 않도록 조심해야 했다. 카티는 길이 조금씩 위로 올라가고 있다는 느낌이 들었다.

처음에는 남자들 중 누군가가 큰 소리로 욕을 지껄일 때마다 아나가 쉿 하고 주의를 주었는데 그것 말고도 기이한 굉음이 들려 모두 숨을 죽이곤 했다.

카티는 생각을 하지 않기 위해 걸음을 세는데 온 신경을 집중했다. 이 상황을 견뎌내기 위한 유일한 방법이었다. 생각을 잊어버리는 것. 하지만 그러려고 애쓰면 애쓸수록 점점 더 힘들게 느껴졌다. 자꾸만 자기 앞에 무엇이 기다리는지, 어떤 위험이 닥칠지 전혀 알지도 못한 채 어두운 터널 속으로 달려가버린 율리아의 모습이 떠올랐다.

곧 카티는 걸음을 세는 건 잊어버리고 오직 한 가지 생각에 사로잡히게 되었다.

율리아, 너 대체 어디 있는 거야?

그 순간 바로 앞에서 걸어가고 있던 데이비드가 작게 속삭이는 소리가 들렸다.

"빌어먹을! 대체 율리아는 어디 있는 거야? 벌써 따라잡고도 남았어야 했는데."

카티가 작게 대답했다.

"그러게 말이야."

"크리스, 바보, 멍청이……."

그다음 말은 알아들을 수가 없었다.

카티가 작은 소리로 쏘아붙였다.

"너희 둘 다 바보야. 그런 목숨을 건 대결은 그레이스에 도착해서 죽도록 지겨울 때나 해줄래?"

목숨을 건 대결이라⋯⋯.

곧이어 들려온 소리가 모두의 걸음을 멈추게 했다. 터널을 통해 우르릉하는 소리가 그들 쪽으로 점점 다가오고 있었던 것이다. 물소리는 아니었다. 물소리는 벽화로부터 멀어질수록 점점 더 약해지고 있었다.

카티는 멈춰 서 있는 데비이드와 부딪쳤다.

"뭐지? 무슨 소리일까?"

"나도 모르겠어."

카티가 헤드 랜턴을 켰다.

아나는 손을 들어 조용히 하라는 신호를 보내곤 허리에 감았던 로프를 풀고 무릎을 꿇었다. 그녀 바로 뒤에 있던 폴이 그녀를 뒤따라가려고 하자 아나는 고개를 흔들곤 혼자서 네 발로 기다시피해서 앞으로 갔다. 암흑은 카티가 생각했던 것보다 훨씬 더 빨리 그녀를 삼켜버렸다.

그 순간 카티는 호흡이 힘들어지고 있다는 걸 깨달았다. 그들을 위협하고 있는 건 암흑뿐만이 아니었다. 공포 영화가 따로 없었다!

그녀는 랜턴을 들어 올렸다. 그들 쪽으로 몰려오는 먼지구름이 보였다. 그건 앞쪽으로 오고 있었다.

"터널이 무너지고 있어!"

카티는 누가 그 말을 했는지 알 수가 없었지만 어쨌거나 그게 무슨 뜻인지는 순식간에 깨달았다. 마치 세바스티앵이 매달려 있던 로프가 갑자기 헐렁해졌을 때 그 의미를 깨달았던 그때처럼. 그들 앞 어디에선가 바위가 굴러오고 있었던 것이다. 저 앞 어디에선가……

"율리아!"

오직 하나의 이름. 단 한 마디.

잘못된 시각, 잘못된 장소에서 발화된.

단 한 마디의 말.

그것은 두 사람 사이를 깰 뿐만 아니라 온 세상을 붕괴시킬 수도 있었다. 단 하나의 이름이, 데이비드가 미친 듯이 부르짖은 그 한 마디가.

카티는 생각할 겨를도 없이 행동했다. 손을 뻗어 데이비드의 입을 틀어막았고 그의 절망적인 절규는 숨 막힌 신음으로 변했다. 카티가 그를 바닥으로 끌어내리자마자 돌이 그들 위로 떨어졌고 카티는 영원히 그 아래 묻힐 것만 같은 느낌이 들었다.

카티가 기억하는 가장 오래된 장면은 담벼락에 관한 거였다. 회색 돌로 된 높은 담장. 정원, 그리고 달콤한 향기를 사방에 내뿜던 꽃들. 그녀가 그때 일에 대해 자세히 알지 못했더라면 그녀는 그 장면을 기억에 남은 노래 정도로 여겼을 것이다. 훗날 그녀의 부모가 딸을 오페라에 데리고 갔을 때 여자 소프라노의 목소리도 그때와 같은 역겨움을 불러일으켰기 때문이었다.

카티는 예전에는 담장을 무서워하지 않았다. 담장이란 그녀에게 모험이 숨어 있는 경계선 또는 뭔가를 약속해주는 하나의 세계를 의미했다. 그 뭔가가 무엇인지는 말할 수 없었지만 그녀는 어렸을 때부터 그런 건 중요하게 생각하지 않기로 결심했었다. 중요한 건 담장이 경계를 짓는다는 사실뿐이었다. 그녀가 넘어선 안 되는 강과의 경계. 훗날 그 경계선 너머에는 그녀가 가면 안 되는 곳으로 인도해주는 길이 있었다. 넘어가선 안 되는 경계선.

하지만 그녀는 늘 도로와 강들이 하나의 목적지로 향한다고, 최선을 다해 그녀를 유혹하는 길을 알려준다고 느꼈다.

한국에서 살았던 어느 날, 그녀가 서너 살쯤 됐을 때 그녀는 오랫동안 담장을 쳐다보고 서 있었다. 그때 갑자기 고양이 한 마리가 나타나 잠시도 망설이지 않고 담장 위로 훌쩍 뛰어올라선 좁은 담 위를 사뿐사뿐 걸어 반대편으로 사라져버렸다. 카티는 그 후로 그 고양이를 다시 보지 못했지만 그때 담장엔 새로운 걸 발견할 수 있는 반대편이 존재한다는 사실을 깨달았다.

그리고 아직도 똑똑히 기억했다. 아니, 그건 생각이라기보단 느낌이었다. 그녀는 고양이가 하던 대로 따라해보았던 것이다. 상당히 많이 갔었는데 담장 너머로 서투른 노랫소리가 들려왔고 그때 누군가의 손이 그녀를 아래로 끌어내렸던 것이었다. 그게 모험의 끝이었다.

그때 그녀는 마치 날카로운 창에 찔린 것처럼 미친 듯이 울부짖었었다. 지금까지도 그녀는 그 담장 너머에 뭐가 있었는지 알지 못한다. 하지만 그 사건 이후로 세 살배기의 머릿속에 담장은 사람을 가두는 곳이라는 생각이 자리 잡게 되었다.

그리고 그건 그녀가 받아들일 수 없는 것이었다.

카티는 자리에서 일어났다. 자동적으로 헤드 랜턴에 손이 갔다. 하지만 랜턴은 이미 켜져 있었다. 그런데도 먼지가 너무 많아서 앞을 분간하기가 어려웠다.

"괜찮아?"

이상해, 이 목소리.

카티는 누가 자기 위로 몸을 숙이고 있는지 금세 깨달았다. 폴이었다.

"빌어먹을 갱이 무너져버렸어."

그제야 카티는 자기 옆에 누워 있는 몸뚱이를 알아차렸고 자신이 데이비드를 아래로 끌어당겼었던 게 기억났다.

"데이비드?"

그녀 옆의 그림자.

"괜찮아, 데이비드?"

대답이 없었다.

"혹시 다친 거야?"

"난 괜찮아, 율리아는……."

카티는 데이비드의 목소리가 점점 또렷하고 힘있게 들리자 마음이 놓였다. 마침내 그가 일어났다. 놀란 표정을 한 데이비드의 얼굴이 먼지 속에서 흉하게 일그러져 보였다.

카티는 앞을 보았다.

"크리스? 아나?"

"여기 있어."

한 명씩 차례로 어둠 속에서 나타났다. 그들 역시 먼지 때문에 얼굴이 새까맸다. 카티는 그들에게 무슨 일이 있었는지 알 순 없었지만 짐작할 순 있었다.

크리스가 데이비드에게 얼굴을 들이댔을 때 그의 목소리가 잠겨 있었다.

"이 멍청한 새끼! 우리 둘 중 누가 더 율리아를 위험하게 만들고 있는지 이제 똑똑히 알겠냐?"

금방이라도 데이비드에게 꽂힐 것 같은 크리스의 팔을 카티가 부여잡았다. 두 사람이 이 안에서 싸움이라도 벌인다면 정말 끝장이었다.

데이비드는 쓰러지듯 주저앉더니 중얼거렸다.

"율리아를 찾아야 해. 지금 당장. 시간이 없어."

"포기해."

폴은 몸을 완전히 일으킬 수가 없었다. 움직일 때마다 머리가 천장에 닿았다.

"더 이상 앞으로 갈 수 없어. 방금 돌이 떨어지면서 앞쪽을 완전히 막아버렸어. 하지만 이 뒤편으로 다른 통로가 있어."

그 말을 귓등으로 들었는지 데이비드는 무작정 앞으로 갔다.

"그럼 이 돌들을 걷어내야지."

"뭘로? 손으로?"

데이비드는 대답하지 않고 계속 앞으로 기어갔다. 크리스가 그의 뒤를 따라갔다.

폴이 속삭이듯 말했다.

"자기가 사랑하는 사람의 목숨이 위험해질 때 어떤 마음이 드는진 나도 잘 알아. 물론 너도 알겠지. 안 그래, 카티? 시간이 지난다고 극복될까?"

그는 알고 있었다.

세바스티앵에게 무슨 일이 일어났었는지, 그때 카티가 어떤 역할을 해야 했었는지, 폴은 전부 다 알고 있었다. 그래, 시간이 지난다 해서 결코 극복되진 않을 것이다. 하지만 과거를 바꿀 순 없다. 카티가 할 수 있는 유일한 일이라고는 데이비드를 돕는 것뿐이었다.

지금까지 카티는 데이비드가 율리아를 사랑하고 있다는 걸 눈치채지 못했었다. 늘 성인군자처럼 굴고 규칙을 잘 지키는 데이비드의 모습 때문이었다. 규칙이란 겁쟁이들이 숨기 좋아하는 담장이었다.

운명의 아이러니는 그가 사랑의 라이벌과 어깨를 나란히 하고 천장까지 덮여 있는 돌무더기를 치워야 한다는 것이었다. 막힌 길을 뚫기 위해 그가 필사적인 노력을 하는 동안 랜턴 불빛이 쉴 새 없이 흔들렸다.

카티가 벤저민의 다리 위로 기어가자 벤저민이 투덜댔다.

"야, 조심해! 내 카메라가 무사해야 하는데!"

"그놈의 빌어먹을 카메라! 세상에 어떤 카메라도 현실보다 더 정확하진 않아, 얼간아. 네 눈으로 직접 율리아의 죽음을 목격하고 나면 그걸로 찍은 어떤 영상도 더는 믿지 못하게 될걸."

어둠 속에서 아나의 목소리가 들려왔다.

"어쩌면 율리아는 벌써 밖으로 나갔을지도 몰라."

"그럴지도 모르지. 하지만 아닐 수도 있어."

카티의 말에 대답 대신 나지막한 비명 소리가 들렸다.

"왜 그래? 괜찮아?"

아나가 주저하듯 대답했다.

"괘, 괜찮아."

카티는 다른 생각 할 겨를이 없었기 때문에 곧 다른 애들과 함께 흙을 파기 시작했다.

***

제발 율리아가 무사했으면. 아무 일도 일어나선 안 돼!

먼지가 희뿌옇게 일고 곰팡내가 심해졌다. 너무 힘들어서 심장이 쿵쾅쿵쾅 뛰고 이마에는 땀이 송골송골 맺혔다.

맙소사, 먼지랑 냄새 때문에 숨을 쉴 수가 없어. 그리고 너

무 힘들어.

팔이 점점 마비되는 것 같았고 손에는 물집이 잡힌 듯했다.

정말 성공할 수 있을까?

코로 숨쉬기가 불가능해져서 이젠 입으로만 쉬었다.

이래도 아무 소용 없으면 어떡하지?

그들은 반대편에 무엇이 있는지조차 알지 못했다. 반대편에 돌이 얼마나 쌓여 있는지도.

갑자기 덜컹거리는 소리가 나더니 점점 더 커졌다.

옆에 있던 데이비드가 속삭였다.

"조심해. 위에 있는 돌만 옮겨, 너무 서두르지 말고. 조금 전과 같은 일이 또 생기지 말라는 법은 없잖아."

그는 마음의 안정을 되찾은 듯했다. 어쨌거나 목소리는 그렇게 들렸다. 데이비드가 함께 오길 바랐던 것도 바로 그의 이런 점 때문이었다. 늘 통찰력과 냉철한 이성을 잃지 않는 능력 때문에. 비록 율리아에 대한 걱정으로 잠시 이성을 잃긴 했지만 다시 평정심을 찾았고 그런 침착함은 다른 사람들에게도 금세 전염되었다. 야생동물처럼 거칠게 돌무더기를 파헤치다가 오히려 해만 끼치는 크리스와는 정반대였다.

"서로 번갈아가면서 하는 게 좋겠어. 우리 둘 다 있기엔 자리가 너무 좁아."

데이비드가 말하자 크리스가 적개심을 드러냈다.

"언제부터 네가 이래라저래라 하는 사람이었어?"

카티는 분노가 치밀어 올랐다. 크리스야말로 이 끔찍한 상황이 일어나게 만든 장본인이었다. 애초에 율리아를 달아나게 만든 건 바로 크리스였다.

아나가 끼어들어 중재했다.

"데이비드 말이 맞아. 크리스, 네가 지금 하는 짓은 아무 소용 없어. 차라리 카티의 자리로 가. 우리 모두 그 뒤로 가서 돌을 받아줄게."

"난 내 자리에 있을래."

카티가 고집을 부리자 아나가 그녀를 말렸다.

"너도 나랑 번갈아가면서 해. 그래야 힘을 아낄 수 있어. 자, 어서 크리스한테 자리를 양보해."

카티는 결국 고집을 꺾고 네 발로 기어 뒤로 갔다. 아나와 폴이 그녀 앞으로 가 돌을 뒤로 보냈다.

카티는 터널 벽에 기댄 채 손전등으로 네 사람을 비춰주고 있는 벤저민 옆으로 가서 앉았다.

"넌 같이 안 해?"

그러자 벤저민이 웃었다. 눅눅한 지하 동굴의 분위기와는 어울리지 않게 지나치게 높고 명랑한 웃음소리였다.

"우리 중 누군가는 조명에 신경 써야 하잖아."

아나가 긴장된 목소리로 말했다.

"저 소리 들려?"

크리스가 물었다.

"무슨 소리?"

"무슨 소리 들리잖아."

"난 아무 소리도 안 들려!"

"잠깐 멈춰! 조용히 해봐. 뭔가 있어!"

크리스와 데이비드는 동작을 멈추고 숨을 죽인 채 귀를 기울였다. 카티도 눈을 감고 정신을 집중했다.

"아무 소리도 안 들리는데."

크리스가 말하자 카티도 고개를 끄덕였다.

잠시 후 데이비드가 속삭였다.

"아냐, 아나 말이 맞아."

"무슨 소리인 것 같아?"

이제 카티에게도 들렸다.

"반대편에서 목소리가 들려!"

카티는 자기도 모르게 벌떡 일어나다가 천장에 머리를 부딪치고 말았다. 흙먼지가 부스스 떨어졌다.

율리아! 율리아일 거야!

무너진 세상

등 뒤에서 작은 세상이 무너져버렸다.

막 돌이 떨어지기 시작하자 율리아는 돌출되어 있는 돌 아래로 간신히 몸을 피했다. 머리를 무릎 사이에 넣고 두 팔로 머리를 감싸곤 돌 세례가 멈추기만을 기다렸다.

다행히 다친 곳은 없었다. 몇 초가 지나자 마음이 진정되었다. 살아났다는 사실이 감격스러울 정도였다.

하마터면 죽을 뻔했어.

하지만 건너편에 아직 다른 사람들이 있다는 생각이 떠오르자 감격스러웠던 마음이 싹 가셨다.

헤드 랜턴도 꺼져버렸다. 아무리 버튼을 눌러봐도 소용이 없었다.

완벽한 어둠이 그녀를 감쌌다. 먼지가 일으킨 시꺼먼 암흑. 자기 손조차 보이지 않는 상황에서 쉽게 벗어날 수 있을 것 같지 않았다. 설사 터널 끝에 불빛이 있다 하더라도 짙은 먼지 안개를 뚫을 가능성은 희박해 보였다. 그제야 율리아는 자신이 다른 사람들과 떨어져 혼자가 되었다는 사실을 실감했다.

맙소사! 앞뒤 분간도 하지 않고 그냥 달아나다니. 하필이면 왜 내가 그런 짓을 했지? 무슨 말을 할지 어떤 행동을 해야 할지 늘 신중하게 생각하는 훈련을 받은 내가, 생사를 결정짓는 필수 요건을 잊어버리다니.

이날 율리아는 잠시 이성을 잃었다. 그동안은 줄곧 과거의 기억들을 억누르는 연습을 해왔다. 증인 보호 프로그램으로 로버트와 함께 새 신분을 갖게 된 후로 그 이전의 기억들을 모두 부정해야 했기 때문에. 그런데 동굴 벽에 새겨진 낙서를 보자 더는 견딜 수 없었던 것이다. 달아나는 것밖엔 그 순간을 감당해낼 길이 없었다.

율리아는 사실대로 말할 수 없었다. 아무에게도. 그 누구도 추모비에 새겨진 실종 학생들의 이름 중 마크 드 빈센츠라는 사람이 율리아의 살해당한 아버지라는 걸 알지 못했다.

그녀는 자신이 패닉 상태에 빠져 너무나 끔찍한 실수를 저질렀다는 걸 깨달았다.

그녀가 기어 나온 터널은 공포 그 자체였다. 하지만 그 뒤로 그녀는 이를 악물고 뒤돌아보지 않았다. 뒤돌아보면 다른 이들의 눈길과 마주칠 테고 그 자체를 견뎌내기가 버거울 것 같았기 때문이다. 크리스는 변덕스러운 기분으로 그녀를 저 밑바닥까지 끌어내리는 데 선수였다. 게다가 데이비드는 지난 몇 주간 점점 더 강하게 그녀를 그리움에 사무친 눈길로 바라보고 있었다.

그런 복잡한 심정으로 달아나던 율리아는 미처 터널이 무너지는 소리를 듣지 못했던 것이다. 깨달았을 때는 이미 등 뒤에서 시꺼먼 먼지비가 쏟아져내리고 있었다. 마치 핵폭발 직후 흩어지는 잔해들처럼 말이다. 먼지가 온몸에 달라붙었다. 그리고 또다시 들리는 소리에 율리아는 온몸이 얼어붙는 듯했다. 산이 그녀의 부름에 대답하기라도 하는 것 같았다.

율리아는 그 순간부터 더는 움직이거나 소리 낼 용기조차 나지 않았다. 돌출된 돌 아래에 몸을 바싹 붙이곤 그냥 가만히 앉은 채로 눈을 감고선 숨이 막히거나 축축하지 않고 배낭 때문에 등이 퍼렇게 멍든 터널 안이 아닌 다른 곳으로 생각을 보내려고 노력했다.

먼 옛날 율리아가 라우라 드 빈센츠라는 이름의 아주 평범한 소녀였을 때 그녀는 친구들과 크로이츠베르크에 있는 가게에 옷을 사러 다니는 걸 좋아했었다. 그 시절 그녀가 저지른 가장 질 나쁜 범죄행위는 쿠담 거리의 카데베 백화점에서 유명한 브랜드의 립스틱을 훔친 게 다였다.

추위에 노출되면 뻣뻣하게 굳어버리는 양서류처럼 사람도

시간과 장소에 상관없이 머릿속에 있는 배터리가 수명을 다한 것처럼 생각이 점차로 느려지는 순간이 있다. 율리아는 바로 그런 상태, 즉 일종의 대기 상태에 빠져 있다가 갑자기 어디선가 벅벅 긁고 서걱서걱 흙 파는 소리가 들리자 정신이 번쩍 들었다. 왠지 모르게 그 소리는 동물이 내는 게 아니라는 확신이 들었다. 들쥐든 무엇이든 이 깊은 땅속에선 생존할 수가 없을 것 같았다. 대체 이끼도 잘 자랄 수 없는 이런 곳에 어떻게 생명체가 살아갈 수 있단 말인가? 그렇다고 또다시 잔해가 떨어지는 소리 같지도 않았다.

그건 분명 다른 소리였다.

사람이 내는 소리일까?

율리아는 이제 행동에 앞서 신중해지기로 다짐했다. 우선 그때까지 메고 있었던 배낭을 조심스럽게 벗고 웅크린 채로 뒤로 돌았다. 그런 다음 두 귀를 쫑긋 세운 채 사각사각하는 소리가 어느 방향에서 들려오는지 알아내려고 애썼다. 집중해서 차근차근 무너져 내린 흙더미를 손으로 더듬어본 결과 흙이 천장까지 쌓여 있다는 걸 알 수 있었다. 그래서 다시 몸을 조금 일으켜 엎드린 채로 돌을 하나씩 옮기기 시작했다.

그 모든 행위가 로버트와 어릴 때 자주 했었던 놀이를 연상시켰다. 놀이의 이름은 기억나지 않았다. 하지만 이름이 뭐가 됐건 어차피 상관없었다. 어쨌거나 율리아는 어릴 때부터 그 놀이를 좋아하지 않았는데 지금은 아예 생존을 위한 공포의 놀이가 될 판이었다. 먼저 나무 블록으로 탑을 높이 쌓아올린 다음 블록을 하나씩 빼서 맨 꼭대기에 다시 올리는 놀이였는데 탑이 붕괴되면 놀이는 끝났다.

탑을 잘못 건드리거나 자칫 경솔하게 손을 놀리면 탑은 쉽게 무너져버리곤 했다.

맞아, 젠가였어.

그 무시무시한 게임의 이름은 젠가였다. 그런데 그 게임에서 항상 누가 졌더라?

그녀, 율리아였다.

그녀는 돌 하나를 집어 들었다가 막막한 생각이 들어 그냥 가만히 앉아 자기 앞에 쌓여 있는 돌무덤을 응시했다. 전체가 보이지는 않아서 그냥 추측할 수밖에 없었다.

그 순간 돌무덤 사이로 뭔가 번쩍거리는 게 보였다. 마치 부싯돌이 번쩍이듯이. 그리고 곧 그녀는 그게 무엇인지 알았다.

불빛.

반대편에서 나오는 불빛이었다.

돌 틈 사이로 불빛이 새어 들어오고 있었다.

괴물들

아까부터 반대편에선 아무 소리도 들리지 않았다. 그들 중
에 누군가가 가끔씩 기침을 했다. 공기가 갈수록 탁해졌다.

카티는 속으로 빌었다.

돌무더기 반대편에 율리아가 있기를, 그들이 보내는 빛을
볼 수 있고, 그들이 돌을 집어 조심스럽게 옆으로 옮길 때 나
는 소리를 그녀가 들을 수 있기를 빌고 또 빌었다.

다른 사람들처럼 지독한 팔의 통증에 시달리거나 손에 인
이 박이거나 물집이 잡히지도 않았지만 벤저민을 욕할 사람
은 아무도 없었다. 그는 등이 쑤셔 죽겠는지 랜턴 불빛으로 끊
임없이 신호를 보내왔다.

어느샌가 저절로 일정한 리듬이 생겼다. 누가 뭐랄 것도 없

이 서로 하던 역할을 척척 알아서 바꿨다. 카티는 돌을 집어내다가 또 무릎을 꿇고 돌을 받아주다가 힘이 빠지면 벽에 등을 기대고 쉬었다. 생각이 점점 더 느려졌고 기계적이 되었다.

그렇게 한 마디 말도 없이 일한 지 몇 시간이나 흘렀는지는 알 수 없었다. 시간 감각을 완전히 잃어버렸다. 하지만 순식간에 몇 분이 지나갔다는 건 느낄 수 있었다. 아니면 몇 시간이 지난 건가?

크리스가 투덜거렸다.

"이젠 손가락에 감각이 없어. 이만큼 했으면 구멍이 보일 만도 한데. 아무래도 우리가 위치를 잘못 잡은 것 같아."

그러자 폴이 명령조로 말했다.

"그러니까 아예 생각을 하지 마."

그리고 뒤를 향해 외쳤다.

"카티, 다시 네 차례야."

카티는 앞으로 미끄러지듯이 갔다. 바지가 축축하고 더러워서 꼭 낡은 걸레 같았다.

그 순간 벤저민의 랜턴 불빛이 오른쪽 위를 향했다. 폴이 방금 작업했던 위치였다.

카티는 대충 되는대로 잡은 자세가 어정쩡해서 너무 불편했다. 등을 구부린 채 연신 팔을 위로 뻗어야 했던 것이다.

생각하지 마. 고통 따윈 잊어버려.

그녀는 잠시 눈을 감고 정신을 집중시킨 다음 돌을 움켜잡

왔다. 그 순간 둔탁한 소리가 들렸다. 그녀는 까치발로 선 채 팔을 더 앞으로 내밀었다. 하지만 손가락으로 돌을 집으려는 순간 허공을 휘젓다가 손가락이 돌 틈에 끼어버렸다.

젠장, 돌멩이가 어디 갔지?

몸을 앞으로 기울였는데 손을 짚을 만한 곳이 없었다. 그런데 순간 착각이라도 한 듯 손등 위로 약하게 바람이 스친 것 같았다. 게다가 움직임, 감촉이 느껴졌다. 부드러운 뭔가가 그녀의 손등을 쓰다듬었다.

손가락.

그건 틀림없이 손가락이었다.

"나 여기 있어! 여기 있다고! 제발 나 좀 여기서 꺼내줘!"

율리아가 계속 같은 말을 외치고 있었다.

"진정해, 율리아. 잘될 거야. 해낼 수 있어. 좀만 더 기다려."

좁은 구멍으로 데이비드가 말했다. 하지만 목소리를 구분하지 못해서였는지 아니면 원한 사람이 데이비드가 아니었기 때문에 그랬는지 모르지만 율리아는 줄곧 한 사람의 이름만 부르고 있었다.

"크리스! 제발 나 좀 꺼내줘, 크리스!"

그러자 데이비드는 그들 중 가장 열심히 돌무더기를 뚫었음에도 불구하고 크리스에게 앞자리를 내주었다.

"저렇게 계속 지껄이면 안 돼. 특히 소리는 더더욱 지르면 안 되고. 율리아한테 입 좀 다물고 잠자코 앉아 있으라고 해."

아나의 말에 크리스가 동의했다.

"알았어. 율리아, 진정해. 내가 금방 곁으로 갈게."

"정말 더는 못 견디겠어. 여긴 너무 어두워. 내 손조차 안 보인다고!"

율리아가 흥분해서 목소리를 높였다.

"율리아, 그렇게 크게 말하면 안 돼. 터널이 무너진 것도 다 데이비드 저 녀석이 소리를 질러서야. 그러니까 가만히 있어, 알았지?"

**

한쪽에 돌이 하나둘씩 쌓여갔고 구멍도 조금씩 더 넓어져 갔다. 율리아는 이제 말은 하지 않았지만 가끔씩 흐느끼는 소리가 들렸다.

데이비드가 구부정한 자세로 몸을 일으켰다.

"좋아, 이만하면 됐어. 율리아, 내 손 잡을 수 있겠어?"

"응."

카티의 귀에는 율리아의 목소리가 거의 들리지 않았다.

"이제 몇 발자국만 뒤로 물러나. 터널이 완전히 무너져버리면 정말 큰일이니까."

"알았어."

"내가 갈 거야!"

크리스가 앞으로 나갔다. 벤저민의 랜턴 불빛이 율리아의 얼굴을 정면으로 비췄다.

율리아는 잔뜩 겁먹은 표정으로 웅크리고 있었다. 얼굴은 시꺼먼 먼지와 눈물이 뒤범벅되어 얼룩덜룩했다. 그 순간 카티는 스스로도 놀랄 만큼 즉흥적인 행동을 했다. 데이비드나 크리스 또는 다른 누구보다 한 발 앞서 좁은 틈을 지나 율리아가 있는 반대편으로 넘어가 그녀를 꼭 껴안았던 것이다. 그다음으로 건너간 크리스가 옆으로 밀어내려고 해도 카티는 꿈쩍도 하지 않았다.

카티는 스스로를 설득하려고 했다.

내가 이러는 이유는 사랑에 눈먼 저 바보 녀석 둘이 또다시 엉겨 붙어 싸우는 꼴을 보고 싶지 않아서일 뿐이야.

그러면서도 그게 거짓말이란 걸 자신도 잘 알았다. 스스로를 속이고 있다는 걸. 사실 카티는 율리아가 사라진 직후부터 줄곧 세상에서 처음으로 얻은 단 하나의 친구를 잃게 될까봐 두려워하고 있었던 것이다.

한참 뒤 아나가 말했다.

"좋아, 이제 그만 놔줘도 될 것 같아. 갑자기 시간이 많아지기라도 한 거야?"

등반을 시작한 후로 아나의 목소리가 부드러워진 건 그때가 처음이었다.

한숨 돌릴 여유조차 없었다. 아나는 한 치의 동정심도 없이 그들을 재촉해댔다.

"어서 출발하자니깐! 이제 진짜 얼마 안 남았어."

카티 앞에서 걷고 있던 벤저민이 투덜거렸다.

"난 여기서 나가게 되더라도 똑바로 못 걸을 것 같아. 평생 노트르담의 꼽추처럼 살아야 할 거야."

모두 웃지 않으려고 입술을 깨물었지만 웃음이 새어나왔다. 분위기가 평소 계곡의 날씨처럼 한순간에 바뀌었다. 날카로움, 억눌린 긴장감 그리고 신경과민증이 단번에 해소되었던 것이다. 그런데 날씨는?

카티는 출발할 때처럼 화창하기를 간절히 빌었다. 그리고 갑자기 어떤 사실을 깨달았다. 책에서 많이 보긴 했지만 직접 경험해보진 못했던 것. 외톨이였던 그녀는 등반 시 위험 요소가 갑작스러운 기상 변화나 체력 소모 또는 길을 잃는 것 말고도 많다는 사실을 몰랐다. 또 다른 위험 요소 중 하나론 바로 사람을 꼽을 수 있었다. 그녀는 이번 등반을 통해 팀워크가 깨지면 산사태보다 더 위험해질 수도 있다는 사실을 제대로 경험했다. 하지만 어쨌거나 그들은 악몽 같은 순간을 잘 극복해냈다.

앞으로 또 어떤 일이 일어날까?

카티보다 앞서 걷던 이들이 갑자기 멈춰 섰다.

"또 무슨 일이야?"

카티는 희미한 랜턴 불빛이 비춘 곳을 초조하게 살폈다.

벤저민이 어깨를 으쓱했다. 하지만 그가 미처 답하기도 전에 카티는 두 가지 사실을 깨달았다. 첫 번째는 드디어 그들이 터널 끝에 다다랐다는 것이었고 두 번째는 그녀가 꽤 오랜 시간 동안 폐소공포증을 잊고 있었다는 것이었다.

그녀는 눈을 깜빡거리며 앞쪽에 뭐가 있는지 보려 애썼다.

들어온 입구와 달리 터널 끝 앞쪽에는 동굴도 널찍한 공간도 없었다. 거기에는 거대한 돌벽에 맞닿아 있었다. 공포심이 또다시 밀려오려는 순간 그녀는 터널 한쪽에 놓여 있던 사다리를 세우고 있는 크리스를 발견했다.

"네가 먼저 올라갈래?"

폴이 묻자 카티는 고마운 마음이 들어 고개를 끄덕이곤 첫 번째 계단을 잡았다. 평생 그렇게 빨리 사다리를 올라가본 적은 없었던 것 같았다. 바위틈을 통해 바깥으로 다시 나왔을 때 카티는 온 세상을 껴안아주고 싶었다. 그 뒤를 따라 나온 벤저민이 소리쳤다.

"와! 지옥에서 천국으로 나온 기분이 바로 이런 걸 거야!"

뒤이어 밖으로 나온 일행들의 환호성은 그동안 카티가 들어왔던 그 어떤 소리보다 듣기 좋았다. 벤저민은 너무 좋아서 덩실덩실 춤을 췄고 나머지 일행들도 목이 쉬어라 소리를 지르고 깔깔대고 웃었다. 누가 보면 정신병원에서 풀려난 정신병자들이라고 오해할 만했다. 사실 그 장면은 배꼽을 잡고 웃을 만큼 우스꽝스러웠다. 왜냐하면 이제 막 굴뚝에서 기어 나온 것처럼 모두들 얼굴이 새까맸기 때문이었다.

율리아는 너무 웃어서 숨을 헐떡거리기까지 했다.

"모두들 꼴 좀 봐! 진짜 괴물들 같아. 끔찍해!"

"우린 괴물들 맞아, 진짜로!"

크리스는 율리아를 끌어당기더니 번쩍 안아 올렸다.

"야호!"

카티는 두 손을 번쩍 들어 올렸다.

그래, 이것도 해냈으니 이젠 뭐든 다 할 수 있어!

내일은 나, 이 카티 베스트가 고스트 정상에 서 있게 될 거야! 그 무엇도 어느 누구도 날 막을 순 없어!

***

감격에 겨워 흥분했던 순간이 지나고 차츰 진정되자 카티는 주위를 둘러보았다. 터널은 그들을 산 뒤편으로 데려다놓았다. 산의 왼쪽 아래로 산등성이들과 봉우리들에 둘러싸인 지극히 좁은 계곡이 보였다.

그들은 제일 높은 산자락 한가운데 도달해 있었다. 암벽들이 하늘을 찌를 듯 높이 솟아 있었고 산 능선은 온통 자갈밭이었다. 수목한계선을 이미 넘어선 것이었다. 이 높이에서는 휘어진 나무들과 마른풀들밖에 자라지 않았다.

그리고 하늘! 컴컴했던 동굴 속을 헤매다 나왔을 때 찬란한 빛을 내뿜으며 빛나던 파란 하늘은 뭐라 형용할 수 없을 만큼 아름다웠다. 하늘에는 구름 한 점 없었다. 심지어 그들의 좌측으로 우뚝 솟아 있는 둥근 고스트의 봉우리도 희뿌연 안개구름에 가려 있던 평소와 달리 선명하게 모습을 드러내고 있었다. 카티는 바닥에 등을 대고 누웠다. 산의 뒤편은 햇빛이 그리 눈부시지도 않았고 살랑거리는 바람은 꼭 봄바람처럼 가볍고 포근했다.

카티는 산봉우리들을 올려다보았다. 고스트 뒤에 있는 봉우리는 보이지 않았지만 그 앞에 우뚝 솟아 있는 화이트 소울을 보자 꼭 성공할 수 있으리라는 믿음이 더욱 확고해졌다. 설원 지대를 넘고 나면 진짜 힘든 코스가 시작될 터였다. 카티가 있는 곳에서도 잘 보이는 남쪽 능선은 칼날처럼 날카롭고 가팔랐다. 하지만 카티는 그 길을 드디어 눈앞에서 볼 수 있게 된 것만으로도, 그리고 지금부터 오직 자신의 느낌만 믿어야 한다는 사실이 기분 좋았다.

더는 두려움에 떨 일은 없을 거야.

특히 터널은!

카티는 고개를 뒤로 젖혔다.

정말 놀라워!

조금 전까지만 해도 고스트 산 안에 있었는데 이제는 산 정상에 한층 더 가까워져 있었다.

"터널을 통과하는 동안 2백 미터 더 올라왔어."

데이비드는 터널 출구이기도 했던 바위틈 옆에 선 채로 말했다.

"내 고도계가 고장 난 게 아니라면."

"내가 뭐랬어, 산을 통과해서 가는 게 더 쉽다고 했잖아. 이젠 능선을 따라 위로 올라가기만 하면 돼."

아나가 넓은 자갈밭처럼 보이는 능선을 가리키며 말했다.

"산장은 저 위에 있어!"

"내 눈엔 길이 안 보이는데 저길 어떻게 올라가지?"

율리아는 두꺼운 재킷을 벗어 배낭에 쑤셔 넣고 선글라스를 꼈다.

"맞아, 길이 따로 없어. 우리가 직접 찾아야 해."

그때 누군가 카티 옆으로 와 털썩 주저앉았다.

폴이었다.

"기분이 어때?"

"온 세상을 다 가진 기분이야!"

카티는 폴에게 활짝 웃어 보였다.

그 순간 카티는 자신이 방금 평생 다시는 하지 않을 거라고 생각했던 말을 내뱉었음을 깨달았다. 그 말은 그녀가 다리에서 처음으로 뛰어내렸을 때 세바스티앵에게 했던 말이었다.

***

제대로 길이 나 있지도 않았고 또 자갈 때문에 특히 조심해서 걸어야 했지만 그들은 상당히 빨리 목적지에 도달했다. 카티는 고어텍스 재킷을 벗은 지 얼마 되지 않아 얇은 재킷마저 배낭에 넣어버렸다. 너무 힘들어서 땀을 비 오듯이 흘린 건 비단 그녀뿐만이 아니었다. 하지만 좁은 터널 속에서의 경험 때문에 카티에게는 지금의 이 자유가 더욱 소중했다. 물론 암벽을 타는 것에 비교할 순 없었다. 하지만 그 순간을 경험하게 될 시간도 머지않아 보였다. 카티는 쿵쾅거리는 심장의 두근거림을 느꼈고 맥박과 다리의 근육 하나하나를 모두 느꼈다. 가장 중요한 건 걸을 때마다 목표에 한 걸음씩 더 가까워지고 있다는 사실이었다.

카티는 틈틈이 멈춰 서서 설원 지대가 시작되고 있는 오른쪽을 올려다보았다. 넓은 흰 능선이 햇빛을 받아 반짝거리고 있었다. 높이 올라가면 갈수록 점점 더 눈이 쌓인 곳이 자주 보이더니 어느샌가 넓은 설원이 시작되었다. 반짝이는 빛 때문에 카티는 갈수록 눈이 시려서 고글을 꼈다.

율리아가 갑자기 멈춰 서더니 소리를 질렀다.

"저기 봐! 산장이야!"

진짜였다. 그들이 서 있는 곳에서 조금 더 위쪽에 갈색 지붕이 뚜렷이 보였다. 선두에 서서 걸어가고 있던 벤저민과 아나 그리고 율리아는 발걸음이 점점 더 빨라졌다. 카티는 그렇게 고생을 했는데도 모두 그런 힘이 남아 있다는 게 신기하기만 했다. 그들은 터널에서 나온 후 벌써 몇 시간째 거의 쉬지 않고 걷고 있었다. 하지만 다시 빛을 볼 수 있게 되었다는 사실과 편안히 움직일 수 있다는 사실이 카티뿐만 아니라 모두의 기운을 북돋아주는 듯했다.

카티는 시계를 들여다보았다. 산장에 도착하려면 아직 두어 시간은 더 걸릴 듯했다.

그때 옆에서 누군가가 말했다.

"벤은 내일이면 아마 한 걸음도 더 못 걷겠다고 하겠지."

또 폴이었다. 터널에서 나온 뒤로 폴은 줄곧 카티 옆에 있었다. 카티가 뒤로 처지든 아니면 속력을 내 그를 앞지르든 상관없었다. 잠시 후면 여지없이 다시 그녀 곁에 와 있었다.

카티는 건성으로 말했다.

"벤 걱정은 안 해도 돼. 적어도 자기 관리는 알아서 하는 애니까."

사실 벤저민은 촬영을 하느라 줄곧 같은 길을 몇 번씩 왔다 갔다 하고 있었다.

"전혀 모르는 것 같은데? 내일 자기 몸이 어떻게 될지."

상관없어.

내일 뭐가 어떻게 될진 전혀 상관없다고, 카티는 생각했다.

지금은 부정적인 생각을 할 때가 아니야. 지금 중요한 건 딱

한 가지뿐이야. 바로 산장에 도착해 내일을 준비하는 것. 그리고 드디어 나의 목표에 도달하는 것.

주위를 둘러본 카티는 그래도 꽤 많이 온 것 같아 만족스러웠다. 터널 출구 주변으로 둘러서 있던 휘어진 나무들이 미니어처처럼 작게 보였다. 고도 때문인지 공기가 희박해지고 무거워지는 것 같았다. 포근하게 살랑거리던 바람은 점점 더 거세지더니 마치 그들을 돌과 바위와 눈밭뿐인 황무지에서 쫓아내려는 듯 쌩쌩 휘몰아쳤다. 그런데도 카티는 아랑곳하지 않았다. 지금의 희열감이 꼭 고스트 산 때문만은 아니라는 걸 막 깨달았기 때문이었다.

그랬다. 지금 막 그녀와 일행들이 계곡을 벗어났다!

스스로의 힘으로 그레이스 계곡을 탈출했다!

카티는 담장의 반대편으로 넘어왔고 이번에는 아무도 그녀를 붙들지 못했다.

마치 마법과도 같았다.

그 마법은 이곳에서는 새삼스럽기도 하고 또 이상하게 위협적으로 들리기도 했다. 그런데 마법은 이미 카티의 귀에 익숙한 어떤 소리에 의해 깨지고 말았다. 그녀는 하늘을 올려다보았다. 그녀의 눈에 들어온 첫 번째 광경은 마치 산에 흰 고속도로를 깔아놓은 것처럼 산허리를 가로지르고 있는 눈부신 설원과 드넓은 하늘이었다.

거기에 비행기가 보였다.

비행기는 건너편 산등성이를 넘어 그들 쪽으로 곧장 날아오고 있었다.

"얘들아, 저것 좀 봐!"

앞서 걷던 벤저민이 폴짝폴짝 뛰며 비행기를 향해 손을 흔들었다.

갑자기 모두 걸음을 멈추었다.

비행기가 고도를 벗어나고 있었다. 날개가 햇빛에 반사되어 반짝였다. 비행기의 창이 또렷이 보였다.

"지금 뭐 하는 거지? 저렇게 계속 떨어지다간 고스트 정상에 추락할 것 같은데."

벤저민의 말이 옳았다. 비행기는 그들을 향해 곧장 날아왔고 그들 머리 바로 위에 오자 잠시 정지하는 것 같았다. 그러더니 옆으로 기울어지며 방향을 틀어선 위로 치솟아 올라 북쪽으로 날아갔다. 카티와 나머지 일행들은 황당한 표정으로 비행기가 완전히 사라질 때까지 바라보고 있었다. 하늘에 하얀 선이 길게 그어졌다 사라졌다.

"뭐야, 저게? 꼭 일부러 우릴 노린 것 같았어."

크리스의 말에 벤저민이 답했다.

"아무래도 어떤 미친놈들이 이 높은 곳에서 헤매고 있나 비행사가 궁금했나보지. 카메라에 다 잘 찍혔나 모르겠네."

데이비드가 이맛살을 찌푸렸다.

"대학에 입학한 후로 계곡에서 비행기를 본 적은 한 번도 없었어. 그 점에 대해 혹시 너희들은 이상하다고 생각한 적 없어?"

"계곡 쪽에는 항로가 없나보지, 뭐."

폴이 고개를 저었다.

"아니, 그게 아니라 계곡 위로는 비행기가 지나가지 못하도록 되어 있어."

"비행 금지라고? 왜?"

폴이 어깨를 으쓱했다.

"너희들은 역시 아무것도 모르는구나."

"그게 무슨 뜻이야?"

"아무것도 아니야."

데이비드의 물음에도 폴은 답하지 않은 채 다른 사람들을 경멸하듯이 쳐다보았다. 그 눈빛은 심지어 야비해 보이기까지 했다.

잠시 침묵이 흐르다 폴이 다시 조롱하는 투로 물었다.

"더 질문 없어?"

제발 묻지 마. 더는.

최소한 카티 자신은 폴 앞에서 창피를 당하고 싶지도 않았고, 폴이 잘난 척하는 걸 두고 보고 싶지도 않았다.

그 순간 아나가 말했다.

"솔직히 말하면, 너희들과 함께 다니는 건 세 살배기 애들이랑 같이 있는 거 같아."

그녀는 메고 있던 배낭에서 물병을 꺼내 입술에 갖다 댔다.

"태어나서 비행기를 처음 보기라도 한 애들 말이야."

아나는 입술의 물기를 닦았다.

"그만 갈까? 이 길은 등반가들에게 그다지 힘든 길은 아니지만 난 그래도……."

아나는 갑자기 얼굴을 찡그리더니 눈을 질끈 감았다.

율리아가 불안해하며 물었다.

"뭐가 잘못됐어? 왜 그래?"

아나는 물병을 도로 넣고 돌아섰다.

"아냐, 아무 일도. 빨리 산장에 도착했으면 싶어."

도착, 그건 우리 모두가 바라는 일이지.

카티는 생각했다.

우리가 떠나온 이유도 바로 그거니까.

산장

산장에 제일 먼저 도착한 사람은 벤저민이었다. 카티는 어디서 그런 에너지가 나오는지 차츰 궁금해졌다. 그에게선 지친 기색이라곤 조금도 엿볼 수가 없었다. 그들이 도착했을 때 벤저민은 테라스에 있는 큰 테이블 옆 벤치 위에 올라서선 비디오카메라를 들고 소리쳤다.

"등반 팀은 정각 18시 07분에 산장에 도착했습니다. 모두 지치고 기진맥진한 상태로 마지막 코스를 힘겹게 올라왔군요."

산장은 협곡 위쪽에 우뚝 솟아 있는 거대한 암석 뒤편에 있었다. 다른 일행들이 바닥이나 벤치에 앉아 힘들다고 한탄을 하며 배낭끈을 푸는 동안 카티는 산장 주위를 돌아보다가 절벽 끝에 이르렀다. 절벽 아래는 깊은 협곡이었다.

그 광경은 한마디로 장엄함 그 자체였다. 저 아래에 까마득히 보이는 미러 호. 비밀에 싸인 검은 미러 호가 눈앞에 펼쳐져 있었고 그 건너편으로 대학 건물이 따뜻한 적황색의 석양빛을 받으며 서 있었다.

그 아래 솔로몬 바위가 있었고 또 깨알만큼 작은, 거의 눈에 띄지도 않는 보트하우스가 있었다. 그 모든 게 마치 로키 산맥 안에 숨어 있는 것처럼 보였다. 반면 카티를 둘러싸고 있는 얼음 봉우리들은 보란 듯이 장엄한 파노라마를 펼쳐놓았다. 앞쪽에는 고스트의 날카로운 봉우리, 거대하고 거의 수직에 가까운, 암벽 중 최고의 암벽이 우뚝 솟아 있었다.

"대단해!"

카티의 옆으로 벤저민이 불쑥 나타났다.

"우와! 이런 광경은 정말 태어나서 처음 봐! 이런 맛에 자꾸 산을 찾게 되는 건가? 중독될 만해!"

"발 조심해! 자칫 잘못 디뎠다간 끝장이야."

카티가 주의를 주자 벤저민이 투덜거렸다.

"너는 진짜 분위기 망치는 데 선수다. 너희 한국인들은 모두 다 너처럼 늘 화난 듯이 보여?"

그녀가 대답했다.

"난 미국인이야."

"그래도 한국에서 태어났잖아. 한국에서도 등산해본 적 있었어?"

"아니!"

카티는 카메라를 외면하고 돌아섰다. 거긴 잠시만 서 있어도 몸이 금세 얼 정도로 추웠다. 갑자기 처음으로 허기가 느껴졌다.

따뜻한 걸 좀 먹어야겠어.

카티는 그런 생각에 다른 일행들이 도착한 직후부터 꼼짝도 않고 있는 사이 산장 앞으로 돌아갔다.

"젠장, 여긴 무지 춥네!"

크리스가 투덜거리며 재킷 지퍼를 턱 끝까지 올려 채웠다.

"그런 말 하긴 아직 일러. 내일 고스트 정상에 올라가봐. 거기 가면 네 그 값진 엉덩이가 순식간에 꽁꽁 어는 경험을 할 수 있을 거야."

아나가 이기죽댔다.

"내 엉덩이가 값진지 네가 어떻게 알아?"

"오늘 계속 내 앞에서 알짱거렸으니까 알지."

카티는 웃으며 산장 입구 쪽으로 갔다. 산장은 투박한 돌로 지어졌으며 지붕은 회색 슬레이트로 덮여 있었다.

"아무리 봐도 산속 일급 호텔하곤 거리가 멀어."

크리스가 투덜거리며 율리아를 자기 쪽으로 끌어당겼다.

"여기 우리 둘이 같이 잘 수 있는 방이 있을까?"

"난 이 산장이 오늘 밤을 견뎌낼 수 있을지가 더 궁금해. 너무 낡았어. 아나, 혹시 이 산장이 언제 지어졌는지 알아?"

카티는 율리아가 왜 그걸 알고 싶어 하는지 궁금했다.

"모르겠는걸. 이건 그냥 산장이지 특별한 관광 명소는 아니니까. 중요한 건 지붕이 새지 않고 폭풍이 불어도 날아가지만 않으면 되는 거지. 나머지는 내 알 바 아니야."

아나가 얼굴을 찡그렸다.

카티가 말했다.

"근데 뭘 기다리는 거야? 문이 잠겼어?"

"모르겠어!"

"그럼 왜 아직 안 들어가고 있어?"

크리스가 신음하며 말했다.

"그럴 힘이 없어서."

카티는 문 쪽으로 걸어가 문고리를 잡고 밀었다. 문은 쉽게 안으로 열렸다.

실내엔 다른 방은 딸려 있지 않은 것 같았다. 작은 창문들은 모두 계곡 쪽으로 나 있었고 창문 앞에는 나무로 된 큰 탁자와 긴 의자가 있었다. 오른쪽에는 여러 개의 서랍이 달린 참나무 장이 있었고 왼쪽에는 아주 오래돼 보이는 큰 벽난로가 있었다. 벽난로는 나무로만 불을 지필 수 있었다.

"괜찮은데! 여기라면 견딜 만하겠어!"

어느새 카티 옆에 온 율리아가 말했다. 그 뒤로 벤저민이 득달같이 달려왔다.

"우와, 멋지다!"

"위층도 가봤어?"

카티는 위층으로 올라가는 좁은 계단을 보지 못했었다.

"다른 사람들이 차지하기 전에 지금 당장 제일 좋은 잠자리부터 찜해놔야지. 그러는 동안 여학생들은 요리나 좀 해줘, 배고프니까."

벤저민이 그렇게 말하자 율리아가 톡 쏘아붙였다.

"야, 너 도대체 몇 세기에 태어난 사람이야?"

"글쎄, 난 시간의 적용을 전혀 안 받는 족속이라 모르겠네."

"그래도 배는 고프지, 안 그래?"

"맞아. 게다가 오줌도 눠야 해. 어디 화장실 없을까? 만약 없으면 저기 창밖 계곡 아래로 싸야겠어. 안 그래도 늘 해보고 싶었는데 잘됐지, 뭐."

누가 뭐라 하든 벤저민은 늘 기분이 좋았다. 어쨌거나 그 덕분에 모두가 웃었다.

"잊지 마, 2인용 방은 나랑 율리아가 쓸 거야."

크리스가 큰 소리로 외치자 카티는 눈길을 돌려 데이비드와 율리아를 보았다. 데이비드는 율리아를 힐끔거렸고 율리아는 눈빛을 외면했다.

"괜히 마음만 앞서가지 마. 여긴 방이 딱 두 개뿐이니까!"

벤저민이 쿵쿵거리면서 좁은 계단을 다시 내려왔다.

"그런데 음식은 어떻게 됐어?"

아나가 봉지 하나를 공중에 흔들면서 물었다.

"이탈리아식 토마토 수프는 어때?"

"뭐야? 난 최소한 스테이크 정도는 먹을 줄 알았는데."

폴이 투덜대면서 서랍장 문을 열어보았다. 잠시 후 그의 손에 깡통 하나가 쥐여 있었다.

"그러면 그렇지! 토마토 수프는 물 건너갔네."

그는 하나씩 세기 시작했다.

"감자칩, 초콜릿 과자, 게다가…… 우와! 몬스터 에너지 드링크까지. 이걸 마지막으로 먹어본 게 언제인지도 모르겠어."

그는 캔 하나를 끄집어내 땄다. 거품과 함께 탄산이 새어나왔다.

"산장에서의 첫날을 위해, 건배!"

율리아가 비꼬듯이 물었다.

"혹시 거기 끼니가 될 만한 것도 있어?"

불과 두세 시간 전까지만 해도 산에 생매장될 뻔했던 초췌한 모습은 온데간데없었다.

벤저민이 폴의 옆으로 가서 서랍을 뒤지더니 뭔가를 발견했다.

"당연하지, 율리아! 오늘의 영웅을 위한 요리, 바로 캠벨 사의 뉴 잉글랜드 크램차우더 수프! 바로 데워 먹기만 하면 되는 조개 수프지. 우와, 여기가 너무 좋아서 떠나기 싫어지면 어쩌지?"

그러자 율리아가 진저리를 쳤다.

"웩! 조개 수프! 생각만 해도 끔찍해. 아무래도 그레이스의 영양사들은 음식이라곤 그것밖에 모르는 것 같아."

그 말에 모두가 웃었다.

"그럼 이건 어때? 음…… 잠깐."

벤저민이 또 다른 캔을 끄집어냈다.

"햄버거 빵이랑 치즈버거랑 마카로니! 미국 요리를 뛰어넘을 음식은 세상에 없어!"

율리아가 물었다.

"난 마카로니 먹을래. 캔이 모두 몇 개야?"

"한 개, 두 개, 세 개…… 일곱 개!"

"좋아, 누기 나 대신 조개 수프를 먹어준다면 내가 대신 마카로니를 먹어줄게."

그들은 화덕 옆에 있는 작은 장 안에서 큰 냄비를 발견했다.

"누가 땔감 좀 갖다줄래?"

화덕 뚜껑을 열며 율리아가 말했다.

"와, 누군가 여길 깨끗하게 정리해놨어. 아나, 혹시 이것도 산장의 규칙이야? 산장을 떠나기 전에 늘 새 땔감을 넣어놓는 거 말이야. 여기 새 성냥도 있어."

"모르겠어."

"너도 모른다고?"

아나는 고개를 저었다.

"나도 이 위는 처음이거든."

모두가 얼떨떨한 표정으로 아나를 쳐다보았다.

"이 위에 와본 적이 한 번도 없다고?"

"그래."

카티는 입이 다물어지지 않았다. 그럴 리가! 카티는 번개같이 빠른 속도로 아나와 나누었던 대화를 떠올려보았다. 아나는 사람들과 함께 설원 지대를 다녀왔노라고 말했었다. 그런데 곰곰이 생각해보니 이 등반에 관해 자세히 물어보려고 할 때마다 교묘히 답을 피하는 것 같은 느낌을 받았었다.

카티는 나머지 일행들을 둘러보았다.

사람들 앞에서 아나를 추궁해야 할까? 그게 영리한 처사일까?

"야, 카티!"

누군가가 카티의 어깨를 쳤다.

"우리랑 같이 땔감이나 찾으러 가자."

카티는 일어나 크리스와 데이비드를 따라 밖으로 나갔다. 산장 밖으로 나가자 크리스가 손바닥으로 이마를 쳤다.

"이런, 바보같이! 아까 벌써 수목한계선을 지나왔잖아."

"네 말이 맞아. 여긴 노간주나무조차 없어."

카티가 데이비드에게 말했다.

"그렇지 않아. 아직도 노간주 냄새가 나는걸."

그러자 데이비드가 히죽거리며 웃었다.

"내가 알기엔 노간주는 이뇨 작용을 한대."

그러자 크리스도 웃으며 말했다.

"아, 그래서 벤저민이 계속 오줌을 싸대는 건가?"

이제 크리스는 불쾌했던 기억을 잊어버린 것 같았다. 심지어 데이비드에 대한 분노도 잠시 접어둔 것 같았다.

"그것보단 언어 영역에 영향을 주거나 아니면 아예 마비 효과를 일으키면 더 좋을 텐데."

데이비드가 주위를 두리번거렸다.

"그런데 화덕 안에 분명히 나무가 있었잖아. 그건 어디서 났지? 아까 보니까 그냥 아무 데서나 주워 온 나뭇가지가 아니라 전문가가 제대로 쪼개놓은 땔감이던데. 내가 한번 둘러보고 올게."

크리스는 벤치에 주저앉았다.

"마음대로 해."

카티는 고스트를 올려다보며 내일 올라가야 할 길을 분석해보려고 애썼다. 드넓은 설원은 그다지 위험해 보이지 않았다. 하지만 그래도 보이지 않는 크레바스와 균열들 때문에 조심하지 않으면 크게 낭패를 볼 수 있었다. 그러다가 산장에 한 번도 와본 적이 없다던 아나의 말이 다시금 떠올랐다.

혹시 아나가 설원 지대도 잘 알지 못하면 어떡하지?

상관없어. 다 같이 길을 찾아보면 되니까, 뭐.

카티가 생각하기에 아주 불가능할 것 같진 않았다.

그다음엔 꼭대기까지 올라가는 마지막 코스인 가파른 능선이 남아 있었다. 각자 집중력과 지구력만 있다면 얼마든지 해낼 수 있었다.

그때 갑자기 등 뒤에서 크리스의 목소리가 들렸다.

"아까 그렇게 행동해서 정말 미안해."

카티는 뒤를 돌아보았다.

맙소사!

고해성사나 치유를 위한 대화를 나누기에는 시간도 장소도 적당하지 않았다. 특히 그녀는 자신이 이런 일에 있어서 괜찮은 대화 상대가 아니라고 생각했다.

"그 말은 율리아한테 해야지."

크리스는 회색 눈으로 카티를 가만히 주시했다. 석양 때문인지 그는 뻔뻔스러울 정도로 여유로워 보였다. 세바스티앵처럼 잘생겼지만 완벽함이 도가 지나쳐서 카티는 그를 대할 때마다 왠지 좀 불편했다. 갈색으로 그을린 얼굴은 완벽하게 균형 잡혀 있었고 헝클어진 머리와 사흘 정도 자란 수염도 스타일리스트가 '산을 배경으로 서 있는 자연남'이라는 제목의 광고 사진을 위해 일부러 꾸민 듯 보였다.

"그래도 꼭 너한테 그 말을 하고 싶은데 어쩌지?"

크리스는 카티에게서 시선을 떼지 않았다.

카티는 진저리를 쳤다.

"너 가끔 무서울 때가 있더라. 하지만 내일 산 위에선 그런 모습 보이지 않았으면 해. 특히 데이비드와 사적인 싸움은 학교로 돌아가서 해. 원래 거기서 시작한 거니까."

"넌 율리아와 친구잖아. 네 생각엔 율리아가 날 좋아하는 것 같아?"

카티는 짧게 대답했다.

"해발 2천 미터에서 내 유일한 친구는 나 자신뿐이야. 이 위는 질투나 사랑, 증오 같은 감정 따위를 표출하기에 적당한 장소가 아니야. 주위를 한번 둘러봐!"

그녀는 땅거미가 지고 있는 봉우리를 가리켰다.

"여긴 완전히 다른 세계야. 저 아래 계곡에서 우린 모두 이 손가락만큼이나 작고 하찮을 뿐이야. 그리고 그에 어울리게 우린 지질하게 살고 있었지. 하지만 이 위, 노간주나무조차 없는 이곳에선……."

카티가 말을 하다 말고 갑자기 피식 웃었다.

"여기선 스스로가 너무나 위대하게 느껴져서 오히려 세상의 모든 게 하찮아 보이지. 그런 기분을 체험할 수 있다는 것. 중요한 건 오직 그뿐이야."

카티는 깊이 숨을 들이마셨다.

오, 신이시여!

그녀는 갑자기 왜 그런 말을 했는지 스스로도 이해할 수 없었다. 평소에는 한두 마디 이상은 하지 않았으면서.

그때 마침 산장에서 나온 폴이 카티의 말을 들은 것 같았다.

"사느냐 죽느냐의 문제가 달렸는데 누가 한가롭게 체험 운

운하는 거야?"

그런데 때마침 데이비드가 뒤편에서 튀어나와 소리치는 바람에 카티는 대답할 기회를 놓치고 말았다.

"저 건너편에 땔감이 잔뜩 들어 있는 창고가 있어! 오늘 밤은 산장에서 편안하게 지낼 수 있을 것 같아."

벤저민이 만면에 웃음을 띤 채 문가로 나왔다.

"당연하지. 자, 받아."

그는 크리스와 폴 그리고 카티에게 맥주 캔을 하나씩 던져 주었다.

"이 안엔 행복한 정신을 위한 각종 연료들이 가득 있어. 누가 됐건 정말 감사해요. 잘 먹을게요!"

***

화기애애한 분위기는 계속됐다. 데이비드와 크리스 사이의 라이벌 전이 불과 몇 시간 전에 율리아의 목숨을 빼앗아갈 뻔했다는 사실이 믿기지 않을 정도였다. 이제는 둘 사이에 어떤 나쁜 기류도 느껴지지 않았다. 적어도 표면적으로는.

율리아가 마카로니를 오븐에 넣은 지 30분쯤 지나자 맛있는 냄새가 산장을 가득 채웠다. 카티는 배에서 꼬르륵 소리가 났다. 다른 일행도 모두 비슷한 것 같았다. 식사를 하는 동안 등 뒤의 해가 산의 정경을 빨갛게 물들여 마치 오븐 안의 따뜻한 불이 하늘에 반사된 것처럼 보였다.

"우리 데비한테 전화해서 겁 좀 줄까? 너희 생각은 어때?"

벤저민은 맥주 캔을 입에 대고 한참 들이켰다.

"지금쯤 자고 있을걸."

율리아가 카티를 보며 싱긋 웃었다.

"머리에 뼈다귀를 만 채로 말이야."

벤저민이 바지 주머니에서 휴대전화를 꺼내자 율리아가 전화번호를 불러주었다. 그러자 크리스가 소리쳤다.

"스피커폰으로 부탁해!"

외딴 산속에서 휴대전화의 연결음은 전혀 어울리지 않았다. 게다가 금세 끊어져버리기까지 해서 벤저민이 아쉬운 듯 한마디 했다.

"연결이 안 된대. 안타깝다! 좀 놀려주고 싶었는데."

식사가 끝나자 모두들 불 근처에 둘러앉았고 마지막 장작이 다 타들어갈 무렵 누군가 하품을 했다. 카티는 갑자기 목덜미에서 뭔가 스멀거리는 것 같아 소름이 돋았다.

너무 피곤한 데다가 내일에 대한 기대감 때문이겠지.

그녀는 자기 자신을 타일렀다. 하지만 뭐가 그런 느낌을 들게 했던 걸까. 그 느낌은 폴이 갑자기 지도를 꺼내 유난히 걱정스러운 목소리로 "친구들, 오늘은 진짜 어린아이의 장난에 불과했어. 진짜 시험은 내일이야"라고 말한 그 순간부터 시작됐다.

"시험이라고?"

벤저민은 벌써 술이 꽤 취했는지 발음이 분명하지 않았다.

"이봐, 너 꼭 너네 아버지라도 되는 듯 말한다? 그런 표현을 꼭 써야겠어? 내일은 시험이 아니라 생사를 결정짓는 날이야. 내가 겨우 빌어먹을 시험이나 보려고 여길 따라온 줄 알아? 내가 그레이스 대학에 온 이유도 바로 그것 때문이었어. 입학시험을 볼 필요가 없어서였다고."

벤저민은 깔깔대고 웃었지만 그 누구도 따라 웃지 않았다.

카티는 어깨를 으쓱했다. 그녀 역시 모두가 경외심을 갖고 언급하는 입학시험을 보지 않은 경우였다. 그레이스의 입학시험은 국경을 넘어 다른 나라에까지도 합격자가 극히 적은 것으로 악명을 떨쳤다. 하지만 일단 합격만 하면 모두가 가장 가고 싶어 하는 대학 중 한 곳의 학생이 될 수 있었다.

카티는 자신이 시험을 치르지 않아도 되었던 이유로 성적 평계를 댔다. 반면 벤저민은 완전 다른 경우였다. 대학에서 그의 성적은 기껏해야 중간 정도였고 사실대로 말하자면 그가 공부하는 모습을 본 사람은 한 명도 없었다. 그가 도서관을 찾는 이유는 (그의 판단에 따르면) 그곳이 가장 조용하고 따뜻하기 때문이었다. 그는 도서관 바닥에 앉아 영화나 비디오 기술에 관한 책을 뒤적거리거나 책장 사이에 앉아 음악을 듣는 데 대부분 시간을 보냈다.

탁자 위에 넓게 펼쳐져 있는 폴의 지도를 보고 있는 카티를 알아채기라도 한 듯 벤저민이 덧붙였다.

"저 다 낡아 빠진 종이 쪼가리를 어디다 써? 그 역겨운 늪도 표시되어 있지 않고 산속 터널도 나와 있지 않잖아. 그걸로 똥이나 닦아. 쓸데라곤 그것밖에 없으니까."

벤저민은 혀가 잔뜩 꼬여 폴에게 물었다.

"그런데 저 지도는 어디서 났어?"

폴은 대답 대신 조용히 일어나서 벽난로에 장작을 넣었다.

"네 아버지한테서? 교수님이 그걸 어느 책 안에다 숨겨놓고 계셨대? 대대로 학생들을 괴롭혀오고 계신 그 프루스트 책 안에?"

폴은 여전히 침묵을 지켰다. 폴이 그들에게서 등을 돌리고 서 있어서 카티는 표정을 볼 수 없었다. 그런데 갑자기 벤저민이 일어나더니 주머니에서 라이터를 꺼냈다. 그리고 불을 켜서 지도에 갖다 댔다.

"차라리 지금 태워버리는 게 낫겠어."

데이비드가 소리쳤다.

"그만해, 벤. 됐어."

데이비드의 목소리가 놀라울 정도로 날카로웠다.

"왜? 이 가치도 없는 지도 한 장을 갖고 저 녀석이 카티한테 알랑거리려 했다고."

"아무도 나한테 알랑거리지 못해."

카티의 말에 벤저민이 악의에 찬 웃음을 지었다.

"진짜 그럴까? 넌 몇 달 동안이나 저 지도를 찾아 헤맸잖아. 내가 다 봤어. 도서관에서 또 컴퓨터실에서, 넌 이 지역에 관한 모든 지도와 웹 사이트 그리고 책을 이 잡듯 뒤지고 다녔어. 안 그래?"

카티는 어깨를 으쓱했다. 벤저민과 싸우고 싶은 마음은 없었다. 특히 취한 벤저민과는 더더욱.

"하지만 그건 오직 자기 이성만 믿어서 그래. 사실 늘 열고 다녀야 하는 건 눈이지. 눈은 가장 많은 정보를 얻을 수 있는 감각기관이거든. 제대로만 사용한다면."

벤저민이 잠시 말을 멈췄다가 말했다.

"바로 나처럼!"

"그래, 하필 너처럼!"

폴이 자리에서 일어나 탁자로 돌아왔다.

"넌 대부분의 시간을 마약이나 술에 취해 있거나 것도 아님 카메라 뒤에 숨어 있잖아. 아무것도 모르는 건 바로 너야!"

"아, 그래? 하지만 그건 네 착각이야."

벤저민은 벌떡 일어나더니 탁자 위로 기어 올라갔다.

"왜냐하면 너희가 보기만 해도 오줌을 질질 쌀 만한 뭔가가 나한테 있거든. 나는 진실의 대변인이야! 내 카메라 안에는 너희 모두가 들어 있어. 난 너희 자신보다 더 너희를 잘 알아. 너희가 혼자라고 생각하는 바로 그 순간, 내 카메라는 항상 어디선가 너희를 지켜보고 있었거든."

그는 카메라를 높이 들어 올렸다.

"예를 들자면, 데이비드."

데이비드가 초조한 눈빛으로 벤저민을 바라보았다.

"내가 뭐?"

"2009년 1월 13일."

그 말이 끝나자마자 데이비드의 얼굴이 창백해졌다. 그러나 벤저민은 누가 미처 말릴 겨를도 없이 마구 떠들어댔다.

"다른 예를 들자면 율리아, 네 동생은 어때? 네 동생이 매일 꾸는 그 악몽의 내용은 뭘까? 왜 밤마다 창에 찔린 것처럼 소리를 질러대는 거지? 그리고 넌 어때, 카티?"

카티는 쿵쾅거리는 심장을 진정시키려고 애썼다.

"입 다물어, 벤저민."

"한밤중에 안전벨트도 하켄도 없이 혼자 암벽을 기어오르는 사람에겐 대체 무슨 사연이 있는 걸까? 분명 정상이 아닌 거야, 그렇지 않아? 넌 기회가 있을 때마다 네 목숨으로 장난을 치고 있어. 대체 왜 그래?"

벤저민은 두 손으로 큰 몸짓을 해 보였다.

"친구들, 이건 실제 상황이야! 내가 흥미롭게 생각하는 건 실제 상황이라고. 너희들의 얼굴 뒤에 뭐가 숨겨져 있는지, 저 아래에서……."

그는 창밖을 가리켰다.

"무슨 일이 벌어지고 있는지. 이건 믿어야만 하는 눈이야.

바로 이 눈 덕분에 나는 늪에서 가죽 주머니를 발견했어. 그리고 바로 이것도!"

벤저민이 작은 종이쪽지 하나를 쥐고 흔들었다.

"그게 뭐야?"

율리아가 묻자 그가 연극배우처럼 목소리를 한껏 낮췄다.

"내가 오늘 이 산장에서 발견한 거지. 너희가 보고 싶어 하지 않는 바로 그 진실."

벤저민이 저항하기도 전에 폴이 순식간에 그 옆으로 가서 종이를 빼앗아버렸다.

"야, 그거 이리 내놔!"

폴이 돌아서서 종이를 뚫어지게 보자 율리아가 물었다.

"뭔데 그래?"

"그냥 오래된 사진. 그게 다야."

"그게 다라고? 바로 그거야! 내가 그걸 어디서 발견한 줄 알아? 저 위층 침실 안에서야."

크리스는 어깨를 으쓱했다.

"그런데?"

"폴, 그거 이리 줘봐."

폴은 사진을 그들 앞 탁자에 놓았다. 사진에는 바로 그들이 있는 산장 앞에서 활짝 웃고 있는 여덟 명의 젊은 학생들이 찍혀 있었다. 날씨가 화창했다. 그들 뒤에는 고스트 산이 우뚝 솟아 있었다.

"이게 뭔지 알겠어, 다들?"

율리아가 억양 없는 목소리로 묻자 데이비드가 고개를 가로저었다.

"말도 안 돼! 그럴 리가 없어! 이건 폴라로이드잖아. 그 당시에 폴라로이드 같은 게 있었을 리 없다고."

벤저민이 교통정리라도 하려는 듯 손을 들어 보였다.

"틀렸어. 첫 번째 폴라로이드 카메라가 시장에 선보였던 때는 1972년이야."

크리스가 쉰 목소리로 말했다.

"율리아 말이 맞아. 이건 그들이 출발하기 전에 찍은 마지막 사진이었던 것 같아."

카티는 사진 속 얼굴들을 자세히 들여다보면서 아까 느꼈던 소름이 온몸으로 번져나가는 걸 느꼈다. 이해할 수 없는 어떤 일이 일어나고 있었다. 멀리 달아나서 소리라도 지르고 싶은 심정이 들었다.

"뭐 눈에 띄는 거 없어? 아직도 모르겠어? 이 사진 속에도 아시아계 여학생이 한 명 있잖아. 이게 우연일까, 아니면 운명일까?"

벤저민은 신경증 환자처럼 날카롭게 웃기 시작했다.

낯선 목소리

그날 밤 율리아는 잠시 잠에 들었다가도 여러 장면들이 몰려와 깜짝 놀라 다시 깨곤 했다. 그녀는 싱글 침대 두 개를 나란히 붙여 만든 더블 침대 위에 카티와 아나 사이에 끼어 있었다. 딱딱한 나무틀 때문에 움직일 때마다 등이 배겼고 붙여 놓은 침대 두 개가 밀려 떨어질 것 같아 불안했다.

잠자리로 가기 전에 크리스는 아쉬운 눈빛을 보냈었다. 그가 율리아와 한 방에서 잘 수 있을 거라 확신하고 있었다는 걸 그녀도 알고 있었다. 하지만 산장에는 방이 딱 두 개뿐이었다. 벤저민이 짓궂게 웃으며 젊은 연인의 행복한 밤을 위해 자기가 카티와 아나 사이에서 자고 대신 자기 자리를 율리아에게 양보하겠노라고 했다. 하지만 터널에서의 사건 이후로 율리아는 크리스와 함께할 때 진짜 행복한지를 어느 때보다 더 의심하게 됐다. 마음속에서 변화가 일어나고 있었던 것이다.

왜 크리스만 유독 변덕스럽지? 쉽게 흥분하고.

그랬다, 율리아는 벌써 오래전에 그에 대해 파악하고 있었다. 그는 무조건 모두 다 가져야 직성이 풀리는 유였다. 그는 그녀를 완전히 소유하길 원했다. 하지만 그건 불가능했다. 그들 사이엔 여전히 크나큰 비밀이 존재했다.

크나큰 비밀!

율리아는 아까 본 그 사진에서 아빠를 알아볼 수 있었다.

그걸 어떻게 해석해야 할까?

그녀는 사진을 본 순간 돌처럼 굳어서 충격조차 느끼지 못했었다.

문이 덜컹거리는 소리에 그녀는 깜짝 놀라 일어났다. 방 안은 칠흑처럼 어두웠다. 좁은 창문으로는 달빛조차 새어 들어오지 않았다.

아까 잠자리에 들 때는 분명 커다란 접시 같은 달이 떠 있었는데.

창백한 은빛 달이 하늘을 보기 드문 파란빛으로 물들이고 있었다. 어딘지 모르게 진짜 같지 않았다.

율리아는 어둠 속을 응시했다.

아무것도 없었다. 아무도.

그녀가 잠결에 착각한 게 틀림없었다.

아까 자기 전에 문을 잠그지 않았었나? 아, 여긴 너무 추워!

율리아는 침낭을 턱까지 끌어올렸다. 스웨터를 하나 더 껴입고 양말도 신고 잘걸 하고 후회를 했다.

그런데 아까 문을 잠갔었던가?

율리아는 기억해내려고 애썼다. 하지만 생각이 뒤죽박죽되어 혼란스러웠다.

마지막 캔은 마시지 말았어야 했는데. 역시 술은 안 맞아.

어디선가 부스럭대는 소리가 들렸다.

옆에는 카티가 곤히 잠들어 있었다. 상상이 아닌 실제로 들리는 유일한 소리는 옆방에서 나는 코 고는 소리뿐이었다. 크리스의 소리는 아니었다. 그는 코를 골지 않는다. 지난 몇 주간 그와 자주 잠자리를 했기 때문에 그건 확실했다.

그렇다면 데이비드일까?

아니, 그는 미스터 퍼펙트였다. 데이비드 같은 사람은 코를 골지 않는다. 트림을 하지도, 수치스러울 만한 그 어떤 행동도 하지 않는다.

아마도 벤저민일 것이다. 주량계가 1부터 10까지 있다면 간밤엔 9 정도 되었으니까.

율리아는 깜짝 놀랐다. 또 그 소리, 부스럭거리는 소리였다.

복도에서 나는 걸까? 바깥에서?

아니야.

율리아는 왠지 그 소리가 벽에서 나는 것 같았다.

"카티."

카티는 꿈쩍도 하지 않았다.

"카티?"

역시 무반응이었다. 율리아는 그녀의 어깨를 잡고 가볍게 흔들었지만 마찬가지였다.

당연했다. 카티 같은 사람은 늘 숙면을 취할 테니까. 보통 사람이면 그렇게 고단한 하루를 보내고 게다가 맥주까지 마시면 곯아떨어지는 게 당연했다. 특히 카티. 한번은 율리아가 카티 방에 들어갔는데 카티가 바닥에 누워 잠을 자고 있었다. 침대 위가 아니라 맨 마룻바닥에서 말이다.

하긴, 당연히 피곤하겠지.

율리아는 아나가 있는 반대편으로 돌아누웠다.

"아나?"

역시 반응이 없었다.

젠장, 저 소리를 들은 게 나 혼자뿐이란 말이야? 누군가 계속 벽을 긁고 있는 것 같잖아.

환청이야, 율리아. 환청을 들은 거야.

어쩌면 바람 때문일지도 몰라. 바람에 나뭇가지가 흔들려서 산장 문에 스치는 걸 거야.

잠깐, 나뭇가지라고?

산장은 바위 위에 있었고 수목한계선은 그보다 한참 아래에 있었다.

그럼 동물? 새가 산장 위에 앉아서 부리로 지붕을 쪼고 있는 건가?

맙소사, 율리아. 너 이제 제대로 미치려고 하는구나. 새가 뭣 하러 아무것도 없는 슬레이트 지붕을 쪼겠어?

박쥐는?

아니야! 박쥐는 조용히 날아다녀. 소리 없이 어둠 속을 날아다니고 서로 의사소통을 해야 할 때는 초음파가 통하는 영역에서 움직이지.

율리아는 어둠 속에서 가만히 귀를 기울였다. 벽을 긁는 듯한 소리가 한동안 잠잠했다가 또다시 들리기 시작했는데 이번에는 불쌍하게 흐느끼는 소리까지 가세했다.

오, 하느님! 대체 저게 무슨 소리일까?

혹시 내가 미치려고 이러는 걸까? 로버트처럼 환청을 듣는 싸이코가 되려는 건가? 안 돼! 그것만은! 제발!

율리아는 덜덜 떨면서 몸을 일으키더니 침대에서 나와 침낭으로 온몸을 둘둘 말았다. 그런 다음 신발을 신고 좁은 문틈으로 빠져나왔다.

좁은 나무 계단 아래로 조심스럽게 내려가다가 마지막 계단에서 침낭을 밟아 하마터면 구를 뻔했는데 다행히 난간을 꽉 붙들었다.

산장 문이 활짝 열려 있었다.

역시! 누군가가 밖으로 나간 거였어.

아마도 벤저민일 거야. 꼭 정신을 잃을 때까지 마셔서 이 한 밤중에 날 놀라 죽을 뻔하게 만들어야 해?

율리아는 문 앞으로 다가갔다.

침실 창문을 통해 이미 밖이 깜깜하다는 걸 알고 있었다. 별빛조차 없는 어둠 속, 자신이 어디 있는지조차 알 수 없어서 감쪽같이 사라질 수도 있는, 어제 터널 안에서처럼.

그런데 예상과 달리 실제 같지 않은 빛 속에 지평선이 보였다. 마치 맞은편의 봉우리가 스스로 발광하면서 하늘을 녹색으로 물들이고 있는 것 같았다.

푸른빛이라면 그래도 수긍이 되지만 녹색이라니……

더 오래 생각할 겨를이 없었다. 아까처럼 또다시 흐느끼는 소리가 들렸기 때문이었다. 심지어 말소리까지 들렸다.

"도와주세요! 저 좀 도와주세요! 도와주세요!"

이젠 목소리가 또렷이 들렸다. 율리아는 너무 무서워서 온몸이 얼어붙는 것 같았다. 분명 여자 목소리였다! 하지만 아나와 카티는 깊이 잠들어 있었다. 그러니까 율리아가 착각한 게 틀림없었다.

율리아는 잠시 눈을 감고 정신을 집중해 이성적으로 생각해보았다. 바로 이 점이 율리아의 큰 장점 중 하나였다. 로버트가 항상 환시나 환청에 시달릴 때마다 그녀는 이성적인 논거로 동생을 사실의 바닥에 붙들어놓곤 했다.

그런데 지금은 자신을 위해 그 일을 해야 했다.

좋아, 율리아. 어제 그 터널에서 넌 하마터면 미칠 뻔했어. 게다가 또 여기까지 힘들게 산을 올랐지. 그리고 오늘 저녁에 본 사진과 내일 산꼭대기까지 올라가야 하는 부담감까지. 그러니까 이런 이상한 현상을 느끼는 것도 무리는 아니야!

율리아는 깊이 심호흡을 했다.

꼭 산꼭대기까지 올라가야 하는 건 아니었다.

대체 난 고스트 산 꼭대기에서 알고자 하는 게 뭐지? 뭘 증명하고 싶은 거야?

고스트 정상에서도 아빠의 시체는 찾을 수 없을 것이다. 1년 전 아빠가 죽었던 모습이 아직도 생생했다. 그는 3,500미터 산꼭대기 위에서가 아니라 그의 벤츠 트렁크 안에서 총에 맞아 죽었다. 그럼 나는?

나?

방금 내가 말한 건가? 아니면 다른 사람의 목소리였나?

여긴 다른 사람의 목소리는 없어. 나뿐이야!

벤저민이 진짜 산장 주위를 어슬렁거리고 있다면? 이렇게 겁먹은 내 모습을 보면 무지 즐거워하겠지?

다음 순간 율리아는 산장 문을 닫고 돌아서서 계단 위로 올라갔다. 일부러 조용히 하려고 애쓰지 않았다. 발아래서 계단이 쿵쾅거렸다.

이 소리를 듣고 누구든 제발 깨줬으면!

율리아는 남자들이 자고 있는 방 문을 벌컥 열고 누구든

나와 뭐라 말해주길 바랐다. 하지만 여전히 코 고는 소리만 들렸다.

그 방엔 침대가 없고 매트리스만 깔려 있었다.

율리아는 잠들어 있는 남자들 위로 몸을 숙였다. 폴과 데이비드는 두꺼운 이불에 파묻혀 거의 보이지 않았고 크리스는 제일 끝에서 자고 있어 금세 눈에 띄었다. 그의 숨소리가 들렸다. 익숙한 소리였다.

그냥 이 옆에 눕기만 하면 되는데. 그럼 모든 게 괜찮아질 텐데, 아무 걱정 하지 않아도 되는데!

그 순간 율리아는 크게 코 고는 소리 때문에 정신이 번쩍 들었다. 그 소리는 크리스 옆에 잠든 벤저민이 내는 거였다. 그 말인즉, 산장 밖을 어슬렁거리는 사람은 벤저민이 아니란 것이었다. 거슬리는 소리를 낸 사람은 그가 아니었다.

생각들이 마구 달리기 시작했다.

벤저민의 카메라는 어디 갔지?

율리아는 손으로 이불을 더듬었다. 비디오카메라는 벤저민의 머리 바로 옆에 있었다.

이럴 줄 알았어!

언젠가 촬영 기능이 있는 콘택트렌즈가 발명된다면 아마 그걸 사용하는 최초의 일인은 벤저민일 것이다.

율리아는 더 오래 생각하지 않고 카메라를 집어 들었다. 문가에서 잠시 망설였지만 곧 문을 열고 밖으로 나왔다.

차가운 바람이 얼굴을 스쳤다. 그녀는 숨소리를 죽였다.

흐느끼는 소리. 이젠 사라졌나?

그랬다, 이젠 조용했다. 쥐 죽은 듯.

율리아는 안도의 한숨을 내쉬곤 긴장을 풀었다.

좋아.

이젠 증거가 있었다. 그녀가 착각한 게 틀림없었다. 너무 힘들고 고된 하루를 보낸 덕분에 뜬눈으로 꿈을 꾼 것이었다.

그런데 그녀가 막 돌아서서 침실로 가려고 하는 순간 또다시 여자의 목소리가 들렸다. 그녀가 도움을 청하고 있었다. 율리아는 마치 전기 충격을 받은 것처럼 소스라치게 놀랐다.

하지만 이번에는 망설이지 않았다. 그녀는 목소리가 들려오고 있는 왼쪽, 고스트가 있는 방향으로 몸을 틀어 달려갔다. 혹시 이 산에 사람을 미치게 만드는 존재들이 살고 있어서 '고스트'라는 이름을 얻은 건 아닐까?

돌아가, 율리아! 그러면 안 돼!

다른 친구들을 깨워. 크리스나 아니면 카티를!

로버트가 떠올랐다.

로버트는 불길한 일이 생길 거라고 예언했었다.

그리고 아빠의 사진도 떠올랐다.

그녀의 아빠도 딸과 같은 길을 선택했었을까? 한밤중에?

'도와주세요!'

아니야, 그건 아빠의 목소리가 아니었어!

여자 목소리였어!

율리아는 그사이 설원으로 내려가는 길이 표시되어 있는 바위의 초입에 다다랐다. 발아래 눈밭이 여전히 녹색빛으로 물들어 있었지만 그녀는 이제 신경 쓰지 않았다.

대신 언덕을 따라 아래로 내려갔다. 처음에는 눈이 발목 높이까지 쌓여 있었지만 갈수록 점점 더 걸음이 무거워졌다. 율리아는 이를 악물었다.

젠장, 느낌이 왜 이래? 눈밭이 아니라 꼭 어제 그 늪 같잖아!

그녀는 힘겹게 오른발을 들어 올렸다.

여전히 흐느끼는 소리가 들렸지만 이제는 어디서 들려오는지 분간하기 어려웠다. 갑자기 방향을 잃고 불안하게 주위를 두리번거렸다.

혹시 방향이 틀린 게 아닐까?

다음 순간 그녀는 허공, 아니 눈 밑에 숨어 있던 구멍을 딛고 말았다.

그녀는 빠진 발을 빼내려고 안간힘을 썼지만 꿈쩍도 하지 않았다. 터널에서처럼 완전히 갇혀버린 것이었다!

벌어먹을! 그냥 침낭 속에 있을 걸 왜 나왔을까? 꼭 뭐든 파헤쳐야만 직성이 풀리나? 그래서 여태껏 한 번이라도 도움이 된 적 있었어?

없었다.

벤저민 같은 사람들은 살아남는 법이다. 넘어질 수도 물에 빠질 수도 있지만 죽진 않는다. 벤저민은 뭐든 가볍게 넘긴다. 하지만 그녀는……

다리가 점점 더 차가워졌다. 얼음처럼 차가운 냉기가 발가락에서 장딴지를 타고 올라왔다. 이제 한 발짝도 더 갈 수 없었고 다리도 움직일 수 없었다. 발가락이 하나둘씩 얼기 시작했다. 누군가 와서 도와주지 않는다면, 그러면……

"도와주세요!"

율리아는 큰 소리로 외쳤다.

"저 좀 도와주세요!"

입맞춤

정말 추웠다. 로키 산맥 한가운데에서 맞는 9월의 추위란.

하지만 카티를 깨운 건 한기가 아니었다. 그랬다. 누군가 큰 소리로 도움을 청하고 있었다. 바로 그녀 옆에서. 율리아였다.

카티는 그녀의 어깨를 세게 흔들었다.

"율리아! 일어나! 그건 꿈이야, 악몽이라고!"

율리아는 눈을 뜨고 어리둥절한 눈으로 카티를 쳐다보았다.

"세상에! 너 때문에 무서워 죽는 줄 알았잖아! 혹시 밤에 비명 지르는 거 너희 집안 내력이니?"

율리아가 중얼거렸다.

"꿈? 내가 꿈만 꾼 거라고?"

"꿈만이라니! 나 참."

"오, 맙소사! 정말 끔찍했어!"

율리아는 진저리를 쳤다.

"혹시 음식에 뭐 넣은 거 아냐? 이렇게 끔찍한 악몽은 난생 처음이야. 정말 진짜 같았어!"

카티는 한숨을 폭 내쉬었다.

"다시 푹 자는 게 좋겠어. 너 몰골이 말이 아니야. 그 다크 서클은 런던 인사이더 클럽에서는 멋으로 통할지 몰라도 고스트 꼭대기에 올라가기엔 힘들겠어."

율리아가 그 말을 알아들었는진 몰라도 어쨌거나 그녀는 돌아누워선 금세 깊이 잠들어버렸다.

희뿌연 여명 속에서 카티는 덜거덕거리는 소리를 들었다. 가만히 귀를 기울였다. 누가 창문을 열어놨나? 밖에는 바람이 강하게 불고 있는 게 틀림없었다. 그래서 이 안이 이렇게 추웠던 건가?

좁은 침실의 작은 창 사이로는 빛이 거의 들어오지 않았다. 카티는 침대 옆에 세워놓았던 배낭 옆 주머니에서 휴대전화를 꺼내려 했다. 전날 밤 분명 그 속에 넣어두었는데 찾을 수가 없었다. 뭐, 상관없었다. 백 퍼센트 확실한 카티의 시간 감각에 의하면 서서히 일어날 시각이 돼가고 있었다. 일찍 출발할수록 더 나았다.

옆방에서 누군가 큰 소리로 코를 골고 있었다. 카티는 벤저민을 의심했다. 그는 전날 밤 만취해서 산장 앞에 토를 할 정도였다.

벤저민은 분명 산에서 안전상의 위험을 초래할 수 있는 인물이었다. 하지만 다른 한편으로 카티는 그를 포기하고 싶지 않았다. 왜냐하면 그는 전날 그녀 앞에서 자랑한 것처럼 특별한 능력을 갖고 있기 때문이었다.

그는 항상 눈을 뜨고 있었고 호기심이 많았으며 다른 사람들의 눈에 띄지 않는 걸 볼 줄 아는 능력이 있었다. 물론 다른 한편으론 그 때문에 모든 걸 엉망진창으로 만들 수도 있지만.

사진이 들어 있던 주머니를 늪에서 발견한 것도, 두 번째 사진을 발견한 것도 모두 벤저민이었다. 카티는 전날 밤 그 사진에서 누군가를 알아보곤 밤새 잠을 이루지 못했다. 내일을 위해 힘을 비축해둬야 한다는 걸 알았지만 그래도 어떻게 잠이 올 수 있단 말인가?

방 공기가 탁해 숨이 막혔다. 더러운 양말과 땀 때문에 악취가 점점 더 심해졌다. 따뜻하고 안락한 공간이긴 했지만 카티는 점점 더 불편해져서 침낭을 빠져나왔다.

맨발로 차가운 마룻바닥을 디디자 소름이 쫙 돋았다. 그녀는 얼른 양말을 신고 가벼운 재킷을 입었다. 아나가 자고 있었던 침낭을 흘낏 쳐다보았다. 텅 비어 있는 걸 보니 그녀는 벌써 일어난 모양이었다. 아나도 오늘의 등반에 대한 기대로 조바심이 나 있을 터였다.

아나는 카티와 비슷했다. 말보단 차라리 행동하는 부류. 하지만 아나와는 결코 친구가 될 수 없을 것 같았다. 그 점은 율리아와 반대였다. 동굴에서의 사건으로 카티는 율리아에 대해 새로운 신뢰감 같은 걸 갖게 되었다.

아무래도 율리아와 그 사진에 대해 얘길 해봐야겠어.

그런데 다른 한편으론 율리아도 그러길 원할지 확신이 들지 않았다. 율리아는 어젯밤 사진에 대해 한 마디도 언급하지 않았다.

율리아가 이번 모험을 함께하기로 결심한 건 분명 사라진 학생들 때문인 걸로 아는데.

여덟 명의 학생이 사라졌다고? 거짓말. 모두 거짓말이야.

최소한 그중 한 명은 살아남았다.

그게 무슨 뜻인지 알고 싶어? 아니야!

하지만 그렇다고 그냥 모른 체할 수도 없었다.

카티는 그 얼굴을 알아보았을 때 마치 전기 충격을 받은 것 같았다. 사실은 여전히 혼란스러워서 꼭대기로 올라갈 땐 그 생각을 그냥 억눌러버릴 수 있길 바랐다. 의혹 따윈 필요 없다. 머리를 최대한 또렷하고 맑게 유지해야만 했다.

***

아래층은 텅 비어 있었다. 아나는 어디에도 보이지 않았다. 다행히 배려할 줄 알고 자상한 데이비드가 전날 밤 장작을 충분히 갖다놓아서 불을 지피긴 아주 쉬웠다. 카티는 냄비에 물을 담아 화덕 위에 올렸다.

좋아. 율리아가 이제 진짜 일종의 친구 같은 존재가 된 바에야 말해주는 게 좋겠어. 데이비드 같은 남자가 비록 심장의 피를 끓게 해주진 못할지라도, 변덕스럽고 신경질적인 크리스토퍼 비숍보다는 훨씬 더 나아.

그랬다. 카티는 전날 밤 율리아가 (벤저민의 표현에 따르면) '암탉들의 방'에서 자겠다고 했을 때 크리스가 아주 언짢은 표정을 짓는 걸 똑똑히 보았었다.

크리스는 율리아와의 하룻밤을 포기하지 못하고 이런 곳에 진짜 신혼 방 같은 공간을 얻길 바랐던 길까?

물이 끓었다. 카티는 냄비를 내리고 커피나 차가 있나 보려고 장 쪽으로 가다가 우연히 창밖을 내다보았다.

맙소사! 이럴 수가!

카티는 문 쪽으로 달려가 문을 벌컥 열었다. 그러곤 깜짝 놀라 뒤로 물러서고 말았다. 얼음처럼 차가운 바람이 산장 위를 휩쓸고 지나갔다.

아냐! 이럴 수는 없어!

카티가 예상하지 못했던 일이 일어나고 말았다. 바깥풍경이 어젯밤과는 확연히 달라져 있었다.

구름 속 어딘가에서 해가 나오려 하고 있었지만 어두운 구름을 뚫고 나오기엔 너무 약했다. 도저히 이해할 수가 없었다.

산장 주변이 온통 흰색으로 바뀌어 있었던 것이다! 밤사이 눈이 최소한 1미터는 내린 게 틀림없었다. 그리고 여전히 굵은 눈발이 날리고 있었다. 게다가 바람도 얼음처럼 차가웠다.

젠장! 어제까지만 해도 해가 쨍쨍했는데, 오늘은 산이 통째로 눈 속에 잠겨버리다니. 하루 종일 계속 이렇게 눈이 내릴 건가? 이번 계획을 완전히 포기해야 하면 어쩌지?

갑자기 두려움이 몰려왔다.

"이게 일기예보 사이트의 현실이지. 그걸 믿느니 점쟁이를 믿는 게 나아."

카티가 고개를 돌리자 그 자리에 폴이 서 있었다. 그의 얼굴에도 충격을 받은 기색이 역력했다.

"이걸로 우리의 대모험도 끝이겠지? 그냥 산장에 눌러앉아야 할 것 같은데."

카티는 아무 대답도 하지 않았다.

아나!

아나한테 조언을 부탁해야 했다. 그녀라면 이런 상황에서 어떻게 해야 할지 알 것 같았다. 카티는 지퍼를 턱 아래까지 올려 채우고 밖으로 나가 산장 주위를 한 바퀴 돌아보았다. 하지만 아나는 보이지 않았다.

혹시 장작을 가지러 갔을까? 아니면 산장 뒤편에 서서 바람의 상황을 지켜보고 있는 걸까?

하지만 어디를 가봐도 아나는 없었다. 15분쯤 뒤에 카티는 산장으로 돌아왔다. 어쩌면 아직 아나가 잠들어 있는지도 몰랐다.

폴이 화덕 옆에 서 있었다.

"너도 커피 마실래?"

카티는 대답 대신 초조하게 중얼거렸다.

"혹시 아나 못 봤어?"

"이런 날씨엔 그녀도 별수 없을걸."

"내가 일어났을 때 아나는 잠자리에 없었어. 그런데 여기 아래층에도 없고 밖에도 없잖아."

폴은 어깨를 으쓱했다.

"어쩌면 창밖으로 날씨를 보곤 침낭 속으로 도로 들어갔을지도 모르지. 그녀가 현명한 거야. 오늘은 물 건너갔으니까. 우리도 오늘 하루는 잠이나 실컷 자는 게 나아."

카티는 아무 대꾸도 하지 않고 좁은 계단을 따라 위층으로 올라갔다. 그리고 침실 문을 열었다. 마침 율리아가 옷을 입고 있었다.

"간밤은 정말 최악이었어. 완전 얼어 죽을 뻔했다니까. 너도 어젯밤에 나처럼 추웠어?"

카티는 대답 대신 질문을 했다.

"아나는 어디 있어?"

"벌써 일어난 것 같은데."

율리아가 자기 옆에 있는 침낭을 툭툭 치며 말했다.

"어쨌거나 여긴 아무도 없거든."

카티는 아무 말 없이 돌아섰다. 계단에서 하마터면 데이비드와 부딪칠 뻔했다. 데이비드가 눈을 비비며 말했다.

"아, 정말 끔찍한 밤이었어. 벤저민이 기차 화통을 삶아 먹은 것처럼 어찌나 코를 골아대는지."

카티가 심각한 표정을 지었다.

"아나가 사라졌어."

"사라졌다니?"

"아무리 찾아봐도 없어."

"가만. 좀 진정해. 이 꼭대기에서 그냥 사라진다는 건 말이 안 돼."

하지만 그 말을 마치기도 전에 두 사람은 충격에 휩싸인 표정으로 서로를 바라보았다.

***

여전히 곯아떨어져 무슨 일이 일어났는지 전혀 모르는 벤저민을 제외하고 모든 사람이 아래층에 모였다.

"어디로 간 걸까?"

율리아는 크리스에게 등을 기댄 채 앉아서 창밖으로 구름이 잔뜩 낀 하늘을 바라보고 있었다. 그사이 눈은 그쳤다.

카티가 대답했다.

"나도 전혀 짐작이 안 가."

"진짜 어떻게 된 거 아냐? 이런 날씨에 아무 말도 없이 혼자 가버리다니."

창문에 기대 서 있던 폴이 말했다.

"내 생각에 아나는 생각 없이 행동할 사람이 아니야. 그녀는 이 지역을 잘 알잖아."

데이비드가 대답했다.

"그건 아무 의미도 없어. 아무리 등반 경험이 많다고 해도, 아무리 조심해도 단 한 번의 실수로 모두 끝장나니까. 갑자기 날씨가 변하거나 산사태가 나거나 또는 바윗돌이 굴러떨어질 수도 있다고."

"좋아!"

카티는 벌떡 일어났다.

"아나를 찾으러 가자. 날씨가 차츰 진정되고 있어. 아마 멀리 가진 못했을 거야."

모두들 서로의 눈치만 보며 주저했다. 다들 얼음처럼 차가운 저 밖에서 어제 난생처음 본 여자를 찾아다니고 싶진 않아 한다는 걸 카티도 충분히 이해했다.

하지만 늘 그랬듯 역시 데이비드는 믿을 만했다.

"두 그룹으로 나눠서 찾는 건 어때?"

카티는 고민했다. 폴과 자신이 그나마 등반 경험이 많았다. 따라서 둘이 함께 설원 지대로 가는 게 제일 나았다. 벤저민은 숙취에 시달릴 테니 어차피 제외시켜야 했다. 그다지 컨디션이 좋아 보이지 않는 율리아 역시 벤저민과 함께 산장에 남아야 했다. 그러면 크리스와 데이비드만 남았다. 카티는 두 사람을 함께 보내는 게 영 불안했지만 다른 방법이 없었다.

생각 끝에 카티가 데이비드에게 말했다.

"좋아. 그러면 너와 크리스는 어제 우리가 걸어 올라왔던 그 길로 내려가봐. 폴과 나는 설원 지대 쪽으로 올라가볼게."

크리스가 물었다.

"그럼 벤저민은?"

"내가 뭐?"

벤저민이 계단에 서서 기지개를 켜곤 크게 하품을 했다.

"벤저민은 율리아와 함께 산장에 남아 있는 게 좋겠어. 아나가 그사이 돌아올지도 모르니까. 모두 휴대전화를 갖고 갈 테니까 아나가 돌아오면 연락해줘."

폴이 말했다.

"만약 휴대전화가 제대로 된다면. 어젯밤을 생각해봐. 오늘 아침에도 다시 시도해봤는데 역시 수신이 안 됐어."

대체 이른 새벽에 누구한테 전화를 걸려고 했던 걸까?

카티는 문득 궁금해졌다.

"도대체 지금 무슨 얘길 하는 건지 설명 좀 해줄 사람?"

벤저민이 불만스러운 듯 손을 번쩍 들자 율리아가 대답했다.

"아나가 사라졌어. 그래서 찾으러 가는 거야."

"우와! 그 말을 왜 이제 하는 거야? 그런 충격적인 사건이 일어났는데 왜 아무도 날 안 깨웠어? 그러고는 나더러 율리아와 여기 가만히 앉아서 전화나 기다리고 있으라고?"

카티의 말투가 단호해졌다.

"그래, 넌 여기 있어. 논쟁 끝! 갖고 온 옷을 모두 껴입어. 또 아이젠과 아이스피켈도 잊지 말고. 혹시 아나가 어딘가……."

카티는 말을 잇지 못했다.

"여기서 전화 수신이 안 된다면 서로 연락을 취할 다른 방법이 필요해. 혹시 도움이 필요할 때를 대비해서 큰 소리를 낼만한 걸 찾아보자."

"저건 어때?"

폴이 서랍장 쪽으로 가더니 냄비 뚜껑 두 개를 꺼내 꽝! 하고 쳤다.

"이거면 충분할 것 같아. 이 위에서라면 수 킬로미터까진 들릴 거야."

카티는 고개를 끄덕였다.

"좋아, 그럼 출발하자."

***

그들은 몇 걸음 걸어갔다가 쉬고 또다시 걸어가는 식으로 아주 천천히 전진했다. 몇 발자국 걷고 쉬고 다시 걷고 또 쉬고. 눈은 그쳤지만 바람이 얼굴을 매섭게 휘갈겼고 사방에서 강하고 차가운 눈보라를 일으켰다. 눈이 옷 위에 달라붙었고 걸음을 옮길 때마다 무릎까지 푹푹 빠졌다.

이런 상태로는 멀리 가지 못할 터였다. 산장으로 돌아가야 만 했다. 눈이 50센티미터 이상 쌓여 있어서 발을 디딜 만한 곳을 찾기가 힘들었다.

그녀는 폴을 힐끗 보았다. 적금빛 머리가 두꺼운 모자에 가 려 보이지 않았다. 카티는 폴이 어떤 이유로 그들을 따라나서 게 되었는지 궁금해하던 참이었다. 그녀처럼 그저 모험을 하 고 싶을 뿐이었다는 그의 말이 사실일까? 진짜 산과 맞서고 싶었던 것뿐일까?

게다가 폴은 감옥에 있었다는 사실도 카티에게 솔직하게 털어놓았었다.

카티는 폴이 자신을 어떻게 생각하는지 전혀 감을 잡을 수 가 없었다. 한편으론 끝없이 그녀를 화나게 만들다가도 또 어 떤 때는 진심으로 그녀를 걱정하고 있는 듯한 느낌이 들기도 했다. 어제 터널에서처럼. 그녀의 상태가 진짜 좋지 않다는 걸 느꼈을 때의 반응은…….

맙소사, 인간이란 정말 복잡해! 왜 그런진 모르지만 내 머 릿속에 사회적 능력을 담당하는 부분은 완전 비어 있는 것 같 아. 짐작하고 전략적으로 행동하는 데는 전혀 재주가 없으니. 아예 입을 다물고 있거나 아니면 솔직하게 생각을 말해버리

는 것밖에 할 줄 모르잖아.

그런 생각을 하는 동안 카티는 자기도 모르게 "왜?"라는 말이 튀어나오고 말았다.

폴이 카티 쪽으로 고개를 돌렸다.

"왜라니, 뭐가?"

그의 입에서 흰 입김이 나왔다.

"감옥에는 왜 갔었냐고."

"네가 언젠가 그 이유를 물을 줄 알았어."

"그럼 묻기 전에 왜 바로 이야기해주지 않았어?"

"내가 왜 그래야 했는데?"

"말해봐, 왜 갔어?"

그가 선글라스를 벗었다. 황갈색 눈동자가 갑자기 어둡게 변했다.

"누굴 죽여서."

카티는 숨이 멎을 것만 같았다.

농담일까?

아니야.

그녀는 그의 표정을 보고 사실을 말하고 있다는 확신이 들었다.

이 장소는 그런 고백을 하기엔 정말 어울리지 않았다. 눈 덮인 산 위에는 오직 두 사람밖에 없었다.

"네가 누굴…… 죽였다고?"

두 사람은 한동안 침묵했다.

몇 걸음 가다 쉬고 또 몇 걸음 가다 쉬고.

"그런데 어떻게 풀려났어?"

폴이 카티의 눈을 똑바로 바라보았다.

"운이 좋았어."

카티는 안도의 한숨을 내쉬었다.

그랬군, 날 놀라게 하려고 그런 거였어. 폴이 누굴 죽였을 리 없지. 진짜 살인을 했다면 그리 쉽게 풀려날 수 없잖아.

"재판에서 절차상의 실수가 있었어."

폴이 얼굴에 난 흉터를 쓰다듬으며 말을 이었다.

"경찰이 증거물을 제시했었는데 그게 시간이 지나면서 차츰 조작된 걸로 드러났어. 합법적이지 않은 일이 발생했기 때문에 그들은 날 집행유예로 풀어줄 수밖에 없었어."

또 몇 초간 침묵이 흘렀다.

그건 카티가 기대했던 대답이 아니었다. 게다가 다음 질문은 의도했던 게 아니었다.

바람이 휘파람 소리를 내며 그녀의 머리 위로 지나갔다.

"절차상의 실수라니…… 무슨 말이야?"

"사실 그대로를 말한 거야, 난 진짜 누군가를 죽였어."

폴은 앞쪽에 시선을 고정시킨 채 말을 이었다.

"고등학교에 다니던 남학생이었는데. 걔 이름은 마이클이었어. 내가 칼로 걔의 배를 찔렀고 걘 병원으로 실려가던 중에 죽었어."

카티는 온몸에 전율이 일었다.

"정당방위였니?"

폴은 짧게 웃었다.

"아니. 내가 원해서 죽인 거야. 알겠어? 의도적으로 죽인 거
라고."

목소리는 거칠어졌고 분노에 차 있었다.

"그때로 다시 돌아간다 해도 똑같이 할 거야."

다시 선글라스를 쓰는 바람에 폴의 표정을 읽을 수 없었다.

"그거 알아? 지금도 난 누굴 위해서라면 살인도 마다하지
않을 거야. 예를 들어 널 위해서라면."

카티는 그를 빤히 쳐다보았다.

지금 저 애가 무슨 소릴 하는 거야?

"그때도 어떤 여자 때문이었어. 이해하겠어, 카티?"

그들은 설원 지대가 시작되는 곳에 도달했다. 하지만 그곳
에서부터 시작되는 거대한 설원 지대의 진입 지점은 눈 속에
숨어버려서 카티는 어디까지가 돌밭이고 어디부터 빙판이 시
작되는지 알 수가 없었다.

"발자국이 없어."

카티는 이렇게 말하고 자기가 여기에 온 이유에 집중하려고
애썼다. 현실에 매달리려고 노력했다.

"아나가 진짜 이 길로 올라갔다면……"

카티는 말을 끝맺지 못했다. 끔찍한 생각을 떠올리기 싫어서였다.

"돌아가자!"

카티가 폴 쪽으로 돌아서자 폴이 또다시 선글라스를 벗었다. 이제 그의 눈동자가 다시 빛났다. 검은 기운은 사라지고 원래의 색으로 돌아와 있었다.

그 순간 폴이 날렵한 동작으로 그녀 쪽으로 미끄러지듯 다가오더니 오른팔로 그녀의 뒷목을 받치곤 그녀를 바싹 끌어안아 키스했다.

카티는 1초 아니면 길어봤자 2초 동안 넋을 잃었다. 하지만 곧 두 손으로 그를 밀쳐냈다.

"너 왜 이래? 미쳤어?"

목소리는 갑작스러운 충격 탓인지 잠겨 있었다.

"아니."

폴은 고개를 젓고는 속삭이듯 말했다.

"절대 아니야. 널 처음 본 순간부터 쭉 이걸 원했어."

인디언

제 목소리를 찾은 카티가 폴에게 소리쳤다.

"다신 이런 짓 하지 마, 알았어?"

그러곤 돌아서서 산장이 있는 방향으로 달려갔다. 아니, 달려가진 않았다. 높이 쌓인 눈 때문에 그럴 수가 없었다. 대신 넘어지지 않으려고 애쓰면서 눈밭 위를 터벅터벅 걸어갔다. 차가운 바람이 얼굴로 불어왔고 눈이 시렸다. 한번은 발이 구멍에 빠지는 바람에 겨우겨우 도로 뺐다. 폴이 따라오고 있는지 알 수 없었고 또 관심도 없었다.

바람은 하늘을 열어주지 못했다. 대신 또다시 검은 구름이 봉우리 위로 몰려왔고 해가 어디에 있는지조차 분간할 수 없었다. 그사이 벌써 정오가 가까워지고 있는 게 분명했다.

바람보다 더 그녀를 빨리 전진시킨 건 분노였다. 분노와 혼란. 어쩌면 그 키스는 아무것도 아니었을지 몰랐다. 그냥 그래 본 정도. 그 이상은 아닐지도 몰랐다.

그녀의 아버지가 딸이 이 시간에 살인자라는 판결을 받은 남자와 함께 있다는 걸 알면 뭐라고 할까? 게다가 그는 그녀에게 입을 맞췄고 또……

그만, 카티! 그건 아니야.

그는 분명 그녀에게 키스를 했다. 그랬다, 그건 사실이었다. 하지만 다른 사람은 속여도 자기 자신은 속일 수 없다. 카티는 분명 그 순간이 싫지 않았다. 그는 틀림없이 그녀에게 키스를 했다. 당당하게. 당연하다는 듯이. 다른 사람을 살해한 사람이 어떻게 그런 키스를 할 수 있을까?

그게 무슨 상관이야!

카티는 장갑 낀 손을 굳게 쥐고 있는 자신을 발견했다.

그의 몸을 그렇게 가까이에서 느끼다니, 실로 충격이었다. 그 순간 두꺼운 옷을 입었는데도 그의 따뜻한 체온이 느껴졌었다. 아니면 혹시 상상력이 통제를 벗어난 걸까? 이런 추위에는 심지어 나무토막도 따뜻하다고 착각할 수 있으니까.

폴의 키스는 세바스티앵의 키스와 달랐다.

첫 경험을 했던 날, 세바스티앵과 첫 키스를 했다. 처음으로 다리에서 함께 뛰어내렸던 그날. 함께 잠자리를 한 건 그로부터 훨씬 뒤의 일이었고 또 헤어질 때마다 매번 그녀에게 해주었던 키스 또한 첫 키스와는 달랐다.

첫 키스는 길고 부드러웠다.

끝없이 길고 한없이 부드러웠다.

카티는 점점 더 빨리 걷다가 갑자기 뭔가에 발이 걸렸지만 다행히 눈밭에 엎어지기 전에 균형을 되찾았다. 잔뜩 화가 나선 다시 몸을 추스르고 계속 걸어갔다. 여기서 폴의 도움까지 받는다면 정말 끝장이었다. 희미한 빛 속에서 산장의 윤곽이 보이자 카티는 안도의 한숨을 내쉬었다. 또다시 눈발이 날리고 있었고 그제야 카티는 몇 분간 자신이 산장에서 나온 이유를 까맣게 잊고 있었다는 사실을 깨달았다.

아나.

크리스와 데이비드가 아나를 찾았을까?

아니면 혹시 그 사이 돌아온 게 아닐까?

하지만 산장 문을 열자마자 카티는 자신의 희망이 헛된 거였음을 알게 되었다. 아나는 아직 돌아오지 않았다는 것을 카티는 단번에 알아차렸다.

벤저민은 난로 좌측 벽에 기대앉아 있었다. 유난히 창백한 얼굴로 장에 기대앉아 있는 율리아에게 카메라를 향하고 있었고 크리스와 데이비드는 눈에 불꽃을 튀며 방 한가운데 서있었다. 카티가 아나에 대해 물어보려고 입을 여는 순간 크리스가 위협적인 목소리로 말했다.

"데이비드, 경고하는데 다신 율리아의 몸에 손대지 마, 알

왔어?"

"난 그저……."

"입 다물어! 지금은 내가 말하고 있잖아! 율리아 곁에서 떨어져. 넌 쟤한테 아무 도움도 못 돼. 어제 하마터면 율리아를 죽일 뻔했잖아."

율리아가 소리쳤다.

"크리스, 그만해!"

하지만 크리스는 율리아의 말에 전혀 신경 쓰지 않았다.

"너 같은 녀석들은 정말 역겨워."

데이비드가 침착하게 말했다.

"넌 율리아를 가질 자격이 없어."

"자격이라고? 사랑은 자격으로 얻는 게 아니야. 사랑은 그냥 오는 거라고, 자연의 법칙처럼."

"아, 그래?"

율리아의 눈에 눈물이 고였다. 카티도 마음 같아선 같이 울어주고 싶었지만 눈물은 카티의 감정선상에 없었다.

"아, 그래?"

크리스가 데이비드의 목소리를 흉내 냈다.

"내 말 잘 들어. 네가 좋은 남자인 척 구는 게 다 연기라는 거 누가 모를 줄 알아? 나한텐 그런 거 안 통하니까 집어치워. 난 처음부터 다 알아봤어."

"그러는 넌? 3일 동안 면도를 안 한 것 같은 그 턱수염과 말보로-마초 콘셉트가 오래갈 줄 알아?"

"데이비드, 혹시라도 잠자리를 함께해줄 여자가 필요하다면 가톨릭 수녀 잡지나 정기 구독해보는 건 어때?"

크리스의 목소리가 점점 커지고 한 톤 더 높아졌다.

"그게 네 그 성인聖人 콘셉트에 딱 어울릴 것 같으니까. 하지만 율리아는 절대 안 돼! 너는 여자들의 친구밖에 될 수 없어. 그 이상은 아니라고! 착한 남자와 착한 여자는 서로 행복해질 수 없어. 같은 극끼리는 서로 밀어내는 물리학과 같은 이치지. 어떤 여자가 심리 상담 치료사나 신부님이랑 자고 싶어 하겠어? 그러니까 앞으론 내 여자 머리카락 하나도 건드리지 마!"

그러더니 그는 데이비드 쪽으로 한 걸음 다가가 그의 어깨를 잡았다.

"안 그러면 나도 내가 어떻게 변할지 장담 못 해."

데이비드는 아무 말도 하지 않았다. 카티는 데이비드가 어떻게 늘 저런 평정심을 유지할 수 있는지 궁금했다.

"덤벼봐, 겁쟁이! 이리 와, 어서 덤벼!"

크리스가 데이비드의 가슴을 툭 쳤다.

카티는 율리아가 숨을 몰아쉬고 있는 걸 눈치챘다. 율리아는 갑자기 자리에서 일어나더니 탁자 위에 있던 커피 잔 하나를 집어 벽 쪽으로 던졌다. 잔은 산산조각 나버렸다.

"우와!"

벤저민이 잠시 카메라를 내려놓고 소리쳤다.

"유리 조각은 행운을 부른다던데."

율리아가 소리쳤다.

"너네 정말 지긋지긋해! 알겠어? 난 둘 다 싫어! 제발 날 좀 내버려둬!"

"좋아, 좋아, 율리아, 잘하고 있어!"

벤저민은 미친 듯이 흥분해서 그 장면을 찍어댔다.

"끝장내버려, 계속 소리치라고! 눈물로 범벅이 된 얼굴이 정말 환상적이야! 꼭 스모키 화장을 한 것 같아."

율리아는 벤저민의 말을 무시한 채 위층으로 올라가버렸다.

카티는 의자에 털썩 주저앉았다.

앞으로 또 어떤 일이 벌어질까? 처음엔 아나, 그리고 키스, 그다음엔 산장 안의 라이벌 전까지!

그래도 최소한 폴의 섣부른 시도는 이 일에 비하면 별것 아닌 것처럼 느껴졌다.

"축하해. 너희 둘 다 잘됐네."

카티가 지친 목소리로 한마디 하자 크리스가 의자에 앉으며 무시하는 투로 말했다.

"넌 끼어들지 마! 넌 어차피 이해도 못 하잖아? 지금까지 남자랑 데이트라도 한번 해봤어?"

카티는 더는 할 말이 없다는 듯 눈알을 굴렸다.

크리스는 마구 화풀이를 해댔다.

"아, 제기랄! 그 빌어먹을 카메라 좀 치우고 맥주나 마시자.

어차피 오늘은 아무것도 못 하잖아. 날씨가 계속 이러면 봄까지 계속 이 위에서 살아야 할지도 모르겠네."

벤저민은 진짜 카메라를 껐다. 카티는 장으로 가서 맥주 네 개를 꺼내오는 벤저민의 뒷모습을 눈으로 좇았다. 그는 그중 한 개를 크리스에게 던져주었다. 크리스는 한 손으로 캔을 받아 들었다.

"데이비드 넌?"

데이비드는 말없이 고개를 저었다.

"카티 너는?"

"아침부터 맥주라니, 난 됐어."

카티는 율리아가 어떤지 보러 위층으로 올라갈까 고민했지만 다른 한편으론 다른 사람을 위로하는 데 서툴러 자신이 없었다. 차라리 남자들이 완전히 돌아버리지 않도록 감시하는 게 나을 것 같았다.

시선을 창밖으로 옮겼다. 눈발이 더 강해졌다. 그녀는 깊이 숨을 들이쉬었다.

"좋아, 이제 다시 중요한 사안으로 돌아가자. 아나는 어떻게 됐어? 혹시 어떤 흔적이라도 발견했어?"

크리스는 맥주를 단번에 들이켰다.

"아니."

데이비드가 끼어들었다.

"율리아가 그러는데, 아나의 배낭을 보니 아이젠만 빼고 아무엇도 없었대. 설마 아이젠도 없이 혼자서⋯⋯."

카티가 말을 끊었다.

"아나는 가이드 말고 스키 강사로도 일해. 절대로 그런 미친 짓을 할 사람이 아니야."

그런데 정말 그렇게 확신할 수 있을까? 아니었다. 솔직히 말하면 카티 역시 다른 사람들과 마찬가지로 아나에 대해 거의 아는 바가 없었다. 그녀는 아나가 전에 이 산장에 와본 적이 있었을 거라고 너무나 당연히 믿었던 일이 떠올랐다.

아나는 왜 직감에 대해 이야기했던 걸까?

카티는 찬바람이 등에 훅 끼치는 걸 느끼곤 뒤를 돌아보았다. 하지만 문틈으로 폴의 그림자가 보이자 재빨리 다시 고개를 돌렸다.

벤저민에게 맥주 한 캔만 달라고 할까, 카티는 고민했다. 하지만 그녀의 경우 술이 한 번도 문제를 해결해준 적이 없었고 또 최소한 그녀 자신만이라도 맑은 정신을 유지해야 한다는 생각에 마음을 고쳐 먹었다.

그래서 그 대신 화덕으로 가서 잔에 커피를 따랐다. 커피는 벌써 몇 시간째 끓고 있었는지 너무 진하고 맛이 없었다. 그래도 따뜻하긴 했다. 정말이지 밖은 너무너무 추웠다.

카티는 폴의 존재를 무시했다. 하지만 등 뒤로 그의 따가운 시선이 자신을 좇고 있음을 느낄 수 있었다. 그래서 이를 악문 채 다시 의자로 돌아가 커피를 마셨다. 신경이 금세라도 찢어질 듯 긴장되어서 눈송이라도 세어야 할 지경에 이르렀다. 눈은 점점 더 많이 내렸다.

그 상황은 한참 계속될 것만 같았다. 몇 시간, 며칠, 어쩌면 일주일. 필즈로 내려가는 것도 이 날씨엔 힘들 것 같았고 가능해 보이지도 않았다. 그리고 또 한 가지 걱정이 떠올랐다. 그들이 사라진 걸 학교에서 알게 될 것이었다. 총독이 계곡에서 머무는 주말에는 로즈와 로버트가 그들의 알리바이를 만들어 주겠지만 그 후엔? 게다가 또 데비도 있었다. 그녀는 결코 믿을 수 없는 존재였다. 자기한테 유리한 상황을 만들기 위해 금지된 파티를 학장에게 일러바치지 않았던가.

빙 인 공기가 너무 탁해졌다. 데이비드는 우울한 얼굴로 계단을 응시하고 있었지만 율리아는 다시 나타나지 않았다. 크리스는 포커페이스를 유지한 채 맥주를 홀짝홀짝 마시고 있었고 폴은 카티에게 등을 돌린 채 탁자 위에 펼쳐져 있는 지도를 들여다보고 있었다.

여전히 에너지가 넘치는 사람은 벤저민뿐이었다.

"얘들아, 내가 재미있는 농담 하나 해줄까? 어떤 가이드가 한 그룹을 로키 산맥 깊숙이 안내했는데 그만 길을 잃어버렸어. 결국 사람들이 투덜대기 시작하자 가이드는 길을 잃었노라고 시인했지. 그래서 누군가가 물었어. '당신은 미국에서 최고의 가이드라고 들었는데 어떻게 이런 일이 생길 수 있습니까?' 그랬더니 그 가이드가 그러는 거야. '네, 맞아요. 하지만 여긴 캐나다라서요.'"

벤저민은 신경증 환자처럼 자지러지게 웃었다.

"다시 저 아래로 내려가면 널 '캐나다 갓 탤런트'에 추천해 줄게. 넌 일류 코미디언이 될 자질이 충분해."

"좋아, 이젠 폴 차례야!"

크리스의 말에도 벤저민은 여전히 진정될 기미를 보이지 않았다.

"두 사람이 크레바스 앞에 서 있었어. 한 사람이 말했지. '지난주에 여기에 산행 가이드 책자를 떨어뜨렸어.' '뭐? 그런데도 아무렇지도 않아?' '상관없어. 어차피 최신판도 아니었고 게다가 빠진 페이지도 몇 장 있었거든.'"

카티는 화가 치밀어 올라서 눈을 부라렸지만 곧 벤저민에게서 신경을 꺼버렸다.

문이 벌컥 열리더니 차가운 공기가 안으로 들어왔고 바람이 굉음과 함께 문을 도로 닫아버렸다. 그들 앞에는 아나가 서 있었다. 옷이 흠뻑 젖어 있었고 완전히 기진맥진해 보였다. 모두가 멍한 표정으로 아나를 쳐다보았다.

"저기 다시 나타나셨군. 크리족의 돌아온 탕녀."

벤저민이 깐죽댔고 카메라 렌즈가 돌아가는 소리가 났다.

모두들 아나가 갑자기 사라졌던 이유를 궁금해했지만 아나는 대신 이렇게 대답했다.

"배고파 죽겠어. 혹시 먹을 거 있어?"

"젠장, 말도 없이 어디 갔었어?"

크리스가 소리쳤지만 그 역시 아무 대답도 얻지 못했다. 아나는 그에게 눈길 한번 주지 않았다. 대신 의자를 화덕 쪽으로 끌어당겨 앉아서는 신발과 양말을 벗었다. 그러곤 오른발을 왼쪽 무릎 위에 놓고 문지르기 시작했다.

카티는 심장이 얼어붙는 것만 같았다. 산에서는 어느 누구보다 더 많은 일을 겪었다고 자신한 아나의 말이 사실이라는 걸 알게 되었기 때문이었다. 적어도 동상의 정도를 그 척도로삼을 수 있다면. 아나의 오른발에는 발가락이 두 개밖에 없었다.

***

아나는 그들의 질문에 아무 반응도 보이지 않고 그저 어깨만 으쓱했다. 마치 어떤 일이 생겨도 침묵하기로 혼자 맹세라도 한 것처럼 보였다. 율리아는 여전히 모습을 보이지 않았다.

오후가 다 돼서도 눈은 그치지 않았다. 게다가 안개까지 몰려와 가끔 눈발조차 보이지 않을 때도 있었다. 아나가 무사히돌아왔다는 사실에도 불구하고 카티의 기분은 나아지지 않았다.

오히려 그 반대였다. 이 산 위 산장에 갇힌 채 마냥 기다려야 한다는 건 어제 터널에서의 상황과 별로 다르지 않았다. 기다려야만 하는 상황. 그건 하고 싶지 않은 생각을 자라게 하는 완벽한 밑거름이 되었다.

조용한 가운데 벤저민이 트림을 했다.

"미안. 그래도 누군가는 이 어색한 분위기를 바꿔야 할 것 같아서……."

제일 먼저 웃은 건 폴이었다. 지난 몇 시간 동안 그는 눈에 띄게 느긋해 보였다. 마치 어깨에 진 큰 짐을 내려놓은 것 같았다.

고백을 해서일까? 아니면 키스를 해서? 또는 둘 다? 혹시 희망이라도 걸고 있는 건 아니겠지?

벤저민은 카메라를 집어 들고 일어나서 창문을 열더니 카메라를 창밖으로 내밀었다.

"아, 제길! 진짜 춥다!"

"운이 좋으면 따뜻한 치누크 풍이 불어올 수도 있어. 그러면 온도가 한순간에 올라가지."

폴의 말을 듣더니 벤저민은 카메라를 도로 탁자 위에 내려놓곤 창밖으로 몸을 내밀었다. 그러곤 고개를 젖히고 입을 벌려 혀로 굵은 눈송이를 받아 먹었다.

"눈이 녹을 때까지 기다릴 거면 빙산 등반 장비는 왜 다 갖고 온 거야?"

하지만 벤저민의 말을 알아들은 사람은 거의 없었다.

"내가 만약에 너네 부모였다면 아들의 그 '왜'라는 질문 때문에 미쳐버렸을 것 같아. 우리가 왜 빙산 등반 장비를 갖고 왔는지 진짜 몰라? 눈이 다 덮어버려서 크레바스가 보이질 않기 때문이잖아."

"우리 부모님은 나라는 존재가 있는 것만으로도 미치려고 하셨어."

"내 생각에도 그럴 것 같아."

모처럼 아나의 얼굴에 웃음이 떠올랐다.

아나는 도대체 어딜 다녀온 거지?

아나 역시 폴처럼 나갔다가 돌아온 후로 눈에 띄게 느긋해 보였다.

벤저민이 다시 고개를 안으로 집어넣었다.

"아나, 너희 인디언들은 기우제로 유명하잖아. 혹시 우리한테 기우제 때 추는 춤 좀 보여주지 않을래?"

아나는 일어나더니 장으로 가서 토마토 수프가 든 캔을 꺼냈다.

"싫어, 대신 너희들을 위해 내가 요리를 해줄게."

"그러지 말고, 제발. 넌 틀림없이 악령을 물리치는 마법의 주문 같은 걸 알고 있을 거야."

아나가 벤저민을 보고 빙긋 웃었다.

"당연하지. 너희 혹시 시욱스 형제가 리틀빅혼 전투(1876년 6월 25일 시욱스 형제를 비롯한 인디언들이 미군을 물리친 전투. 인디언들이 미군에 대항해 승리한 몇 안 되는 전투 중 하나로 손꼽힌다— 옮긴이주)에서 했던 말 알아?"

"아니. 뭐라고 했는데?"

모두들 답을 기다리며 그녀를 쳐다보았다.

아나가 놀리듯이 눈썹을 치켜세웠다.

"'오늘은 죽기 딱 좋은 날이다.'"

카티는 숨이 멎을 것만 같았다.

다리에서 뛰어내릴 때마다 세바스티앵도 그런 말을 했었다. "오늘은 죽어도 좋을 날이야"라고.

자유

어느새 율리아는 정신을 추스르고 다시 아래층으로 내려가기로 마음먹었다. 솔직히 말하면 위층까지 음식 냄새가 진동하자 배가 먼저 아직 아침조차 먹지 못한 사실을 일깨워주었던 것이다. 그사이 벌써 점심시간이 훌쩍 지났을 게 분명했다.

갑자기 왜 그래?

율리아는 자신에게 물었다.

그렇게 예민하게 굴 필요 없었잖아. 이렇게 날카롭게 구는 거 벌써 두 번째야.

하지만 왠지 너무 힘들었다. 힘들었던 며칠, 터널에서의 경험, 간밤의 악몽, 갑자기 사라진 아냐, 그리고 무섭게 돌변해버린 날씨 등등.

하지만 그중에서도 가장 힘든 건 학교를 떠나온 이후로 크리스가 너무 낯설게 느껴진다는 점이었다. 한편으론 변한 사람은 그가 아니라 오히려 자신이 아닐까 하는 생각도 해봤다.

오전에 있었던 일을 돌이켜 생각해봤다. 크리스와 데이비드는 아나를 찾으러 나갔다가 돌아왔었다. 크리스는 돌아오자마자 즉시 옷을 갈아입으러 2층으로 올라갔다. 그런데 데이비드는 그를 따라 올라가지 않고 뜨거운 커피 잔을 쥔 채 율리아에게 할 말이 있는 듯 안절부절못했다. 결국 그걸 보고 있던 율리아가 짜증이 나서 먼저 물었다.

"왜 그래? 나한테 뭐 할 말 있어?"

"그냥 어제 일 때문에. 터널이 무너졌던 거, 모두 내 잘못이었어."

"그게 왜 네 잘못이라는 거야?"

"아나가 큰 소리 내지 말라고 경고를 줬었거든. 터널이 무너질 수 있다고. 그런데……."

그가 갑자기 말을 멈추었다.

"그런데 뭐?"

"내가…… 네 걱정에 그만. 그 순간 크리스한테 너무 화가 났었어."

"그건 나도 마찬가지였어."

"하지만 내가 널 부르는 바람에…… 갑자기 천장에 있던 돌멩이들이 떨어졌잖아. 네가 갑자기 어둠 속으로 사라져버리길래 나도 모르게 그만. 네가 어디 있는지 혹시 무슨 일이 생긴 건 아닌지 너무 걱정됐거든……. 널 위험에 빠뜨린 건 바로 나였어."

"괜찮아, 데이비드. 일부러 그런 것도 아니잖아."

두 사람은 잠시 침묵했다.

"네가 왜 크리스 같은 남자를 좋아하는지 모르겠어."

데이비드는 율리아를 쳐다보지 않았다.

"크리스는…… 걔는 너무 제멋대로야."

"사람은 누구나 다 이기적이야."

데이비드는 세차게 고개를 저었다.

"아니! 그건 잘못된 고정관념일 뿐이야. 난 그 말 안 믿어."

데이비드는 율리아 앞으로 바싹 다가가서 그녀를 똑바로 바라보았다. 그런데 이상한 일이 일어났다. 율리아가 그의 뜨거운 시선을 외면하지 않고 견뎌냈던 것이다. 당황하거나 어색해하거나 또는 두려워하지 않고 그의 얼굴을 똑바로 쳐다볼 수 있었다.

그 순간…… 이상하게도 마음이 편했다. 아니, '그'가 너무 편안했다. 그리고 아주 잠깐이긴 했지만 그러면 모든 걸 털어놓을 수 있을 것 같다는 생각이 들었다. 모든 이야기, 모든 비밀을. 그리고 그러면 비밀을 지켜주리라는 믿음이 갔다.

그런 생각을 하면서 율리아가 살짝 고개를 움직이자 머리카락 한 가닥이 이마 위로 흘러내렸는데 데이비드가 거의 반사적으로 흘러내린 머리카락을 귀 뒤로 쓸어 넘겨주었다. 그런데 하필이면 그 장면을 크리스가 봤고 그래서 그 난리가 났던 것이었다.

율리아는 여전히 데이비드에게라면 모든 사실을 털어놓을 수 있을 것 같다는 생각에 변함이 없었다. 하지만 이미 때를 놓쳐버렸다. 데이비드와 달리 율리아는 인간은 모두 이기적이라는 생각에 변함이 없었다. 오히려 예전보다 지금이 더더욱 그랬다.

사람은 누구나 제멋대로야. 그리고 느낌은 사람을 속일 수 있어. 제일 친하다고 믿었던 사람에게도 속을 수 있듯이 느낌은 믿을 수 없어.

율리아는 그런 생각을 하면서 한숨을 쉬고 자리에서 일어났다. 그런 다음 신발을 신고 복도로 나갔다. 계단에서 마지막으로 잠시 망설였지만 결국 마음을 굳게 먹고 1층으로 내려갔다. 모두들 탁자에 둘러앉아 있었다.

"좋아. 이제 본론으로 들어가서, 언제 출발할 거야?"

크리스가 묻자 카티가 대답했다.

"내일 새벽 일찍. 빠르면 빠를수록 좋아. 정오쯤에는 정상에 도착해야 하니까."

폴이 물었다.

"그런데 날씨는 어떡하실 건가요, 카티 베스트 양? 혹시 내일은 날씨가 달라질 거라고 고스트가 너한테 귀띔이라도 해쳤어?"

"모든 일에는 항상 두 가지 가능성이 있기 마련이야."

율리아는 카티의 목소리가 살짝 떨리는 걸 알아챘다. 하지만 무엇 때문인지는 알 수 없었다.

"매일 새로운 기회가 오길 기다리거나 아니면 그냥 포기하는 거지. 난 머릿속에 정확한 계획을 갖고 있어. 따라서 그대로 실행할 거야."

율리아는 카티가 존경스러웠다. 그녀는 항상 자신이 원하는 게 뭔지 정확히 알았고 또 그걸 쟁취했다. 반면 율리아는 카티와 정반대였다. 사실 율리아는 자신이 뭘 하고 싶은지 스스로에게 물어본 적도 없었다.

벤저민이 말했다.

"난 이 상황에서 등반을 계속하는 건 위험천만한 일이라고 생각해. 너희들 혹시 그 사람 이야기 들어봤어? 그…… 이름이 뭐였더라? 젠장, 까먹었네. 그 사람에 대한 영화도 있었는데."

벤저민은 맥주 캔을 높이 들어 흔들었다.

"어, 벌써 비었잖아?"

그러더니 일어나서 장 쪽으로 갔다.

"어떻게 할까? 이제 캔이 네 개밖에 안 남았는데. 내일 해가 다시 나서 이 오성급 호텔을 떠날 수 있기를 희망하면서 오늘 다 마셔버리든가 아니면 사람 수대로 정확히 나누든가. 매일 저녁 한 캔씩 나눠 먹는 거지. 너희 생각은 어때?"

그는 탁자가 있는 쪽으로 돌아와 잠시 서서 생각하더니 갑자기 크리스의 어깨를 쳤다.

"이제 생각났어! 크리스, 너랑 이름이 같아. 크리스토퍼 맥캔들리스! 우리 그 남자를 위해 건배할까? 우리들의 영웅을 위해!"

아나가 씩씩댔다.

"영웅 좋아하네. 그 남자는 세상에 둘도 없는 멍청이였어!"

율리아는 어리둥절한 표정으로 아나를 쳐다보았다.

언제 돌아온 거지? 근데 대체 어딜 갔다 온 거야?

"대체 누구 얘길 하는 거야, 그 사람이 누군데?"

카티가 묻자 벤저민이 설명을 늘어놓았다.

"크리스는 동부 해안의 부유한 집안 출신이었어. 쳇, 그럼 뭐해!"

그가 큰 소리로 웃었다.

"아무도 못 말리는 몽상가였던 그 사람은 어느 날 갑자기 오지에서 혼자 생존해보겠다는 환상에 빠졌지. 그래서 무작정 걷기 시작했어. 미국을 횡단하다가 어느 순간엔가 알래스카로 갔지. 자기 이름도 바꾸고선 혼자서 허허벌판을 헤매고 다닌 거야. 그로부터 넉 달 뒤에 순록 사냥꾼들이 그의 시체를 발견했대. 진짜 황당하지? 아니, 뭐 그래도 그 덕분에 영화의 주인공이 되기도 했지만. 그런 점에선 나쁘지 않았던 것 같기도 하고."

벤저민은 잠시 생각에 잠겼다.

"그의 이야기에서 제일 인상 깊었던 게 뭔 줄 알아? 마지막에 진짜 비참한 상황에 처했을 때도 그가 끝까지 냉정을 잃거나 자살하지 않고 견뎌냈다는 사실이야."

율리아는 등골이 오싹해졌다. 그의 목소리에서 이미 율리아 자신도 잘 알고 있는 뭔가가 느껴졌기 때문이었다. 그건 바로 모든 걸 놔버리고 싶은 강렬한 충동이었다.

벤저민의 말에 반박한 건 아나뿐이었다.

"모르는 소리. 크리스토퍼 맥캔들리스는 하이웨이 파크에서 2마일 내지 3마일 떨어진 곳에서 아사한 채 발견됐어. 그는 야생 베리만 먹으면서 살아보려 했고 그의 배낭 안에는 지도도 한 장 없었대. 내 의견을 묻는다면, 나는 그가 세상에서 제일 멍청한 사람이었다고 생각해."

"그는 모든 것에서 자유로워지고 싶었던 것뿐이라고."

"자유?"

아나는 코웃음 치며 손가락으로 이마를 톡톡 두들겼다.

"진정한 자유를 느끼는 건 이 산 위에 있을 때뿐이야."

닫힌 문

카티는 아직 밖이 깜깜한데도 일어났다. 그녀는 뭔가 달라진 걸 직감적으로 느꼈다. 하늘은 여전히 칠흑처럼 깜깜했지만 눈보라는 잦아든 것 같았다. 카티는 사실 어제저녁 모든 걸 포기한 상태였다. 다른 사람들도 비슷한 심정이었는지 일찍이 하나둘씩 잠자리로 사라져버렸고, 어느 누구도 날씨에 대해 언급하거나 산장 위로 몰아치는 눈보라에 대한 걱정을 입 밖으로 내지 않았었다. 아무도 카티가 가장 두려워하던 그 일에 대해 말하지 않았다. 다음 날 북쪽에서 시꺼먼 눈구름이 산봉우리 쪽으로 몰려와 산을 내려갈 수밖에 없는 상황이 될지도 모른다는 두려움 말이다.

카티는 조용히 일어나서 두꺼운 털양말을 신은 채 나무 계단을 뛰어 내려갔다. 그런 다음 산장 문을 열고 차가운 공기 속으로 나갔다.

구름은 사라지고 없었다. 맑은 밤하늘과 창백한 달이 그녀를 맞이했다. 그리고 멀리 지평선으로 가늘고 밝은 새벽빛이 마치 자를 댄 듯 반듯하게 새어오고 있었다. 지평선은 자연현상 중에서 유일하게 일직선이라고 언젠가 세바스티앵이 말했었다.

카티는 고개를 옆으로 돌려 고스트를 바라보았다. 미지근한 한 줄기 바람이 불어왔고 공기가 어찌나 맑은지 고스트의 둥근 봉우리가 선명하게 보였다. 그녀는 숨을 깊이 들이마셨다. 어젯밤 폴이 너무나 가볍게 던진 그 말. 어쩌면 그냥 농담이었을 수도 있지만 어쨌거나 그 말이 사실이 되어버렸던 것이다.

치누크가 그녀를 구했다. 기온이 확연히 올라갔고 등 뒤에선 어디선가 바위틈으로 물 흐르는 소리가 들렸다.

카티는 산에 부는 따뜻한 바람, 캐나다 사람들은 '스노우이터', 즉 '눈을 먹는 바람'이라고도 부르는 이 치누크에 대해 몇 차례 들은 적이 있었다. 사람들은 치누크 때문에 영하 30도였던 날씨가 영상 12도로 오를 수도 있다고 했다. 만약 오늘이 그 경우라면 빙산을 덮고 있는 눈이 늦어도 오전까지는 모두 녹을 수도 있었다.

정말 놀라웠다. 흥분한 카티의 심장이 점점 더 빨리 뛰었다.

애들을 빨리 깨워야 해!

아냐, 아직은 너무 일러.

생각이 오락가락했다. 그러나 결국 모두 푹 자고 좋은 컨디션을 유지하는 게 오늘 목표를 달성하는 데 더 나으리라는 결론을 내렸다.

카티가 막 돌아서려는 순간 베란다의 한쪽 구석 바닥에 거무튀튀한 점들이 눈에 띄었다.

저 돌멩이들이 어제도 저기 있었었나?

기억이 안 났다. 카티는 두어 걸음쯤 다가가 보았다.

아냐, 이런 모양이 눈에 안 띄었을 리가 없어.

카티는 돌을 세어보았다.

하나, 둘, 셋…… 스물넷……. 이 돌들이 우연히 여기 있을 리는 없어. 누가 베란다에 갖다놓은 거야.

돌들은 모두 특이한 모양과 색깔을 띠고 있었다.

카티는 발아래 돌로 그려진 문양을 유심히 들여다보았다. 두 개의 원은 각각 여덟 개의 돌로 이루어져 있었다. 큰 원과 가운데 작은 원. 그리고 나머지 돌 여덟 개는 십자가의 팔 모양으로 두 원을 연결해주고 있었다.

누가 여기 이런 걸 갖다놨지, 언제?

일행 중 누군가가 틀림없을 것이었다.

늘 기이한 생각을 하는 벤의 짓일까? 아니면 크리스가 질투심에 불타서 겁을 주려고 이런 짓을?

아니야.

원 한가운데 검은 깃털이 놓여 있었다. 그건 어떤 메시지를 담고 있는 게 틀림없었다.

카티는 온몸이 얼어붙는 것 같았다.

그녀는 돌 위로 몸을 숙이곤 돌을 하나씩 주워 언덕 아래쪽 자갈밭이 있는 방향으로 던져버렸다. 1분도 채 되지 않아 괴상한 돌 메시지는 모두 사라졌다.

하지만 그 문양을 보는 동안 카티의 머릿속에 떠오른 말은 기억 속에서 사라지지 않았다.

'오늘은 죽어도 좋을 날이야.'

그리고 그녀의 등줄기를 서늘하게 만드는 또 한 가시가 있었다. 엘리베이터에서 그녀에게 말을 건 건 누구였을까?

'위에서 누군가 죽을 거야. 내 말 알아들어, 카티? 카티? 그건 네 탓이야. 네 탓, 네 탓……'

아니야!

그런 일은 없을 거야!

***

한 시간쯤 지나자 날이 밝아왔다. 아직 지평선 위로 해가 보이진 않았지만 멋진 날이 되리란 걸 예감할 수 있었다.

간단히 아침 식사를 끝낸 후에 베란다에 모두들 모여 카티처럼 감격스러운 마음으로 환상적인 날씨를 감상했다.

데이비드가 말했다.

"와, 이건 말도 안 돼. 진짜 치누크가 눈을 거의 다 녹여버렸잖아!"

아나가 등산화 끈을 단단히 조여 매며 말했다.

"그렇다고 정상까지 올라가는 게 쉬울 거라 생각하면 큰 오산이야. 눈이 녹기 시작하는 이런 날씨엔 오히려 빙질이 더 미끄럽거든. 게다가 해가 비치지 않는 곳에는 아직 눈이 남아 있을 거야."

"그래. 하지만 너희들은 이런 일이 일어날 거라고 믿었었어? 정말 이게 가능할 거라고 상상이나 했냔 말이야. 어제까지만 해도 그렇게 눈보라가 휘몰아쳤는데 하루 만에. 와, 진짜 이런 건 영화에나 나오는 일인 줄 알았어."

벤저민은 산장 앞에서 두 팔을 벌린 채 뛰어다녔다.

"이건 모두 가짜야, 꿈이라고!"

그 순간 그를 향해 눈뭉치가 날아왔다.

"그럼 이것도 가짜 같냐?"

크리스가 소리쳤다.

"야, 너 후회할 거야!"

산장 앞에서 금세 신나는 눈싸움이 벌어졌다. 뒤늦게 나온 카티와 아나 그리고 폴은 합세하지 않고 그 장면을 지켜만 보았다. 카티는 가능한 한 폴과 거리를 두려고 했다. 하지만 그 역시 그녀처럼 산봉우리에 시선을 고정시킨 채 아무런 동요도 보이지 않았다.

산 가까이에 서서야 카티는 비로소 자신이 도전장을 내민 괴물의 정체를 제대로 알아볼 수 있었다. 설원 지대를 넘어 능선을 타고 오르는 길은 보기만 해도 실로 아찔했다. 그 길을 지나고 나면 짧지만 급경사인 길이 꼭대기까지 또 남아 있었다.

처음 진입로의 경사는 그런대로 괜찮았지만 그 이후부터는 무시무시할 정도로 길이 좁아지고 경사가 심해져서 거의 매달리다시피 해서 오르는 수밖에 없었다. 모두 고도의 집중력을 발휘해야 했다. 하지만 그 길만 넘어서면 꼭대기까지는 불과 몇 미터밖에 남지 않았다.

폴이 카티의 옆으로 다가왔다. 그리고 마치 그녀의 생각을 읽기라도 한 듯이 말했다.

"저 아래 바위는 각도가 적어도 40도는 될 거야. 그리고 마지막 꼭대기까지 코스는…… 난 잘 모르겠어, 다른 애들이 모두 해낼 수 있을지."

카티는 잠시 생각하고는 아무 일도 없었던 것처럼 행동하기로 결심했다.

"일단 설원 지대부터 넘고 그다음은 그때 가서 생각해."

폴이 말했다.

"어제 새로 내린 눈 때문에 온도가 낮은 크레바스 위로 눈이 얕게 쌓여 있을지 몰라. 그러면 크레바스를 못 보고 빠지기 십상이야."

"무슨 일이야? 왜, 갑자기 무서워졌어? 포기라도 하고 싶은 거야?"

카티가 받아치자 폴은 그녀에게 그윽한 눈빛을 보냈다.

"네가 포기하지 않는 한 나도 절대로 포기 안 해."

"그럴 일 절대 없어."

카티는 고개를 젓더니 얼른 다른 사람들이 있는 쪽으로 가 버렸다.

"저기까지 가는 데 얼마나 걸릴까?"

율리아가 장갑을 끼며 물었다. 그녀도 다른 사람들처럼 두꺼운 고어텍스 재킷으로 중무장을 했고 모자도 쓰고 있었다.

"최소한 네 시간은 잡아야 할 거야."

아나가 대답하곤 왼손으로 오른팔을 문지르더니 잠시 인상을 썼다.

"너희들이 얼마나 잘하느냐에 달렸어. 하지만 어제 하루 쉬었으니까 괜찮을 거야. 짐을 쌀 때 아이젠과 안전벨트는 쉽게 찾을 수 있는 곳에 넣어. 모두들 아침은 든든하게 먹었겠지? 일단 빙산에 들어서면 힘이 많이 들 거야, 특히 고도의 집중력이 필요해. 정상에 완전히 올라갈 때까지 중간 휴식은 없어."

어제까지만 해도 기분이 좋아 보였던 아나는 완전히 달라져 있었다. 그녀는 베란다에 들어서자 얼굴빛이 어두워졌고 다시 딱딱한 군대식의 말투로 돌아왔다.

율리아는 아직 해가 떠오르지 않았는데도 선글라스를 꼈다.

"아나는 꼭대기까지 올라가봤을까?"

그녀가 속삭이듯 묻자 카티는 그제야 자신이 한 번도 그 사실에 의문을 가져본 적이 없었다는 걸 깨달았다. 어쩌다보니 그냥 처음부터 그럴 거라고 생각하게 됐던 것이다.

벤저민이 과장되게 인상을 찌푸리며 말했다.

"어쩌면 저 꼭대기에 거대한 기네스북이 있어서 사라진 학생들이 모두 그 속에서 영생하고 있을지도 몰라. 으으으, 생각만 해도 소름 돋네."

데이비드가 소리쳤다.

"아, 이럴 줄 알았으면 피란색 알약을 삼키지 말았어야 했는데."

모두가 그 말에 웃었는데 아나만이 어리둥절한 표정으로 그들을 쳐다보았다.

"〈매트릭스〉 몰라?"

벤저민이 물었다.

"무슨 소릴 하는 건지 하나도 모르겠어. 그게 뭐야?"

"진짜 그 영화를 못 봤단 말이야?"

아나는 짜증스럽게 고개를 저었다.

"텔레비전 같은 거 없어."

"세상에!"

벤저민이 부러 경악하는 표정을 지어 보였다.

"그럼 우리 지금 텔레비전도 없는 사람한테 목숨을 맡기려고 하는 거야?"

"됐어, 그만해."

아나의 목소리는 치솟는 분노를 겨우 억누르고 있는 것 같았다.

"빙산에 올라갈 때 지켜야 할 수칙을 알려줄게. 첫 번째, 항상 로프를 건다. 나, 벤저민 그리고 율리아 이렇게 우리 세 명은 한 조가 될 거야. 그리고 나머지는 둘씩 짝을 지어. 그리고 서로를 로프로 묶도록 해."

크리스가 아나의 조 분배에 불만을 토로했다.

"이봐, 율리아는 나랑 함께 갈 거야."

"누가 누구와 함께 갈 건지는 내가 정해."

"하지만 난……."

아나는 크리스를 무시해버리고 말을 이었다.

"앞 팀과 최소한 10미터 이상 간격을 둬. 혹시라도 누군가 크레바스로 떨어질 때 거리가 좁으면 나머지 사람까지 같이 떨어질 위험이 그만큼 더 크니까. 그리고 또 한 가지, 로프가 얼음 모서리에 닿지 않도록 특히 조심해. 안 그러면 자기도 모르는 사이에 로프가 날카로운 얼음에 끊어져버릴지 몰라. 데이비드 그리고 폴, 너희 둘이 앞장서. 그리고 뒤에 따라오는 사람들은 속도를 맞춰. 벤저민, 여기서부턴 개인행동은 절대 금지야. 그리고 네 카메라는……."

"내 카메라가 뭐? 그건 당신이랑 아무 상관 없어."

"상관있어! 지금부턴 촬영을 못 하게 할 거니까."

"이봐, 미쳤어?"

벤저민이 아나를 빤히 쳐다보았다.

"내가 여길 따라온 유일한 이유는 저 꼭대기에서 내 생애 최고의 이야기를 발견하게 될지도 모른다고 생각했기 때문이야! 그걸 나중에 팔면 어마어마한 부자가 될지도 모른다고."

"저 위 어느 크레바스로 사라지지만 않으면 앞으로도 촬영은 얼마든지 할 수 있어."

"카메라 없인 난 한 발자국도 안 가."

아나는 태연히게 어깨를 으쓱했다.

"그럼 넌 여기 있어."

침묵이 흘렀고 잠시 후 폴이 말문을 열었다.

"우리 모두 여기 있는 게 좋겠어."

그 말에 모두가 어리둥절한 표정으로 폴을 쳐다보았다.

크리스가 소리쳤다.

"넌 무슨 일이 있어도 꼭 같이 가겠다고 했었잖아."

"하지만 목숨까지 걸면서 가겠다고는 안 했어. 특히 지금처럼 조건들이 최적의 상태가 아니라면 더더욱 생각해봐야지."

크리스가 손목시계를 가리켰다.

"최적의 조건이 아니라고? 그럼 대체 언제 가자는 거야, 지금이 아니면? 이제 6시 반이야. 11시면 정상에 도착할 거고 내려오는 데는 여섯 시간이나 길어봤자 일곱 시간 정도 잡으면 되는데. 그럼 다 끝나는 거잖아."

"가건 안 가건 그건 너희들 마음이야. 하지만 지금 당장 결정해. 이러고 말다툼할 시간은 없어."

아나는 일행들을 한 명씩 둘러보았다.

"내가 먼저 가. 나머지 사람들은 내 발자국만 따라오면 돼. 빙산에 일단 들어서면 믿을 건 그것뿐이야. 크레바스가 눈에 보이지 않는다 해서 실제로 없는 건 아니니까."

아나는 배낭을 메곤 베란다 계단으로 내려갔다.

카티가 그 뒤를 따라가다가 간밤에 자신이 던져버린 돌멩이들 중 하나를 발견하곤 멀리 차버렸다.

하나의 원은 여덟 개의 돌로 되어 있었다. 그건 카티가 떠올리지 않으려 애쓰고 있는 사진에 나와 있는 사람들의 숫자와 똑같았다.

그중 한 명은 벤저민이 말한 대로 한국인이었다. 벤저민이 제대로 봤던 것이다.

그 사람은 카티의 어머니였다.

*** *

해가 점점 강력한 에너지를 내뿜으며 전날 내렸던 눈의 마지막 흔적까지 완벽하게 지워버렸다. 바위틈으로 물이 콸콸 쏟아지거나 작은 개울처럼 졸졸 흘렀다. 어제까지만 해도 1미터씩 눈이 쌓여 있었던 자갈밭을 내려가는 동안 카티는 옛 기억을 더듬고 있었다.

그레이스에 입학하겠다 했을 때 어머니가 무슨 말을 했던가? 아니다, 아무 말도 하지 않았다. 하지만 그건 별로 이상할 것도 없었다. 그녀의 어머니는 카티가 아는 한 세상에서 가장 말이 없는 여자였으니까. 물론 필요할 경우엔 멋진 대화 상대가 되기도 했다. '스몰 토크'라는 개념을 직접 만들었을 정도였으니까. 어머니가 선호하는 주제는 주로 날씨에 관한 거나 추천할 만한 레스토랑이었다.

"아, '노라'를 모르세요? 플로리다 해안가에 있는 레스토랑인데 마니아들 사이에선 아주 인기죠. 거기 꼭 한번 가보세요, 정말 추천할 만하다니까요. 예약하실 때 제 이름 말씀하세요. 아, 잠깐 기다려보실래요? 저한테 마침 명함이 있어요."

마침이라니! 카티의 어머니는 늘 지갑에 모든 가게와 모든 사람들의 명함을 넣어 다녔다.

그 순간 카티는 갑자기 자신이 입학을 받아들이게 된 계기가 되었던 사건이 생각났다.

그건 순전히 닫힌 문 때문이었다.

카티는 닫힌 문과 함께 자랐다. 그 문 뒤에서 들려오는 수군거림과 함께. 심지어 긴장된 그녀의 심장 소리보다 더 컸던 보모의 음성. 카티는 대화의 주제가 자신일 때를 잘 알았다. 닫힌 서재 문 뒤에서 이루어지던 숱한 대화 중에는 그레이스로부터 딸 앞으로 날아온 초대장에 관한 것도 있었다. 카티는 항상 어떤 흔적을 발견할 수 있기라도 한 것처럼 비밀 대화가 이루어졌던 장소를 다시 찾곤 했었다. 마치 부모님이 실수로 흘린 말을 찾으려는 것처럼.

그러던 어느 날 편지를 발견하게 되었다. 그녀의 월등한 성적 덕분에 입학시험을 보지 않고 그레이스에 입학할 수 있다는 내용이 담긴 편지였다. 편지의 수신인은 카티였지만 카티에게 오는 다른 편지들처럼 그 편지 역시 아버지가 먼저 개봉한 후 딸에게 전달되었다.

카티는 녹은 눈 때문에 생긴 물구덩이를 가까스로 피했다. 앞에는 폴이 걸어가고 있었는데 아나의 지시대로 일정한 속도를 유지하고 있었다. 카티처럼 그 역시 날렵하게 언덕을 내려갔다.

코스 절반쯤 이르렀을 때 아나는 방향을 바꾸어 크게 커브를 틀었다. 그런 다음 이제 빙산의 동쪽 자락을 향해 걸어갔다. 카티는 눈앞에 펼쳐져 있는 절경을 보면서 그곳에서는 수백 미터 아래에 있는 그레이스 계곡이 보인다는 걸 알았다. 고스트 산은 떠오르는 태양의 찬란한 빛 속에서 빛나고 있는 반면, 아직 완전히 그늘에 잠겨 있는 그곳은 음침하고 불길한 기운이 감도는 것 같았다.

저 위는 천국이고 아래는 지옥 같아.

카티의 생각이 다시 어머니에게로 되돌아갔다.

진짜 사진에 있던 사람이 어머니라면, 그리고 그건 의심의 여지가 없었는데, 그렇다면 그건 무슨 의미일까? 왜 어머니의 이름은 실종자들의 추모비에 없었던 걸까?

그리고 왜 자기 딸이 그레이스로 가는 걸 말리지 않았지?

왜긴, 왜겠어!

카티는 비웃었다.

아버지 말을 단 한 번도 거역한 적이 없었잖아. 게다가 대체 뭐라고 반대할 수 있었겠어?

그랬다, 어머니가 1970년대에 그레이스 대학에서 무슨 짓을 하고 나녔는지 아버지가 알게 되는 건 상상조차 할 수 없는 일이었다. 만약 그랬다면 그는 결코 자기 딸을 그레이스에 입학하도록 허락하지 않았을 것이다.

그건 상상할 수조차 없었다. 하지만 그녀의 반듯하고 조신하고 완벽한 어머니, 미수에게 이런 엄청난 비밀이 있었다니!

카티는 잠시 머릿속이 텅 빈 것 같았다. 속은 느낌이 들었다. 하지만 곧 다른 느낌도 들었다. 처음에는 그걸 뭐라고 해야 할지 알 수가 없었다. '복수'라는 말밖에는 다른 적절한 단어가 떠오르질 않았다.

아나가 아래에서 뭐라고 소리쳤다. 카티는 그녀가 자갈길 아래에 거의 이르렀다는 걸 알아챘다. 고스트의 옆 봉우리와 가운데 봉우리를 서로 연결해주는 능선이 바로 눈앞에 있었다.

"너 저거 봤어? 저 아래?"

율리아가 카티에게 손짓을 해 보였다. 율리아 역시 능선 자락에 도착해 있었고 설원 지대의 시작 지점 바로 앞에 서 있었다.

"정말 멋지지 않니?"

카티는 마지막 1미터를 극복해냈다.

율리아 말이 옳았다. 그녀의 왼쪽에는 산장으로 올라가는 자갈길이 펼쳐져 있었다. 오른쪽에는 흰 설원이 펼쳐져 있었고 그 위로 오늘 안에 넘어야 할 좁은 얼음 능선이 있었다. 그리고 계곡은 카티의 발 아래 있었다. 계곡은 이제 막 그늘에서 벗어나고 있었다.

미러 호의 푸른 물이 수면에 피어오른 희미한 유령 같은 안개 사이로 반짝거렸다. 밝은색의 대학 건물이 바로 맞은편에 있었다. 위에서 내려다본 건물들은 마치 장난감처럼 작게 보였지만 그래도 공기가 워낙 맑아서 작은 것 하나까지 다 보였다.

카티는 이제 그걸 봐도 주눅 들지 않았다. 오히려 전혀 다른 느낌이 들었다.

그녀는 어머니의 두꺼운 철갑 사이에 있는 구멍을 발견했다. 카티는 오랜 세월 동안 어머니의 허점을 찾았었다. 그리고 이제 그것이 그녀의 미래에 어떤 의미를 갖게 되는지 잘 알았다.

권력.

인생에서 처음으로 어머니에 대해 권력을 갖게 된 것이다.

계곡이 그녀에게 그 힘을 준 것이다.

계곡은 그녀 편이었다. 카티는 그걸 분명하게 느꼈다. 그리고 계곡은 그녀를 고스트 봉우리까지 안내해줄 것이다!

"좋아."

아나의 힘찬 목소리가 카티를 상념에서 깨웠다.

"이제 안전벨트를 해. 아이젠도 신고 로프로 서로를 묶어."

그녀는 데이비드와 폴에게 각각 로프를 던져주었다.

"이거 받아. 지금부터 너희 두 사람은 자기 파트너를 책임져야 해."

"아이스피켈은 왜 필요한 거야?"

율리아가 묻자 벤저민이 대답했다.

"나중에 먹을 게 없으면 그걸로 서로 토막 쳐서 스테이크나 해 먹으라고."

챔피언

세상에! 수천 년간 층층이 쌓여온 거대한 얼음산 앞에 서자 카티는 자신이 한없이 작아지는 걸 느꼈다.

전날 내린 눈이 많이 녹았는데도 불구하고 얼음 위에는 아직 눈이 얇게 깔려 있었다. 설원은 온통 흰색으로 밝게 빛나 이따금씩 구름이 지나가는 파란 하늘과 대조를 이루었다. 그 모습이 어찌나 아름다운지 꼭 동화 속 세계에 들어온 것 같았다. 산과 바위에 둘러싸인 동화 나라는 카티가 상상했던 것보다 훨씬 더 숭고해 보였다. 그건 아마도 주위를 둘러싼 봉우리의 광경을 끊임없이 변하게 만드는 빛과 그림자의 유희 때문이었을 것이다.

그들의 오른쪽 앞에 고스트로 올라가는 급경사의 능선이

솟아 있었다. 눈 녹은 물이 좁은 실개천으로 모여 밋밋한 바위 아래로 떨어졌다. 마침 그 위로 지나가던 구름이 짙은 회색 바위 위로 그늘을 드리웠다.

"우린 지금 여기 관광이나 하러 온 게 아니야."

아나가 일행들을 재촉했다.

카티는 아나가 눈을 감고도 길을 훤히 외울 만큼 자신 있게 일행들을 이끄는 모습에 감탄을 금치 못했다. 보폭이 일정하고 확신에 차 있었으며 다른 일행들이 모두 잘 따라갈 수 있는 적당한 속도를 유지했다. 그리고 그녀는 특이한 모양으로 구불구불 이어지는 설원 위의 길을, 감탄이 절로 나오는 눈 덮인 구릉을 지나 한 치의 동요도 없이 차분하게 지나갔다.

또 크레바스가 나올 때마다 교묘히 돌아갔고 조금도 망설이는 법이 없었다. 그제야 아나가 빙산 위를 제집 드나들 듯이 하는 등반 안내인이라는 게 실감났다. 그런데 왜 산장에는 한 번도 간 적이 없었던 걸까?

아나는 가끔씩 몸을 숙여 눈에 잘 띄는 곳에 돌멩이로 표시를 해두곤 했다. 돌아올 때를 대비해서 그러는 것 같았다.

카티는 시간이 지날수록 아나에 대한 존경심이 점점 더 커졌다. 산 위에 오르자 그녀는 진짜 자연과 혼연일체가 된 듯했다. 카티는 오늘 아침처럼 자연이 아름답게 보인 적은 처음이었다. 아니, 그 순간 세상에서 그곳보다 더 아름다운 곳은 상상할 수조차 없었다.

다른 이들 역시 감탄사를 연발했다. 특히 율리아는 선글라스와 두꺼운 모자를 썼는데도 티가 날 만큼 활짝 웃고 있었다.

"우와! 우와!"

벤저민은 어린애처럼 좋아서 깡충깡충 뛰었다.

"진짜 죽인다! 엄청난 무대야. 이 앞에서 무릎 꿇고 절이라도 하고 싶네."

카티는 평소 운동에 익숙하지도 않은 벤저민이 전혀 지쳐 보이지 않는 게 가장 놀라웠다. 게다가 크레바스나 눈 덮인 구릉이 그에게는 낯선 '존경심'이란 감정이 들게 했는지 평소와 달리 대열에서 이탈하지 않고 얌전하게 따라왔다. 심지어 율리아와 연결된 로프가 항상 팽팽하도록 신경을 쓰기까지 했다.

또 나머지 일행들도 카티가 생각했던 것보다 훨씬 더 잘 견뎠다. 그새 두어 시간이 지났고 목표점에 성큼 다다라 있었다.

그들 앞에는 우뚝 솟아 있는 고스트의 둥근 봉우리가 점점 더 넓어지는 설원 위로 커다란 그림자를 던졌다. 카티는 산의 특이한 형태, 대학에서 보면 혼령의 얼굴처럼 보이는 그 모양이 단순히 착시일 거라고 생각했었다. 그런데 실제로 와서 보니 멀리서 보던 것보다 훨씬 더 사람 얼굴과 유사해 보였다.

그 순간 벤저민이 소리쳤다.

"좀 오싹하지 않아? 저 암벽 앞쪽에 있는 건 진짜 사람의 눈처럼 보이잖아."

율리아가 큰 소리로 웃었다.

"진짜 그러네, 마치 몰래카메라가 우릴 지켜보는 것 같은 느낌인걸!"

아나가 뒤를 돌아보곤 말했다.

"저건 우리 조상들의 작품이야."

카티는 그 말을 믿을 수가 없었다.

"설마, 농담이지?"

하지만 아나는 못 들은 척 대꾸조차 하지 않았다.

설마! 인디언들 사이에서 전해 내려온 전설일 거야.

카티는 아나가 한 말에서 신경을 끄고 멀리서 보기에도 아주 까다로워 보이는 남쪽 능선을 어떻게 오를 것인가에 대해 고민했다.

그런데 그 전에 일단 눈앞에 있는 설원부터 올라가야 했다. 그사이 해는 중천에 떠 있었고 해가 드는 쪽에선 녹기 시작한 눈 때문에 바닥이 유난히 더 미끄러웠다. 반면 그늘진 쪽은 공기가 한 시간 전보다 오히려 더 차가워져서 눈이 돌처럼 딱딱하게 굳어 있었다. 그래서 그곳을 지날 때는 아스팔트 위를 걷는 것 같았다.

아나가 손을 들어 뒤따라오던 일행들에게 멈추라는 신호를 보냈다. 잠시 후 카티 앞에 가던 폴이 아나의 지시를 뒤쪽으로 전달했다.

"5분간 휴식!"

평소의 카티라면 조바심을 내며 재촉했을 테지만 이제 목표 지점에 거의 다 왔다고 생각하니 여유가 생겨 느긋해졌다.

아, 드디어 오늘 내가 저 꼭대기에 서게 되는구나!

카티의 처음 예상은 완전히 빗나갔다. 산장까지 올라가는 길은 아주 쉽고 그다음 코스부터 어려울 거라고 생각했었는데 사실은 전혀 반대였다. 그녀에게 있어서 설원 지대는 터널에 비하면 어린아이 장난에 불과했다. 그곳에서 카티는 물을 만난 고기처럼 능숙했다.

일행들에게 짧은 휴식을 지시했던 아나의 판단은 옳았다. 눈앞에 보이는 칼날처럼 날카로운 능선에서는 한 발 한 발 오를 때마다 고도의 집중력을 발휘해야만 했고 고소공포증도 없어야 했기 때문이었다.

카티는 배낭을 벗어 시리얼 바와 물병을 꺼냈다. 8미터가량 앞에 앉아 있던 폴 역시 간식을 꺼내 먹기 시작했다. 카티는 폴이 그녀와 로프로 연결된 채 앞서 걸어가고 있었는데도 오직 등반에 모든 정신을 집중했고 또 주변에 보이는 자연의 아름다움에 취해 어제 일을 까맣게 잊고 있었다.

그가 걷는 속도가 그녀와 완벽히 일치했던 건 의도였을까 아니면 우연이었을까?

두 사람은 가는 동안 거의 한 마디 말도 나누지 않았었다. 혹시 그사이 카티에게 감옥에 갔었던 얘기를 털어놓은 걸 후회하고 있진 않을까, 또는 키스 후 카티가 좀 더 적극적으로 다가와주길 기대한 건 아닐까? 어쨌거나 카티 입장에서는 폴이 고백을 하지 않는 편이 더 좋을 뻔했다.

지금 상황에서 그런 생각은 중요하지 않고 의미도 없어.

아나가 다시 출발 신호를 보냈다. 그러면서 출발 전 일행들에게 헬멧을 쓰라고 지시했다.

카티가 배낭에 매어놓은 헬멧을 푸는 동안 율리아와 크리스가 대화를 나눴다.

"잠시만 서 있어도 몸이 이렇게 금방 식을 줄은 정말 몰랐어. 으으, 추워!"

"일단 올라가기 시작하면 금방 다시 더워질 거야."

"그래도, 이 길을 나중에 다시 돌아와야 한다고 생각하니 너무 끔찍해."

그들은 다시 걷기 시작했다. 그런데 얼마 가지 않아서 아나가 또다시 손을 들었다.

"저 앞에 꽁꽁 언 바위 보여? 저 바위를 넘어 2백 내지 3백 미터만 더 가면 바로 급경사가 계속되는 능선이 이어져."

아나는 살짝 커브를 틀었고 잠시 후 바위를 타 넘었다. 그런데 모두가 바위를 넘어 널찍한 얼음 땅에 발을 내딛자마자 아나가 멈추라는 신호를 보냈다.

폴이 소리쳤다.

"왜? 뭔데 그래?"

아나와 동시에 멈춰선 벤저민이 뒤를 보고 소리쳤다.

"크레바스야."

카티가 대꾸했다.

"그게 뭐? 새삼스럽게 오늘 처음 나온 것도 아니잖아."

그들은 벌써 제법 큰 크레바스를 예닐곱 개쯤 피해 왔는데 카티는 그때마다 그 깊이에 놀라 가슴을 쓸어내리곤 했었다.

"이번 건 진짜 커!"

벤저민은 처음에는 발을 쿵쿵 굴리더니 이어 폴짝폴짝 뛰었다.

"젠장, 잠깐 서 있기만 해도 너무 추워!"

"멈추지 않고 계속 가다간 금세 눈앞이 깜깜해질걸."

눈밭에서 아나의 목소리가 날카롭게 울렸다.

"제발 간격 좀 지켜. 이번 크레바스는 장난이 아니라고!"

"나한텐 불행한 일 안 생길 테니까 걱정 마셔."

그러고는 또다시 간격을 무시한 채 걸어 나왔다. 그러자 로프가 늘어져서 바닥에 닿았다.

그사이 폴이 벤저민이 있는 곳에 제일 먼저 도착했다. 그리고 카티 역시 일행들이 말한 곳에 이르러 그 광경을 똑똑히 볼 수 있었다. 칼날처럼 날카로운 모서리에 20미터가 훨씬 넘게 수직으로 파인 크레바스는 드넓은 설원 한가운데를 지그재그 모양으로 갈라놓고 있었다. 절벽처럼 아찔하게 떨어지는 그 크레바스는 폭이 부분적으로 5미터나 되는 곳이 있는가 하면 반대로 한 걸음에 뛰어넘을 수 있을 만큼 좁은 곳도 있었다. 하지만 카티는 그사이 얼음의 테두리 형태와 특성에 따라 안전한 곳과 그렇지 않은 곳을 구분하는 법을 터득해서 이제 막 갈라져 나온 곳은 얼음이 깨질 위험이 크다는 걸 알고 있었다.

"저길 어떻게 넘어가지?"

율리아가 걱정스럽게 중얼거리자 그 순간 아나가 소리쳤다.

"데이비드, 크리스! 벤저민 좀 꽉 붙들고 있어."

나머지 일행들이 상황을 채 파악하기도 전에 아나는 벤저민의 벨트와 연결되어 있는 로프가 아니라 배낭에서 아이스피켈을 꺼내 양손에 꽉 잡고선 단숨에 반대편으로 뛰어넘었다. 그런데 발이 땅을 딛지 못하고 크레바스 쪽으로 미끄러지자 아나는 아이스피켈을 얼음에 박아서 겨우 추락을 면했다.

그 바람에 벤저민도 앞으로 끌려가 크레바스 안으로 추락할 위기에 처하고 말았다. 다행히 데이비드가 두 손으로 그의 어깨를 꽉 거머쥐고 끌어당겼다.

"당신 미쳤어? 당신 때문에 하마터면 크레바스에 빠질 뻔했잖아!"

카티는 얼굴이 하얗게 질린 벤저민의 모습은 처음 보았다.

아나가 고개를 젓곤 말했다.

"그러진 않았을 거야. 어쨌든 이제 첫 번째 교훈을 깨달았기를 바라. 네가 지금 여기서 뭘 하고 있는지 이제 똑똑히 알겠어?"

아나는 배낭을 벗으려다가 오른팔을 빼지 못해 쩔쩔 맸다.

"왜 그래, 아나? 괜찮아?"

데이비드가 묻자 아나는 침착하게 대답했다.

"괜찮아. 아무 일도 아니야. 이제 너희들 차례야. 벤, 너부터 뛰어."

그런데 대답 대신 차가운 침묵만 돌아왔다.

"왜 그래? 뭐야?"

벤저민의 얼굴은 심각하게 굳어 있었다.

"설마 내가 이 죽음의 점프를 진짜 할 거라고 생각하는 건 아니지?"

그는 고개를 절레절레 흔들었다.

"난 학교 다닐 때부터 멀리뛰기는 형편없었단 말이야."

"정 그렇다면 다른 방법도 있어. 굳이 사서 고생을 하고 싶다면 크레바스를 따라 아래로 내려갔다가 반대편으로 다시 올라오면 돼. 아니면 크레바스가 끝나는 저 수 킬로미터 아래까지 갔다가 다시 돌아오든가."

아나의 입가에 묘한 웃음이 퍼졌다.

하지만 벤저민도 지지 않았다.

"그럼 다른 사람들부터 뛰라고 해. 율리아는 어때? 율리아는 육상부잖아."

"그건 안 돼."

아나가 고개를 저었다.

"너랑 나랑은 한 줄로 묶여 있어. 그러니까 다음엔 네 차례야. 그리고 혹시 점프하다가 떨어지는 사람이 생기면 붙들어줄 남자가 두 명씩 있어야 해."

"내가 만약 성공 못 하면?"

"넌 꼭 성공할 거야, 날 믿어. 왜냐하면 너한텐 딱 두 가지 길밖엔 없거든. 저 아래로 떨어지든가."

아나가 크레바스를 가리켰다.

"아니면 여길 뛰어넘어서 내 품에 안기든가. 자, 어서."

하지만 벤저민은 여전히 망설였다. 자신의 보라색 고어텍스 재킷만 뚫어져라 보고 있는 모습이 너무 불쌍하고 처량해 보여서 카티는 잠시 마음이 쓰였다. 크리스와 데이비드 그리고 율리아는 서로 조심스럽게 눈빛을 주고받았다.

그때 폴이 소리쳤다.

"어이, 영화감독 양반! 여긴 스턴트맨 같은 건 없어. 매 장면이 모두 진짜라고. 그러니까 어서 뛰어!"

그러자 벤저민은 배낭을 내려놓고 뒤로 몇 걸음 물러서더니 도움닫기에 이어 점프를 했다.

실제 거리는 그다지 멀지 않았다. 물론 훈련된 선수에겐. 하지만 반대편에 내려서자마자 벤저민은 좋아서 미친 듯이 날뛰었다.

"와, 내가 해냈어. 해냈다고! 내가 크레바스를 뛰어넘었어. 아나, 네 생각엔 여기 폭이 얼마나 될 것 같아? 최소한 250센티미터는 될 것 같지, 안 그래?"

카티는 대학으로 돌아가자마자 이곳의 이야기가 전설이 되리라 확신했다. 벤저민은 틀림없이 모세가 홍해를 건넌 듯 떠들어댈 게 분명했다. 차이라면 홍해가 아니라 크레바스라는 것뿐이었다.

아나가 주위를 두리번거렸다. 그녀가 서 있는 곳에서 멀지 않은 곳에 볼록 솟아 나와 있는 바윗덩어리가 있었다. 아나는 바위에 로프를 감았다.

"좋아, 로프를 맸어. 아무래도 신이 우리한테 이 바위를 내려보내주신 것 같아."

"인디언들은 신을 '마니투'라고 부르지 않아?"

카티는 벤저민이 쓰잘 데 없는 말을 하는 걸 보곤 아직 흥분이 가라앉지 않은 탓일 거라고 생각했다.

하지만 아나는 벤저민이 무슨 말을 하건 신경 쓰지 않았다.

"이제 너희들 쪽으로 로프를 보내줄게. 우선 배낭을 로프에 단단히 고정시켜서 크레바스 쪽으로 보내. 그러면 나랑 벤저민이 끌어올릴게. 내용물이 떨어지지 않도록 주머니와 지퍼가 모두 잘 잠겼는지 확인하고. 배낭을 이쪽에 다 보낸 뒤에 너희들도 아까처럼 점프하도록 해."

아나의 지시대로 배낭을 모두 건너편으로 보낸 뒤 드디어 율리아 차례가 되었다. 그녀가 잠시 우물쭈물하자 데이비드가 도와주려고 한 발 앞으로 나가려다가 멈칫했다.

그러자 그 앞에 서 있던 크리스가 견제하듯 차가운 투로 말했다.

"넌 잘할 수 있어. 그리고 뒤에 내가 있다는 거 잊지 마."

하지만 율리아는 그가 그다지 미덥지 않은 모양이었다.

카티가 앞으로 나갔다.

"이건 오직 네 마음에 달렸어, 율리아. 저 아래가 너무 깊어 보여서 무서운 거지? 하지만 사실 이 정도는 너한테 식은 죽 먹기야. 저 아래에 그물이 처져 있다고 생각해봐. 저 아래 허공이 아니라 천이나 부드러운 비단, 멋진 해먹이 걸려 있다고 상상해보라고. 아님 널 붙잡아줄 뭔가를 떠올려보든가. 그러면 간단히 해낼 수 있을 거야."

율리아는 잠시 눈을 감았다가 다시 뜨더니 고개를 끄덕였다.

"그래, 네 말이 맞아."

그리고 멀찌감치 뒤로 물러났다가 빠르게 달려와선 훌쩍 뛰어넘었다. 아이스피켈을 쓸 필요도 없이 단번에 성공했다.

다음으로 데이비드, 크리스 그리고 폴이 차례로 뛰었는데 세 사람 모두 어렵지 않게 넘어갔다.

카티는 자기 차례가 되었을 때 자신감에 차 있었다. 사실 따지고 보면 크레바스는 세바스티앵과 함께 뛰어내렸던 강과 다를 바가 없다고 생각했기 때문이었다.

정신을 모으곤 좀 떨어진 곳에서부터 크레바스를 향해 달려왔다. 그런데 그만 오른발이 크레바스의 가장자리를 딛고 말았다. 발밑으로 얼음이 깨지는 걸 느끼면서 카티는 숨이 멎는 것만 같았다. 그런데 다음 순간 허공에 매달린 채 아래를 내려다보자 옛날 기억이 떠오르면서 행복하고 황홀한 기분이 들었다.

그러나 그건 상상이 아니라 현실임을 그녀는 곧 깨달았다. 자신의 발아래 있는 건 가라앉았다가 다시 떠오를 수 있는 강물이 아니라는 것을.

그 아래엔 그녀를 안전하게 받아줄 게 아무것도 없었다.

그랬다, 그녀를 기다리고 있는 건 차갑고 딱딱한 얼음과 퍼런 심연뿐이었다. 그녀는 아주 잠시 균형을 잃고 비틀거렸지만 일행들의 도움으로 반대편에 안전하게 착지했다.

그에 대한 보상은 두 팔을 벌리고 그녀에게로 달려온 벤저민의 포옹이었다. 그녀는 겸연쩍어하면서 속으로 '이런 보상은 굳이 받지 않아도 괜찮은데'라고 생각했다.

곧 모두 정신을 가다듬고 바위에 매어두었던 로프를 다시 풀었다. 그런데 그때 문득 뭔가가 달라졌음을 알아차렸다. 카티는 그게 무엇인지 정확히 알았다. 이제 다른 이들도 모두 그녀처럼 몸 안에서 아드레날린이 마구 솟구치고 있었던 것이었다. 그들은 모두 성취감에 도취되어 한껏 들떠 있었다.

세바스티앵은 뛰어내리고 난 뒤에는 늘 그녀를 번쩍 안아 들고 뱅글뱅글 돌곤 했었다.

"이건 그 어떤 마약보다 더 황홀해. 자기 몸에서 나오는 엔

도르핀에 취하는 것보다 더 멋진 일이 어디 있겠어?"

***

크레바스를 지나자마자 가파른 암벽이 정상까지 이어져 있는 가파른 능선으로 가는 진입로가 나왔다. 거긴 이번 등반에서 가장 힘든 코스였다.

"지금부터는 둘씩 짝을 지어 짧은 로프를 따라갈 거야. 그러니까 안전벨트는 벗어도 돼."

아나의 설명에 카티가 항의했다.

"하지만 난 로프 없이도……"

"너는 네 마음대로 해. 다른 사람들은 일단 안전이 최우선이야."

그들은 곧 암벽을 타고 오르기 시작했다. 더 가파른 암벽도 올라 본 적이 있는 카티는 그곳이 힘들긴 했지만 괜찮았고 폴 역시 전진해나가는 데 별 무리가 없어 보였다. 그래서 아나는 나머지 일행들의 보폭에 맞춰 천천히 올라갔다.

카티는 조바심을 내지 않으려고 애를 썼다.

터널을 생각해봐. 그땐 다른 애들이 널 도와줬잖아.

그녀는 짜증이 나려고 할 때마다 거듭 자신을 타일렀다.

"여기에 데비가 함께 왔었다고 생각해봐. 정말 끔찍해."

율리아가 손을 뻗어 정상을 가리고 있는 봉긋한 바위를 타

넘었다. 율리아는 처음엔 아주 자신 없어 하더니 차츰 재미를 느끼는 모양이었다. 연신 주위를 두리번거렸고 멀리서도 입가에 웃음을 머금고 있는 게 보였다.

카티는 큰 소리로 웃으며 소리쳤다.

"데비는 경사진 호숫가 언덕에서조차 무섭다고 했던 애야."

힘들어서 얼굴이 시뻘게진 크리스가 폴 쪽으로 고개를 돌리곤 말했다.

"조심해! 앞쪽에 유난히 좁은 곳이 있어."

약 50센티미터는 되던 능선의 폭은 차츰 한 발을 겨우 올려놓을 수 있을 정도로 좁아졌다. 게다가 좌우로 바위들이 절벽을 이루고 있어 잡을 데도 마땅하질 않았다.

폴이 고개를 끄덕이곤 가벼운 발걸음으로 크리스의 뒤를 따라갔다. 그는 마치 쇼핑가를 산책하는 것처럼 힘든 기색이라곤 엿볼 수가 없었다.

카티는 폴의 훌륭한 암벽 타기 기술에 감탄하지 않을 수 없었다. 그는 암벽 타기에 있어서 대단한 능력을 가진 게 틀림없었다. 한 발 한 발 옮길 때마다 확신과 자신감에 차 있었고 벽을 타고 오를 때도 마치 평생 암벽 타기만 하며 지냈던 사람처럼 민첩하고 능수능란했다. 아니, 중력의 영향을 전혀 받지 않고 이 바위에서 저 바위로 날아다니는 것 같았다는 표현이 더 적절했다.

그가 뭐라고 했더라? 날 처음 본 순간부터 키스를 하고 싶

었었다고 했지?

문제는 그가 그녀를 어디서 처음 보았냐는 거였다.

체육관 기구실에 처음 들어갔을 때?

카티는 기구실로 가던 도중 엘리베이터 안에서 겪은 일이 떠올랐다. 그런데 갑자기 그때 일이 실제였는지 아니면 상상이었는지 헷갈렸다. 암벽 타기와 같은 익스트림 스포츠가 몸에서 엔도르핀을 과도하게 분비시킬 수 있다면 그 부작용으로 현실감각 상실 같은 게 일어날 수도 있지 않을까.

게다가 폴은 자신이 살인자라고 고백했었다.

다른 사람을 위해 누군가를 죽였다고.

엘리베이터 안에서의 목소리가 뭐라고 협박했더라?

'*저 위에서 누군가 죽을 거야. 내 말 알아들어, 카티? 카티? 그건 네 탓이야. 네 탓, 네 탓······.*'

그 말이 다시 들리는 것 같았다. 그 목소리가.

그런 생각을 하다가 카티는 그만 중심을 잃고 비틀거렸다.

"조심해."

폴이 작은 목소리로 말했는데도 카티는 수치심에 입술을 깨물었다.

젠장! 카티, 넌 지금 3천 미터가 넘는 산꼭대기에 서 있어. 좌우로 수백 미터의 낭떠러지들뿐이란 말이야. 발끝에 정신을 집중해, 카티. 다른 잡생각은 모두 집어치워. 지금 이 순간 이곳에만 집중하라고.

그녀는 겨우 정신을 추스르고 주위를 둘러보았다. 발아래로 산봉우리에 둘러싸여 푸른빛을 띠는 빙하가 넓게 펼쳐져 있었다. 그녀는 얼음산 끝자락 즈음에서 깨알만 한 점 하나를 알아보았다. 그들이 간밤에 묵었던 산장이었다.

앞서 걸어가던 벤저민이 소리쳤다.

"우와, 저 아래 좀 봐. 진짜 이건 말도 안 돼."

카티는 고개를 저었다. 이번 등반을 시작한 이래로 벤저민이 말도 안 된다고 한 것들이 한두 개가 아니었다.

그녀는 폴의 뒤를 따라 유난히 좁은 통로를 지나갔다. 크리스가 특히 조심하라고 경고했던 곳이었다. 그곳에서는 바로 눈앞에 있는 정상이 훤히 보였다. 그녀는 정상까지의 거리를 가늠해보았다. 이제 거의……

믿을 수가 없었다! 이제 20여 분 후, 아니 늦어도 30분이면 그곳에 도달하리라!

그제야 비로소 그녀는 대학 캠퍼스에서 봤을 때 사람의 얼굴처럼 보였던 게 늪이 있던 지점에서부터 시작되던 편평한 암벽에 새겨놓은 음각 때문이었음을 알았다. 정상으로부터 2백여 미터 아래에 새겨놓은 거대한 눈ᜂ이 아직도 선명하게 남아 있었다.

아나가 말한 대로 진짜 그녀의 조상이 만든 작품일까?

카티는 아닐 거라고 생각했다. 왜냐하면 현대의 최신식 도구를 이용하지 않고서는 그 암벽에 그런 작업을 한다는 게 불가능해 보였기 때문이었다. 어쩌면 그냥 자연의 우연한 장난인지도 몰랐다.

"야, 너 지금 뭐 하는 거야?"

데이비드의 목소리에 카티는 흠칫했다. 평소의 목소리 톤과 비교했을 때 단단히 화가 나 있는 게 틀림없었다.

"뭘 하긴, 보면 모르냐?"

카티는 한숨이 절로 나왔다. 벤저민이 배낭에서 비디오카메라를 끄집어내고 있었던 것이다!

그럼 그렇지! 저 멍청이!

"난 충분히 자격이 있어."

카티는 그가 목에 카메라를 둘러메곤 좌측에 있는 암벽 밑으로 몸을 숙이는 모습을 속수무책으로 지켜볼 수밖에 없었다. 잠시 그의 머리가 시야에서 사라졌다가 다시 나타났다.

앞쪽에 서 있던 아나가 소리쳤다.

"하지 마! 그러다가 낭떠러지 아래로 나까지 끌고 갈 참이야?"

"벤, 당장 그만둬!"

율리아의 목소리에도 공포심이 배어 있었다.

폴에 이어 카티도 걸음을 멈췄다. 그제야 그녀는 벤저민이 매끈하게 깎아놓은 듯한 산등성이로부터 약 1미터 아래에 우뚝 솟아 있는 아주 좁은 바위 꼭대기 위에 올라가 있는 걸 보게 되었다.

아나와 연결되어 있는 로프가 팽팽하게 당겨져 있었다.

"만―세! 만―세!"

벤저민이 두 팔을 번쩍 들고 만세를 외쳤다.

메아리가 돌아왔다. 만―세, 만―세!

그는 목젖이 보일만큼 깔깔대고 웃더니 큰 소리로 외쳤다.

"늘 삶의 밝은 면을 보라!"

그러자 크리스가 분개해서 소리쳤다.

"너 술 취했어?"

"아니. 난 진짜 하느님의 총애를 받는 행운아야."

벤저민은 두 팔을 활짝 벌렸다.

"난 프로메테우스야. 이 바위에 새겨진."

폴이 말했다.

"그러다가 조심하지 않으면 언제 묵사발이 될지 몰라."

"내가 떨어지면 너희들이 날 끌어올려줘!"

크리스가 어금니를 꽉 깨물었다.

"그건 장담 못 하겠는데?"

"난 너희 친구잖아, 너희들을 믿어."

벤저민이 드디어 카메라를 집어 들자 폴이 소리쳤다.

"저 바보 자식이 또 뭘 하려는 거야?"

하지만 폴을 제외한 나머지 사람들과 그사이 벤저민을 완전히 파악한 카티 또한 그가 뭘 하려는지 뻔히 알고 있었다.

"그러지 마, 벤."

크리스가 경고하자마자 벤저민이 바위 위에서 살짝 휘청거렸다. 그걸 본 율리아가 비명을 질렀다. 하지만 벤저민은 곧 아무렇지도 않은 듯 태연하게 렌즈 뚜껑을 열며 소리쳤다.

"증거를 남겨야 한단 말이야! 1970년대처럼 돼선 안 되잖아. 카메라가 진실을 말해줄 거야."

그러더니 카메라를 머리 위로 높이 쳐들고 영상을 찍기 시작했다.

"2010년 9월 12일 해발······."

벤저민은 잠시 주춤하더니 고개를 들었다.

"여기 높이가 얼마지?"

아무도 대답해주지 않자 다시 말을 이었다.

"상관없어. 대략 정상에서 백여 미터쯤 아래에 있는 건 알겠다. 마치 영화 속 한 장면처럼 아슬아슬하게 크레바스를 넘어 드디어 그 반대편에 도착했다. 날 고스트 산 정상까지 데려다줄 그곳에. 그리고 우리 모두는······."

그는 말을 끊고 경악을 금치 못하는 다른 일행들의 얼굴 쪽으로 카메라를 비추었다.

"우리 모두는 그곳에서 진실을 알게 되기를 바라고 있다."

크리스가 진저리를 쳤다.

"젠장! 진짜 마지막 경고야! 벤, 넌 지금 다른 사람의 목숨까지 위태롭게 만들고 있어!"

하지만 벤저민은 못 들은 체 무시하곤 바지 뒷주머니에서 뭔가를 꺼냈다.

"이 사진은 우리가 사라진 학생들로부터 마지막으로 발견한 소식이다. 그 이후로 그들의 흔적은 더 이상 없다."

아나는 인상을 쓰더니 낭떠러지 바로 앞으로 가서 로프를 살짝 잡아당겼다. 벤저민은 잠시 균형을 잃는 듯했지만 그래도 동요하지 않았다. 마침내 데이비드가 개입하고 나서야 그는 겨우 말을 듣는 듯했다.

"이제 그만 됐어, 벤. 거기서 내려와. 그 정도면 우릴 충분히 놀라게 만들었잖아. 난 빨리 정상에 가고 싶어."

벤저민은 카메라를 도로 배낭에 집어넣고 일행들이 있는 곳으로 돌아왔다.

한동안 모두 말없이 바위를 기어 올라갔다. 마침내 율리아가 입을 열었다. 아직도 벤저민의 철없는 행동 때문에 마음이 진정되지 않은 것 같았다.

"방금 생각이 났는데 말이야. 우리한텐 그들이 정상까지 올라갔었다는 증거가 전혀 없잖아."

크리스가 물었다.

"그게 중요해?"

"내 생각엔 중요해!"

벤이 말했다.

"중요하지, 당연히. 왜냐하면 이 모든 게 일종의 게임이니까, 안 그래? 우린 소위 과거에 도전장을 내민 거야."

율리아가 물었다.

"그게 무슨 뜻이야?"

"예를 들어 그 학생들이 정상에 갔었다고 가정해봐. 그리고
우리가 멀쩡하게 살아서 돌아간다면 우리가 그들을 이긴 게
되잖아."

크리스가 코웃음을 쳤다.

"게임 좋아하네!"

이번에는 폴이 물었다.

"그들이 정상에 올라가지 않았다면?"

"그럼 더 짱이지. 정상까지 갔다가 모두 멀쩡하게 학교로 돌
아간 건 우리밖에 없는 거라고."

카티가 중얼거렸다.

"그래, 그리고 데비가 비밀을 지켜 우릴 학장님께 일러바치
지 않았기를 바라야지."

데이비드가 웃으며 말했다.

"맙소사. 카티, 이 위험한 곳에 기어이 올라가겠다고 우긴
게 누군데 겨우 학장한테 징계받을 걸 두려워해?"

***

마지막 구간은 마치 꿈처럼 지나갔고 카티는 세상에서 아
무것도 부러울 게 없었다. 팔과 다리의 완벽한 일치. 근육의

움직임. 감각기관들의 조화로움. 모든 의식적인 생각들의 단절. 그건 사람들이 소위 묵상이라 부르는 바로 그런 상태였다. 아니, 그 이상이었다.

그건 완전한 무아경이었다.

그녀가 도취 상태에 빠져드는 걸 방해하는 유일한 건 아나가 지시한 보행 속도뿐이었다. 너무 천천히 걷고 있었다. 너무. 너무 천천히 가서 벤저민조차도 쉽게 따라갈 수 있을 정도였고 율리아 역시 힘든 기색이라곤 없었다.

정상에 오르기 직전에 일행이 멈춰 서자 카티가 물었다.

"무슨 일이야?"

"아나가 다시 안전장치를 해야 한대."

"아나, 여기까지 와서 꼭 그럴 필요 있어?"

이젠 크리스도 조바심이 나는 모양이었다.

"이제 겨우 5~6미터밖에 안 남았잖아."

카티는 잠시 망설이다가 자기 벨트에 매달려 있는 하켄과 카라비너 등을 앞으로 당겨놓곤 아나에게 다가가서 물었다.

"아나, 괜찮은 거야?"

아나의 모자 밑으로 땀방울이 똑똑 떨어지고 있었다.

"괜찮아. 단지 위험에 대비하고자 하는 것뿐이야. 안전장치를 해둬서 나쁠 건 없잖아."

"내가 할게. 내가 하켄을 한두 개 정도 박으면 되잖아. 그 정도면 충분해."

예상과 달리 아나는 쉽게 허락했다.

"아나, 왜 그래?"

곧 폴도 이상한 낌새를 알아차리곤 앞으로 다가와서 물었다. 카티가 어깨를 으쓱하자 폴의 황갈색 눈동자가 그녀를 빤히 쳐다보았다.

"아나한테 돈을 준 거였구나, 맞지? 우릴 여기까지 데려다주도록 아나한테 돈을 준 거야!"

카티는 몸을 돌려 암벽 위에 한 손을 얹었다.

폴의 말은 이 모든 게 이해타산적인 거였냐는 뜻이었는데 실제로 꼭 그렇진 않았다.

그녀의 오른발 아래 좁은 틈이 있었다. 일단은 발로 툭툭 차서 그곳이 안전한지 테스트를 했다. 괜찮은 것 같았다. 그녀는 지지대로 쓸 스크루 두 개를 그 틈 안에 단단히 박아 넣었다. 폴이 서 있을 곳이었다.

카티가 필즈에 있는 스포츠용품 가게에서 아나를 처음 본 날, 갑자기 어떤 여자가 가게 안으로 뛰어 들어오더니 다짜고짜 둘 사이에 끼어들었다. 한국에 있는 카티의 할머니보다 좀 더 나이가 들어 보였던 그 여자를 아나는 '엄마'라고 불렀다.

"엄마, 여긴 어쩐 일이에요? 무슨 일이라도 생겼어요?"

"네 할아버지가……."

그다음 순간 두 사람은 어디론가 가버렸다. 그로부터 4주 후에 아나가 그레이스 대학으로 카티를 찾아온 것이었다.

그때 아나가 물었었다.

"아직도 고스트 산 정상에 올라가겠다는 마음 변함없어?"

"응, 기필코."

"그럼 먼저 4백 달러를 줘."

"4백 달러는 왜?"

"갈 거야, 말 거야?"

"당연히 가야지."

"우리 둘이선 안 돼. 단둘이 저 빙산을 오르는 건 미친 짓이니까."

왜 하필 4백 달러였을까?

카티는 잠시 머뭇거리다가 머리 위에 있는 바위를 잡고선 천천히 몸을 끌어올렸다.

꼭대기까지 몇 미터나 남은 거지? 5미터? 그 이상은 아닐 거야. 그럼 스크루는 두 개만 더 있으면 충분해.

카티는 온 신경을 집중했다. 아래에 있는 일행들의 목소리는 공중으로 사라진 듯했다. 그녀는 단 한 번도 희망을 버린 적이 없었다, 심지어 터널 안에서도. 하지만 이렇게 목표 지점을 바로 코앞에 두고 있는 기분은 상상했던 것과는 완전히 달랐다. 마지막 남은 몇 걸음을 내딛고 마침내 목표점에 다다랐을 때 느끼는 감동은 그 무엇과도 비교할 수 없었다.

억누를 수 없는 환희.

고생, 의심, 두려움. 그 모든 부정적인 감정들은 그 순간 눈

녹듯이 사라져버렸다. 그리고 남은 건 오직 한 가지 생각, 곧 정상에 도달하리라는 것뿐이었다. 그 위에 서게 되리라. 고스트 꼭대기 위에. 세상이 발아래에 있는 그 순간. 그 기분.

카티는 눈을 감은 채 깊이 숨을 들이마시곤 소리를 내질렀다. 계곡이 울렸다.

다른 사람들도 하나씩 그녀를 따라 했다.

오직 벤저민만 계속 같은 말을 되풀이했다.

"와, 정말 미치겠다! 이건 말도 안 돼!"

그들은 어깨동무를 하고 다함께 소리를 질렀다.

"우린 챔피언이다!"

멀리 울려 퍼졌던 소리가 메아리가 되어 돌아왔다.

그제야 그들은 벤저민이 눈 속에 발을 고정하고 그들 앞에 카메라를 갖다 댔을 때 모두 편히 웃을 수 있었다.

"썩소 짓지 마! 웃어, 활짝 웃으라고! 주사기로 행복호르몬이라도 맞은 것처럼. 알겠어? 우린 신들 가까이에 와 있어, 다른 사람들도 이 사실을 봐야지!"

카티는 그들이 즐거워하도록 내버려두었다. 하지만 그러면서도 알고 있었다. 진짜 챔피언은 그녀 자신이라는 것! 그녀, 카티 없이는 아무도 이곳에 오지 못했을 것임을.

아나만 빼곤.

카티가 아나를 불렀다.

"아나?"

그러자 다른 일행들이 놀란 눈으로 카티를 쳐다보았다.

"아나? 아나가 어디 갔지?"

데이비드가 주위를 둘러보았다.

"여기 있는 줄 알았는데 없네."

"아나를 제일 마지막으로 본 게 언제야?"

"자기가 제일 끝에 오겠다더라고. 우리가 모두 안전하게 올라가는지 봐야 한다면서."

벤저민의 말에 모두 불길한 예감이 들었는지 조용해졌다. 심지어 벤저민까지도 미친 사람처럼 팔짝팔짝 뛰기를 그만두었다.

카티는 알 수 없는 공포에 휩싸였다.

그녀는 산봉우리 위에서 상체를 숙여 아래를 내려다보았다. 5미터가량 떨어진 곳에 아나가 미동도 없이 누워 있었다.

크레바스

"아나!"

고스트 봉우리 위로 차가운 칼바람이 휘몰아쳤다. 카티는 갑자기 조금 전보다 훨씬 더 춥게 느껴졌다.

그녀는 어찌할 바를 모른 채 바위 아래에 죽은 듯이 누워 있는 아나를 멍하니 쳐다보고만 있었다.

바위에서 떨어진 걸까, 아니면 아예 바위 위로 기어오르지도 못한 걸까?

"아나!"

부르는 소리에도 아무런 반응이 없었다.

바람이 피리 소리를 내며 카티의 귀를 때렸다.

하필 이때! 드디어 목표점에 도달한 이때 왜 이런 일이 생긴

거야?

데이비드가 카티 옆으로 왔다.

"무슨 일이야?"

"너도 봤지? 아까 위로 올라와서 안전벨트를 할 때까지만 해도 아무 일 없었잖아."

하지만 진짜 그랬었나? 몇 시간 전부터 아나의 행동이 좀 이상하다고 느끼지 않았던가?

데이비드는 배낭의 제일 아래쪽 주머니에서 구급상자를 꺼내 일어섰다. 그러고는 허리 벨트를 꽉 조인 뒤 바위 끝으로 다가갔다.

"내가 내려가볼게. 좀 잡아줘."

그들 쪽으로 다가온 율리아가 겁에 질려 소리쳤다.

"맙소사, 아나! 설마 올라오다가 떨어진 거야?"

카티는 한순간 망설였다. 아나가 더 이상 인솔할 수 있는 상황이 안 된다면 카티가 대신해야 했다. 이 위에서 그들 중 한 명이라도 이성을 잃어선 안 됐다.

카티가 단호하게 말했다.

"나도 같이 내려갈게."

폴이 위에서 로프를 잡았다. 잠시 후 아래에 도착한 데이비드가 아나 옆에 무릎을 꿇고 앉았다. 카티가 단번에 아래로 내려갔을 때 데이비드는 아나를 부르며 그녀의 의식을 깨우려 하고 있었다.

"아나, 내 말 들려? 아나?"

"어떤 것 같아?"

"모르겠어. 뇌진탕인가?"

위에서 폴이 큰 소리로 물었다.

"아나는 좀 어때?"

아나가 눈을 뜨고 그들을 쳐다보았다. 하지만 카티는 아나가 진짜 의식을 되찾았는지 알 수가 없었다.

데이비드가 아나의 헬멧을 벗기자 관자놀이 부근에 선명하게 긁힌 자국이 보였다.

"머리를 부딪친 것 같아. 그래도 심해 보이진 않아."

그러더니 아나의 맥을 짚어보았다.

"아나, 올라오다가 떨어진 거야?"

아나가 처음으로 반응을 보였다. 그녀는 고개를 젓고 무슨 말을 하고 싶어 하는 것 같았는데 너무 힘든 모양이었다. 아나는 일어서려고 해봤지만 다리가 말을 듣지 않았다. 그녀는 다시 주저앉았고 갑자기 온몸을 격렬하게 떨었다.

"오한의 원인이 뇌진탕 같진 않아. 다른 이유가 있을 텐데."

아나가 덜덜 떨리는 잇새로 겨우 말을 내뱉었다.

"난 괜찮아. 하지만 우리……."

"진정하고 가만있어."

데이비드는 재킷을 벗어 아나의 어깨에 둘러주었다.

"우린 해낼 수 있어."

아나는 재킷을 여미려고 오른팔을 드는 순간 통증이 느껴지는지 움찔했다.

"왜 그래?"

"아무것도 아니야."

데이비드가 아나의 팔을 잡자 그녀는 급히 손을 뺐다. 하지만 그 행동을 이상하게 여긴 그가 아나의 오른손에 끼워져 있던 등반용 장갑의 지퍼를 내려 벗겼다.

아나가 또다시 비명을 질렀다.

카티는 아나의 손을 보고 깜짝 놀라고 말았다. 빨갛게 통통 부어 오른 모습은 한마디로 충격 그 자체였다. 그 손으로 어떻게 장갑을 꼈는지 그저 놀라울 따름이었다.

데이비드는 아나의 손바닥이 위로 향하게 해 깊이 파인 상처를 가리켰다.

"언제부터 이랬어?"

"그 빌어먹을 터널에서부터……."

아나는 말하는 내내 추운지 이를 소리 나게 맞부딪쳤다.

"금속 같은 것에……."

그 말을 듣자마자 데이비드는 버럭 화를 냈다.

"왜 진작 나한테 안 왔어? 그때 소독을 해두었으면 됐잖아. 소독하고 붕대만 감고 있었어도 하루면 괜찮아졌을 거라고."

그러더니 빨간 나일론 주머니를 뒤졌다.

"파상풍 주사는 맞았지?"

아나는 고개를 저었다.

벤저민이 위쪽 꼭대기 끝에 서서 그들 쪽으로 카메라를 향한 채 물었다.

"뭐 새로운 사건이라도 생겼어?"

아나가 중얼거렸다.

"쟤 좀 꺼지라고 해줘."

"상태는 어때? 걸을 순 있는 거야? 아래까지 다시 내려갈 순 있겠어?"

카티는 절망과 분노가 한데 뒤섞여 치밀어 오르는 걸 느꼈다. 높은 고도의 좀처럼 잠잠해질 줄 모르는 바람이 마음속의 불길을 더 거세게 만드는 것만 같았다.

"왜 진작 말 안 했어? 이 손으로 여기까지 올라오다니, 너 미쳤어? 너 때문에 우리 모두 죽을 수도 있었잖아!"

카티가 아나에게 소리를 지르자 데이비드가 조용한 목소리로 저지했다.

"그만해, 카티. 지금은 비난하고 있을 때가 아니야. 일단은 최대한 빨리 돌아가는 수밖에 없어."

그는 일어나서 위쪽을 향해 소리쳤다.

"모두들 들어. 안됐지만 관광 여행은 그만 접어야겠어."

벤저민이 여전히 카메라를 얼굴에서 떼지 않고 말했다.

"그래도 이제 막 왔잖아. 짐 내리고 한숨 돌린 게 아직 5분도 채 안 됐다고. 이 어마어마한 광경을 놔두고 가다니. 여기에 비하면 3D 영화 같은 건 한낱 쓰레기에 불과해. 진짜야. 여기 직접 올라와서 보니 이 세상엔 4차원 세계가 진짜 있을지도 모르겠다는 생각이 들기 시작할 정도야. 제발 5분만 더 시간을 줘."

"미안해, 벤. 아나의 상태가 안 좋아. 내려가야 해."

율리아가 떨리는 목소리로 물었다.

"그럼 우리의 미션은 어떻게 되는 거야? 사라진 학생들에 대해 진실을 알아내겠다던 그 미션 말이야. 우린 아직 흔적을 찾아다니지도 못했잖아!"

율리아의 목소리에서 카티는 절박한 그 무언가를 느꼈다. 좌절? 절망? 그게 뭔지는 카티도 정확히 알 수 없었다.

데이비드는 율리아에게 답하는 대신 카티에게 말했다.

"다른 사람들한테 아나의 부상 정도에 대해선 한 마디도 하지 마. 그랬다간 전부 패닉에 빠질지도 모르니까. 아나가 얼마나 심한지 굳이 알아야 할 필요는 없잖아."

그러고는 다시 아나 곁에 무릎을 꿇고 앉았다.

"일단 급한 대로 상처를 처치해볼게. 우선 진통제를 먹어, 그리고 항생제도."

"데이비드, 아무리 그래도 이런 상태로 아래까지 내려갈 수 있을까?"

카티가 손가락으로 아래를 가리켰다. 위쪽에서 내려다본 능선은 아래에서 볼 때보다 훨씬 더 가팔라 보였다. 카티의 시선이 다시 백지장처럼 핏기 없는 얼굴로 바위에 힘없이 기대 앉아 있는 아나 쪽으로 향했다.

"우리 둘이면 거뜬히 아나를 아래까지 옮길 수 있어."

일행은 카티가 생각했던 것보다 더 빨리 그들 쪽으로 내려 왔다.

"아나한테 무슨 일 생겼어?"

율리아는 계획보다 일찍 하산해야 한다는 사실을 끝내 받 아들인 게 틀림없었다. 그녀의 얼굴엔 아나에 대한 걱정만 가 득했다.

"별거 아니야."

데이비드는 일부러 대수롭지 않은 투로 말했다.

"아스피린 한 알이면 충분해."

그는 침착하게 약들을 주머니에 도로 챙겨 넣었다.

하지만 크리스가 의심스러운 눈빛으로 아나를 쳐다보았다.

"데이비드, 넌 우리가 바보인 줄 아냐? 저 얼굴이 지금 기절 하기 직전인데. 아나를 데리고 내려가다간 우리 모두 죽을지 도 몰라."

그때 폴이 카티 곁으로 다가왔다. 그는 어떤 감정도 드러나 지 않는 무미건조한 톤으로 말했다.

"네가 간과한 게 있어, 크리스. 아나는 이곳 출신이야. 그녀 의 할아버지는 수년간 등반가들을 인솔하셨고. 그러니까 네 가 겁을 먹고 바지에 오줌을 질질 싸는 동안에도 아나는 충분히 내려갈 수 있어."

"네, 지금까지 폴 포르스터 주니어의 말씀이셨습니다. 포르스터 씨, 방금 포르스터 씨가 하신 저질스러운 표현을 아버지께서 들었다면 뭐라고 하셨을까요?"

벤저민이 이죽거리며 말하더니 끝에 덧붙였다.

"혹시 거꾸로 매달아놓진 않으실까요? 벌로써……."

율리아와 데이비드 그리고 카티가 동시에 외쳤다.

"그만해!"

벤저민이 카메라를 아나 쪽으로 돌렸다.

"그건 그렇고,"

아나는 왼손으로 바위를 짚고는 힘겹게 몸을 일으키고 있었다.

"신사 숙녀 여러분, 우리의 등반 안내인 아나 크리 씨입니다. 그런데……."

벤저민이 소리쳤다.

"오 젠장! 얼굴 좀 봐, 아나. 꼭 죽은 사람 같아, 그거 알아?"

***

아나는 잘 견뎌냈다.

카티가 선두를 맡았고 아나는 데이비드가 끄는 견인 밧줄에 의해 거의 끌려가다시피 하고 있었다. 셋은 3인 1조가 되어 혹시라도 발생할지 모르는 추락에 대비해 둘둘 감은 밧줄을 손에 쥔 채 일렬로 걸어갔다. 아나가 수시로 균형을 잃고 주저 앉으려고 할 때마다 데이비드가 달려가 잡아주었다.

카티는 데이비드가 줄곧 다른 사람들이 아나의 상태가 심 각하다는 것을 눈치채지 못하게 하느라 전전긍긍하고 있다는 걸 알았다. 다행히 그의 응급처치가 서서히 효력을 나타내기 시작했는지 아나는 갈수록 나아지는 듯 보였다.

그들은 거의 말 한 마디 없이 발걸음을 재촉하면서 아나를 부축해 가는 데 온 신경을 쏟았다. 마침내 설원 지대에 다다 랐을 때 그들은 모두 지치고 기진맥진해져 있었다.

그들이 아까 가로질러왔고 또다시 횡단해야 하는 거대한 눈 밭 위로 오후의 햇살이 넘쳐나고 있었다.

진입부에 이르자 하나둘씩 지쳐서 배낭을 벗곤 바닥에 주 저앉았다. 데이비드만이 선 채 걱정스러운 표정으로 크레바스 쪽을 바라보고 있었다.

"아직 긴장 풀지 마, 다들."

그러면서 아나에게 물병을 내밀자 크리스가 투덜거렸다.

"네가 뭔데 이래라저래라 해? 너 혼자 우리 인솔자가 되기 로 결정한 거야? 여긴 민주주의도 없어?"

그러자 벤저민이 끼어들었다.

"난 항상 민주주의에 반대였어. 민주주의란 루저들이 루저 를 뽑는 거야. 그런 의미에서 난 무정부주의자지."

크리스가 손을 들고 벤저민을 위협했다.

"루저? 너 지금 나한테 루저라고 한 거야?"

"넌 언제부터 그렇게 투표제를 옹호했어?"

데이비드가 빈정거리듯 한마디 하는데 갑자기 카티 옆에 폴이 불쑥 나타나 분위기를 전환했다.

"그런데 아나가 크레바스를 건너갈 수 있을까?"

그는 사라졌다가 또 갑자기 유령처럼 불쑥 나타나곤 하는데 재주가 있는 것 같았다.

카티는 바위에 기대 눈을 감고 있는 아나를 걱정스럽게 바라보면서 고개를 저었다.

"모르겠어. 악으로 버텨내고 있긴 한데. 크레바스를 뛰어넘는 건 아무래도……"

"그럼 크레바스를 우회해서 가는 건 어때?"

카티가 또다시 고개를 저었다.

"그럼 시간이 너무 오래 걸려. 게다가 그럴 힘도 없을 거야."

폴이 고개를 끄덕였다.

"네 말이 옳아."

그 순간 율리아가 소리쳤다.

"폴, 좀 도와줄래? 내 카라비너가 뭐에 걸렸는지 안 빠져."

폴이 율리아가 있는 쪽으로 가는 동안 카티는 불안감을 억누르며 시선을 고스트 봉우리 쪽으로 옮겼다. 그녀는 고스트 정상을 정복했다. 목표를 이룬 것이었다. 하지만 어머니의 비밀에 대해선 아직 아무런 단서도 찾지 못했다. 어머니는 대체 누구와 함께 정상에 올라갔던 걸까? 왜 갔을까? 그리고 현재 워싱턴에 버젓이 살고 있는데도 왜 실종자로 기록된 걸까?

언젠가는 직접 물어볼게요, 어머니.

카티의 어머니는 항상 딸에게 '엄마'라고 불리길 원했지만 카티는 거부했었다.

카티의 시선이 아래 설원 지대로 향했다. 반대쪽 능선 끝으로 산장이 손톱만 하게 보였다. 아나의 상태로 봐서 오늘 안에 필즈까지 가긴 무리였다. 하지만 어떻게든 최소한 산장까지는 가야 했고 그걸 해내느냐 못 해내느냐는 카티의 손에 달려 있었다.

아직 이른 오후였고 해도 쨍쨍했지만 바람이 몇 시간 전보다 훨씬 더 매서워졌고 기온도 더 떨어졌다. 녹은 얼음이 또다시 얼어붙으면 빙산을 내려가는 데 시간이 더 지체될 수밖에 없었다.

카티가 좌우에 서 있는 일행들을 둘러보며 말했다.

"좋아. 모두 내 말 잘 들어. 지금부턴 크레바스를 잘 넘어가야 해. 그게 무슨 뜻인지는 너희들도 잘 알 거야. 그래서 생각해봤는데, 폴이 이쪽에서 먼저 아이스피켈을 한곳에 고정시키고 크리스는 반대편으로 가서 마찬가지로 아이스피켈을 고정시켜. 그런 다음 벨트를 이용해서 아나를 로프에 매달아 건너편으로 옮기는 거지. 아나, 네 생각은 어때? 할 수 있겠어?"

아나는 고개를 저었다.

"아니, 나도 점프할 수 있어……."

그러자 데이비드가 격렬하게 고개를 저었다.

"그건 절대로 안 돼. 너무 위험해."

카티가 다른 사람들에게 물었다.

"어때? 혹시 이견 있어?"

"난 카티를 믿어."

율리아가 먼저 배낭을 집어 들었다.

"내가 제일 먼저 점프할게."

"아냐, 내가 먼저 할 거야!"

벤저민이 앞으로 뛰쳐나왔다.

"몬스터 에너지 드링크를 너무 많이 마셔서 그런가? 〈슈퍼맨〉에 나오는 스턴트맨 역할도 대신할 수 있을 것 같아!"

순간 모두가 폭소를 터뜨렸고, 그러자 긴장되었던 분위기가 조금 누그러졌다.

학교로 돌아가면 벤저민한테 크게 한턱 쏴야지.

카티는 정신적 생존을 위해서는 서커스 광대 같은 벤저민이 꼭 필요하다는 사실을 서서히 깨달아가고 있었다.

***

폴은 아이스피켈을 눈 속 깊이 박고 발로 밟아 단단하게 고정시켰다. 화이트 소울 봉우리 위로 비스듬하게 걸려 있는 해가 카티의 얼굴 위로 따갑게 내리쬐었지만 이마에 땀이 맺힌 이유는 따로 있었다.

계획대로 잘 안 되면 어떡하지? 중간에 아나가 떨어지기라도 한다면?

"좋아, 시작해!"

폴이 아나의 가슴 벨트에 카라비너를 걸었다.

"아나, 안됐지만 양손으로 로프를 잡아야 해. 통증은 무시해버려. 다른 생각을 하라고. 넌 할 수 있어."

아나는 애처롭게 웃어 보였다.

"'인디언은 아픈 걸 모른다' 뭐 그런 거야?"

데이비드는 일어서서 크레바스 반대편에서 로프를 당기고 있는 크리스에게 신호를 보냈다. 데이비드가 소리치자마자 계획이 실행에 옮겨졌다. 하지만 일은 뜻대로 되지 않았다.

처음에는 별문제 없어 보였다. 그런데 화이트 소울 맞은편의 서쪽 능선으로부터 수 킬로미터 떨어진 곳에서 얼음판 하나가 소리 없이 미끄러져 내려와버렸다. 멀리서 스즈스걱 하는 소리가 들리는가 싶더니 점점 가까워지면서 무겁고 둔탁한 소리로 바뀌었다.

"눈사태!"

카티는 소리를 질러 다른 사람들에게 위험을 알리려고 했지만 갑자기 손에서 메인 로프가 미끄러지는 바람에 그럴 겨를조차 없었다. 그와 동시에 우르릉 쾅 하고 폭탄이 터지는 것 같은 굉음이 이 산에서 저 산으로 메아리쳤다. 그러는 사이 로프는 계속 카티의 젖은 손아귀를 빠져나가며 안전벨트까지 잡아당겨 결국 카티는 속수무책으로 끌려가버렸다. 가슴을 앞으로 내민 자세로 카티는 크레바스 안으로 미끄러지듯 떨어졌다.

그 순간, 눈앞의 장면들이 희미해졌다. 카티는 얼음처럼 꽁꽁 언 손으로 잡을 곳을 찾아 버둥거렸다. 아이젠 때문에 날린 얼음 조각들이 얼굴을 따갑게 때렸다.

그녀는 결국 아래로 추락하고 말았다. 머리가 아래로 향하며 뭔가 딱딱한 것에 부딪쳤다.

이제 끝이야.

그리고 의식을 잃었다.

***

카티는 의식을 되찾은 후에도 정신이 멍했다. 잠시 머릿속이 텅 빈 것 같았다. 여전히 기억이 돌아오지 않았다. 끝 모를 추락. 그 순간은 마치 시간이 멈춘 듯했다.

잠시 후 정신을 차린 카티는 금세 사태를 파악했다. 두 다리는 허공에 떠 있었고 몸은 정확히 허리 부분에서 꺾여 가슴이 딱딱하고 차가운 표면에 놓여 있었다. 왼쪽 뺨은 빙판에 닿아 얼기 직전이었다.

그녀는 눈을 뜨고 정신을 혼란하게 만드는 밝은 빛을 응시
했다.

희미하게 기억이 되살아나기 시작했다. 둔탁한 굉음. 능선에
서 떨어져 나온 빙판. 능선 아래로 미끄러져 내려오던 더러운
눈덩어리.

눈사태가 일어났던 것이었다. 하지만 이곳은 아니었다. 고스
트 쪽이 아니라 그 반대편이었다. 그녀는 고개를 움직여보았
다. 뺨이 얼음에 긁혀 따가웠다. 그런 다음 시퍼런 심연 속을
내려다보았다.

크레바스.

아나.

아나?

아나는 크레바스의 바닥으로 떨어졌을 게 틀림없었다. 카티
가 찰나에 딴생각을 하는 바람에. 집중력이 흐려진 탓이었다.

"카티! 괜찮아?"

그녀의 머리 위로 겁에 질린 폴의 얼굴이 나타났다.

처음엔 유령 같더니 이젠 사람이 됐나봐.

무서워. 하지만 그는 늘 내 곁에 있어. 수호천사처럼.

수호천사라니,

카티, 네 수호천사는 너 자신이야.

"아나는 어떻게 됐어?"

하지만 폴은 카티의 질문에 답하지 않고 딴소리만 했다.

"진짜 운이 좋았어. 데이비드가 재빨리 행동하지 않았으면 진짜 큰일 날 뻔했다고. 네가 떨어지기 직전에 데이비드가 로프를 잡았으니 망정이지."

카티가 주위를 두리번거리며 되물었다.

"그런데…… 아나는……?"

폴은 아무 말 없이 카티를 쳐다보았다. 그의 황갈색 눈동자에 미묘하고 복잡한 심경이 드러났다. 카티는 그의 눈빛이 말하려는 걸 단번에 이해하지 못했다.

"네 탓이 아니야, 카티. 로프가 그냥 끊어져버렸어. 아나는…… 떨어졌어."

카티는 그를 빤히 쳐다보았다.

"그냥 끊어져버렸다니, 그게 무슨 뜻이야?"

"그냥 그랬다고. 그게 다야."

로프가 그냥 끊어져버렸다니…….

카티는 숨이 멎는 것만 같았다. 한참 동안 숨을 쉴 수가 없었다.

"카티? 카티?"

폴의 손이 그녀의 어깨를 잡았다. 그의 눈이 그녀의 눈을 찾고 있었다. 다음 순간 카티는 최대한 빨리 폐로 산소를 공급하기 위한 것처럼 가쁘게 숨을 몰아쉬기 시작했다.

"진정해, 카티. 천천히 숨을 쉬어. 들이마시고 내쉬고. 다시

한 번. 좋아, 잘했어."

그가 뒤를 보고 뭐라고 말했는데 카티는 알아들을 수가 없었다.

"좋아, 이제 널 끌어올려줄게."

다시 같은 질문. 중요한 건 오직 하나의 이름뿐이었다.

"아나는?"

그는 또 대답을 피했다.

"모든 일이 너무 순식간에 일어났어, 카티. 알아듣겠어? 데이비드가 널 가까스로 잡았단 말이야, 물론 아나도. 그런데 로프가 저절로 끊어져버린 거야."

"아나를 도와줘야 해!"

"일단 너부터 구조한 뒤에 아나도 살펴볼게."

그녀는 딱딱한 빙판 위에서 몸이 당겨지는 걸 느끼면서 있는 힘을 다해 저항했다.

"아나!"

카티는 아래를 향해 아나의 이름을 불렀다. 목소리가 울리며 둔탁하게 되돌아왔다.

"아나! 내 목소리 들려?"

대답이 없었다.

처음에는 가파르게 솟아오른 얼음벽이 둔탁한 소리를 내는 거라고 생각했다. 하지만 아니었다. 그건 아직 끝나지 않은 산사태의 여음이었다.

"아나!"

그런데 조용한가 싶더니 잠시 후 신음 소리가 들렸다. 깊은 곳에서 애처롭게 들려오는 소리가.

카티는 심장이 오그라드는 것만 같았다.

아나의 목소리 같지 않았다.

그건 차가운 얼음 구덩이에 갇혀 더 이상 희망이라고는 가질 수 없는 절망에 빠진 인간의 소리였다.

그리고 또다시 우르릉— 쾅! 하는 굉음이 들렸다. 건너편 산에서 커다란 눈덩어리가 절벽 아래로 굴러떨어졌다.

일곱 개의 목숨

"내가 내려가볼게."

끌려나오다시피 밖으로 나온 카티는 몸을 숙이고 걱정스러운 표정으로 살피는 데이비드를 밀어냈다.

"넌 아직 쇼크 상태야. 다른 사람한테 맡겨."

하지만 동정 어린 그의 목소리가 오히려 역효과를 냈다.

"누구? 나 말고 그 일을 누가 할 건데?"

"내가 할게. 난 응급처치 교육도 받았어."

"하지만 등반 경험은 전혀 없잖아. 그리고 내가 믿을 수 있는 사람 한 명 정도는 이 위에 있어야 해."

"내가 내려갈 수도 있어!"

폴이었다. 그는 최소한 카티 옆에 무릎을 꿇고 앉진 않았다.

만약 그마저도 그녀를 동정하는 듯한 몸짓을 보였다면 카티는 정말 견딜 수 없었을 터였다.

"데이비드처럼 나도 믿어도 돼, 카티. 언제든."

정말 그럴 수 있을까?

카티는 건너편에서 구덩이 아래를 내려다보고 있는 벤저민과 크리스 그리고 율리아를 쳐다보았다. 그들의 얼굴에서 충격을 받은 기색이 역력했다. 심지어 벤저민은 처음으로 카메라를 잊고 있었다.

"아나의 안전에 대한 책임은 나한테 있어. 그러니까 내가 갈 거야. 더 이상 반박하지 마."

황소고집. 그건 어릴 때부터 카티를 따라다니던 꼬리표 같은 말이었다. 신분증에 특이 사항으로 그 별명이 기록되지 않은 게 신기할 정도였다. 카티는 데이비드가 내린 재킷 지퍼를 다시 채웠다.

"날 내려줘."

데이비드가 말했다.

"적어도 25미터는 넘는 깊이야."

"겨우 그 정도야?"

"지금 이 로프보다 두 배는 더 긴 로프가 필요해."

"로프를 모두 이어보지, 뭐."

데이비드는 화난 표정으로 고개를 저었다.

"전부 가정일 뿐이야. 만약 그보다 더 깊으면 어떡할 거야?"

데이비드는 흥분해서 말까지 더듬었다.

"이, 이건 미친 짓이야, 카티."

"아무 노력도 안 하고 가만있으면 정말 미쳐버릴 거야. 넌 아나를 저 아래에 그냥 놔둘 셈이야? 너 지금 나한테 이럴 필요까진 없다고 말하고 싶은 거야? 왜, 어차피 죽을 테니까? 살리지도 못할 텐데 괜히 애쓰는 거라고 말하고 싶어? 그런 거야, 데이비드?"

그는 아무 말 없이 고개를 저었다.

카티는 비틀거리며 몸을 일으켰다. 온몸이 욱신거렸다. 멍투성이일 게 분명했다. 그래도 갈비뼈가 부러지지 않은 게 다행이었다. 장갑은 걸레처럼 찢어져버렸지만 그래도 손은 멀쩡했다.

"마지막 숨이 끊어질 때까지야. 마지막 숨이 끊어질 때까지 할 수 있는 노력은 다 해볼 거라고. 알았어?"

카티는 거의 울부짖다시피 했다. 세상 끝까지 들릴 만큼 큰 소리로.

그래, 모두들 잘 들어.

이번엔, 이번엔 절대로 포기하지 않을 거야. 옳다고 생각하는 대로 할 거라고!

"그만해."

폴이 말했지만, 카티의 귀에는 그저 스쳐 지나가는 바람일 뿐이었다. 그러자 폴이 두 손으로 카티의 어깨를 잡았다. 그 순간 카티는 세상에 폴과 자기 오직 두 사람만 존재하는 것처럼 느껴졌다.

"그만해, 카티! 이미 일어난 일은 절대로 돌이킬 수 없어, 아직도 모르겠어?"

카티가 소리쳤다.

"뭐? 어떻게 네가 그런 말을 해? 다른 사람도 아닌 네가? 멀쩡한 사람이 어떻게 살인자가 되는 줄 알아? 누군가를 죽게 한 책임이 있어서가 아니라 그걸 막으려고 최선을 다하지 않았기 때문이야!"

카티는 주먹으로 한없이 자신의 가슴을 치고 또 쳤다.

"이번 등반의 책임은 나한테 있어. 내가 짠 계획이니까. 그러니 너희들은 하고 싶은 대로 해. 난 아나가 다시 집으로 돌아갈 수 있도록 저 아래로 내려갈 테니까."

그때 크리스가 차가운 목소리로 말했다.

"그건 너 혼자 결정할 수 없어."

카티는 그가 있는 쪽을 쏘아보았다.

"그래? 안 된다고?"

카티는 쏜살같이 폴의 곁을 지나 자기 배낭을 집어 들곤 그 속에서 지난 이틀간 갖고 다녔던 로프를 꺼냈다.

"카티!"

폴은 여전히 그녀를 붙잡으려고 했다.

"일단 진정하고 다 함께 좀 더 좋은 방법이 없는지 의논해

보자."

그러자 반대편에서 또다시 크리스의 목소리가 들려왔다.

"아나가 아직 살아 있는지조차 알 수 없잖아."

그러자 카티가 미친 듯이 소리쳤다.

"아까 목소리 못 들었어? 그 소린 그럼 유령이 낸 거야?"

벤저민이 흠칫 놀라 고개를 들었다. 안색이 시체처럼 창백
했다.

"카티, 저 아래가 얼마나 깊은지 생각해봤어? 이 정도의 추
락이면……."

벤저민은 말을 잇지 못했다.

율리아가 크리스의 손을 잡으며 말했다.

"그러니까 우리가 하고 싶은 말은……."

목소리가 떨렸다.

"이젠 더 이상 아나의 목소리가 들리지 않는다는 거야."

"아하, 그래서 아나가 죽었다고?"

카티는 두리번거리며 아나의 배낭을 찾았다.

"그거 정말 확신할 수 있어, 율리아? 확신하느냐고. 아님 혹
시 예언자 기질이 프로스트 집안의 내력인가? 혹시 너희들 중
에 아나가 백 퍼센트 죽었다고 장담할 수 있는 사람 있으면 나
와봐. 기왕이면 종이에 써서. 아나의 사망통보서에 사인할 사
람 누구 있어? 난 절대로 못 해."

카티는 몸을 굽히고 떨리는 손으로 로프를 풀기 시작했다.

추위와 통증 때문에 손에 감각이 없었다. 하지만 포기하지 않았고 결국 로프를 끝까지 풀었다. 그러자 다음 할 일에 대해 생각을 집중할 때 항상 그랬듯 마음이 진정되었다.

카티는 다시 일어섰다.

"자, 이제 이 로프를 누가 잡아줄 거야?"

아무도 대답하지 않았다.

여전히 바람만 쌩쌩 불고 있었다.

율리아와 벤저민 그리고 크리스는 서로 바싹 붙어 서 있었다. 크리스는 두 손을 주머니에 꾹 찔러 넣은 채 카티를 쏘아보고 있었다. 벤저민은 초조하게 한 발씩 번갈아가며 깡충거렸고 율리아는 금방이라도 울 것처럼 눈물이 그렁거렸다.

그때 카티의 바로 옆에서 사각거리는 발소리가 났다.

하지만 폴과 데이비드 역시 아무 말도 하지 않았다. 카티는 그들이 추위나 바람 때문에 입을 다물고 있는 게 아니라는 걸 잘 알고 있었다.

"데이비드, 넌 어때?"

카티가 돌아서서 물었지만 그 역시 망설이고 있었다.

카티는 속으로 간절히 빌고 있었다.

데이비드, 제발 날 배신하지 마. 제발.

결국 그는 그녀를 배신하지 않았다. 데이비드가 고개를 끄덕였다.

그러자 폴이 카티의 눈을 똑바로 쳐다보며 말했다.

"나도 돕겠어!"

이건 날 위해서야.

카티는 생각했다.

오로지 날 위해. 폴이 어떤 여학생을 위해 살인을 저질렀던 것처럼 이번 일은 나 때문이야.

그에겐 도덕 같은 건 없었다. 근본적으로 그는 오직 자신과 이해관계가 있는 일에만 끼어들었다. 하지만 이 순간 그런 건 중요하지 않았다. 지금 이 순간 중요한 건 동맹자가 생겼다는 사실뿐이었다.

"너희들은 어떻게 할 거야?"

카티는 자기 목소리에서 절망감이 사라졌음을 알았다. 대신 자기가 내보일 수 있는 최대한의 도도함과 경멸감을 드러내려고 애썼다.

크리스는 고개를 저었다.

"난 포기. 네가 여기서 자살하는 장면을 직접 연출하는 거 보고 싶지 않아. 데이비드나 폴은 아나랑 네가 죽는 모습을 보고 싶으면 마음대로 하라고 해. 난 떠날래. 물론 율리아도 나랑 같이 갈 거고."

바람 소리 때문에 카티는 고래고래 소리를 질러야 했다.

"그건 율리아가 스스로 결정해야 하는 거 아니야?"

카티는 율리아의 시선을 좇았다. 하지만 망설이고 있는 율리아의 눈빛을 보자 당황하고 말았다.

"카티, 벌써 3시가 넘었어. 아나를 끌어올리는 데 성공한다 해도 아직 빙산이 남았잖아. 지금 아나가 어떤 상태인지 누가 알겠어? 내 생각엔 차라리 빨리 필즈로 내려가서 전문 구조대에게 도움을 청하는 게 나을 것 같아. 지금 저 아래로 내려가는 건 정말 자살행위나 다름없어."

그 말에 카티는 머리가 멍해졌다.

"구조대는 빨라야 내일 아침에나 올 거야! 너도 알잖아, 그럼 아나는 진짜 끝장이라고!"

크리스가 버럭 소리를 질렀다.

"그러니까 넌 기어이 우리 모두의 생명을 위태롭게 만들겠다는 거야? 산속에선 생각보다 훨씬 더 빨리 어두워져. 게다가 또 무지 추워질 텐데 우린 텐트조차 없잖아. 만약 오늘 밤에 눈이라도 오면 어떡할 건데? 그러면 몽땅 얼어 죽는 거야!"

"그런 식으로 말하지 마. 지금 당장 세상이 멸망하면 어떡할 건데? 아니면 지금 네가 서 있는 땅이 갑자기 갈라져서 지옥으로 빠져버리면?"

흥분했는지 카티의 목소리가 갈라졌다.

"그거 알아? 크리스토퍼 비숍, 넌 비겁한 개자식이야."

크리스는 어깨를 으쓱했다.

"네가 그렇다면 그런가보지. 어쨌거나 난 떠날래."

크리스는 돌아서면서 벤저민에게 물었다.

"벤, 너도 같이 갈 거지?"

벤저민은 잠시 망설였다. 1초. 2초.

"크리스 말이 맞아. 솔직히 말해서 아나는 너무 잘난 척하다가 이렇게 된 거야. 어제부터 그러더니."

카티는 남자들의 비겁한 태도를 보자 할 말을 잃고 말았다.

"헬리콥터는 어때? 전화로 필즈에 있는 산악 구조대에 신고하면 되잖아?"

율리아가 절망적인 목소리로 묻자 데이비드가 대답했다.

"산장에서처럼 여기서도 전화가 안 터져."

"그래도 한번 해봐."

"벌써 해봤어."

카티는 로프를 잡았다.

"겁쟁이들! 난 혼자였어도 아나를 저대로 두고 가진 않았을 거야. 괜히 입씨름하느라고 시간만 낭비했네."

크레바스로 다가간 카티는 아래를 내려다보았다. 바닥에 시꺼먼 그림자가 보이는 것만 같았다. 하지만 그건 그녀 자신의 그림자일 수도 있었다.

"아나?"

정적만 흘렀다.

"아나, 내 목소리 들려?"

고스트 봉우리에서 매서운 바람이 불어와 카티의 머리카락을 휘날리며 모든 소리를 집어삼켰다.

고개를 들자 다섯 명의 얼굴이 카티를 뚫어져라 쳐다보고 있었다. 모두 추위와 극도의 긴장감으로 일그러져 있었다.

크리스가 율리아의 손을 잡았다.

"가자, 우린."

율리아의 시선이 카티에게로 향했다. 그렇게 한참을 바라보더니 결국 시선을 바닥으로 떨어뜨렸다.

율리아는 끝내 카티의 시선을 외면한 채 크레바스 너머로 소리쳤다.

"가서 구조대를 불러올게, 카티!"

율리아는 앞서가는 두 남자의 뒤를 따라갔다.

"자, 시작하자!"

카티는 배낭을 가까이 끌어당겼다. 목소리와 마찬가지로 두 손 역시 떨리고 있었다. 하지만 늘 그랬듯 이번에도 금세 마음을 다잡았다. 율리아의 배신에 얼마나 충격을 받았는지 다른 사람들이 알아차리는 게 싫었다.

"어디 빙벽 전용 스크루가 있을 거야. 아이스피켈과 배낭을 이용해 지지대를 설치해줘. 난 일단 로프가 닿는 곳까지 내려간 다음 뛰어내릴게."

"그럼 돌아올 땐 어떡하려고? 로프가 너무 짧으면 다시 잡기가 어려울 텐데."

데이비드가 물었지만 카티는 대답하지 않았다. 대신 두꺼운 옷 때문에 뒤뚱거리며 빠르게 설원을 걸어가고 있는 세 사람의 뒷모습을 잠시 바라보았다.

세바스티앵과 알링턴 기념 다리에서 뛰어내린 건 그날이 처음은 아니었다. 하지만 그날은 특별한 날이었다. 바로 크리스마스이브였기 때문이었다.

카티는 난간에 기대 시꺼먼 강물을 내려다보고 있었다. 난간 위로 올라가 까마득한 아래로 뛰어내리는 상상을 하자 목이 조여오는 것 같았다. 그녀는 늘 '무슨 일이 있어도 뛰어내릴 거야'와 '절대로 그런 짓을 하지 않을 거야' 사이에서 갈등했다.

"못하겠어, 오늘은. 오늘 밤엔 기분이 좀 이상해. 그리고 너무 추워."

그러자 그가 키스를 하며 부드러운 목소리로 말했었다.

"괜찮아, 카티. 늘 했던 대로 하면 돼."

"내일은 크리스마스잖아."

"그러니까, 이건 우리를 위한 선물이야."

세바스티앵은 평소처럼 로프를 몸에 감았다. 헬멧도 썼다. 늘 그랬듯이. 그런 다음 난간 위로 올라가 두 팔을 넓게 벌리곤 소리쳤다.

"메리크리스마스, 카티!"

그런 다음 곧장 아래로 뛰어내리자 카티는 깔깔대고 웃었다. 한참을 웃었다. 그리고…… 정적이 흘렀다. 너무 조용했다. 카티는 이상한 기분이 들면서도 처음엔 뭐가 이상한지 알아차리지 못했다. 그러다가 문득 깨달았다. 세바스티앵은 평소처럼 "오늘은 죽어도 좋을 날이야!"라고 말하지 않았다.

"왜 그래, 카티?"

누군가의 목소리가 카티를 회상에서 깨웠다. 고개를 들자 폴의 얼굴이 시야에 들어왔다.

"내가 가는 게 낫지 않을까?"

카티는 고개를 저었다.

"카티……."

폴이 그녀의 눈을 똑바로 쳐다보았다. 그의 황갈색 눈동자는 마치 그녀가 아래를 내려다보지 못하도록 하는 마력을 지닌 것 같았다. 아니, 그건 좀 과장일지도 모른다. 하지만 어쨌거나 카티는 그 순간 눈을 딴 곳으로 돌릴 수 없었다.

폴이 입을 뗐다.

"그 아이, 내가 너한테 얘기했던 그 남학생 말이야……."

"응."

"그 남학생이 여자애를 살해했기 때문이었어. 그래서 내가 걜 죽였어."

***

카티는 데이비드의 구급상자를 재킷 주머니에 넣고 헬멧 끈을 턱 아래에 단단히 고정시킨 뒤 왼손으로 로프와 안전벨트의 매듭을 거듭 확인했다. 그런 다음 몇 발자국 뒤로 가서 로프에 매달렸다. 그녀는 좀 더 경사가 완만해 보이는 쪽을 선택했다. 반대편 벽은 너무 울퉁불퉁하고 거칠어 보였다. 그녀는 천천히 발을 구덩이 아래로 내렸다. 가슴까지 내려갔을 때 로프가 튼튼한지 다시 한 번 확인한 후 머리 끝까지 내려갔다.

신비해.

크레바스 안으로 들어갔을 때 첫 느낌이었다.

반대편 벽은 꼭 종유석 동굴처럼 거대한 고드름과 튀어나온 바위들로 모양이 불규칙했다. 암석들은 구멍 안으로 쏟아져 들어오는 햇살을 받아 푸른빛으로 반짝거렸다.

그녀는 문득 아름다움이라는 게 때론 허위적일 수 있다는 생각이 들었다.

또는 치명적일 수도 있다고.

카티는 마음을 단단히 먹고 아이젠을 신은 발로 한 발씩 빙벽을 찍으며 내려가기 시작했다.

아래까지 내려가는 길은 상당히 멀고 길게 느껴졌다. 25미터보다 더 긴 빙벽을 따라 내려가는 동안 오만 가지 생각들이 카티를 괴롭혔다. 그래서 차라리 아나와 얘기하기로 결정했다. 카티는 계속해서 아나의 이름을 불렀다.

2년 전 그날 밤에도 카티는 세바스티앵이 자기 이름을 불러주길 하염없이 기다렸었다. 그가 "멋진 다이빙이었어!"라든가 또는 "날고 싶지 않아? 그럼 뛰어내려!"라고 소리쳐주길 기다렸다.

그가 교각에 붙어 있는 사다리를 쿵쿵 쳐서 신호를 보내길 기다렸지만 끝내 바람은 이루어지지 않았다. 난간 위로 그의 머리가 나타나기를, 승리감에 도취되어 활짝 웃는 그의 얼굴이 나타나기를 간절히 빌었건만.

그는 다시 돌아오지 않았고 그날 밤은 너무 어둡고 추웠다. 그녀는 기다리고 또 기다렸다. 모든 게 평소와 다름없기를 바라며 기다리는 동안 수십 분이 흘러가버리고 말았다.

무슨 일이 있었던 걸까? 어디에 문제가 있었던 거지?

세바스티앵이 늘 뭐라고 했더라? 다리에서 다이빙을 할 때 로프가 끊어지지 않고선 위험할 일이 전혀 없다고 했었잖아.

카티는 아래로 내려가는 동안 두 손으로 로프를 꽉 부여잡고 있었다.

추워, 너무 추워.

장갑을 꼈는데도 손가락이 동상에 걸린 것 같았다. 그래도 아까 떨어지면서 입은 상처의 통증은 더 이상 느껴지지 않았다. 아마도 아드레날린 때문인 것 같았다.

밑을 보지 마. 보면 안 돼.

그렇게 되뇌었는데도 가면 갈수록 점점 더 어두워지는 듯한 아래를 끝내 내려다보고 말았다. 위쪽의 아름다운 설원 위로 어두운 그림자가 드리우는 것만 같았다. 눈물에 가려 흐릿한 시야에 수직으로 떨어지는 빙벽들이 들어왔다. 빙벽들은 햇빛을 받아 짙은 아쿠아마린색으로 빛나고 있었다.

그 시점에서 생각들까지도 손발처럼 꽁꽁 얼어붙어버렸다. 깊이 내려가면 갈수록 공기는 더 차가워졌고 구멍도 더 좁아졌다.

지친 카티는 가다 쉬다 할 수밖에 없었다. 그러면서도 끊임없이 아나의 이름을 불렀다. 하지만 대답은 없었고 그럴 때마다 그녀는 주체할 수 없는 외로움에 몸이 굳어버리는 듯했다.

좀 더 빨리, 카티, 더 빨리.

로프를 타고 내려간 적은 수없이 많았다. 그 일은 단순히 집중력을 얼마나 발휘하느냐의 문제에 불과했다. 힘을 낭비할 필요가 없었다. 아나와 돌아갈 때를 위해 힘을 아껴둬야 했다.

하지만 몹시도 힘이 들었다. 이번 등반에서 그녀가 기대했던 일은 하나도 일어나지 않았다. 세바스티앵과 함께 경험했던 무한한 자유와 아드레날린의 분출 같은. 승리의 기쁨이 움트려고 할 때마다 예상치 못한 사고가 일어났기 때문이었다.

늪을 겨우 빠져나오자마자 갱 안에서 거의 매몰될 뻔했었고 산장에 도착하자마자 한밤중에 내린 폭설로 좌절해야 했었다. 겨우 정상에 다다랐나 싶었을 땐 아나가 의식을 잃고 만 것이었다.

카티가 그토록 열망했던 그 느낌은 세바스티앵과 함께 사라져버린 걸까? 그 느낌은 그녀와 세바스티앵이 나눈 사랑의 일부였을까?

그 당시 카티는 로프가 진짜로 끊어졌다는 사실을 받아들일 수 없었다. 그런 일을 어찌 예상할 수 있었겠는가? 로프는 한 번도 사용하지 않은 새것이었는데.

나중에 경찰은 그녀에게 그 사실에 대해 묻고 또 물었다.

"로프가 끊어지기 전까지 몇 번이나 사용했었나? 갑자기 로프가 끊어진 걸 어떻게 설명할 것인가?"

카티는 그들의 질문에 답할 길이 없었다.

그저 운이 나빴을 뿐이었다.

하지만 다른 사람들은 대답을 듣고 싶어 했다. 경찰, 보험회사, 그녀의 아버지, 특히 언론과 세바스티앵의 부모님이.

단 한 번도 그 일에 대해 묻지 않은 건 카티의 어머니뿐이었는데 이제 와서 갑자기 카티는 그 이유를 알 것 같았다. 왜냐하면 어머니 미수 역시 같은 일을 경험했을 테니까. 바로 이 산 위에서.

***

카티는 무심코 아래를 내려다봤다가 하마터면 소리를 지를 뻔했다. 헤드 랜턴의 불빛을 통해 발아래 컴컴한 실루엣이 보였기 때문이었다.

아나! 아나의 갈색 재킷이었다. 카티는 속도를 내어 더 빨리 내려갔고 잠시 후 그 물체를 자세히 볼 수 있었다. 아나는 몸을 동그랗게 만 채 꼼짝 않고 누워 있었다.

"좀만 더 버텨. 내가 곧 갈게. 이제 몇 미터밖에 안 남았어."

그런데 잠시 후 카티는 너무 섣부른 약속을 해버렸음을 깨달았다. 자신이 매달려 있던 벽은 단단한 빙벽이 아니라 얇은 얼음판으로 덮여 있어서 아이젠으로 디디자마자 쉽게 깨져버렸다. 얼음 조각이 떨어지는 소리로 미루어보아 카티는 아나가 누워 있는 곳이 생각보다 훨씬 더 아래라는 걸 알게 되었다. 로프가 모자랄 게 분명했다. 그뿐만이 아니었다. 얼음판은 얼음벽과 달리 단단하지 않았다. 그래서 지금까지보다 훨씬 더 주의를 기울여야 했고 아이젠도 조심스럽게 살살 디딜 수밖에 없었다.

그녀에겐 선택할 수 있는 기회가 있었다.

이쪽 벽과 반대편, 즉 크리스와 율리아 그리고 벤저민이 서 있었던 쪽 벽과 이쪽 벽 사이에서 그녀는 이쪽을 선택했고 그것이 잘못된 선택이었음을 이제 와 깨닫게 되었다.

왜 이쪽을 선택했을까? 왜 반대쪽은 아니었지?

느낌과 찰나의 판단에 속은 것이었다.

그녀의 선택은 잘못되었다. 카티가 매달려 있는 곳에서 바닥까지는 5미터 내지 6미터가량 남아 있었다. 그리고 로프는 기껏해야 1미터 정도 더 길 뿐이었다.

이제 어떡하지?

뛰어내려야 해, 카티. 넌 고양이처럼 날렵하잖아, 안 그래? 넌 목숨이 일곱 개야. 잘만 뛰어내리면 넘어지지 않고 두 발로

설 수 있어.

다만 문제는 아나와 다시 어떻게 위로 올라가느냐였다.

내가 잘하고 있는 걸까? 아니면 세바스티앵의 경우처럼 실수를 저지르고 있는 건 아닐까?

그녀는 그때 구조를 요청하는 대신 세바스티앵을 돕기 위해 교각 사다리를 타고 내려감으로써 귀한 시간을 낭비했던 것이다.

얼음판 끝까지 남은 거리, 이제 3미터.

2미터.

카티는 아래로 뛰어내리는 걸 두려워해본 적이 한 번도 없었다. 그 심리학자가 자신의 부주의한 행동 때문에 죄책감을 갖고 있느냐고 물었을 때 카티는 쏘아붙이듯이 대답했었다.

"그건 부주의한 행동이 아니었어요. 문제는 로프였다고요, 아시겠어요? 로프가 끊어졌기 때문이에요."

한 발을 아래로 내디딘 순간 발이 허공에서 허우적거렸다. 드디어 얼음판 끝까지 내려온 것이다. 로프가 대롱대롱 흔들렸다.

좋아, 카티. 뛰어내려. 로프를 놔.

그리고 카티는 로프를 놓았다.

그러다 얼음벽의 끝 모서리에 머리를 부딪치고 말았다. 잠시 눈앞이 핑 돌면서 깜깜해졌다. 떨어질 때 되도록 몸을 말아서 구르려고 했지만 결국 두 팔로 겨우 머리를 감싸는 데 그쳤다.

뽀얀 먼지 같은 눈발과 얼음 조각들이 그녀 위로 우두두 떨어져내렸다.

그러곤 깜깜해졌다.

잠시 동안 카티는 움직이지 않고 가만히 있었다. 그냥 누워 있었다. 그렇게 침착하게 호흡에 집중하는 동안 가장 우려하던 사태가 일어나진 않았다는 걸 깨달았다. 눈 속에 파묻힌 게 아니었다. 재빠르게 그녀는 얼굴에 떨어진 얼음 조각들을 떨어냈다.

헤드 랜턴이 꺼져버렸다. 그게 전부였다. 카티는 벌떡 일어나 눈을 털어내고 꿇어앉은 자세로 아나가 누워 있는 쪽으로 방향을 틀어 더듬거렸다.

"아나?"

하지만 대답이 없었다.

로프

"아나?"

정적이 흘렀다.

쥐 죽은 듯 고요하고 또 깜깜했다.

카티는 장갑을 벗었다. 손바닥에 생긴 물집이 타들어가는 듯 아팠다. 아래로 내려가는 내내 아드레날린이 감각을 마비시켰고 두려움이 통증을 잊게 해주었던 것이다. 하지만 그만큼 후유증은 더 심각했다. 게다가 추위와 어둠까지 가세했다. 아래쪽은 완전히 암흑은 아니었지만 신비로운 위쪽 풍경과는 전혀 달랐다. 아래는 칙칙한 푸른색이 지배하고 있었고 사방 어디를 둘러봐도 얼음뿐이었다.

불. 불빛 없인 옴짝달싹할 수가 없었다. 카티는 손을 위로 뻗어 헤드 랜턴의 스위치를 건드려보았다. 하지만 불은 들어오지 않았다.

젠장!

"카티, 카티! 괜찮은 거야?"

처음엔 아나가 드디어 깨어났구나 싶었지만 그 소리는 위에서 난 거였다. 크레바스 입구에 폴의 회색 고어텍스 재킷이 어른거렸다. 그와의 거리가 한없이 멀게만 느껴졌다.

"괜찮아."

카티는 소리쳤지만 그가 그 소리를 들었는진 알 수 없었다.

다시 손으로 헤드 랜턴을 만져보았지만 이번에도 역시 소용없었다. 헤드 랜턴을 벗어 살펴보니 배터리를 넣는 곳이 비어 있었다. 뛰어내리면서 빠진 게 틀림없었다.

좋아. 일단 아나가 먼저야. 불은 그다음에 생각하자.

카티는 아나 쪽으로 몸을 굽혀 그녀의 뺨을 만져보았다. 얼음처럼 차가웠다.

얼어버린 건가? 아니면 그저 차가운 건가?

응급처치 시간에 잘 좀 배워둘걸, 하는 후회가 순식간에 스쳤다. 손가락으로 아나의 목을 더듬어보았다.

동맥이 어디쯤 있다고 했더라? 맥박이 멈춰버린 건가, 아니면 내가 엉뚱한 데를 짚고 있나? 대체 뭐가 보여야 말이지!

그때 번뜩 좋은 생각이 났다.

아나의 헤드 랜턴!

어디 있었지? 배낭 안에?

운이 좋으면 재킷 주머니 안에 있을 수도 있었다. 요 며칠 그녀에겐 정말 행운이 무제한으로 필요했다.

카티가 아나의 오른쪽 주머니를 더듬었을 때 아나가 처음으로 짧게 신음 소리를 냈다.

카티는 그제야 마음이 놓이며 기쁨이 파도처럼 밀려왔다.

아나가 살아 있었어!

부상이 생각보다 심할 수도 있고 어쩌면 제힘으론 여길 벗어날 수 없는 상태일지도 모르지만, 어쨌든 살아 있었다!

다행이었다. 실로 어마어마한 행운이었다!

그에 비하면 랜턴 따위는 못 찾아도 상관없었다.

잠시 후 카티는 아나의 바지 고리에 매달려 있는 랜턴을 찾아냈다. 카티가 안도하며 고리를 풀고 랜턴 스위치를 켜자 LED 전구가 어찌나 밝은지 눈이 부셔 잠시 눈을 감았다 뜰 수밖에 없었다.

그런 다음, 카티는 곧 모든 상황을 파악할 수 있게 되었다.

우선은 아나의 부상 정도부터 알아야 했다.

아나는 무릎을 가슴까지 끌어올려 몸을 동그랗게 만 채 옆으로 누워 있었고 꼭 결박당한 포로처럼 고개도 옆으로 향하고 있었다. 입은 반쯤 벌리고 있었고 눈은 살짝 뜨고 있어서 마치 눈썹이 꽁꽁 얼어버린 것처럼 보였다.

피부색은 걱정스러우리만큼 파래서 고산증에 걸린 사람 같왔다. 아니면 혹시 파란 빙벽에 반사된 LED의 불빛 때문에 그렇게 보인 걸지도 몰랐다.

공포감이 밀려왔다. 데이비드의 말이 옳았던 것이다. 카티는 응급처치에 대해 전혀 아는 바가 없었다. 단순히 사명감만으로 무작정 뛰어들 일이 아니었다.

지금 이 순간 데이비드의 지식을 얻을 수만 있다면 뭐든 다 할 텐데.

그녀는 절망적인 심정으로 아래로 내려오기 전에 데이비드가 알려준 지시들을 기억해내려고 애썼다. 하지만 그럴수록 절대로 해선 안 되는 행동들만 떠올랐다.

세바스티앵의 경우처럼.

실수…… 그리고 아나……

'헬멧을 벗기면 안 돼. 부상자를 움직여서도 안 돼.'

좋아. 그다음엔?

손을 잡아주는 건 아무런 도움이 되지 못했다.

'옆으로 뉘어 안정적인 자세를 취하게 할 것.'

하지만 아나는 이미 옆으로 누워 있었다.

아직 숨을 쉬기는 하는 걸까?

심장이 뛰고는 있을까?

카티는 조심스럽게 재킷 지퍼를 내려 아나의 가슴에 귀를 대보았다. 두려움 때문에 콩닥콩닥 뛰는 자신의 심장 소리가 너무 커서 누구 것인지 분간할 수가 없었다.

그 순간 좋은 생각이 떠올랐다. 우선 아나의 오른쪽 장갑을 벗겼다. 손은 여전히 부어 있었고 빨갰다. 애초에 이 모든 재앙을 불러왔던 건 바로 이 상처 때문이었다.

아니야, 카티. 너 때문이었어. 이 산을 오르겠다던 네 계획 때문에.

카티는 다시 아나의 호흡을 살펴보기 위해 그녀의 얼굴에 자기 얼굴을 갖다 댔다. 그런데 그 순간 아나가 눈을 번쩍 뜨고 카티를 빤히 쳐다보았다.

카티는 소스라치게 놀라 숨을 헐떡이며 소리쳤다.

"아나! 살아 있구나. 아픈 덴 없어?"

고개를 끄덕인 건가?

상관없었다. 바보 같은 질문이었으니까.

아플 게 뻔한데.

카티는 아나의 얼굴에서 말할 수 없을 정도의 고통을 똑똑히 읽을 수 있었다.

그 순간 갑자기 아나의 입과 코 주변에 허연 부분이 눈에 들어왔다. 카티는 그게 무엇인지 잘 알고 있었다. 동상의 징후였다. 처음엔 피부가 허옜다가 점차 잿빛으로 변하고 결국엔 시꺼멓게 되는. 카티는 또다시 아나의 발가락과 아나가 이틀 전에 했던 말이 떠올랐다.

"오늘은 죽어도 좋을 날이야."

온기.

대체 머리는 뭣 하러 달고 다니는 거야? 진작 아나의 몸부터 데워줬어야 하잖아.

카티는 쉴 새 없이 아나에게 말을 걸면서 덜덜 떨리는 손으로 재킷 주머니에서 구급상자를 꺼냈다.

"오늘은 죽기에 재수 없는 날이야, 아나. 내 말 듣고 있어? 물론 아직은 당신을 여기서 어떻게 끌고 올라갈지 모르겠지만. 어쨌거나 당신은 죽지 않을 거야. 난 데이비드처럼 누구의 목숨을 구하려고 기다리는 사람은 아니야. 다른 사람에 대한 책임 같은 건 모르는 고집불통, 그게 바로 나거든. 이 말을 누가 한 줄 알아? 바로 우리 아버지야. 당신네 가족은 어떤지 모르겠지만 우리 부모님은 날 자동차 한 대 구입하는 심정으로 낳았어. 그냥 남들도 다 있으니까 나도 있어야 한다, 뭐 그런 논리였지. 남들한테 보여주려고. 과시욕을 충족하기 위한 대상으로 말이야."

카티는 입을 다물었다. 구급상자 어딘가에 분명 비상용 덮개가 든 상자가 있었는데.

여기 있어!

오른손으로 상자를 여는 동안 카티는 다시 말을 이었다.

"내 말 잘 들어! 내가 당신을 위로 데리고 올라갈 거야. 위에서 폴하고 데이비드가 기다리고 있어. 꼭 약속할게, 알았지? ……사실, 나 한 번 실패한 적이 있어. 내 남자 친구였던 세바스티앵…… 아니, 그는 내 목숨을 내주어도 아깝지 않은 유일한 사람이었다고 하는 게 맞겠다. 그런데 내가 그만 실수를 해 버렸어. ……하지만 당신은 날 믿어야 해. 아나. 난 당신을 포기하지 않아."

말을 길게 하면 할수록 카티는 점점 더 안정을 되찾았다. 평소에는 거의 말을 하지 않던 그녀가 이 아래에선 만담가처럼 떠들고 있다니 놀라운 일이었다. 마침내 그녀는 상자에서 덮개를 찾아 아나의 몸 위로 넓게 펼쳤다.

첫 번째 임무는 완수했다.

이제 두 번째 임무는? 아직 감이 오질 않았다.

"카티! 카티!"

그 목소리는 엘리베이터 안에서처럼 들렸다. 아니면 깊이 때문에 아무런 뉘앙스도 없이 단순히 자음과 모음의 나열로만 들렸던 걸까?

그녀는 깊이 숨을 들이쉬곤 일어서서 손을 입가에 대고 소리쳤다.

"살아 있어!"

살아 있어.

카티는 생각했다.

세바스티앵, 그 역시 아직 살아 있어. 그의 엄마 이브의 눈 속에서.

카티는 아나 옆에 바싹 붙어 앉아 두 팔로 그녀를 감싸 안았다. 그렇게 얼음벽에 등을 기대고 앉아 오직 한 가지 생각만 했다.

여기서 아나를 어떻게 데리고 나가지?

생각해봐, 카티. 생각을!

틀림없이 무슨 수가 있을 거야. 지금은 세바스티앵의 경우완 완전히 달라. 그땐 구조대를 부를 수 있었어. 하지만 지금 믿을 건 오직 너 자신뿐이야.

그리고 넌 혼자가 아니야. 저 위엔 데이비드와 폴이 있어.

폴.

카티는 그를 오해했었다. 완전히 잘못 봤던 것이다.

그가 왜 살인자가 됐는지 이유를 말했을 때 그 목소리가 머리에서 떠나질 않았다.

그 이유는 섬뜩하면서도 이해하기 힘든 무엇이었다.

그에 대한 불신이 확연히 줄어들었다. 그랬다. 그 순간 카티는 폴을 그저 믿고 싶었다.

크리스나 벤저민과는 달랐다. 그리고 율리아와도.

카티는 5미터 위에 달랑달랑 매달려 있는 로프를 올려다보았다.

좋아, 이제 2단계야.

그 안은 처음 생각했던 것처럼 좁지 않았다. 오히려 그곳은 지름이 2미터 내지 3미터쯤 되는 긴 갱에 가까웠다. 따라서 로프까지 기어 올라갈 수 있는 적당한 자리를 찾을 공간이 충분했다. 하지만 아나는 아니었다.

크레바스 위로 그림자가 드리웠다.

폴일까 아니면 데이비드?

알 수 없었다.

시간이 자꾸만 흐르고 있었다. 빨리 뭔가 생각해내야만 했다. 카티는 스스로 터무니없는 것 같으면서도 왠지 좋은 아이디어가 떠오를 듯한 느낌이 들었다.

그런 생각을 하는 동안 왼쪽 시선 끝에 갈색 점 같은 게 걸렸다. 그녀가 아까 내려왔던 얼음판 뒤쪽이었다. 그게 무엇이건 간에 이 자연환경에는 어울리지 않았다. 얼음 동굴 속의 낯선 물체.

얼음 동굴.

그제야 그녀는 이 아래쪽 공간의 왼편이 안으로 깊숙이 들어가 있음을 알았다.

목소리들이 진짜 위에서 들려오고 있는 걸까?

아니면 혹시 저 안에서 들린 건 아닐까?

아나를 흘낏 보자 뺨에 다시 혈기가 돌고 있는 게 확실해 보였다. 손가락은 여전히 얼음처럼 차가웠지만 카티의 응급처치가 조금은 도움이 된 게 틀림없었다.

그녀의 시선이 갈색 점 쪽으로 다시 옮겨갔다.

카티는 몸을 반쯤 일으켜 껌껌한 굴 쪽으로 다가갔다.

점이 점차 커졌고 끝부분은 좀 더 밝은색을 띠었다.

뭔가 이상해.

그건 반짝이는 눈이나 얼음과는 달랐다. 반질반질한 윤기가 없었고 대리석 같은 느낌이었다.

그쪽으로 좀 더 가까이 다가간 그녀는 자신의 눈을 의심하지 않을 수 없었다.

그녀가 본 건 신발 한 짝과 거기 박혀 있는 한쪽 다리였다.

***

카티는 한참 만에 제정신을 차렸다. 아직도 이 터무니없는 현실과 끔찍한 악몽의 차이를 구분하기엔 너무 얼떨떨했다. 하지만 그녀는 용기를 내 앞으로 나아갔고 헤드 랜턴 불빛의 도움으로 어렴풋이 예감했던 게 사실임을 확인했다.

무거운 갈색 등산화와 아이젠. 그건 그녀가 수개월 전에 미러 호의 밑바닥에서 발견했던 것과 같은 오래된 모델이었다.

천.

한때는 감색이었을 바지. 그리고 그의 머리 위에는 오렌지색 배낭이 놓여 있었다.

카티는 시체를 좀 더 가까이에서 보기 위해 앞으로 갔다.

위에서 또 누가 부르는 소리가 들렸다.

폴일까? 데이비드일까?

누구든 중요하지 않았다. 그녀는 난생처음으로 시체를 보았다. 죽은 사람. 그는 마치 이 아래 얼음 속에서 잠든 것처럼 보였다. 건드리기만 하면 금세 깨어날 것 같았다.

배낭이나 옷차림을 봤을 때 그가 요즘 사람이 아니라는 걸 한눈에 알 수 있었다. 어떤 생각이 막 떠오르려던 찰나 아나의 신음 소리가 들렸다.

카티는 아나가 있는 쪽으로 다시 기어가 그녀의 오른손을 잡았다.

"아나, 나 여기 있어."

아나가 뭐라고 중얼거렸지만 알아듣기 힘들었다.

"좀 더 크게 말해봐."

"내…… 다리…… 부러졌어."

위에서 또 누가 소리쳤다.

"카티? 무슨 일이야? 제발 대답 좀 해."

카티는 손을 입가에 대고 소리쳤다.

"아나의 다리가 부러졌대! 그래도 말을 하기 시작했어!"

그런 다음 다시 시체가 있는 쪽으로 되돌아갔다.

그는 등을 대고 누워 있었다. 아니, 더 정확히 말하면 옆으로 고꾸라진 채 얼굴은 그녀 쪽을 보고 있었다.

카티는 어떤 단서라도 찾길 바라는 마음으로 머리끝부터

발끝까지 시체를 찬찬히 살펴보았다. 여러 겹 겹쳐 입은 옷가지들은 비쩍 마른 몸에는 너무 커서 헐렁해 보였다.

하지만 몸체는 놀라우리만큼 잘 보존되어 있었다. 아니, 사실 놀라울 것도 없었다. 죽은 뒤 자기 몸을 영원히 보존하기 위해 일부러 냉동시키는 사람들도 많으니까. 하지만 카티는 죽고 없는 사람의 껍데기를 왜 보관하는지 도무지 이해할 수가 없었다.

헤드 랜턴의 불빛이 목덜미까지 자라난 머리카락을 비췄다. 그 아래로 얼굴이 보였는데 가죽, 아니 주름지고 쭈글쭈글하고 거친 게 꼭 양피지 같았다. 한때는 생명이 깃들었을 얼굴이었다.

카티는 마음으로부터 나오는 강요, 또는 어쩌면 변태적인 호기심에 이끌려 손을 뻗어 목을 만져보려다가 얼른 손길을 거뒀다.

손을 댔다가 미라가 된 지 오래인 살갗이 흙처럼 흘러내리기라도 하면 어쩌지?

그녀는 고개를 저었다. 이건 공상 소설이나 영화가 아니라 현실이었다. 그럼에도 도무지 용기가 나질 않았다. 그녀와 죽은 이 사이에 마치 보이지 않는 경계선이 있기라도 한 것처럼. 삶과 죽음 사이의 경계, 그 사이에서 여전히 세바스티앵이 떠돌고 있었기에 카티는 그를 다시 만나러 갈 수가 없었다.

또다시 아나의 신음 소리가 들리자 카티는 그녀를 안심시키기 위해 다시 한 번 그 자리로 돌아갔지만 도무지 시체에서 눈길을 거둘 수가 없었다.

시체 쪽으로 다시 돌아온 카티는 자세히 관찰하기 시작했다. 그러고 마침내 원하던 것을 찾았다.

로프!

얼음 미라의 허리에 로프가 감겨 있었다.

그런데 끝은 어디에 있는 거지?

카티는 갑자기 시체를 만지는 게 아무렇지도 않게 느껴졌다. 그녀는 로프의 끝을 찾기 위해 로프가 묶여 있는 방향을 따라 시체를 더듬어갔다. 매듭은 시체의 배 근처에 있었다. 얇은 피부를 통해 뼈가 만져졌다. 꼭 해골을 만지는 것 같은 기분이었다.

괜찮아, 카티! 넌 할 수 있어!

이번에는 시체의 발끝으로 기어갔다.

분명 어딘가 끝이 있을 거야. 그래, 여기 있네.

로프가 시체의 다리를 휘감고 있었다. 카티는 있는 힘껏 로프를 잡아당겼다. 그러다가 소스라치게 놀라 뒤로 나앉고 말았다. 시체가 움직이더니 거꾸로 뒤집혀버렸던 것이다.

순간 역겨움이 치밀어 올랐다. 마치 시체의 입김을 들이마시는 기분이 들어서였다.

아나가 또 신음을 했다.

카티는 서둘러 로프를 잡곤 바닥에 얼어붙어버린 로프의

끝을 필사적으로 떼어냈다.

됐어. 몇 미터나 될까? 어쨌든 이만하면 충분하겠어.

"카티?"

위에서 목소리가 들려왔다.

이젠 미라가 된 시체의 배에 묶여 있는 매듭만 풀면 됐다.

카티는 이를 악물고선 시체의 몸 위를 더듬더듬거렸다.

그러다가 그만 못 볼 걸 보고 말았다.

이럴 수가! 이건 아니잖아!

그녀는 충격으로 온몸을 떨었다. 하지만 아예 생각을 못 하도록 곧 뇌의 한 부분을 차단시켜버렸다.

정신 차려, 카티. 지금은 매듭만 생각해야 해! 지금 중요한 건 그것뿐이야!

카티는 충격과 추위로 덜덜 떨리는 손가락으로 매듭을 풀려고 했지만 쉽게 되질 않았다.

칼이 필요해. 아니면 다른 날카로운 거라도.

또다시 역겨움이 올라왔다.

아냐, 그 짓은 못 해. 그건 할 수 없어.

그 순간 아나가 신음하며 중얼거렸다.

"추워, 너무 추워."

해야만 해!

카티는 시체 위로 몸을 숙이곤 눈을 감았다. 그러자 그녀를 둘러싼 모든 게 흐릿해졌다.

카티가 기적을 믿는다면 그것이 바로 기적일 것이다. 어쩌면 행운 자체가 기적일지도 모른다.

어쨌거나 그녀는 시체를 감고 있던 로프를 단번에 끊었다. 그런 다음 자신이 타고 내려왔던 밧줄이 있는 곳까지 벽을 타고 5미터 내지 6미터쯤 올라가 벽에 힘껏 박아놓은 아이스피켈을 왼손으로 붙든 채 오른손으로 두 밧줄을 이어 맸다. 그리고 다시 아나 곁으로 갔을 때, 밧줄을 발견한 그 순간부터 조금씩 타오르던 희망의 불꽃이 점점 더 강해지는 걸 느꼈다.

그녀는 아나를 안심시킨 뒤 가슴과 안전벨트에 걸어놓은 카라비너에 로프를 묶었다. 이제 데이비드와 폴이 위에서 끌어올리기만 하면 됐다.

로프가 끊어지거나 풀리지만 않는다면.

카티를 가장 두렵게 하는 건 오직 그뿐이었다.

그때 그 로프는 세바스티앵의 목숨을 앗아가버렸다. 물론 세바스티앵의 심장은 아직 뛰고 있지만 영영 깨어나지 못할 것이다. 그는 결코 깨어나지 못한 채 차라리 죽느니만 못한 식물인간으로 영영 살아갈 터였다.

아니면 혹시?

"카티, 아직 멀었어?"

"다 됐어!"

하지만 잠시 후 카티는 자신의 판단이 잘못됐음을 깨달았다. 그 상황에서 가장 걱정해야 할 일은 로프가 끊어질 가능성이 아니라 폴과 데이비드가 밧줄을 끌어올리기 시작했을 때 내지른 아나의 고통스러운 비명 소리였다.

***

카티도 어서 서둘러야 했다. 그녀는 시체에 되도록 눈길을 주지 않고 그 옆으로 다가가 싸구려 천 재질로 만든 배낭을 집었다. 꼭 석기시대 등반의 잔해 같았다. 배낭은 믿을 수 없을 만큼 무거웠다.

지퍼를 찾아 열어보려는 순간, 뭔가에 걸려 열리질 않더니 천이 그만 찢어져버렸다. 카티는 당황하지 않고 배낭 속을 뒤지기 시작했다. 속옷, 치약과 칫솔이 든 비닐, 가죽 재질의 물병, 스웨터, 줄무늬 트레이닝 바지. 그게 전부였다.

다시 제일 위쪽에 있는 보조 주머니를 뒤지자 딱딱한 금속 물체가 잡혔다. 주머니칼과 길쭉한 소품 가방이 나왔다. 소품 가방의 지퍼를 열자 동전들과 함께 목걸이에 다는 작은 동전 주머니가 나왔다. 주머니는 벤저민이 늪에서 주웠던 것과 똑같이 생긴 것이었다.

"카티!"

누군가의 외침에 그녀는 위를 올려다보았다.

"아나는 무사해! 해냈다고!"

카티는 그 말을 들으면서도 무슨 뜻인지 금방 와 닿질 않았다. 마지막 순간에 그녀는 아나와 다른 친구들의 존재를 까맣게 잊고 있었던 것이다.

"로프를 다시 내릴게. 이제 네 차례야."

"알았어."

카티는 위쪽 세상과 자신을 갈라놓고 있는 어두컴컴한 크레바스 입구를 응시했다. 머지않아 곧 설원 위로 땅거미가 내릴 것이었다. 그 전에 서둘러 산을 내려가야 했다. 그녀는 발견한 물건을 안쪽 주머니에 얼른 집어넣었다.

이제 그녀가 해야 할 일은 한 가지뿐이었다. 아나를 로프에 묶었던 바로 그 자리로 돌아가 비상용 덮개를 집었다. 죽은 이는 지난 30여 년간 이곳에서 한순간도 마음 편히 눈감지 못했을 것이다.

카티는 조심스럽게 덮개로 시체를 덮었다. 그런 다음 낮게 속삭였다.

"당신에게 무슨 일이 있었는지 꼭 밝혀낼게요. 제가 알아서 할게요, 약속해요."

"카티, 준비됐어?"

"잠깐만!"

그녀는 일어서서 로프를 잡고 벨트에 끼웠다.

그런 다음 다시 한 번 얼음 동굴 속 묘지를 힐끗 쳐다보았다. 마지막 햇살이 별안간 은박 비닐 덮개에 반사되어 반짝거렸다.

마침내 카티가 소리쳤다.

"뭘 꾸물대는 거야? 얼른 당겨!"

다음 순간 그녀는 눈을 감고 기도했다. 깊고 깊은 크레바스 속에서 30년이 넘도록 죽은 이를 감고 있었던 이 로프가 제발 끊어지지 않게 해달라고!

쪽지

율리아는 달렸다.

날카로운 얼음 모서리 위로 당겨질 때 아나가 내질렀던 비명 소리가 아직도 귓가에 쟁쟁했다.

저물어가는 해를 향해 그녀는 달려갔다. 불꽃처럼 시뻘겋게 타고 있는 공은 이제 지평선에 닿기까지 불과 몇 미터를 남겨놓고 있었다.

그렇게 죽을힘을 다해 산장이 있는 산등성이로 뛰어 올라갔다.

카티는 거의 아무 말도 하지 않았었다. 율리아가 보기엔 충격에 빠진 것 같았다. 그 누구에게도 곁을 주지 않으려는 듯 어떤 질문도, 접촉도 거부했다. 하지만 율리아가 산장으로 돌아가려고 마음먹었다는 걸 알았을 때 카티의 눈빛은, 그 눈빛만으로도 율리아는 카티의 심정을 짐작할 수 있었다. 마지막 순간 율리아는 크리스, 벤저민과 헤어져 설원으로 다시 돌아가기로 결심했다. 그녀는 자신의 결심을 결코 후회하지 않으리라 확신했다.

벤저민과 크리스 그리고 그녀가 설원의 3분의 1 지점에 도달했을 때 율리아가 갑자기 걸음을 멈췄다.

"왜 그래? 무슨 일이야?"

크리스가 물었다.

"아냐! 이럴 순 없어. 이건 아니야!"

"뭐가 아니라는 거야?"

"저 위에 네 사람만 그냥 남겨두면 안 돼. 이건 옳지 않아!"

"그래서 뭘 어쩌려고?"

"나도 모르겠어."

그러자 벤저민이 짜증을 부렸다.

"야, 그냥 계속 가자. 어차피 돌아가기엔 늦었잖아. 가봤자 도와줄 수도 없어."

둘은 벤저민의 말 따위 신경 쓰지 않았다.

"너 솔직히 말해봐. 이러는 이유가 진짜 아나 때문만이야?"

크리스의 말투엔 늘 그랬듯 율리아를 질리게 하는 빈정거림이 배어 있었다.

"그럼. 당연하지."

"데이비드 때문은 아니고?"

"데이비드하곤 아무 상관 없어. 아나가 거기서 죽을지도 모르잖아."

"그런데 하필 네가 그 상황을 바꿀 수 있다고 생각해? 어떻게? 혹시 우리 모르게 의대라도 졸업한 거야?"

벤저민은 발이 시려운지 한 발씩 바꿔가며 폴짝폴짝 뛰고 있었다.

"됐어, 크리스. 그렇게 가고 싶다면 그냥 가게 둬. 율리아랑 결혼한 사이도 아니잖아."

그 말을 듣자마자 크리스는 신경질적으로 소리를 질렀다.

"넌 끼지 마!"

"도대체 안 낄 수가 있어야 말이지. 여기서 현실을 똑바로 직시하고 있는 건 나 한 사람뿐인 것 같은데. 그리고 그 현실이란 건 아나가 벌써 죽었을 거라는 거야."

크리스는 벤저민을 무시한 채 차가운 회색빛 눈동자로 율리아를 뚫어져라 응시했다. 그의 눈은 늘 그랬듯 그 순간에도 그녀를 유혹했다.

그가 다짐하듯이 말했다.

"율리아, 아까 너도 네 입으로 직접 말했잖아, 우린 떠나겠다고. 산장에 가면 도움을 청할 수도 있을 거야."

"아니야."

그건 일종의 강박감과도 같았다. 율리아는 어쩔 도리가 없었다. 그녀는 떨리는 손으로 안전벨트에 매어 있던 로프를 풀더니 단호히 고개를 저었다.

"산장에 가도 아무도 없다는 거 네가 더 잘 알잖아. 안 돼, 난 돌아가야겠어."

크리스가 소리쳤다.

"왜? 왜 이제 와서 이러는 거야? 왜? 왜냐고?"

율리아는 설명할 수 없었다. 아까 크레바스로부터 들려온 비명을 듣고 생각난 걸 차마 그에게 말할 수가 없었다.

크리스는 한 손을 앞으로 내뻗으며 말했다.

"그럼 가! 돌아가라고! 그게 뭘 의미하는지 알아? 너 혼자 빙산을 넘어가야 한다는 거야. 그러면 너도 결국 나머지 세 사람하고 똑같이 초주검이 될 거라고."

"나도 알아."

"야, 율리아!"

벤저민은 그제야 율리아가 진심이라는 걸 깨달았다.

"그만둬. 크리스 말 들어. 너무 위험해."

"율리아, 넌 지금 네 목숨까지 위태롭게 만들고 있어."

크리스가 율리아의 어깨를 잡았지만 그녀는 뿌리쳤다.

"난 그들을 배신할 수 없어. 그건 못 하겠다고."

그 말을 남기고 돌아섰다. 그녀가 흰 설원 위로 선명하게 남은 그들의 발자국을 찾는 동안 등 뒤에서 크리스의 고함 소리가 들렸다. 하지만 그보다 그녀의 귓가를 맴도는 비명 소리가 더 크게 들렸다. 그 소리는 율리아가 전날 밤 꿈에서 들었던 바로 그 소리였다.

***

율리아는 이상하게도 홀로 설원을 걸어야 한다는 사실이 전혀 두렵지 않았다. 단 한 순간도 설원 곳곳에 숨어 있는 수많은 크레바스에 빠질까봐 무섭지 않았다. 이따금씩 아나가 돌멩이로 표시해둔 흔적들이 눈에 띄기도 했지만 대부분은 자신이 남긴 발자국만을 따라갔다.

그랬다. 마치 수호천사가 얼음으로 된 사막을 건너는 그녀를 보호해주기라도 하듯이 그녀가 다가가면 신비하게도 얼음 사이의 균열이 저절로 닫히는 것처럼 보였다.

아빠일까?

갑자기 카티가 호숫가에서 처음으로 자신의 계획에 대해 말했던 그날 저녁의 일이 떠올랐다. 그때 율리아는 고스트 산 정상에 올라가면 아빠를 볼 수 있을 거라고 믿었다. 아빠가 그녀를 데리러 올 거라고 생각했었다. 그런데 그게 아니라 그저 그녀를 지켜주기만 했던 걸까?

어떤 이들은 복권에 당첨되고 또 어떤 이들은 살아남는다. 세상은 그걸 행운이라 부른다. 그게 세상의 법칙이다. 아니, 행운이나 불행에는 어떤 법칙도 없다. 아니면 말고!

그녀가 그냥 운이 좋았던 걸까? 그건 모를 일이었다. 어쨌거나 율리아가 크레바스에 다시 도착했을 때 폴과 데이비드는 다친 아나를 크레바스 위로 막 끌어올리던 참이었다.

그들은 이제 다시 서둘러 왔던 길을 되돌아갔다.

데이비드와 폴 그리고 카티가 여벌 옷으로 만든 들것에 아나를 싣고 설원 초입까지 내려왔다. 율리아는 그들보다 훨씬 앞서 달려갔다. 산장에 먼저 가서 크리스와 벤저민에게 폴과 데이비드를 도와주라고 말할 참이었다. 아나를 들것에 실어 드넓은 설원을 내려오느라 두 사람은 이미 체력이 바닥난 상태였다. 그동안 아나는 계속 끙끙대며 신음했다. 율리아가 꿈에서 들었던 바로 그 소리였다.

율리아는 전력을 다해 뛰었다.

산장으로 올라가는 자갈밭 길을 두 발이 알아서 저절로 찾아가는 것 같았다. 그러는 동안 해가 많이 저물어 지평선이 아주 가는 실선처럼 보였다. 그리고 잠시 후면 그 실선조차 사라질 참이었다.

저 꼭대기 위에는 산장이 있었고 그곳에서 그들은 축하 파티를 열 것이다. 고스트 정상을 정복했기 때문만은 아니었다. 그 일은 벌써 까마득한 옛일처럼 느껴졌고 아주 사소한 사건처럼 여겨졌다. 그 파티는 오히려 모두가 무사히 아래로 내려올 수 있었던 걸 축하하기 위한 거라고 해야 더 적절했다.

그런데 산장 앞에 이른 율리아는 왠지 모를 불길한 예감에 휩싸였다. 그녀는 굴뚝에서 연기가 모락모락 나고 있을 거라고, 크리스가 베란다에 서서 그녀가 나타나기를 목 빠지게 기다리고 있을 거라고 기대했다.

사랑이란 좀 이상해.

율리아는 두려움 때문에 숨이 차올랐다.

모든 게 끝났다는 거, 사실 너도 잘 알고 있잖아. 그런데도 떨쳐내질 못하다니. 넌 그에게 집착하고 있는 거야. 그가 네게 상처를 줄 때마다 넌 그를 용서할 이유를 찾고 있어. 그리고 그 이유를 찾아냈었지, 항상.

설원으로 돌아가면서 그녀는 부질없는 바람인 줄 알면서도 크리스가 따라오길 바랐었다. 그의 결정이 왜 잘못됐는지 깨닫게 되길 바랐었다. 그리고 후회하는 모습으로 자기 앞에 서 있는 그를 끝없이 상상했었다. 그를 다시 보기만 해도 그와 잠자리를 한 후에 그의 품 안에서 느꼈던 그 편안함을 다시 느끼게 될 거라고 믿었다.

하지만 산장의 문고리를 잡는 그 순간부터 율리아는 이미 모든 걸 예감하고 있었다.

차가운 어둠.

얼음 같은 정적.

그곳엔 그녀를 기다리는 이가 없었다.

산장 주위를 휘몰아치는 바람뿐.

율리아는 돌덩이처럼 굳은 채 맞은편의 창문을 통해 마침

내 지평선 위로 사라져가는 실선을 응시했다.

크리스가 그녀를 버린 것이었다. 그들 모두를.

눈물이 솟구쳐 올랐다. 그녀는 완전히 기진맥진했고 평생 동안 딱 한 번 느꼈었던 무기력함을 다시 느꼈다.

그러다가 탁자 위에 놓인 쪽지를 발견했다.

율리아는 부리나케 쪽지를 집어 들었다.

그들이 메모를 남겼어!

하지만 메모를 읽기에는 실내가 너무 어두웠다. 율리아는 화롯가에 있는 성냥 하나를 집어 켰다.

하지만 쪽지에 쓰인 거라곤 '우리는 살아남았다!'라는 한 문장이 다였다.

율리아는 더 이상 자신을 속일 수가 없었다. 그건 명백한 조롱이었다.

판도라의 상자

카티가 미친 듯이 소리쳤다.

"뭐? '우리는 살아남았다'라니? 농담하는 거야, 뭐야? 벤저민이 한 짓이 틀림없어. 바보 같은 녀석! 세상에. 이 자식, 보기만 해봐. 당장 카메라를 빼앗아 바위에 내동댕이쳐버릴 테니까. 두고 봐."

카티는 분이 안 풀리는지 발로 벽을 연거푸 차댔다.

"걔네들의 도움이 얼마나 필요했는데. 진짜 절실했다고. 너의 그 잘난 크리스는……."

카티는 율리아를 쏘아붙였다.

"자, 이제 크리스가 나쁜 개자식이라는 거 알겠지? 네가 생각하는 그런 애가 전혀 아니라고. 괜히 폼이나 잡는 마초 같은 그 자식한테 넌 완전히 속아 넘어간 거야. 아직도 모르겠어? 남자는 인간이라는 종에서 위험한 유전자일 뿐이라고. 필요하면 언제든지 널 배신할 거야."

그 말을 듣자마자 폴이 한마디 했다.

"그렇게 말해줘서 고맙네."

잠자코 듣고 있던 율리아가 입을 열었다.

"구조대를 보내줄 거야."

"아, 그래? 그러면 왜 쪽지에다 '구조대를 불러올게!'라고 안 썼을까? '구조대'라는 단어를 쓰기에는 아이큐가 너무 높아서?"

그때 데이비드가 계단을 내려왔다. 모든 이의 시선이 일제히 그를 향했다.

"좀 조용히 할 수 없어? 아나가 이제 겨우 잠들었단 말이야."

"상태가 어때?"

율리아가 묻자 데이비드는 걱정스러운 표정으로 어깨만 으쓱할 뿐이었다.

"통증이 너무 심해서 일반 진통제는 듣질 않아. 그래도 다행히 열은 내렸어."

"손의 상처는?"

데이비드가 한숨을 내쉬었다.

"내 판단이 맞는다면 항생제가 듣기 시작한 것 같아. 미리 이런 사태에 대비해서 좀 더 많이 가져올걸. 후회가 막심하네."

폴이 작은 소리로 웅얼거렸다.

"치약조차 안 챙긴 나도 있어."

잠시 웃음소리가 났지만 데이비드의 말에 다시 분위기가
가라앉았다.

"어쨌거나 저 상태로 계곡까진 절대 못 가. 설원 지대를 지
나서 또 여기 산장까지 오는 동안 저만큼 고통을 참아낸 것도
기적에 가까워. 무지 아팠을 텐데. 그런 데다가 내상이 있는지
어떤진 아예 몰라."

침묵이 흘렀다.

"어쨌거나 난 아나 곁을 지킬 테니까 너희는 내일 날이 밝
는 대로 내려가서 구조대를 불러와."

되돌아가야 하는구나. 터널로.

카티는 잠시 눈을 질끈 감았다.

거길 다시 어떻게 통과하지?

그때 폴이 그녀의 생각을 읽기라도 한 듯 말했다.

"필즈로 바로 가는 다른 길이 있어."

카티는 폴을 빤히 쳐다보았다.

그랬다. 그건 그녀도 알고 있었다. 하지만 아나의 도움 없이
그 길을 찾을 수 있을지 의문이었다.

"혹시 네 그 특별 지도에 다른 길이라도 나와 있어?"

카티가 빈정거리듯 묻자 폴이 어깨를 으쓱했다.

"너희들 아직도 이해 못 했구나, 그렇지?"

"뭘 말이야?"

"이 지도가 30여 년 전에 제작되었다는 거……."

카티가 무슨 말을 하려는 순간 폴이 손을 들어 보였다.

"난 이 지도를 필즈에서 찾았어. 1970년대에 만들어진 원본이라고. 알아들어?"

카티는 재킷 안주머니에 들어 있는 동전 주머니가 떠올랐다. 그녀는 아직 다른 사람들에게 크레바스 안에서 발견한 미라에 대해 말하지 않았다. 그리고 여전히 그 미라가 그 당시 사라진 학생들 중 한 명이라는 확신이 들지 않았다.

지금 말하는 게 좋겠어.

카티는 그렇게 생각했지만 실행으로 옮길 자신이 없었다. 그냥 그랬다. 적어도 주머니 안에 들어 있는 내용물을 보기 전까지는. 어쩌면 거기에 카티의 어머니가 사진에 나와 있었던 이유를 설명해주는 뭔가가 들어 있을지도 모를 일이었다. 이유를 밝혀줄 만한 어떤 것. 그리고 어쩌면 크레바스에서 목격한 시체에 대한 이유까지도. 그건 그녀가 지금까지 본 것들 중에서 가장 끔찍하고 잔인한 모습이었다.

율리아는 지도 때문에 계속 신경이 쓰이는 것 같았다.

"그 지도가 원본이라면 왜 그렇게 엉성한 거야? 혹시 원본을 조작한 건 아닐까?"

폴은 고개를 저었다.

"이 지도는 계곡의 지리적 형태를 중점적으로 다룬 것 같아.

호수의 크기나 위치, 산의 전경, 게다가 심지어 대학 건물까지 모든 게 사실과 일치해. 그리고……."

폴은 바지 뒷주머니에서 지도를 끄집어냈다.

"뒤편에는 제작 연도가 찍혀 있어. 이거 보여? 1972년. 그런데 나머지 날짜가 없어. 그리고 이름들이……."

"이름들이 뭐?"

"지금의 명칭과 모두 달라. 고스트만 해도 그래. 지도에는 고스트가 아니라 블루 마인드라고 되어 있거든. 그 옆 봉우리들은 화이트 소울과 블랙 스피릿. 그리고 호수 이름도 미러 호가 아니라 솔로몬 호였어. 우리 대학 이름도 원래 솔로몬 대학이었던 것처럼. 이름을 완전히 바꿔버린 이유가 대체 뭘까?"

산장 안으로 갑자기 바람이 들어오기라도 한 것처럼 촛불이 파닥거렸다. 카티는 한기를 느꼈다. 그랬다. 그 모든 게 비밀 같았다. 하지만 비밀이 풀리기까지는 아직 기다려야 하리라. 지금 이 순간 그보다 더 중요한 건 필즈로 가는 길이 그 지도에 나와 있다는 사실과 아나를 한시라도 빨리 병원으로 데리고 가야 한다는 것뿐이었다.

"내일 아침 내가 폴과 함께 내려갈게. 율리아와 데이비드는 구조대가 올 때까지 아나의 곁에 있어줘."

카티는 일어나서 문 쪽으로 걸어갔다. 그런 다음 문을 열고 마치 마법에 걸린 것처럼 꼼짝 않고 어둠 속을 노려보았다. 그녀의 머리 위에는 난생처음 보는 것 같은 총총한 별로 수놓아진 밤하늘이 넓게 펼쳐져 있었다. 검은 벨벳처럼 부드러운 밤하늘과 별빛을 보면서 그녀는 갑자기 엄습해오는 그리움에 가슴이 오그라드는 것처럼 아팠다.

세바스티앵이 보고 싶었다.

사무치게 보고 싶었다.

하지만 누구에게도 마음을 털어놓을 수가 없었다. 시도조차 해보지 않았다. 심지어 심리 상담을 했던 렙코브스키에게조차도. 그에게 대체 무슨 말을 할 수 있었겠는가?

그랬다. 그녀는 모든 걸 자기 탓으로 돌렸다. 언론에서 떠들어댄 그 이유 때문은 아니었다. 그들은 프랑스 대사의 아들이 이성적으로 설명할 수 없는 사고를 당했는데 그 자리에 함께 있었던 외무부 출신 정치가의 예쁘고 재주 많은 딸은 안타깝게도 구조 요청을 하지 않았다고 떠들어댔다.

카티가 자신을 탓하는 이유는 따로 있었다. 그녀는 사건이 벌어졌을 때 충격음을 들었다. 뭔가가 교각에 부딪치는 소리를. 하지만 그 소리가 세바스티앵과 관계있는 소리일 거라곤 생각하지 못했다. 그리고 그 후로 정적이 흘렀을 때도 여전히 상황을 파악하지 못했던 것이었다.

그녀는 평소와 다름없이 세바스티앵을 찾으러 갔었다. 하지만 지금까지도 그를 발견하지 못했다.

비싼 중환자실 침대에 수많은 호스를 꽂고 누워 있던 남자는 세바스티앵이 아니었다. 적어도 그녀가 알던 그는 아니었다. 그건 그의 껍데기일 뿐이었다. 그의 어머니만이 그의 심장이 멈추지 않는 한 그는 살아 있다고 말했다.

하지만 모두 거짓말이었다.

세바스티앵의 영혼은 이미 오래전에 저 멀리 가버렸다. 어쩌면 지금 이 순간 하늘에서 떨어지고 있는 별똥별들 중 하나일지도 모른다.

그래, 그럴 거라고 믿을 수 있다면 좋겠지.

하지만 카티는 그럴 수 없었다. 그녀는 그런 감상적인 사고를 하는 사람이 아니었다.

그 순간 누군가 그녀의 어깨를 잡았다. 카티는 뒤에 폴이 서 있는 걸 느낄 수 있었다.

"카티, 무슨 일이야?"

"아무것도."

"그건 그냥 키스였을 뿐이야. 너무 복잡하게 생각하지 마."

"하지만 넌 살인을 했어."

"날 피하는 게 그 이유 때문이야?"

"그래, 난 살인자는 상대하고 싶지 않아."

폴의 얼굴이 돌처럼 굳었다.

그 역시 카티처럼 일이 그리 단순하지 않다는 걸 잘 알고 있었다.

이제는.

폴을 받아들이는 건 카티에게 있어선 절대로 불가능한 일이었다.

그녀는 병실에 누워 있는 세바스티앵을 세 번 찾아갔었는데 그때마다 그는 뻣뻣하게 굳은 눈으로 그녀를 바라보았다. 그 시선은 그 후로 그녀가 가는 곳마다 따라다녔다. 그녀는 그 눈빛의 의미를 알았다. 세바스티앵은 삶을 놓아버렸다. 하지만 그녀, 카티는 아니었다.

그의 눈빛과 마지막 말이 그녀를 꽉 붙들고 있었다. 그녀가 교각 아래에 다다랐을 때 그는 마치 그녀를 기다렸던 것처럼 의식을 붙잡고 있었다. 그때 그가 남긴 마지막 말은 "날 혼자 두지 마"였다.

카티의 머리 위로 차가운 칼바람이 불었다. 그리고 뒤를 돌아보았을 때 폴은 사라지고 없었다.

*＊＊

귀에 익으면서도 어리둥절하게 만드는 소음에 카티는 잠에서 깼다. 이곳과는 전혀 어울리지 않는 소리였다. 어쩌면 말도 안 되는 꿈을 꾼 걸지도 모르지만 어쨌거나 헬리콥터 소리 같았다. 워싱턴 행정지부 내에 있는 그녀의 부모님이 사는 펜트하우스 위에는 늘 헬리콥터가 돌고 있었다. 그 하늘 위에는 새보다 헬리콥터가 더 많이 보인다고 카티와 세바스티앵은 농담을 나누곤 했었다. 어린 시절 카티는 비상시보다 더 삼엄한 감시 속에서 지냈었다.

감시당하며 살았지, 보호받은 게 아니라.

낡은 매트리스, 주변의 시끄러운 소음. 지금 카티가 있는 곳은 워싱턴의 자기 집도 그레이스의 기숙사도 아니었다. 하지만 느낌이 낯설거나 말거나 중요한 건 눈을 떴을 때 안도감이 들었다는 사실이었다.

그랬다. 비록 밤새도록 온몸의 뼈마디가 쑤시는 고통을 겪었지만 마음은 편했다.

눈부신 햇살이 레이저 광선처럼 강렬하게 내리쬐고 있었다. 갑자기 정신이 번쩍 들어 카티는 주위를 두리번거렸다. 옆자리에 있던 율리아의 침낭이 비어 있었고 폴이 자고 있었던 자리에는 아예 침낭조차 보이질 않았다.

대신 아래층에서 들뜬 목소리들이 들려왔다. 몹시 서두르는 발소리들. 덜컹거리는 소리. 의자 옮기는 소리. 문 여닫는 소리. 그리고 누군가 뭐라고 소리쳤다.

게다가 헬리콥터의 프로펠러 소리가 점점 더 커졌다.

몇 시지? 이런, 너무 늦었잖아!

그들은 이른 새벽에 필즈로 가려고 했었다. 폴이 해가 뜨자마자 그녀를 깨워주기로 약속했었던 것이다. 그리고 해가 떴다. 그것도 환하게!

카티는 침낭에서 나와 티셔츠 바람으로 급히 아래층으로 내려갔다. 그런데 아래층에는 아무도 없었고 문이 열려 있었다. 맨발인 채 밖으로 나가자 데이비드와 율리아가 소리를 지르고 폴짝폴짝 뛰고 뭔가를 향해 손을 흔들더니 서로 얼싸안는 모습이 보였다.

그리고 곧이어 산장의 지붕 위로 날아오는 헬리콥터도 보였다. 조종사는 기체를 그들 머리 위로 바싹 낮추더니 산장 옆 자갈밭 위로 착륙할 준비를 했다.

카티도 너무 감격스러워서 자기도 모르게 "여기요! 여기에요!"라고 거듭 외쳐댔다.

조종사가 그들을 못 보고 지나칠까봐 두려운 듯이. 세 사람은 잠옷 차림으로 그렇게 미친 듯이 폴짝폴짝 뛰었다.

"그럴 줄 알았어, 그럴 줄 알았다니까. 크리스와 벤은 우릴 배신하지 않았어!"

율리아가 환하게 웃었다.

"봤지? 걔들이 헬리콥터를 보낸 거야."

카티는 고개를 갸웃했다. 율리아는 또 크리스가 한 짓을 모두 용서하려 하고 있었다. 하지만 지금 이 순간에 그런 게 무슨 상관이랴. 그녀 역시 무거웠던 짐을 벗은 기분이었다. 그녀는 다른 사람들을 설득해 이 모험을 감행하도록 했던 장본인이었다. 그리고 모험은 극한에 달했었다, 모든 면에서. 하지만 그럼에도 불구하고 그들은 이 저주받은 산에서 무사히 내려오는 데 성공한 것이다.

카티는 고스트를 바라보았다. 하얀 봉우리가 햇빛을 받아 반짝거리고 있었다. 그녀는 어제 올랐던 가파른 능선 쪽으로 시선을 옮겼다.

"얘들아, 우리가 해냈어!"

카티는 시끄러운 프로펠러 소리에 맞서 고함을 질렀다. 하지만 소용없었다. 데이비드는 헤벌쭉 웃고만 있었고 율리아는 귀를 틀어막은 채 무슨 말인지 모르겠다는 듯 어깨만 으쓱해 보였다.

"우리가 해냈다고!"

카티는 악을 썼다. 그건 그녀가 완수해야 했던 미션이었다. 세상을 위해서도, 또 친구들을 위해서도 아닌 오직 자신만을 위한 미션이었다. 물론 이번 일을 통해 '친구'라는 목록에 새로운 이름이 추가되긴 했다. '데이비드 프리먼'이란 이름이 율리아 바로 아래에 자리 잡았다.

그리고 앞으로 어쩌면 또 하나의 이름이 추가될지 모른다.

폴 포르스터.

그녀는 그를 찾아 주위를 두리번거렸지만 어디에도 그의 모습은 보이지 않았다.

카티가 데이비드의 귀에 입을 바싹 대고 소리쳤다.

"폴은 어디 있어?"

그 말을 알아들었는지 데이비드의 눈빛이 변하더니 이윽고 그가 소리쳤다.

"갔어!"

"갔다고?"

데이비드는 고개를 끄덕였다.

"언제?"

"모르겠어! 율리아가 아침에 일어나보니 벌써 가고 없더래!"

나를 내버려두고 혼자 갔다고? 아무 말도 없이 그냥?

카티가 소리쳤다.

"왜 날 안 깨웠어?"

조종사가 시동을 끄자 프로펠러 소리가 차츰 잦아들었다.

데이비드는 어깨를 으쓱했다.

"아마 이른 새벽에 내려갔나봐. 어쩌면 구조대에 연락한 게
폴일지도 모르겠어."

그가 헬리콥터를 가리켰다.

"폴이라면 그러고도 남았을 거야. 그동안 자기 이미지에 딱
맞게 행동했었으니까. 하지만 그게 지금 무슨 상관이야. 아,
마음이 얼마나 홀가분한지 몰라. 더 이상 아나를 간호하지 않
아도 되니까."

"간밤엔 어땠어?"

데이비드가 고개를 갸웃했다.

"글쎄. 잘 버텼다고 해야겠지."

그 순간 데이비드가 당황한 표정을 지었고 카티 역시 입을
다물지 못했다. 폴이 아니라 벤저민이 비디오카메라로 얼굴을
가린 채 헬리콥터에서 내렸기 때문이었다. 카티는 결코 벤저

민이 그런 일을 하리라고는 예상하지 못했었다.

데이비드가 얼굴을 찌푸리며 으름장을 놓았다.

"언젠가 저 녀석이랑 카메라 둘 다 박살 내버릴 거야."

카티가 말했다.

"너보다 내가 먼저 박살 낼지도 몰라."

벤저민 뒤로 두 번째 얼굴이 나타났다.

"크리스!"

율리아의 목소리가 한껏 들떠 있었다.

"저기 봐! 크리스야!"

카티는 새로 얻은 두 친구가 서로 다른 방향으로 달려가는 모습을 지켜보았다. 그녀의 룸메이트 율리아가 크리스에게로 달려가 안기는 동안 데이비드는 산장 안으로 들어가버렸다.

그래, 친구 사이라는 건 여기까지가 한계야.

인간은 결국엔 혼자 남는 법이니까.

***

크리스가 화로에 불을 지폈다. 그들은 산장 안 탁자에 둘러앉아 헬리콥터가 다시 돌아오기를 기다리고 있었다. 헬리콥터는 아나를 병원으로 이송 중이었다. 데이비드는 아나와 병원까지 동행하겠다고 나섰다.

"내가 시작한 일이니까 마무리도 내가 지어야지."

하지만 카티는 크리스와 함께 있고 싶지 않아서가 아닐까 하고 추측했다.

"헬리콥터가 왜 이렇게 안 오지? 아까 돌아왔어야 하는 거 아닌가?"

벤저민은 의자 주위를 맴돌며 세세한 것까지 모두 찍고 있었다.

"난 지금 너희들의 얼굴을 클로즈업해서 찍고 있어. 얼굴에는 삶이 그대로 드러나거든. 알고 있었어? 행복과 불행. 삶의 의지와 죽음의 그림자."

"쟤 말은 신경 쓰지 마. 벤은 근본적으로 재주 부리는 원숭이나 다름없잖아."

카티의 말에 크리스가 들뜬 목소리로 덧붙였다.

"너희 그거 알아? 3일 전에도 지금과 똑같이 이 자리에 앉아 있었어. 다만 그땐 세상이 지금과 전혀 다르게 보였었지."

팔로 율리아의 어깨를 감싸고 있던 크리스는 기분이 아주 좋아 보였다. 율리아는 자기 남자 친구가 카티가 말한 것처럼 비겁한 개자식이 아니라는 사실에 그저 감격한 듯했다.

하지만 카티는 여전히 의심을 지울 수가 없었다. 율리아는 벤저민과 크리스가 산꼭대기에서 보였던 행동을 눈감아줄 수 있을지 모르지만 카티는 아니었다.

"그래도 3일 전엔 맥주라도 있었는데."

벤저민의 말에 크리스가 웃었다.

"따지고 보면 이번 프로젝트는 정말 완벽했어. 너희들이 아나를 크레바스에서 끌어올리는 동안 우린 아나를 최대한 빨리 병원으로 이송할 수 있도록 조치를 취했지. 이런 게 바로 팀워크 아니겠어?"

벤저민이 고개를 끄덕이더니 주변을 둘러보며 웃었다.

"크리스 말이 맞아. 그러니까 배우든 감독이든 처음부터 역할이 분명했던 거지."

카티가 말했다.

"언제부터 그냥 달아나버린 걸 완벽한 연출이라고 불렀어? 우리가 전부 너희들처럼 이기적으로 행동했었다면 아나는 벌써 죽었을 거야. 크레바스에서 얼어 죽었을 거라고."

"만약, 했었다면, 그랬더라면…… 그런 가정이 무슨 의미가 있어? 중요한 건 우리가 필즈로 내려가서 구조대를 불러왔다는 사실이야. 그래, 네 표현대로라면 너희들을 거기 내버려두고 달아나서 말이야."

카티는 고개를 꼿꼿이 들었다.

"그런데 어떻게 그렇게 빨리 내려갔어? 필즈로 가는 지름길을 알지도 못했잖아."

벤저민이 설명을 늘어놓았다.

"처음부터 길 안내는 크리스에게 맡겼어야 했어. 크리스는 어떤 길로 가야 하는지, 갈림길에서는 어느 쪽으로 가야 하는지 정확히 알고 있었어. 지도도 없이 말이야. 난 처음부터 그 폴이라는 녀석한테 신뢰가 안 갔어. 걔네 아버지처럼 눈뜬 봉사나 마찬가지였잖아."

카티는 크리스를 유심히 쳐다보았다. 그의 입가에 스리슬쩍 웃음이 번지고 있었다. 오만과 거만이 한눈에 보였다.

"아 그래?"

카티는 치밀어 오르는 화를 억눌러야 했다.

"그럼 왜 처음부터 이곳 지리를 잘 안다고 말하지 않았어?"

크리스가 반문했다.

"혹시 비밀이라는 단어 들어봤어?"

그러면서 그의 시선이 향한 대상은 카티가 아닌 율리아였다.

역시 크리스는 율리아에게 맞는 짝이 아니야.

카티는 거듭 생각했다. 그리고 언젠가 그 사실을 증명해 보이고 말리라 다짐했다.

"날 미치게 만드는 게 뭔 줄 알아?"

벤저민이 머리카락을 쓸어 넘겼다.

"이 모든 고생이 허사였다는 사실이야. 괜히 목숨만 위태로울 뻔했잖아. 저 꼭대기에서 30여 년 전 학생들의 흔적이라곤 아무것도 찾지 못했잖아. 전혀."

율리아는 생각에 잠긴 표정으로 중얼거렸다.

"그래, 사진 두 장만 빼곤."

그러더니 말이 끝남과 동시에 벌떡 일어났다.

"너희들 혹시 비밀에도 어떤 의미가 있다는 생각, 해본 적 있어?"

벤저민이 물었다.

"그게 무슨 뜻이야?"

"그리스 신화. 판도라의 상자."

"야, 어려운 이론같은 거 지껄일 거면 아예 시작하지도 마."

카티의 투덜거림에도 율리아는 신경 쓰지 않았다.

"판도라의 상자. 그 상자를 열면……."

크리스가 율리아 대신 다음 말을 이었다.

"……인류가 가진 모든 악들이 튀어나오지."

지금이야! 크레바스에서 본 남자에 대해 모두 앞에서 말할 절호의 기회!

카티가 속으로 생각하고 있던 그때 율리아가 질문 하나를 던졌다.

"그런데 너희들은 왜 그런 메모를 남겼어?"

"메모라니, 무슨?"

크리스가 이맛살을 찌푸리며 율리아를 쳐다보았다.

"'우리는 살아남았다'는 내용의 메모. 너희들이 이 탁자 위에 놓고 갔잖아."

크리스와 벤이 율리아를 어리둥절한 표정으로 쳐다보았다.

"우린 메모 같은 거 안 남겼어."

"야, 벤저민. 장난치지 마. 하나도 재미없으니까."

하지만 벤저민의 표정은 진지했다.

"그 메모 좀 보여줘봐!"

율리아는 고개를 저었다.

"폴이 자기 주머니에 집어넣어버렸어, 내 기억엔."

크리스가 어깨를 으쓱했다.

"상관없어. 쪽지에 뭐라 쓰여 있었건 우리가 남긴 건 아니야. 우린 아예 산장에 들르지도 않았어. 쉬지 않고 곧장 필즈로 내려갔다고."

폴

욕조에 앉아 있던 카티는 완전히 새로 태어난 기분이었다. 지난 며칠간의 묵은 때를 씻어냈기 때문만은 아니었다. 아직 파란 멍은 완전히 사라지지 않았다. 상태가 너무 심각해 보여서 정체불명의 질병으로 보건당국에 신고라도 당하는 건 아닐까 두려울 정도였다.

발덴 학장의 표현을 빌리자면 '고스트를 등반한 범죄행위'는 카티에겐 평생 잊을 수 없는 경험이었다. 그것이 비록 그녀를 한계점에 이르게 했던 두 번째 사건이긴 했지만 말이다.

한계선. 그게 바로 나한테 필요한 거야.

카티는 지옥에서 돌아왔다. 그곳에서 경험했던 것들에 비하면 지금의 소박한 욕조도 (비록 수도꼭지에서 흘러나오는 물이 마치 누군가 오줌을 눈 듯 누렇긴 하지만) 천국이나 다름없었다.

그들은 정말 지옥 같은 곳을 빠져나왔다.

그리고 끝이 없을 것 같던 3일이 지난 뒤 남은 건 다음과 같은 사실들이었다.

첫째, 그들은 다시 내려왔다.

둘째, 그들은 정상에 올라갔었다.

셋째, 폴은 그녀의 친구 목록에 올랐을지도 모른다. 아마도.

넷째, 아마도 폴이 마지막에 그녀를 그냥 두고 가지만 않았더라면 말이다.

다섯째, 아나는 살아남았고 이미 회복되고 있는 중이다.

여섯째, 하지만 크레바스 안의 남자는 회복될 수 없었다.

일곱째, 그 일에 대해 다른 사람들에게 뭐라고 말해야 할까?

젠장!

밖에서 데비가 벌써 백번은 넘게 문을 두드리고 있었다.

"카티! 대체 그 안에 얼마나 더 오래 있을 거야? 그러다간 살갗이 다 문드러져서 하나도 안 남겠다. 비누도 다 녹았지?"

비누에 관해 말하자면 사실 카티는 비누에는 손가락 하나 대지 않았다. 그냥 목욕용 스펀지만 물에 적셔 얼굴에 대고 누르고 있었다. 그녀는 그렇게 몇 시간이고 더 있고 싶었다.

카티는 퉁명스럽게 대꾸했다.

"기다릴 시간에 화장실 쪽 세면대에서라도 좀 씻어. 거긴 어차피 네 때투성이잖아. 유전자 검사하기엔 딱이겠더라."

"너 한 시간 뒤에 다른 애들이랑 학장님께 가야 하잖아."

데비가 의기양양한 목소리로 소리쳤다.

"너희는 총독의 방문을 무시하고 학교에 아무런 통보도 없이 3일씩이나 무단결석했어. 그리고 가장 심각한 건 허가도 없이 고스트에 올라갔다는 거지. 그 일에 나까지 연루되어 있단 말이야, 알겠어? 단지 그 사실을 알고 있었다는 죄로."

넌 기생충이야, 데비. 피를 빨아먹는 거머리. 넌 우리 모두의 뇌세포를 갉아먹어야만 살 수 있지.

"학장한테 넌 이 일과 아무 상관 없다고 맹세해줄게."

"사실이 그렇잖아."

"됐어, 이제 그만 지껄여……."

크레바스 안에서 내가 뭘 발견했는지 데비가 알게 된다면 어떤 표정을 지을까?

데비가 소리쳤다.

"그런데 정말 '실종'된 학생들에 대해선 전혀 알아낸 게 없어?"

"혹시 실종이란 단어의 뜻에 대해 진지하게 생각해봤어? 그건 아무 흔적도 남지 않았다는 뜻이야."

"아무튼, 내가 너희들한테 전화를 수천 번도 더 했는데 그때마다 음성 사서함으로 넘어갔어."

"아무래도 학교가 외부와의 접촉을 일부러 차단해버리는

게 아닌가 하는 느낌이 들어."

카티는 축축한 스펀지를 얼굴에 대고 꾹 눌렀다.

"뭐라고?"

"여긴 통신 블랙홀이라고!"

카티는 말을 끝내고 물속으로 잠수해버렸다.

***

젖은 몸을 닦으면서 카티는 차츰 정신이 맑아졌다. 마지막으로 몸을 숙여 욕조 마개를 뽑았다. 그녀가 학장에게 모든 일을 설명하면 바로 지금 같은 일이 벌어질 것이다. 판도라의 상자를 여는 것과 마찬가지로.

하지 마, 카티! 하지 마!

갑자기 엘리베이터 안에서 들렸던 목소리가 떠올랐다.

'저 위에서 누군가 죽을 거야. 내 말 알아들어, 카티? 카티? 그건 네 탓이야. 네 탓, 네 탓……'

그게 누구의 목소리였건 그가 틀렸다. 일행 중 죽은 사람은 없었다. 카티는 또 한 번의 죄책감을 안지 않아도 되었다.

하지만 모든 게 한 가지 사건으로 수렴되고 있었다. 카티는 직감했다. 퍼즐 조각과 전체적인 그림을.

이 계곡에는 비밀이 너무 많았다. 그리고 아무도 예상하지 못한 일들이 일어났다. 심지어 로버트조차도 예견하지 못한 일들이.

카티는 아직도 크레바스 안의 시체에 대해 아무에게도 말하지 않았다. 아직 재킷 주머니에 들어 있는 동전 주머니를 열어보지도 못했다. 무엇보다도 그녀를 갈등하게 만드는 건 그 일에 대해 계속 침묵해야 하는 게 아닐까 하는 거였다.

폴.

아직도 그와 만나지 못했다. 어쩐지 그가 그녀를 피해 다니는 게 아닌가 하는 의심이 들었다. 하지만 다른 일행들 역시 그의 소식을 듣거나 그를 보지 못했다고 했다.

카티는 이상하게도 그와 얘기를 나누고 싶은 마음이 간절했다.

하필이면 폴과.

그녀는 한숨을 지었다.

왜 난 그냥 일반적인 성향의 평범한 남자들을 좋아할 수 없는 거지? 그냥 스노보드나 타고 무난한 캐나다식 아이스하키나 즐기는 괜찮은 남자도 많은데.

어느 쪽이든 늘 결정은 내려야 했다. 미스터 나이스 가이거나 무법자거나, 사교적이 되거나 외톨이가 되거나. 진실을 옹호하거나 반대하거나.

하지만 계곡은 게임을 회피하도록 허용하지 않는다.

이 말을 누가 했더라?

카티는 기억해냈다.

아나!

그리고 아나는 그 말을 할아버지인 나누크 크리에게서 들었다고 했다.

***

카티 앞에는 큼지막한 스테이크 한 조각과 감자튀김이 놓여 있었다. 그런데도 그 정도 양으론 부족할 것 같았다. 그녀는 제일 안쪽 자리를 선택했다. 그곳에서는 다른 학생들의 시선을 신경 쓰지 않고 고스트를 바로 볼 수 있었기 때문이다.

하지만 곧 데비와 로즈가 그녀를 발견하곤 곁으로 왔다. 특히 데비는 학장이 뭐라고 했는지 꼬치꼬치 캐물어 귀찮게 했다.

"너희들 이제 퇴학당하는 거야?"

데비는 카티의 접시에 담긴 감자튀김을 계속 집어 먹었다.

"너 그렇게 말하니까 꼭 우리가 퇴학당하길 바라는 것 같다? 하지만 실망시켜서 미안해, 데비."

카티는 비아냥거렸다.

"왜냐하면 우린 경고만 받았거든. 총독의 방문이 아주 성공적이었는지 오히려 우리 때문에 언론에서 나쁜 말을 떠들어댈까봐 걱정하더라고."

"그뿐이야?"

데비의 목소리에는 실망한 기색이 역력했다.

"여기가 어떤 곳인지 너도 잘 알잖아. 두꺼운 장막, 그게 바로 그레이스 대학의 전략이야. 그렇지 않고서야 학생들이 여덟 명이나 실종됐다는 소문이 어떻게 지금까지 떠돌겠어?"

"그건 사실이야!"

"여덟 명 전부라고?"

카티가 눈썹을 치켜세웠다.

"그들 중에 몇 명은 돌아왔다고 네 입으로 그랬잖아!"

카티는 데비를 뚫어지게 쳐다보았다.

"내가? 난 그런 말 한 적 없어!"

로즈도 카티를 거들었다.

"나도 정확히 기억해. 그 소문에 대해 처음에 언급한 것도 데비, 너였어."

데비가 감자튀김을 또 집어 먹으려고 손을 뻗는 순간 카티가 말했다.

"데비, 네 페이스북 프로필에 꼭 '신뢰할 수 없는 사람'이라고 쓰도록 해."

"얘, 너 내가 그 정신 나간 등반 계획을 숨겨주느라 얼마나 많은 핑곗거리를 생각해낸 줄 알기나 해? 이사벨이 너희들 어디 갔냐며 수시로 들들 볶아댔어."

"넌 어차피 이야기 꾸며대는 데는 선수잖아."

"덕분에 아무도 눈치채지 못했지. 너희들이 위험에 처했다는 전화가 오기 전까지는. 그 전화를 받고 여긴 진짜 난리가 났었단 말이야. 학장님이 나한테서 뭘 캐내려고 고문이라도 하지 않을까 무서워서 벌벌 떨었다고."

로즈가 이맛살을 찌푸리며 카티에게 눈짓을 했다. 카티는 실제 상황이 어땠을지 상상이 가고도 남았다. 실제로 카티와 다른 이들을 감싸준 사람은 로즈와 로버트이며, 그들은 쫓기는 암탉처럼 데비가 이곳저곳을 정신없이 다니면서 모든 사실을 떠벌리지 못하게 하려고 꽤 애를 먹었을 거라는 것쯤은 안 봐도 뻔했다.

카티가 다 안다는 듯이 로즈를 향해 고개를 끄덕이자 로즈가 가볍게 웃더니 부드럽고 다정한 목소리로 말했다.

"아무튼 아나가 무사해서 정말 다행이야. 다리 골절이랑 손에 난 상처 빼곤 건강하다잖아. 거의 기적이나 다름없어, 그렇지 않니? 크레바스의 높이를 생각해보면. 하지만 하필 산에 갔을 때 그런 일이 일어나서 아나가 정말 힘들었을 거야."

끝으로 갈수록 로즈의 목소리가 작아지자 카티가 물었다.

"무슨 뜻이야, 그런 일이라니?"

"그 얘기 아직 못 들었어?"

"무슨 일인데?"

"너희들이 산에 있는 동안 아나의 할아버지가 돌아가셨어."

"아나의 할아버지가? 그 말 누구한테 들었어?"

"4백 달러"라고 아나는 말했었다. "할아버지의 수술비를 내려면 아직 4백 달러가 부족해"라고.

"데이비드가 그러더라고. 병원에서 돌아왔거든."

데비는 초조한지 껌을 질겅질겅 씹었다.

"근데 진짜 충격적인 게 뭔 줄 알아? 할아버지가 죽은 시점이 그녀가 크레바스에 빠진 시각과 정확히 일치한다는 거야."

"데비! 그건 그냥 소문일 뿐이야."

로즈가 기가 막힌다는 듯이 눈을 치떴다.

"아나가 그 사실을 알았을 리가 없잖아."

"하지만 그렇게 말했대."

"진짜?"

카티는 못 믿겠다는 듯이 반응을 보이긴 했지만 속으로는 가슴이 오그라드는 것 같았다.

"크레바스에 떨어지면서 시계라도 봤대? 그 시간이 병원에서 의사들이 할아버지의 사망을 선고한 시각하고 정확히 일치했다는 거야?"

"아니!"

데비가 몸을 앞으로 내밀었다. 눈물 고인 파란색 눈동자가 자존심이 상해 새파래진 얼굴빛과 똑같았다.

"느낌으로 알았대! 알아듣겠어? 느낌으로 알았다고!"

데비의 동공이 커졌다.

"데이비드가 아까 율리아한테 그렇게 말하는 거 들었단 말이야."

"느낌으로 알았다고?"

"그래! 돌멩이로 만든 무슨 원 어쩌고 하던데, 그게 아침에 사라져버렸댔어."

카티는 깜짝 놀랐다.

"돌멩이로 만든 원?"

로즈가 머쓱한 듯 머리를 매만졌다.

"그 얘긴 처음 들었네."

데비는 더욱 열을 올렸다.

"내가 아까 구글에서 찾아봤거든. 인디언들이 행하는 의식인데 땅바닥에 돌멩이로 큰 원을 만든대. 우주의 힘과 인간 내부에 있는 힘을 불러내는 거라나. 그리고 그 힘들은 모든 존재들의 원천을 의미하는 센터와 연결된다고 하더라고."

카티는 이해하기 힘든 듯 되물었다.

"센터라니?"

"원 가운데 뭔가를 놔둔다는데 그게 뭔지는 나도 잘 모르겠어. 아, 데이비드가 깃털 어쩌고 하는 걸 얼핏 들은 것 같기도 해. 뭐, 어쨌거나 그 여자가 할아버지한테 빙산에 올라가면 할아버지를 위해 그 제식을 치르겠노라고 약속했었나봐. 그래서 눈보라가 부는 한밤중에 혼자 밖으로 나가서 눈밭의 돌멩이를 주워 모았대. 특이한 색과 모양을 한 것만 골라서."

데비는 계속 떠들어댔지만 카티의 귀엔 그 말이 들리지 않았다.

죄!

신의 저주를 받은 이 세상에서 죄는 언제 어디서나 마주칠 수 있는 그 말. 단 한 번의 발길질만으로 제식을 망쳐버렸으니. 제식인 줄 꿈에도 모르고. 그렇게 그녀는 또다시 죄를 짓고 만 것이었다.

그 모든 게 제식을 위한 거라고 짐작이나 할 수 있었겠어?

하지만 짐작했었어야 했어!

돌멩이들이 저절로 베란다에 놓여 있을 수야 없다. 그런데 카티 자신이 그런 미신을 믿지 않는단 이유로, 어머니의 침대 밑에 놓여 있던 제단을 미신이라고 부정했던 것처럼 돌멩이를 발로 차버려도 되는 건 아니었다.

"나라면 절대로 우리 할아버지를 위해 내 생명을 위태롭게 하는 짓은 하지 않을 거야!"

그제야 데비의 목소리가 다시 들리기 시작했다.

"우리 할아버지는 아직 칠순도 안 먹었거든. 그런데 아나의 할아버지는 아흔이 넘었었대! 그쯤 되면 어차피 곧 뒈질 거 아냐, 마법이 듣든 안 듣든."

"데비! 넌 정말 동정심이라곤 손톱만큼도 없구나. 네가 그런 애라는 건 진작 알아봤지만."

로즈가 한숨을 내쉬었다.

"다 늙어 빠진 인디언한테 동정심은 뭔 동정심이야! 제발, 로즈!"

데비는 얼른 주제를 바꾸었다.

"그런데 폴은 어디 갔대? 걔 산에서 내려온 거 맞긴 해?"

그러면서 날카로운 목소리로 웃자 카티가 물었다.

"아직 캠퍼스에 한 번도 안 나타났어?"

"네 눈엔 그 애 보여?"

카티는 의자를 박차고 일어났다.

로즈가 놀란 눈으로 물었다.

"어디 가려고, 카티?"

밖으로 나가는 카티의 등 뒤에서 데비가 소리쳤다.

"이 감자튀김 내가 다 먹어도 되지?"

***

대학의 서쪽 부속 건물 뒤편에 있는 강사들과 교수들의 숙소인 방갈로로 가는 동안 카티는 아무와도 마주치지 않았다.

그녀는 그제야 문제가 어디 있었는지 깨달았다.

그건 비밀 자체에 있는 게 아니라 그 일에 대해 침묵하는 데 있었다.

비밀을 위험하게 만드는 건 바로 침묵이었던 것이다.

아나가 그 일에 대해 얘기를 해줬더라면, 눈보라가 휘몰아치는 한밤중에 갑자기 사라졌던 이유를 말했더라면, 카티 역시 그 돌멩이들이 어떤 의미를 갖는지 이해했을 것이다. 물론 여전히 부두교 주술 같은 건 믿진 않았지만 어쨌거나 상관없었다. 세바스티앵도 다리에서 뛰어내릴 때마다 결심 같은 걸 했었으니까.

한번은 금욕주의자가 되겠다고 결심한 적이 있었다. 그는 뛰어내리기 전에 "술과 담배를 끊을 거야, 섹스는 빼고!"라고 소리쳤었다.

또 한번은 아버지한테 대사관 비서와의 부적절한 관계에 대해 다 알고 있다고 사실대로 털어놓을 거라고 했었다.

그리고 로프가 끊어지던 날엔 이렇게 외쳤었다.

"오늘의 결심은, 카티 널 영원히 사랑할 거라는 거야!"

지평선에 걸린 해 때문에 흰 칠이 된 방갈로가 붉게 보였다.

카티는 그 집들 중 어디가 포르스터 교수의 집인지 알 길이 없었다. 그 순간 거대한 몸집의 이케가 다가오는 것이 보였고 그 뒤로 견주인 브랜던 교수도 보였다.

이케가 걸음을 멈추고 큰 눈망울로 그녀를 바라보는 동안 브랜던 교수가 말을 걸었다.

"카티 베스트 양! 베스트 양은 자신이 그 위에서 진짜 운이 좋았다는 걸 알고 있나?"

카티는 깊이 숨을 들이마셨다.

침묵. 아니다. 그건 선택 사항이어선 안 됐다. 평생을 참고 견딜 수 있는 건 아무것도 없다. 하지만 그렇다고 만나는 사람들마다 모두 떠벌리고 다녀야 한다는 뜻은 더더욱 아니었다.

그래서 그녀는 이렇게 말했다.

"운이라고요? 아뇨. 그건 운이 아니었어요. 전 우리가 포기하지 않았기 때문에 살아남을 수 있었던 거라고 생각해요."

브랜던 교수는 한숨을 내쉬었다.

"참 재미있군. 베스트 양이 그렇게 대답할 거라는 걸 난 어떻게 알았을까?"

"저랑 같은 생각을 하셨기 때문이겠죠, 브랜던 교수님. 그런데 다만 교수님은 그걸 말할 용기가 없는 것뿐 아닌가요?"

카티는 이케를 옆으로 밀치곤 브랜던의 곁을 지나갔다.

그리고 몇 발자국 걸어가다가 뒤를 돌아보고 물었다.

"포르스터 교수님 집이 어디죠?"

"왼쪽 끝 집이네."

**

카티는 뱀 머리 모양의 문고리를 잡고 짧게 세 번 두드렸다.

몇 초 후 문이 열리더니 포르스터 교수가 나왔다.

"베스트 양? 학생이 우리 집엔 무슨 일이지?"

"폴과 얘기를 하고 싶습니다."

그가 이맛살을 찌푸리며 되물었다.

"누구?"

"폴이요. 여기서 같이 살고 있는 거 아닌가요?"

"난 학생이 누굴 말하는 건지 도통 모르겠는데."

어쩌면 포르스터 교수도 자식이 실패자라는 사실을 인정하기보다는 차라리 숨기고 싶어 하는 부모들 중 하나인지도 몰랐다.

'전 그와 입까지 맞춘 사이에요'라는 말이 카티의 혀끝에서 맴돌았다. 포르스터 교수가 그 말을 들으면 미친 듯이 흥분할 거라는 예감이 들었다. 그 대신 카티는 이렇게 말했다.

"폴도 우리와 함께 고스트에 올랐습니다. 원래 산장에서 같이 내려오려고 했었는데 다음 날 아침에 일어나보니 사라지고 없었습니다."

"지금 무슨 말을 하는 건가? 나한테 그런 이야기를 왜 하는 거지?"

"왜라뇨? 그야 폴이 어디 있는지 교수님이 제일 잘 아실 테니까 그렇죠."

포르스터 교수의 목소리는 점점 더 불안해지고 날카로워졌다.

"도대체 누가 어디 있다는 건가?"

"폴 말이에요! 교수님 아들이요!"

"내 아들?"

맙소사, 이제야 알아듣는군.

어떤 교수들은 자기 전공분야에선 세계적으로 인정받는 전문가일지 모르지만 일상적인 일에 있어서는 바보보다 더 못한 경우도 흔했다.

포르스터 교수가 말했다.

"문제가 좀 있는 것 같은데."

"무슨 문제 말입니까?"

"나한테는 폴이라는 이름을 가진 아들은 없다네."

에필로그

따뜻한 9월의 마지막 날이었다. 그들은 학교 식당 테라스에 앉아 햇살을 즐기고 있었다.

로버트는 난간에 기대 서서 호수를 바라보고 있었다. 오후에는 조정 경기가 있을 예정이었다. 미러 호 위로 흰 돛들이 바람에 살랑살랑 흔들리고 있었다.

꼭 하늘에 휘날리는 흰 깃발 같아.

카티는 생각하며 한숨을 내쉬었다.

폴은 그 후로 전혀 소식이 없었다. 그들 중 어느 누구도 그에 대해선 듣지 못했다. 그 사실만이라면 괜찮았다. 하지만 모두를 충격에 휩싸이게 한 사실은, 심지어 벤저민조차도 충격을 받았던 건 폴이 그레이스 대학에 등록된 학생이 아니라는 거였다. 그를 아는 사람은 아무도 없었고 게다가 벤저민이 찍은 영상 중 그 어디에도 폴의 모습은 없었다.

벤저민은 보라색 반바지만 걸치고선 의자에 앉아 두 다리를 테이블 위에 올려놓고 있었다. 그는 아까부터 계속 영상을 앞뒤로 돌려보고 있었다.

"이럴 수가. 틀림없이 어딘가에 찍혔을 거야! 정말 빈틈없이 찍었는데."

크리스가 노트북 자판을 두드리며 말했다.

"그럼 유령이었나보지. 자기 생각은 어때?"

카티는 검은 선글라스 뒤편에 숨겨진 율리아의 시선을 알아볼 수가 없었다. 하지만 한 가지는 분명했다. 폴은 유령이 아니라는 것. 그러기엔 그의 키스가 기억 속에 너무나 선명하게 남아 있었다. 그리고 그의 말도.

"널 처음 본 순간부터 쭉 이걸 원했어."

율리아가 졸린 목소리로 물었다.

"대체 폴이 포르스터 교수의 아들이라는 소문은 누가 퍼뜨린 거야?"

침묵이 잠시 이어지다가 로즈가 입을 열었다.

"데비, 너 아니었어?"

"나? 아니야!"

"나도 네가 포르스터 교수의 아들에 대해 말했던 걸로 기억하는데."

"난 그런 적 없어. 걔가 직접 말했겠지!"

데이비드가 말했다.

"그게 뭐가 중요해? 이미 지난 일이야."

"그렇지 않아."

갑작스러운 로버트의 등장에 카티는 깜짝 놀랐다.

"그렇지, 카티?"

로버트가 이해할 수 없는 말을 할 때마다 그렇듯 모두가 그쪽으로 시선을 집중했다.

로즈와 율리아를 제외하곤 유일하게 로버트와 가까운 데이비드가 물었다.

"그게 무슨 뜻이야, 롭?"

"무슨 뜻인진 카티한테 물어봐."

"나한테 물어보라니?"

카티의 목소리는 평소와 달리 날카로워져 있었다. 그녀는 여전히 크레바스에 있던 남자에 대해 아무에게도 말하지 않았다. 판도라의 상자. 대학은 1970년대에 일어났던 그 사건으로 이미 한 번 폐쇄됐었다. 그런데 카티가 목격한 걸 털어놓는다면 대학의 과거가 또다시 드러나게 될 것이었다. 게다가 카티 자신의 과거까지도.

벤저민이 벌떡 일어나 카티에게 카메라를 들이댔다.

"자, 너한테 뭘 물어봐야 한다는 거야? 이제 너에 대한 내 다큐멘터리의 멋진 마무리를 해줄래?"

"난 나에 관한 다큐멘터리 같은 거 필요 없어."

"이미 늦었어!"

벤저민은 바지 뒷주머니에서 DVD를 꺼냈다.

"그게 뭔데?"

"DVD."

"그건 나도 알아. 근데 그 안에 뭐가 들었느냐고."

"너."

"나?"

"그래."

크리스는 벤저민에게서 DVD를 빼앗아 노트북 시디롬에 밀어 넣었다.

잠시 후 사진이 나왔다. 솔로몬 바위 뒤편 능선에 매달려 있는 카티의 사진이었다.

"우와!"

"대단해! 안전벨트도 안 했잖아!"

"이건 언제 찍었어?"

카티는 누가 무슨 말을 했는지 구분할 수가 없었다. 그저 벤저민을 죽이고 싶었다.

"나 몰래 촬영했어? 그날 아침 그게 너였어? 돌멩이를 떨어뜨린 것도?"

벤저민이 어깨를 으쓱했다.

"미안미안, 일부러 그런 건 아니었어."

벤저민이 카티에게 눈을 찡긋했다.

"그런데 멋진 엔딩이 빠졌어. 내 말은, 그러니까 끝이 좀 싱겁다고. 네가 아나를 크레바스에서 구출할 때 내가 그 현장에 없었잖아."

카티의 머릿속에서 기억들의 폭발 같은 일이 일어났다. 엘리베이터 안에서의 목소리. 동굴 속 그림들. 암벽에 새겨져 있던 그녀의 이름.

카티가 소리쳤다.

"멋진 엔딩을 원한다고? 충격적인 엔딩 말이지? 정 원한다면 말해주지. 저 위 크레바스 안에는 고스트 등반에서 살아남지 못한 한 남자가 누워 있어!"

늦었다! 이미 말해버리고 말았다. 판도라의 상자는 열렸다.

데이비드가 백지장처럼 창백해진 얼굴로 물었다.

"뭐? 그 얘길 왜 이제 해?"

카티가 데이비드를 정면으로 바라보았다.

"그래, 이제야 해."

갑자기 거드름을 피우던 크리스의 모습이 온데간데 없이 사라졌다.

"맙소사, 카티! 그럼 다시 한 번 올라가야지!"

"난 그러고 싶지 않아!"

율리아 역시 표정이 변했다. 선글라스를 벗자 두 눈이 동그래져 있었다.

"하지만 우리가 고스트에 올라간 건 바로 그것 때문이었잖아, 추모비에 새겨져 있던 이름들의 흔적을 찾으려고. 거기엔 무슨 의미가 있는 게 틀림없어."

"그건 실종자들의 이름이야. 그리고 우리가 그들 중 한 명을 찾은 게 분명해."

데비가 벌떡 일어났다.

"그레이스 대학 신문에 실어야 할 대서특필감이네! 모두들 깜짝 놀랄 거야. 지금 당장 컴퓨터실로 가서 그 소식을 트위터에 올려야겠어."

카티가 목에 힘을 주고 말했다.

"아니, 데비! 아무 말도 하지 마. 아무에게도. 특히 너 데비."

"기사에 뭘 실을지는 내 마음이야. 나한테 이래라저래라 하지 마!"

"그건 네 말이 맞아. 하지만 너한텐 증거가 하나도 없잖아. 우리의 스타 연출자 님이 절벽 아래를 내려다보는 것만으로도 바지에 오줌을 질질 싸는 겁쟁이가 아니었다면 상황은 달라졌겠지만."

"그래도 학장님껜 알려야지!"

크리스가 화를 버럭 냈다.

"야, 넌 학장한테 미주알고주알 일러바치는 것 말곤 할 일이 없어? 네 생각엔 총독이 내년에 그레이스 대학에 표창을 주려고 계획하고 있는 마당에 학장이 그 말을 듣는다고 무슨 조치를 취할 것 같아?"

"만약 그 남자의 부모가 아직 살아 있다면 아들이 죽은 모습을 절대로 보고 싶지 않을 거야. 왜냐하면…… 그 남자는 크레바스에 떨어져 있긴 했지만 절대로 거기서 끌어내줄 친구들이 없어서 죽은 것 같진 않았으니까."

카티의 말에 크리스가 두 손을 들어 보였다.

"알았어, 알았다고! 난 비겁한 개새끼야, 됐냐? 나 참, 나부터 살려고 했다고 범죄자 취급이라니. 그래도……."

율리아가 크리스의 말을 끊었다.

"카티가 하는 말 아직 안 끝났어!"

"그 아래 있는 남자는 살해당했어."

한동안 분위기가 얼음처럼 싸늘해졌다.

호숫가에서 웃음소리와 박수 소리가 올라왔다. 흰 돛단배가 파란 하늘을 가르며 지나갔다.

"살해당했다고?"

율리아가 로버트에게 눈빛을 보냈다. 카티는 그 눈빛의 의미를 알고 싶었다.

"그걸 네가 어떻게 알아?"

크리스가 묻자 카티는 깊이 숨을 들이마셨다.

"그의 등에 도끼가 꽂혀 있었어. 정확히 말해 날갯죽지 사이에. 알게 될 수밖에 없었어. 로프를 끊으려면 도끼를 빼내야만 했으니까."

침묵이 견딜 수 없는 지경에 이르자 결국 데이비드가 입을 열었다.

"그 사실을 우리끼리만의 비밀로 둘 순 없어. 살인 사건이라면 절대로."

그가 카티를 날카롭게 쳐다보았다.

"넌 그걸 우리한테 끝까지 숨기려고 했었나보네? 그런데 왜 마음이 바뀌었어?"

"왜냐하면 나도 너희들처럼 그 위에서 진짜 무슨 일이 있었는지 알고 싶으니까. 하지만 경찰은 그 사건을 최대한 빨리 매듭지으려고 할 거야."

"왜 그렇게 생각해?"

"이미 30년도 넘게 지난 일이잖아. 학생 여덟 명이 실종됐다고? 아니, 그건 거짓말이야. 보트하우스 근처 숲에서 본 그 추모비처럼 모두 거짓말이야."

"그걸 네가 어떻게 알아?"

"믿어줘, 난 알아."

율리아가 물었다.

"그럼 넌 이제 어떻게 했으면 좋겠어?"

카티는 율리아의 눈빛에서 자신과 같은 생각을 하고 있다는 걸 알 수 있었다.

"증거를 모아야지. 눈에 띄는 증거들을 모두 모아야 해."

크리스가 물었다.

"증거라고? 어디서부터 시작하지?"

"우린 이미 증거를 많이 갖고 있어. 가령 벤저민이 산장에서 발견한 폴라로이드 사진 같은 것. 그리고 또 늪에서 발견한 여자의 사진. 그 사진들 아직 전부 다 갖고 있지, 벤저민?"

"그럼, 당연하지. 내 눈알보다 더 소중하게 간직하고 있어."

벤저민이 주머니에서 봉투 하나를 끄집어내더니 그들 앞에 내놓았다. 데비의 살진 손가락이 산장에서 본 사진을 당장 집어 들었다. 하지만 제대로 보진 않았다.

"거의 알아볼 수 없는 지경이네, 뭐."

카티는 데비의 징징거리는 말에 쉽게 동의할 수가 없었다. 사진에 있는 사람들을 자세히 보면 그녀를 알아볼 수 있었다. 미수, 그녀의 어머니는 오른쪽에서 세 번째, 긴 금발의 여자 옆에 서 있었다. 그런데 크레바스에서 본 그 남자는 이들 중 누구였을까?

카티가 망설이듯 말했다.

"그리고 내가 크레바스 안에서 발견한 것도 있어. 죽은 남자의 배낭 안에 들어 있었어. 하지만 나도 지금까지 안 열어 봤어."

카티는 닳아빠진 동전 주머니를 꺼내 지퍼를 열고 내용물을 꺼냈다.

미국 여권이었다.

그녀는 여권을 펼쳐 사진을 뚫어지게 쳐다보았다.

타임머신을 탄 것 같았다. 진지한 표정으로 정면을 응시하고 있는 젊은 남자의 증명사진. 여권사진이 비록 사진술의 명작에 속하지는 않지만 옷이나 어깨까지 내려오는 머리, 딱딱한 표정 등으로 미루어봤을 때 사진이 수십 년 전 것이라는 정도는 쉽게 알 수 있었다.

카티의 시선이 이름에 가서 멈추었다.

그러자 갑자기 숨을 쉴 수가 없었다. 세상이 뱅글뱅글 도는 것 같았다.

"카티, 왜 그래?"

그녀는 고개를 젓곤 여권을 멀리 밀어냈다.

머리가 쿵쿵 울렸다.

율리아의 목소리가 들렸다.

"이게 대체 어떻게 된 일이지? 뭐가 뭔지 하나도 모르겠어."

"대체 무슨 일인데 그래?"

벤저민이 의자에서 벌떡 일어나 여권을 집었다.

"맙소사! 아무래도 우리가 꿈을 꾸기라도 한 걸까? 폴 포르스터라니! 이 여권은 폴 포르스터 거였어!"

고인 명단

안젤라 파인더
마크 드 빈센츠
폴 포르스터
나누크 크리

옮긴이 강혜경

1970년에 태어나 연세대학교 독어독문학과를 졸업하고, 독일 프라이부르크 대학에서 독어독
문학 석사 과정, 연세대학교에서 박사 과정을 수료했다. 현재 프리랜서 번역가로 활동 중이다.
옮긴 책으로는 아스트리드 린드그렌의 『바다 건너 히치하이크』 『아름다운 나의 사람들』 『베네
치아의 연인』, 페트라 함메스파의 『위증』, 산도르 마라이의 『이혼 전야』, 율리아 프랑크의 『친구
와 연인』, 울리히 툴레의 『음악에 미쳐서』, 롤란트 크나우어 등 저 『내일 아침 99℃』 등이 있다.

THE VALLEY 2 : 설산에서의 조난

초판 1쇄 인쇄 2017년 6월 22일
초판 1쇄 발행 2017년 6월 28일

지은이 크리스티나 쿤
옮긴이 강혜경
펴낸이 김선식

경영총괄 김은영
책임편집 윤세미　**디자인** 심아경　**책임마케터** 최혜진
콘텐츠개발3팀장 이상혁　**콘텐츠개발3팀** 이은, 윤세미, 김수나, 심아경
마케팅본부 이주화, 정명찬, 최혜령, 최혜진, 최하나, 김선욱, 이승민, 이수인, 김은지
전략기획팀 김상윤
경영관리팀 허대우, 권송이, 윤이경, 임해랑, 김재경
외부스태프 이진솔 (표지 일러스트)

펴낸곳 다산북스　**출판등록** 2005년 12월 23일 제313-2005-00277호
주소 경기도 파주시 회동길 357 3층
전화 070-7606-7446(기획편집) 02-6217-1726(마케팅) 02-704-1724(경영관리)
팩스 02-322-5717　**이메일** dasanbooks@dasanbooks.com
홈페이지 www.dasanbooks.com　**블로그** blog.naver.com/dasan_books
종이 한솔피엔에스　**출력·인쇄** 민언프린텍　**제본** 에스엘바인텍　**후가공** 평창 P&G
ISBN 979-11-306-1315-4 (04850)
　　　979-11-306-1313-0 (세트)